O ÚLTIMO
MANDAMENTO

Scott Shepherd

O ÚLTIMO MANDAMENTO

UM ROMANCE DE AUSTIN GRANT DA SCOTLAND YARD

Tradução
Denise de C. Rocha

Título do original: *The Last Commandment.*
Copyright © 2021 Scott Shepherd.
Publicado mediante acordo com Penzler Publishers, através da Yañez, parte da International Editor´s Co. S.L. Literary Agency.
Copyright da edição brasileira © 2023 Editora Pensamento-Cultrix Ltda.
1ª edição 2023.

Todos os direitos reservados. Nenhuma parte desta obra pode ser reproduzida ou usada de qualquer forma ou por qualquer meio, eletrônico ou mecânico, inclusive fotocópias, gravações ou sistema de armazenamento em banco de dados, sem permissão por escrito, exceto nos casos de trechos curtos citados em resenhas críticas ou artigos de revistas.

A Editora Jangada não se responsabiliza por eventuais mudanças ocorridas nos endereços convencionais ou eletrônicos citados neste livro.

Esta é uma obra de ficção. Todos os personagens, organizações e acontecimentos retratados neste romance são produtos da imaginação do autor e usados de modo fictício.

Editor: Adilson Silva Ramachandra
Gerente editorial: Roseli de S. Ferraz
Gerente de produção editorial: Indiara Faria Kayo
Editoração eletrônica: Ponto Inicial Design Gráfico
Revisão: Érika Alonso

Dados Internacionais de Catalogação na Publicação (CIP)
(Câmara Brasileira do Livro, SP, Brasil)

Shepherd, Scott
  O último mandamento/Scott Shepherd ; tradução – São Paulo: Denise de C. Rocha. -- São Paulo : Editora Jangada, 2023.
    Título original: The last commandment.
    ISBN 978-65-5622-050-5
  1. Ficção norte-americana I. Título.

22-138559   CDD-813

Índices para catálogo sistemático:
1. Ficção : Literatura norte-americana 813
Inajara Pires de Souza - Bibliotecária - CRB PR-001652/O

Jangada é um selo editorial da Pensamento-Cultrix Ltda.
Direitos de tradução para o Brasil adquiridos com exclusividade pela
EDITORA PENSAMENTO-CULTRIX LTDA., que se reserva a propriedade literária desta tradução.
Rua Dr. Mário Vicente, 368 — 04270-000 — São Paulo, SP — Fone: (11) 2066-9000
http://www.editorajangada.com.br
E-mail: atendimento@editorajangada.com.br
Foi feito o depósito legal.

Para Holly,
por causa de você nunca há
um Dia de Solidão.

PRÓLOGO

Em suas Marcas

I

Ele se apaixonava exatamente no mesmo horário todas as noites.
Dez minutos antes das onze horas.

Era nessa hora que Billy Street, vocalista dos Blasphemers, começava a cantar "Não Sou Bom o Bastante para Você", o único sucesso da banda. A plateia saía do seu torpor alcoólico e as conversas se interrompiam, enquanto ele se preparava para começar seu canto do cisne.

Ele já tinha tocado a música milhares de vezes e era quase sempre a mesma coisa: uma garota vinha para a frente do palco, ao encontro de Billy, plantava-se sob as pernas abertas revestidas de couro do roqueiro e o encarava com uma adoração cheia de luxúria, enquanto ele dedilhava furiosamente sua guitarra Fender Telecaster.

A adorável sortuda daquela noite usava uma *legging* justa com estampa de diamantes e uma camiseta ainda mais justa do AC/DC, que se agarrava aos seios generosos. Ela sabia a letra toda de cada música do repertório da banda, até as mais obscuras e inéditas. Ou era a fã número um da banda ou apenas uma garota triste, com tempo de sobra para memorizar o repertório de uma banda de rock que a maior parte de Londres (e, infelizmente, a indústria fonográfica) tinha esquecido há muito tempo.

Billy não dava a mínima. Naquele momento, ele estava tocando apenas para ela, a *sua* garota AC/DC, *a sua* fã ardorosa. Ele cantava seu *hit*, depois começava os *covers* com que os Blasphemers sempre terminavam o *show*, o tempo todo mantendo seus desgastados olhos *rock and roll* no objeto do seu breve desejo daquela noite.

II

— É só isso?

A garota AC/DC estava desapontada.

Billy deixou escapar um grunhido final. O que ela esperava? Que fossem passar um fim de semana romântico em Bath ou acabar na sua quitinete suja, onde mal havia espaço para *ele*? Além do mais, Billy sabia que, se acordasse e visse olhos arregalados e arrulhos matinais, teria vontade de cortar os pulsos.

— Receio que sim, benzinho — Billy murmurou, enquanto a tirava de cima dele e se remexia no banco do motorista para fechar o zíper da calça de couro.

O MG conversível restaurado não era o carro ideal para uma trepada, mas o camarim do Wooten era do tamanho de um armário e seus parceiros da banda não iriam embora tão cedo. Por isso ele tinha levado a garota AC/DC para o beco e depois para dentro do seu MG. Ele lhe entregou a *legging* de diamantes vermelhos que ela tinha despido menos de três minutos antes.

— Pode ir para casa agora.

Humilhada, a garota AC/DC baixou a camiseta e o nome da banda se espalhou sobre os seios pendentes, que estavam monopolizando a atenção de Billy trinta segundos antes.

— Eu não consegui... sabe... terminar.

Billy deu um tapinha na bunda dela.

— Mas esta noite já vai lhe render uma boa história, não vai?

— Que história? A do cara pra quem tirei a calcinha e não demorou nem vinte segundos pra acabar?

— Durou tudo isso? — Billy caçoou.

— Você é mesmo um filho da puta! — gritou a garota AC/DC. Felizmente, ela rastejou para fora do carro e vestiu a *legging* outra vez sob a camiseta.

— Já fui chamado de coisa pior.

Essa era a mais pura verdade.

Não nos velhos tempos, quando os Blasphemers conseguiram seu primeiro e único contrato de gravação decente. Aquele álbum de estreia incluía "Não Sou Bom o Bastante para Você", um *top hit*. Isso significava que os dois álbuns seguintes venderiam bem, mesmo que os números fossem raízes quadradas desse esforço inaugural. Seguiu-se a submediocridade; eles levaram um chute no traseiro da gravadora e não havia um único selo no planeta para recolher os pedaços.

Agora, duas décadas depois, a banda estava fadada a tocar em espeluncas como o Wooten, que dava para o beco do Piccadilly Circus, onde Billy tivera a sorte de conseguir uma fã para uma trepada rápida de fim de noite.

Prova disso era a desgrenhada e desiludida garota AC/DC, que tinha reprimido o choro, xingado Billy de filho da puta e depois atravessado o beco com os saltos das sandálias golpeando ritmicamente os paralelepípedos, enquanto desaparecia na noite enevoada de Londres.

Billy abriu o porta-luvas e procurou a garrafa de Bushmills pela metade, destampou-a e deu um longo gole no conteúdo cor de âmbar.

BAM!

Algo acabara de atingir a traseira do MG.

— Caralho! — O uísque derramou na camisa de seda multicolorida. A primeira reação dele foi pensar na garota.

— Já encerramos aqui! Cai fora!

O carro sacudiu novamente.

Alguém tinha *aberto* o porta-malas.

Imagens da garota desprezada tomada pela fúria passaram pela cabeça dele: ferros de passar sobre partes do corpo, começando pelas mais íntimas. Pior ainda: esmagando sua amada Fender guardada no fundo do porta-malas. Esse pensamento o fez sair às pressas do MG.

— Suma daqui, vadia! Está difícil de entender?!

Billy não obteve resposta. Mas percebeu que não tinha ouvido o barulho dos saltos dela no caminho de volta pelos paralelepípedos.

Uma figura saiu quase flutuando da névoa, com um objeto que ele conhecia muito bem balançando na mão.

A Fender Telecaster.

Arrancada do estojo e de repente usada contra o próprio dono, um roqueiro decadente que logo estava sangrando nos paralelepípedos de um beco, no coração de Londres.

O agressor veio para cima dele e montou sobre o seu corpo, assim como Billy fazia com suas amantes das 10h50, empunhando a Fender como um cetro sedutor. Por um instante, pareceu que ele ia começar um solo escaldante, mas, em vez disso, o atacante arrancou uma das cordas de metal da guitarra com um puxão violento.

Em segundos, a corda estava enrolada no pescoço de Billy.

Enquanto sentia a vida se esvaindo do seu corpo, Billy ouviu o assassino começar a assobiar baixinho "Não Sou Bom o Bastante pra Você".

Billy realmente odiava aquela música.

III

O parque Heath.

Austin Grant ainda passeava por lá todos os domingos depois da igreja, embora estivesse fazendo esse passeio sozinho havia mais de um ano. Hampstead Heath era seu local favorito na Terra, um parque gigantesco no alto de uma colina com vista para Londres, onde ele pedira Allison em casamento havia mais de três décadas.

Eles tinham se casado numa tarde espetacular de primavera, quando os lilases roxos, as hortênsias cor-de-rosa e as rosas vermelhas estavam em plena floração. Ele ficou surpreso quando ela concordou em se casar com ele depois de apenas um mês de namoro. Grant tinha certeza de que o pai dela, já falecido, não entregaria sua única filha a um homem sem perspectivas. Por milagre, Allison via o suficiente em Grant para aceitar seu pedido e a partir daí passou a incentivá-lo durante toda a sua carreira.

Uma carreira que estava quase no final.

Caminhando pela trilha bem cuidada, naquele dia tempestuoso de dezembro, Grant se censurou por não ter seguido a sugestão de Allison, cinco anos antes, de se mudarem de Londres.

Quando ele tinha finalmente deixado que ela lhe mostrasse o folheto? Um mês antes de adoecer? A pequena casa em Todi, uma cidadezinha a uma hora de Roma, onde as vinhas floresciam e a vida desacelerava até quase rastejar num ritmo abençoado.

13

— Podemos alugar uma casa e só passar o verão — dissera Allison. — E você vê se aguenta. Vai poder ler um livro, tirar uma soneca à tarde... Quem sabe até tomar um drinque antes do jantar!

Grant tinha lá suas dúvidas... Ele nunca deixava de tirar seus quinze dias de férias anuais, mas deixava Allison maluca, ligando para o escritório todos os dias, enquanto deviam estar aproveitando as férias. Mais de uma vez, tinham desistido de viajar porque ele não conseguira se desvencilhar do trabalho, e ele sempre prometia compensar os dias perdidos depois.

Os dias "a serem compensados" agora estavam perdidos para sempre, pois ela ficou doente e nunca mais se recuperou.

O cemitério de Highgate foi a escolha óbvia para o local de descanso final de Allison. O coração dele se partiu quando ela disse que seria um lugar que ela sabia que Grant não se importaria em visitá-la até chegar a hora de ele descansar ao lado dela. Na verdade, aquele era o único lugar em que ele conseguia encontrar paz: sentado no banco de ferro fundido que, apenas um ano depois de Grant tê-lo doado na ocasião do falecimento de Allison, já exibia uma camada de ferrugem por causa da umidade generalizada de Londres.

Como sempre fazia aos domingos, ele colocou no vaso de mármore um buquê de rosas cor-de-rosa, a cor favorita dela. Embora não fosse nada fácil encontrá-las no inverno, Grant estava determinado a deixar o túmulo sempre enfeitado com as mesmas flores que tinham perfumado o dia do casamento deles. Ele fizera um acordo com uma floricultura na High Street: se o proprietário levasse buquês ao cemitério durante todo o ano, Grant poderia providenciar para que o homem não precisasse de uma licença de estacionamento em frente à sua loja. Essa era uma das poucas vantagens que o trabalho de Grant ainda lhe oferecia.

ALLISON REBECCA GRANT.
Amada Filha, Esposa e Mãe.

A inscrição simples da lápide sempre levava Grant a pensar na filha, Rachel. Ele se perguntava o que ela estaria fazendo e por que o relacionamento entre eles tinha desandado daquela maneira. Ele não via a filha desde o funeral. Logo depois de Allison ter recebido o diagnóstico de câncer nos pulmões, Rachel voou de Nova York para casa e se enfurnou no quarto com a mãe. Ela tinha saído da casa deles mal dirigindo uma palavra a Grant. A única vez que ele tinha tentado persuadir a filha a falar com ele, Rachel tinha sido taxativa:

— Mamãe está morrendo. Não há mais nada que dizer.

A razão que tinha levado a filha a se recusar a tocar no assunto era um mistério para Grant. Ela tinha parado de responder aos *e-mails* dele já fazia um tempo e chegara até a trocar o número do celular. Se ele não se deparasse de vez em quando com um artigo ocasional da autoria dela no *New Yorker* ou na *New York Times Magazine*, poderia pensar que Rachel tinha desaparecido da face da Terra.

Grant passou os dedos sobre a inscrição, lembrando-se daqueles dias finais. Ele sempre era assombrado por aquela última memória: Allison sendo levada de ambulância para o hospital, sem que ele pudesse tocá-la e sem se dar conta de que nunca mais a veria nem teria chance de dizer adeus.

Grant suspirou, consultou o relógio, o mesmo da marca Tag que ele tinha usado nos últimos trinta anos, e olhou o pequeno visor que mostrava a data.

Dia 8.

Faltavam 23 dias para o final do ano. Três semanas e dois dias até que ele não tivesse mais que se levantar e ir para o trabalho. Ele certamente não iria alugar uma casa em Todi. Não sozinho.

Sabia que iria acabar exatamente ali, naquele maldito banco de jardim. Pelo menos se livraria dos seus problemas atuais e não teria que enfrentar situações como o Caos Fleming, no início do ano.

— Senhor?

Por um segundo, Grant pensou que havia caído no sono. Não havia outra explicação razoável para ele estar ouvindo a voz de Hawley.

Ele se virou e viu o sargento parado numa trilha entre os túmulos. Hawley parecia nervoso e um pouco agitado, ainda carregando o peso extra que Grant o incentivara a perder para facilitar seu trabalho e melhorar sua saúde.

— O que está fazendo aqui, Hawley?

— O senhor não atendeu ao celular.

— Isso é porque é domingo e estou com o celular desligado.

— Bem, eu sabia que o senhor vinha aqui todos os domingos.

— E como sabia disso?

Hawley hesitou antes de responder. Grant sentiu pena do homem; ele sabia que ainda intimidava o policial, embora fosse seu chefe havia mais de uma década.

— Porque o senhor me disse que era para cá que vinha... — Hawley finalmente explicou. — No caso de eu realmente precisar do senhor... se algo importante acontecesse.

— Então presumo que tenha algo muito importante a me dizer.

O corpanzil de Hawley oscilou para a frente e para trás. Depois ficou ali parado, como se aguardasse permissão para falar, o que Grant misericordiosamente lhe deu.

— Desembucha, sargento.

— Aconteceu outra vez.

Um calafrio percorreu toda a extensão da coluna de Grant.

— Pela terceira vez?

— Num beco, atrás de uma casa noturna em Piccadilly. A mesma marca que os outros...

— Exceto que havia três linhas na testa em vez de uma ou duas.

— Exatamente, comandante.

— Muita gentileza da parte do sujeito numerar os cadáveres para nós... — disse Grant, com uma carranca.

Ele se virou para dar uma última olhada no túmulo de Allison, fazendo uma promessa silenciosa de que voltaria no domingo seguinte para vê-la. Depois disse a Hawley para ir na frente. Enquanto saíam do cemitério de Highgate, um pensamento que, nos últimos tempos, se tornara o mantra de Grant passou pela sua cabeça.

Mal posso esperar até o Ano-Novo, quando vou poder dar adeus a Scotland Yard.

IV

Grant nem sabia que o Wooten existia. Costumava haver casas noturnas fora do circuito principal em praticamente todos os quarteirões do centro de Londres e Grant não frequentava nenhuma delas. Ele definitivamente nunca tinha ouvido falar de Billy Street nem da sua banda, os Blasphemers.

A equipe de homicídios já estava trabalhando na cena do crime havia mais de uma hora quando Grant chegou com o sargento Hawley. O beco adjacente ao clube noturno era tão estreito que apenas um carro pequeno como o MG da vítima conseguia passar ali sem raspar a lataria. Só havia espaço para jogar lixo, esgueirar-se pela porta dos fundos para fumar um cigarro ou para dar cabo de um roqueiro cinquentão. Por ser domingo, o corpo de Billy só foi descoberto quando um vizinho levou o cachorro para fazer suas necessidades no beco. Billy Street foi identificado pela carteira de motorista em seu bolso, que possibilitou a busca do seu nome no sistema e a descoberta de que sua banda tinha tocado no Wooten na noite anterior. Quando Grant se aproximou do MG, Hawley já estava no celular, falando com o dono do bar e com os outros integrantes dos Blasphemers, na tentativa de montar uma cronologia dos fatos.

Jeffries, o médico legista, estava tirando medidas e fazendo anotações. Com 40 e tantos anos, mas parecendo duas décadas mais velho (*Conviver com os mortos dá nisso*, pensou Grant), o perito usava uma parca volumosa por cima do *jeans* e do moletom. Obviamente seu fim de semana tinha sido interrompido, assim como o de Grant.

— Lamento que o tenham arrastado para fora de casa numa manhã de domingo, comandante.

— Não lamenta tanto quanto eu — respondeu Grant. — Visto que agora parece que temos nas mãos um problema ainda maior.

— Receio que sim — concordou o legista.

Grant olhou por cima do ombro de Jeffries, na direção do roqueiro morto. Com a rigidez cadavérica, Billy Street parecia mais pálido do que um dos fantasmas de Scrooge, e ainda mais angustiado. A corda da guitarra de metal enrolada no pescoço flácido não ajudava a melhorar sua aparência. Mas era a testa da vítima que mais chamava a atenção de Grant. Cortes verticais eram visíveis um pouco acima das sobrancelhas tingidas da vítima.

— As marcas parecem com as outras? — perguntou Grant.

— Só no necrotério vou poder comparar, mas eu diria que se trata do mesmo assassino — respondeu Jeffries. — As marcas são idênticas em largura e comprimento; uma faca parecida foi usada. A única diferença é...

— ... o número de marcas — concluiu Grant. — O cretino deve pensar que não sabemos contar.

— Alguma chance de isso vazar?

— Conseguimos manter o caso fora dos jornais e ele também não foi para a televisão. — O comandante indicou as três marcas. — Tomamos cuidado para manter essa informação só entre nós, especialmente depois do segundo assassinato.

— Por quanto tempo acha que vai conseguir manter isso em segredo?

— Ainda não sei. Em quanto tempo você pode me passar um laudo completo?

— No final do dia? Ainda bem que é domingo, está tranquilo.

— Tranquilo, mas não por muito tempo — disse Grant, num tom cansado. Ele desejou não ter tanta certeza, mas podia sentir a tempestade se intensificando.

Três assassinatos no período de uma semana.

Um mais horripilante do que o outro.

V

O primeiro corpo tinha sido descoberto no dia 2 de dezembro. Uma data fácil para Grant se lembrar. Era o aniversário de Allison. Ele já tinha acordado sem ânimo.

Um professor visitante de Mitologia Grega não havia retornado à universidade de Oxford, depois de dar uma palestra na Biblioteca Britânica na noite anterior. Quando a Yard foi acionada, policiais foram enviados à biblioteca e, depois de uma busca, localizaram o homem morto num banheiro, ao lado da escada dos fundos do terceiro andar.

Depois da palestra, o professor Lionel Frey tinha entrado num cubículo do banheiro, de onde nunca saíra. O assassino tinha apagado as luzes e colocado a placa "Em Manutenção" na maçaneta da porta, depois de entalhar uma linha vertical na testa de Frey, combinando com o talho fatal que rasgara a garganta do professor.

A audácia do assassinato tinha atraído Grant para o caso.

O irmão de Grant, Everett, professor de Filosofia em Oxford, tinha comentado que alguém prestara um grande favor ao enviar Frey para a "grande universidade no céu". O professor de Mitologia era um "bundão cheio de pose", que desprezava qualquer pessoa que não se interessasse pelos deuses gregos, com os quais ele construíra sua carreira.

Nenhum dos professores de Oxford foi tão aberto quanto Everett ao expressar sua antipatia, mas Grant podia dizer que Lionel Frey não faria falta entre os colegas de profissão. Nenhum deles, contudo, parecia ter um motivo ou interesse verdadeiro para viajar a Londres só para assistir a uma palestra de duas horas e, em seguida, matar seu orador no cubículo estreito de um banheiro.

O raciocínio de Grant partia do óbvio: uma amante descartada ou algum outro londrino afrontado, mas a agenda de Frey, os cartões de crédito e o depoimento da esposa mostravam que ele não punha os pés na cidade havia mais de seis meses. Qualquer outra suposição foi descartada quando ocorreu o segundo assassinato.

Melanie Keaton.

Escultora de certo renome no East End, Melanie foi encontrada em seu estúdio por Thomas Simmons, um potencial comprador, que tinha chegado para uma exibição programada para aquela manhã. Enquanto perambulava pelo Estúdio Whitechapel, cinco dias antes, Simmons tinha descoberto Keaton no chão, com a garganta cortada. Ao redor do corpo dela estavam as seis estatuetas que ela planejava mostrar a ele, com as cabeças de madeira decepadas.

Grant foi convocado para ir a East End pelo chefe de polícia, que tinha ligado as marcas cuidadosamente entalhadas (no *plural*, sim, porque agora eram *duas* marcas) na testa de Melanie Keaton, como aquela descoberta no professor de Oxford, que encontrara a morte sentado num vaso sanitário da Biblioteca Britânica.

Quando Grant entrou em cena, sua atenção foi imediatamente atraída para as estatuetas decapitadas, com asas de penas pretas brotando das costas e rostos num tom mais escuro de ébano. Um dos funcionários de Keaton disse ao comandante que as obras faziam parte de uma série de arcanjos nos quais a escultora estivera trabalhando. O estúdio estava repleto de esculturas do mesmo estilo, o que o fizera se perguntar se tinha topado com algum culto de magia negra. Grant anotou mentalmente que deveria verificar se o professor de Oxford assassinado tinha gostos semelhantes, depois começou uma rodada de interrogatórios que não tiveram mais sucesso do que as investigações na Biblioteca Britânica, dias antes.

Ninguém tinha visto Melanie Keaton desde que ela se trancara no estúdio na noite anterior. Grant perguntou a Simmons se ele conhecia a biblioteca, mas daquele mato não sairia nenhum coelho; o homem tinha acabado de voltar de uma viagem de negócios na Polônia, onde passara o último mês, o que descartava a ideia de que poderia estar no terceiro andar da Biblioteca Britânica na noite do dia 1º de dezembro.

Grant deixou o estúdio sem conseguir nada que ligasse o professor de Mitologia Grega de Oxford à escultora de arcanjos de Whitechapel. Exceto pelos talhos na testa. Melanie Keaton tinha o dobro de marcas de Lionel Frey. Grant não se sentiu melhor quando o legista concluiu que elas tinham sido feitas *post-mortem*. Isso significava que o assassino estava tentando dizer alguma coisa — como se estivesse provocando Grant e a Yard de propósito.

Me peguem se forem capazes.

VI

As poucas horas que se passaram desde que tinham deixado a Piccadilly não ajudaram a elucidar coisa alguma. Nem os dias subsequentes.

Um professor de Oxford, uma artista do East End e um roqueiro decadente. O que as vítimas tinham em comum? Esse era um enigma que ninguém queria ter de resolver, e a única pessoa que sabia a resposta não iria revelar coisa alguma.

Quando interrogaram os outros integrantes da banda de Billy Street, a situação só piorou. Não fazia muito tempo que compunham os Blasphemers; os membros originais tinham caído no esquecimento por causa do excesso de álcool e da falta de *shows*. Nenhum dos três membros da banda tinha qualquer inimizade com o vocalista. Billy era o líder, eles apenas tocavam. Com o falecimento dele, os outros pensaram em formar outra banda e tocar em tributo ao ex-líder da banda, mas não tinham certeza se era uma boa ideia, pois haveria apenas uma música para homenageá-lo.

O outro beco sem saída era Lisa Gosden. Jeffries tinha encontrado vestígios no MG de que Street estivera com uma mulher na noite fatídica e não demorou muito para a equipe de Grant encontrar a garota. Ela tinha se deixado seduzir pelo canto do cisne de Billy e com relutância admitiu que deixara o bar na companhia dele aquela noite.

Grant achou difícil acreditar que a moça pudesse ter enrolado uma corda no pescoço do músico, bem como assassinado um professor de

Oxford e uma escultora, tudo na mesma semana. Ela se atrapalhou ao relatar os detalhes do encontro com Billy, expressando frustração com a falta de habilidade do homem como amante (mais informações do que Grant precisava). E ela não percebeu se alguém a observava enquanto estava no MG ou depois, durante sua "caminhada da vergonha" até a Charles Street.

Na quinta à noite, quando se dirigiu a Hampstead para o jantar semanal e o jogo de xadrez com o irmão Everett, Grant se sentia mais perdido do que nunca com relação ao caso. Os jantares de quinta-feira na casa do irmão tinham começado por insistência dele, logo após a morte de Allison. Grant tinha apreciado a atitude de Everett, ao assumir a responsabilidade por cuidar do irmão mais velho.

— Não vou deixar você definhando — disse Everett a ele na noite do velório. — Já perdi a conta dos sujeitos da universidade que vi baterem as botas depois da morte de entes queridos. Parece que simplesmente desistem de viver.

Everett disse que sentiria falta de Allison também. Ele, na verdade, a conhecia há mais tempo do que Grant. Everett os apresentara durante seu último ano na universidade de Oxford, quando tinha voltado para casa, em Liverpool, para passar as férias. Everett e Allison tinham saído juntos por um breve período, mas o coração dela logo se voltou para Grant. Ela brincava dizendo que não se sentia inteligente o bastante para namorar Everett, um jovem teólogo brilhante. Isso fazia Grant se sentir um pouco inferiorizado, mas Allison achava aquilo uma bobagem. Pelo menos os dois podiam conversar sobre assuntos normais e sobre as coisas do coração.

As partidas de xadrez aos poucos se tornaram um hábito. Os irmãos jogaram algumas vezes durante aqueles primeiros meses, mas depois se tornou um desafio que Grant aguardava com expectativa. Durante as partidas, ele costumava discutir seus casos com Everett. O irmão era um bom ouvinte e geralmente oferecia uma nova visão analítica. Às vezes, bastava Grant apresentar o caso inteiro para passar a enxergá-lo com mais clareza, pois falar a respeito em voz alta muitas vezes o ajudava a localizar a peça que faltava do quebra-cabeça que estava tentando decifrar.

Mas não desta vez.

— Esse "Entalhador"... — começou Everett.

— Um apelido horrível, devo admitir. — Um colega de Grant tinha vindo com aquele apelido não muito inteligente e infelizmente ele tinha pego.

— Bem, tenho certeza de que ele, ou ela, embora eu duvide que seja uma mulher, provavelmente gostou da ideia de ter recebido um apelido.

— Por que essa certeza? — Grant perguntou.

— Ora, por que ele marcaria as vítimas se não fosse para se gabar? Aposto que está frustrado por você não permitir que ele receba a atenção que gostaria da imprensa. Se alguma informação vazar, não vou ficar chocado se descobrirem que foi pelas mãos do próprio assassino.

Frustrado, Grant pousou o dedo sobre seu bispo negro.

— Ah, que beleza... Se isso acontecer, vou precisar declarar que se trata de uma fonte "anônima", porque o assassino não vai se identificar... e voltaremos à estaca zero.

— Qual seria a estaca zero? — cutucou Everett.

— E eu sei!? — gritou Grant. Ele moveu o bispo diagonalmente três casas e o deixou num quadrado preto.

O irmão lhe lançou um olhar de desaprovação e moveu uma torre para o lado.

— Receio que seja xeque-mate, querido Austin.

Grant não percebeu, em princípio. Depois se deu conta de que seu erro fatal estava a quatro casas na mesma fileira. Ele se levantou e começou a andar pela biblioteca de Everett, onde tinham instalado o tabuleiro ao lado de uma lareira que, a essa altura, já estava quase apagada.

— Não consigo me concentrar em mais nada.

— Então tente reduzir as possibilidades — sugeriu Everett. — O que dizem seus instintos?

— Meus instintos dizem que nada disso é por acaso.

— E por que não?

Grant parou a meio passo.

— Porque o assassino não se daria ao trabalho de selecionar essas vítimas a dedo se isso não significasse alguma coisa.

— Você está dizendo que ele escolheu essas pessoas por um motivo específico?

— Mas por quê? Por que matar um professor que entediava as pessoas com contos sobre seres míticos para quem ninguém dá a mínima; uma escultora que fazia ídolos estranhos ou um músico fracassado de uma banda mais interessada em dizer o nome de Deus em vão do que em fazer boa música? Isso está além do meu entendimento.

Everett de repente também se levantou.

— Diga isso de novo.

— Isso tudo está além do meu entendimento.

O irmão de Grant balançou a cabeça.

— Não. Não. A parte sobre o nome de Deus.

— Dizer o nome de Deus em vão? Essa parte?

— Sim. Por que você disse isso?

— Porque a banda de Billy Street chama-se Blasphemers, os Blasfemos.

Everett foi direto para uma de suas estantes de livros.

— O que está fazendo? — Grant perguntou, intrigado.

Everett não respondeu. Seus olhos cruzaram as várias prateleiras até se deterem num livro de capa preta.

—Ah, aqui está...

Ele ergueu um livro grosso. Uma Bíblia do Rei James.

Os olhos de Grant se arregalaram.

— Não é aquela que eu e você ganhamos do papai?

— Estou surpreso que a reconheça — disse Everett com um sorriso. — Imagino que a sua deva estar juntando poeira em algum lugar, seu pagão imprestável.

— Você vai começar a citar as escrituras? É isso o que me resta na vida?

Everett ficou em silêncio enquanto virava as páginas.

—Ah, aqui vai. Êxodo, capítulo vinte, versículo um: "E Deus falou todas estas palavras, dizendo: Eu sou o Senhor teu Deus, que te tirou da terra do Egito, da casa de servidão. Não terás outros deuses diante de mim". Everett ergueu os olhos. — Ao contrário de Lionel Frey, que dedicou sua vida a outros deuses, os do panteão grego, não a Jeová ou qualquer outro que a Bíblia recomende...

— Everett...

O irmão silenciou Grant com um olhar e continuou.

— Número dois. "Não farás para ti nenhuma imagem esculpida, ou qualquer semelhança de alguma coisa que está em cima..." Como sua escultora de arcanjos.

— Você não pode estar falando sério.

— Seríssimo. — Everett bateu na passagem da Bíblia. — Número três. "Não tomarás o nome do Senhor teu Deus em vão." Lembra alguma coisa?

Ele baixou o livro e fitou Grant, que estava de queixo caído.

— Meu bom Deus! Os Blasphemers? — perguntou o comandante, atordoado.

— Acho que podemos ter encontrado a ligação que você estava procurando, querido irmão.

Grant balançou a cabeça em descrença.

— Os Dez Mandamentos?

— Ele está até enumerando os mandamentos para você. Bem na testa das vítimas.

Grant balançou a cabeça em descrença outra vez, enquanto pronunciava a ideia em voz alta para que ela parecesse mais verossímel.

— Alguém está matando pessoas de acordo com os Dez Mandamentos.

— Você tem outra ligação em mente? — perguntou Everett.

Grant desejou que tivesse.

O pensamento que passou pela sua cabeça foi muito, muito pior.

Três já foram. Vem aí mais sete.

VII

Grant se recriminou por não ter juntado as peças sozinho. Pensar que os assassinatos eram motivados por algum tipo de fervor religioso distorcido fazia todo o sentido. Alguém andava por Londres sentenciando pessoas que, aos seus olhos, estavam cometendo pecados dignos de punição, mesmo que esses "pecados" fossem fantasias na cabeça dele, não transgressões reais. O assassino era um transloucado, por isso as escolhas dele não precisavam fazer sentido para uma pessoa normal, apenas para sua consciência delirante, que se declarava juiz, júri e carrasco.

Só mesmo seu irmão "erudito", como o pai deles costumava dizer, para descobrir essa ligação. Se a teoria de Everett sobre os Dez Mandamentos estivesse correta, ele sabia que o irmão se gabaria desse feito para sempre, mesmo que Grant pegasse o assassino e o tirasse de circulação.

— Como não estou muito a par do Livro Sagrado, me lembre qual é o Quarto Mandamento.

Everett voltou à Bíblia do Rei James e encontrou a passagem novamente.

— "Lembra-te do dia do shabat, para mantê-lo santo. Seis dias trabalharás e farás toda a tua obra. Mas o sétimo dia é o shabat do Senhor teu Deus, nele não farás obra alguma." — Everett fechou o livro.

— Que maravilha! Minha missão agora é proteger uma pessoa que trabalha aos domingos.

— Ou aos sábados, se formos levar em conta a lei judaica. Mas como os judeus estão em menor número que os cristãos, a uma taxa de mais de cem contra um na Grã-Bretanha, acho que podemos dizer, com certa segurança, que o *shabat*, ou sabá, é no domingo.

— Você tem alguma ideia de quantas pessoas na Grande Londres podem ser quem estamos procurando?

— Provavelmente muito mais do que os policiais que você tem à sua disposição. De que tipo de gente estamos falando? — perguntou Everett.

— Bem, todos os *barmans*, garçons ou ajudantes de cozinha de restaurantes, lanchonetes ou bistrôs. Temos que pensar nos funcionários dos cinemas, nas atendentes das lojas em Notting Hill e na Marylebone High Street, para citar algumas centenas que trabalham aos domingos. Pessoas que trabalham em estações de metrô, motoristas de táxis e de Uber, os funcionários dos museus... preciso continuar?

— Não, embora me agrade muito ouvir suas conjecturas. Eu diria que você tem um trabalho árduo pela frente. — Everett soltou uma risadinha. — Imagina por onde poderia começar?

— Não faço a menor ideia!

Frustrado, Grant pegou a Bíblia das mãos do irmão e a folheou. Fechou-a com a mesma rapidez.

— Que diabos estou fazendo? Até parece que vou encontrar a resposta aqui.

— Você não seria o primeiro a procurar. O padre Talbot, da Oxford, nos repreende toda semana por não nos dedicarmos aos nossos estudos bíblicos.

Grant começou a responder, mas se controlou.

— É óbvio.

A sobrancelha de Everett se ergueu.

— Por que é óbvio?

— Ele é um padre — respondeu Grant. — Faz sentido ele dizer isso, não acha?

Antes que Everett pudesse responder, Grant já estava de pé, andando de um lado para o outro. Pela primeira vez desde que o corpo de Frey tinha sido descoberto no banheiro da biblioteca, o comandante podia sentir a vida pulsando outra vez em suas veias. Ele se virou para encarar o irmão e apontou para a Bíblia, como se as respostas tivessem acabado de saltar dali, como se o Livro fosse a fonte da verdade.

— Quem tem um trabalho que, por definição, é feito no sabá? Quem passa todas as manhãs de domingo diante dos londrinos, faça chuva ou faça sol?

— Seu simpático pároco — respondeu Everett. — Você acha que o assassino está perseguindo um padre?

— Isso seria doentio e específico o bastante para se ajustar à sua teoria.

— Você tem ideia de quantos padres, pastores e reverendos existem na Grande Londres? — perguntou Everett.

— Muito mais do que eu gostaria.

VIII

O número de eclesiásticos acabou sendo muito maior do que ele esperava. Havia milhares de padres católicos no Reino Unido e pelo menos um quarto deles exercia suas funções nos arredores de Londres. Grant percebeu que não podia descartar coroinhas, clérigos assistentes e afins, pois trabalhavam no sabá também e poderiam se enquadrar nos mesmos critérios estabelecidos no Quarto Mandamento.

A boa notícia é que ainda era sexta-feira, o que dava à sua equipe da Yard uma folga de dois dias. Primeiro Grant foi ver Frederick Stebbins, o comandante geral da Scotland Yard e líder da Polícia Metropolitana — o homem a quem ele era subordinado. Com argumentos fundamentados, Grant convenceu o chefe de que a teoria dos Dez Mandamentos de Everett era sua principal (e única) pista, e os dois líderes da Yard formularam juntos um plano para encontrar a melhor forma de prevenir a ocorrência de um quarto assassinato bem debaixo do nariz da polícia.

Colocar um policial em cada uma das igrejas de Londres era obviamente impossível, então eles discutiram como poderiam espalhar a notícia sem provocar um pânico geral. Tudo de que a Yard precisava eram manchetes chamativas no *Daily Mail* ou no *Daily Mirror*, informando aos cidadãos da Grã-Bretanha que um lunático empunhando uma faca estava ameaçando acabar com seu sermão de domingo ou com o batismo do seu filho recém-nascido.

Decidiram que os integrantes da equipe de Grant deveriam ir a cada uma das igrejas de Londres com um aviso muito específico. Em vez de dizer aos padres que eles eram uma possível presa de um *serial killer*, o combinado era dizer que a Yard tinha recebido uma ameaça velada de violência contra um padre no domingo seguinte. Patrulhas extras seriam providenciadas sempre que possível e os padres seriam alertados de que não deveriam se aventurar em locais solitários naquele dia específico nem hesitar em relatar qualquer coisa suspeita. Grant pediu aos padres com quem entrou em contato pessoalmente para que mantivessem essas informações em sigilo, pois ele não queria provocar uma histeria generalizada dentro das congregações.

Nem um único padre ou pastor protestou. Grant deduziu que, por serem homens de Deus, eles eram treinados para assumir a responsabilidade de garantir o bem comum. Muitos perguntaram se deveriam cancelar os serviços religiosos. Grant disse que essa decisão cabia a eles, mas que não era má ideia.

Por milagre, a mídia não descobriu nada até sábado à noite.

Foi quando Monte Ferguson, um repórter veterano do *Daily Mail*, apareceu na porta do escritório de Grant, justo quando ele ia embora para casa, depois de telefonar para centenas de igrejas de Londres. Magro, usando óculos e com um apego desesperado aos poucos fios do cabelo desgrenhado que ainda lhe restavam, Ferguson era um homem cortês, mas obstinado, um jornalista com quem Grant sabia, por experiência própria, precisava pisar em ovos. A cooperação entre eles sempre fora uma questão complicada: se Grant não passava muitas informações ao repórter, Ferguson se dava o direito de fantasiar um pouco demais em seus artigos quando tinha oportunidade. Pouco tempo antes, Grant tinha sido alvo de críticas num editorial de domingo escrito pelo jornalista, após um caso que o policial apelidara de "Caos Fleming". Aquilo ainda lhe doía.

— Não tem lugar melhor para passar a noite de sábado, Monte? — Grant perguntou, desligando as luzes do seu escritório.

— Melhor do que ir à igreja pela manhã — disse o jornalista, sorridente.

— Eu diria que tudo depende do sermão.

— Bem, na minha paróquia, o padre McGuinness cancelou os serviços religiosos.

— Que sorte a sua.

— E ele não foi o único — acrescentou Ferguson. — Descobri que pelo menos uma dezena de outras igrejas também estarão fechadas neste domingo.

O repórter consultou um bloco de notas. Ferguson tinha uma certa aversão à tecnologia, recusando-se a usufruir de maravilhas como iPhones e outros dispositivos. Grant até apreciava essa característica do repórter, pois ele próprio tinha uma certa tecnofobia, mas isso o fez perceber que Ferguson tinha pesquisado o assunto a fundo, a ponto de compilar ele mesmo uma lista.

— Deve ser algum problema com a água-benta — repreendeu Grant, dando uma última chance para Ferguson mudar o foco das perguntas.

— Ou podem ter recebido a mesma ligação da Yard no início desta manhã, contando sobre uma ameaça contra uma igreja.

Pelo jeito não iam mudar de assunto...

— Suponho que você não se importe de me contar quem lhe disse isso... — disse Grant com um ar interrogativo.

O repórter olhou para Grant com a expressão de quem diz: "Você só pode estar brincando".

— O que você quer, Monte? Sabe que não vou confirmar essa informação.

— Que tal me dar um motivo para não publicar isso na edição matinal do *Mail* ou agora mesmo no *site* do jornal?

— Que tal este motivo: não começar um ataque de pânico generalizado em Londres?

Ferguson encolheu os ombros.

— Seriam só mais notícias para a segunda-feira.

Grant tinha que reconhecer a astúcia de Ferguson. O homem estava mais à vontade agora que tinha uma carta na manga.

— Do que você precisa para não publicar nada antes de amanhã de manhã?

— Algum tipo de exclusividade.

— "Algum tipo" seria o quê?

— Uma declaração sua amanhã no final do dia, dizendo que reconhece a existência da ameaça que não chegou a ocorrer ou uma entrevista exclusiva com detalhes sobre o crime, caso a ameaça se cumpra.

— Acho que posso prometer isso.

Grant sentiu os olhos de Ferguson se fixarem nele.

— Esse trato foi bem fácil... — disse o jornalista. — Fácil demais, na verdade. O que está rolando?

— Tive um longo dia, Monte. E receio que será mais longo ainda amanhã. Então, eu gostaria de dormir um pouco enquanto ainda posso.

Grant começou a andar em direção à saída, mas Ferguson mudou de posição, obstruindo a passagem do comandante.

— Que horas?

— Que horas o quê?

— Que horas conversamos amanhã?

— Segunda de manhã.

— Achei que tivéssemos combinado que seria no final do dia.

— Isso só aconteceria à meia-noite. Uma ameaça no domingo pode ser cumprida a qualquer momento.

— Isso significa que só vou ter exclusividade na edição de terça-feira.

— Mas você vai publicar tudo na internet, com a sua assinatura, minutos depois da nossa conversa.

Grant observou Ferguson remoendo a proposta. Por fim, o repórter concordou.

O comandante ficou satisfeito. Pelo menos Ferguson era um jornalista de respeito e tinha integridade suficiente para defender a veracidade das suas descobertas.

Grant estava na metade do corredor quando Ferguson gritou.

— Você me aconselha a não ir à missa amanhã, comandante?

— Você é quem sabe, Monte. Infelizmente, eu não tenho escolha.

IX

Depois do falecimento da esposa, Grant continuou frequentando a igreja toda semana. Em princípio, ele fazia isso só por respeito à sua cara-metade, que era a católica mais fervorosa da família. Mas, com o passar das semanas e dos meses, ele começou a sentir um profundo conforto ali. Sem querer admitir que já estava começando a sentir um pouco de solidão, principalmente com a aposentadoria despontando no horizonte, Grant se convenceu de que podia contar com as manhãs de domingo na Saint Matthew, uma constante num mundo que mudara mais no ano anterior do que em meio século.

Mas naquela manhã de domingo, em particular, todas as sinapses de Grant estavam em alerta total. Ele não achava que o caos se instauraria em sua própria igreja, mas, mesmo assim, passou a maior parte do sermão do padre observando cada gesto dos paroquianos, em busca de qualquer coisa que parecesse fora do comum. Felizmente, a missa foi concluída sem imprevistos e com o padre Gill ileso.

Depois da missa, Grant se aproximou do sacerdote, para quem ele mesmo havia telefonado no dia anterior, pedindo que fosse extremamente cuidadoso naquele sabá. Mas Grant lhe garantira que, depois da meia-noite, ele e toda a congregação já poderiam respirar aliviados.

— Se nada acontecer, vamos passar por tudo isso outra vez no próximo domingo? — o padre Gill perguntou.

Grant nem havia considerado essa hipótese.

— Acho que precisamos pensar num dia de cada vez — respondeu Grant.

O padre agradeceu a Grant pelo aviso, depois se afastou com outro padre em direção aos fundos da igreja. O comandante não pôde deixar de admirar a tranquilidade do homem, a absoluta dedicação ao seu rebanho e serviço a Deus. Quisera ele acreditar em algo tão puro, mas já testemunhara horrores demais em suas três décadas de serviço público.

Essa era uma das muitas razões pelas quais estava se aposentando.

Não tinha feito a visita semanal ao cemitério, mas prometera a Allison que logo iria compensar aquela falha. Em breve, Grant teria tempo de sobra. Ele passou o resto do dia verificando as patrulhas, as igrejas de toda a cidade e qualquer membro do clero que pudesse encontrar.

A cada hora que passava, Grant sentia as entranhas se revirando um pouco mais, convencido de que o assassino estava torturando a ele e aos colegas, estendendo o momento até o último segundo, quando iria desembainhar a faca e deixar sua marca literal, lançando Grant e toda a Scotland Yard no mais completo caos.

Por fim, a meia-noite chegou. E nada aconteceu.

— Acho que estou feliz em saber que eu estava enganado — disse Everett ao telefone para Grant, pouco depois do meio-dia, ao ser informado de que todo o clero de Londres estava a salvo.

— Eu me sinto assim também — concordou Grant, enquanto jogava as chaves no aparador do saguão de casa, localizada no elegante bairro londrino de Maida Vale, e trancava a porta da frente.

— O que acontece agora? A mesma coisa no próximo domingo? — perguntou o irmão.

— No momento, só quero pensar em dormir um pouco — respondeu Grant.

X

Ele conseguiu dormir em torno de três horas.
Quando o celular tocou, eram 4h15. Na hora em que Grant pegou o aparelho, já estava bem acordado. Nada de bom jamais acontecia às 4h15 da manhã.

Especialmente quando se era um comandante da Scotland Yard.

— Grant falando.

A primeira coisa que ele notou foi o chiado na linha e o leve atraso no som, sinais de que a chamada não era local.

— Comandante Austin Grant?

A segunda coisa foi a voz. Educada, sim. Britânica, não.

— Sim, quem fala?

— Meu nome é Frankel. Detetive John Frankel, da polícia de Nova York. Desculpe acordá-lo, sei que é bem cedo aí.

— Tudo bem, detetive. Como posso ajudá-lo?

A pergunta era muito simples. Mas ele teve um mau pressentimento quanto à resposta.

— Cheguei até vocês pelos relatórios que vieram da divisão de homicídios, sobre uma série de assassinatos ocorridos aí na Inglaterra. Gargantas cortadas. Marcas entalhadas na testa das vítimas.

— Sim — respondeu Grant. — Sou eu o responsável pela investigação.

— Bem, temos aqui um CH, com o mesmo *MOp*.

— Um *CH*?

— Desculpe. Um cadáver humano. Talvez vocês usem uma terminologia diferente aí. Minha vítima foi empalada numa cruz sobre o altar da Catedral de Saint Patrick.

Grant sentiu a boca seca.

— Por acaso sua vítima é um padre?

— Padre Adam Peters. Ele estava na Saint Paddy há mais de quarenta anos.

— E o assassino fez uma marca na testa da vítima. Um I e um V maiúsculos, como no numeral romano Quatro?

Grant ouviu o detetive do outro lado da linha ofegar.

— Um número. Isso responde a algumas perguntas. Pensamos que talvez alguém estivesse tentando soletrar alguma coisa, como um nome. — Frankel limpou a garganta. — Suponho que você não tenha simplesmente acertado por um golpe de sorte, não é?

— Não. Isso não tem nada a ver com sorte. — Grant suspirou. — A sorte passou longe aqui.

PARTE UM

Little Town Blues[1]

---

1 Trecho da letra da música de Frank Sinatra "New York, New York", cujo significado é algo como "saudade da minha cidadezinha". (N. da T.)

1

Grant tinha horror de altura.

Aos olhos dele, a culpa era do gato da família e de Everett. O irmão mais novo tinha deixado Frisky escapar pela porta da frente e o gato no mesmo instante passou a perseguir um pássaro, até subir num galho alto de um olmo gigantesco. Austin, na época com 9 anos, só se lembra de que foi atrás do gato e escalou o tronco da árvore, que ficava a quatro metros do chão. Quando ele chegou ao topo, Frisky já estava de volta à terra firme e Austin estava agarrado à árvore, com pavor de cair de lá de cima. Gritando, ele perdeu o equilíbrio e caiu seis metros antes de agarrar um galho, onde ficou balançando até o pai correr para socorrê-lo. O jovem Austin acabou chorando a noite toda. As lágrimas só diminuíram na manhã seguinte, mas a sensação de náusea e pânico que sentiu quando estava no alto da árvore se repetiu muitas vezes.

Por isso o comandante da Scotland Yard, Austin Grant, fez questão de reservar um assento no corredor do jato 777 da British Airways para o aeroporto JFK, saindo de Heathrow. Racionalmente, ele sabia que estava instalado com segurança numa das melhores máquinas que engenheiros brilhantes podiam ter inventado. Ele lia as estatísticas: a chance de alguém morrer num acidente de carro fatal era mil vezes maior do que num desastre aéreo. Mas isso não alterava o fato de que a janela do avião propiciava uma vista de quarenta mil pés do oceano Atlântico. Grant estava totalmente satisfeito limitando sua linha de visão às revistas já gastas da companhia aérea e às comédias românticas enfadonhas que passavam no monitor de TV embutido no encosto do banco da frente.

Ele resistiu ao impulso de beijar a ponte de embarque ao chegar ao JFK e entrou no terminal a passos trôpegos. Não gostava da ideia de cruzar o Atlântico só para ter de entrar num avião outra vez, poucos dias depois, pois tinha um palpite de que sua presença não seria exigida pelo detetive Frankel por muito tempo.

Ainda não tinha anoitecido quando ele chegou ao ponto de táxi, uma vantagem de pegar o voo da manhã e voltar cinco horas no relógio. Ele estava na via expressa de Long Island (que o taxista havia chamado de "o maior estacionamento do mundo") quando o Sol começou a descer atrás do imenso horizonte de Manhattan, banhando a cidade com um brilho rosado que poderia ter vindo da paleta dos Nenúfares de Monet.

Os edifícios gigantescos o deixaram pasmo. No mesmo instante percebeu o que estava faltando: as Torres Gêmeas! Já haviam se passado quase duas décadas desde que tinham ido abaixo num atentado terrorista que mudara o mundo, mas ainda era impossível imaginar a cidade sem elas. Pensamentos sobre a possibilidade de uma aposentadoria precoce tinham dado voltas na cabeça dele em torno da virada do milênio, mas desapareceram após o 11 de setembro. Aquele dia trágico na extremidade de Manhattan o deixara determinado a fazer sua parte para garantir que seus compatriotas e entes queridos estivessem seguros. Ele percebeu que, se as torres ainda estivessem ali na sua frente, ele poderia não estar indo agora para a cidade de Nova York atrás de um maníaco que estava prestes a fazer duas cidades de reféns.

Quando o carro sacolejou ao cair num buraco, Grant foi arrancado dos seus devaneios e descobriu que estavam num engarrafamento em Midtown. Ele se perguntou se a hora do *rush* em Nova York duraria 24 horas por dia, sete dias por semana, atormentando os nova-iorquinos, e mencionou isso ao motorista, um refugiado obeso de cabelos pretos do Bronx.

— Quem diabos sabe o que está acontecendo? — gritou o motorista pela janela. — Provavelmente algum país de merda do Terceiro Mundo fazendo seu desfile semanal pela Fifth Avenue. — O motorista estacionou o táxi abruptamente e saltou do carro. Grant podia ouvi-lo gritando com alguém. Ele ficou admirado com a capacidade do homem de encadear tantos palavrões numa só frase. Segundos depois, o motorista voltou a entrar no táxi.

— A porra de um caminhão de lixo. O filho da puta decidiu ocupar metade da rua para ir comprar um café. — Ele olhou pelo espelho retrovisor, encontrando o olhar de Grant. — Aposto que vocês britânicos não aceitariam uma merda como essa.

— De modo algum — respondeu Grant, caprichando no sotaque britânico mais esnobe. — Mandaríamos o energúmeno para a guilhotina no meio da Trafalgar Square.

— Tá brincando...

— Também venderíamos ingressos. Tudo em nome da Rainha.

— Você está me zoando agora, né?

Grant sorriu.

— Um pouco.

— Quer saber, se não gosta da maneira como a gente faz as coisas por aqui, devia simplesmente voltar para a porra do país de onde veio.

Bem-vindo a Nova York, pensou Grant.

Enquanto organizava às pressas sua viagem naquela manhã, Grant tinha procurado hotéis próximos à Catedral de Saint Patrick. Como que por intervenção divina, um certo hotel surgiu do nada e ele o escolheu para ser sua "casa longe de casa".

— Bem-vindo ao Hotel Londres! — cumprimentou o porteiro ao abrir a porta. Grant foi pego de surpresa não apenas pelo sorriso amigável (depois de suportar mais de uma hora de palavrões e críticas aos britânicos), mas pelo terno escuro que o homem usava. Ele esperava encontrar funcionários de um hotel chamado Londres vestindo algo mais anglo-saxão, se não um uniforme da guarda da Torre de Londres, pelo menos um fraque tradicional.

Assim começou a americanização de Austin Grant. O saguão, lotado de pinturas abstratas que alguns chamavam de "arte", estava tão distante das casas de chá aonde ele e Allison levavam Rachel todos os domingos em sua juventude, quanto o taxista de Grant estava de tirar um passaporte inglês.

Grant se aproximou da recepção, onde lhe entregaram uma ficha para preencher, com uma toalhinha quente, embebida numa "mistura de ervas revitalizantes". Ele passou a toalha nas bochechas delicadamente, em seguida devolveu-a à recepcionista, que poderia ser confundida com um daqueles manequins perfeitos de uma vitrine da Harrods.

— O senhor vai ficar conosco a semana toda?

— Não tenho certeza — respondeu Grant. — Tanto posso ir embora amanhã quanto ser obrigado a estender minha estadia. Podemos deixar em aberto?

Ela digitou no teclado com dedos perfeitamente manicurados e unhas pintadas de esmalte violeta.

— Receio que não, senhor. Na verdade, com o Natal chegando, esta é a época em que temos mais procura. Assim como o Ano-Novo, depois.

— E se eu precisar ficar mais tempo?

— Receio que precise procurar outro hotel. Podemos ajudá-lo a encontrar outra acomodação, mas já aviso que não vai ser tão fácil. A cidade fica lotada nesta época do ano. Quem sabe o senhor consiga concluir os seus negócios antes da sua data de saída?

Grant ainda não tinha descoberto quase nada sobre o assassino. Por tudo o que sabia, ele podia até estar lá em cima em seu quarto agora, esperando por ele, enfeitado com um lindo laço para presente, pronto para confessar tudo. E ao lado do Papai Noel. Ele suspirou baixinho, assinou seu nome e pegou a chave.

— Veremos. Obrigado.

— Tenho certeza de que o senhor não vê a hora de voltar para sua família na Inglaterra. — Ela se inclinou para a frente, como se fosse contar um segredo que deixaria Grant muito satisfeito. — Não vai querer estar em Nova York nos dias que antecedem o Natal. As pessoas tendem a ficar meio ensandecidas.

Grant acenou com a cabeça.

Eu sei de uma pessoa em particular que já ficou.

---※---

O quarto era minúsculo; mal cabia Grant e sua bagagem de mão. As paredes eram pintadas com uma tinta neon e ele ficou tentado a desligar as luzes para ver se realmente brilhavam no escuro. O comandante cruzou o quarto até a janela e abriu a cortina. O quarto tinha uma bela vista para um prédio de tijolos, que ficava do outro lado de um beco de serviço. E aquele era o quarto *deluxe*, pois, ao dar entrada no hotel, ele tinha pensado: *por que não esbanjar um pouco enquanto as despesas são pagas pelo governo?* Agora não conseguia nem imaginar como seria a vista de um quarto *standard*.

Muito agitado para pensar em dormir e com a certeza de que ficaria tropeçando na cama enquanto estivesse naquele cubículo, decidiu sair para dar uma volta.

Quando chegou lá fora, Grant entendeu perfeitamente a que a recepcionista estava se referindo. Mesmo sendo nove horas da noite de uma segunda-feira, a cidade estava vibrando com o alegre frenesi das festas de final de ano, embora o clima fosse mais para "Natal, o Infomercial". Cada vitrine celebrava, anunciava ou alardeava a data festiva. Desde "Feliz Liquidação de Natal" até calendários gigantes do Advento, passando por renas infláveis e manequins vestidos de Papai Noel, cada vitrine disputava os olhos e a carteira do consumidor.

Aquilo lembrou Grant de que ele não teria que quebrar a cabeça para encontrar o presente de Natal perfeito para Allison. Por mais que odiasse o empurra-empurra que tinha que suportar todo mês de dezembro para obter o presente desejado, valia a pena ver o rosto de Allison se iluminar na manhã de Natal, enquanto ela abria o presente que ele tinha embrulhado, todo sem jeito, numa folha de presente grande demais. Agora, com Allison ausente para sempre e uma filha que nem respondia aos seus *e-mails* (muito menos aceitava presentes), a lista de Natal de Grant estava bem exígua. Ele entendia agora por que tantos consideravam aquelas semanas a época mais triste do ano.

De repente, Grant foi engolido por uma horda de felizes moradores de Manhattan, saindo do Radio City Music Hall. Muitos eram famílias alegres, alguns executando chutes ridículos com as pernas. Os cartazes nas vitrines do edifício anunciavam o "Show de Natal com as Rockettes mundialmente famosas". Ele foi arrebatado pelas massas ao longo da Fiftieth Street, onde a maior árvore de Natal que ele já tinha visto brilhava em toda a sua glória, com uma multidão de patinadores voando em círculos abaixo dela.

Grant absorveu tudo aquilo e tentou entrar no espírito natalino. Mas não era tão fácil assim, agora que sabia que o mal havia cruzado o Atlântico para causar estragos entre nova-iorquinos desavisados.

Boas festas, pessoal! De presente oferecemos um serial killer, *com os cumprimentos da nossa querida Inglaterra!*

Afastando-se das luzes da decoração natalina, ele continuou a perambular pelas ruas.

Catedral de Saint Patrick.

A igreja ficava na Fifth Avenue e abarcava todo o quarteirão entre a Fiftieth e a Fifty-First streets. Grant olhou para a estrutura enorme. Havia catedrais na Grã-Bretanha que rivalizavam e superavam a São Patrick em arquitetura e tamanho, mas era o cenário que surpreendia. Depois de ler sobre a história da catedral no avião, ele descobriu que se tratava de um colégio jesuíta do início do século XIX, que fora abandonado para se tornar um cemitério. Tinha sido resgatado pelo reverendo Michael Curran, um enérgico padre que passara a arrecadar fundos para construir a catedral a partir de 1858. Depois de concluída, ela se tornou a Arquidiocese Católica Romana de Nova York e foi palco de celebrações, casamentos, e missas de réquiem para nova-iorquinos famosos como Babe Ruth, Bobby Kennedy e Ed Sullivan.

E agora era a cena de um crime em Manhattan.

A maioria dos vestígios da presença policial já tinha desaparecido. Não havia nenhuma viatura à vista, apenas a van de uma emissora de notícias local, com um repórter itinerante dando mais informações sobre o caso. Era evidente que os policiais já tinham passado para a próxima etapa, que era a pior e onde Grant entrava em cena. Ele concordara em se encontrar com Frankel na manhã seguinte. Isso lhe dava a chance de dar uma boa olhada na igreja antes, sem estar ali oficialmente.

Uma vez lá dentro, ficou surpreso ao ver dezenas de pessoas circulando pela igreja, embora fossem dez horas da noite de uma segunda-feira. Algumas estavam sentadas nos bancos, outras diante de pequenos altares laterais, acendendo velas. Alguns turistas passeavam na parte de trás da nave, consultando seus guias turísticos com detalhes sobre a história e os pontos de destaques da igreja.

A maioria, no entanto, se reunia na frente da catedral, onde Grant viu a muito familiar fita amarela da polícia isolando os degraus do altar. A cruz gigantesca pendurada acima dele estava embrulhada em plástico transparente. Um patrulheiro uniformizado estava parado ali, solicitando que os curiosos mantivessem distância.

— Ouvi dizer que ele foi decapitado e vocês ainda estão à procura da cabeça — disse ao policial uma turista com um casaco caramelo. — É verdade?

— Não tenho autorização para dizer nada, senhora — foi tudo o que o policial disse.

— A polícia não teria permitido que entrássemos aqui se a cabeça ainda estivesse rolando por aí em algum lugar — murmurou o acompanhante dela, um tipo corpulento, vestindo um moletom da Universidade de Syracuse. — Não acha?

Grant ficou surpreso ao perceber que o homem do moletom da Syracuse estava se dirigindo a ele.

— Não faço ideia, mas suspeito que você tenha razão.

Os olhos da mulher de casaco caramelo se arregalaram.

— Você é da Inglaterra?

Grant não conseguia esconder o sotaque, mesmo que tentasse.

— Acabei de chegar esta noite. Ainda estou todo confuso com a mudança no fuso horário. Pensei em fazer um passeio e dar uma olhada nos pontos turísticos.

— E tropeçou bem na cena de um crime.

— Me pareceu uma situação muito inusitada — respondeu Grant, apontando para a fita amarela. — O que aconteceu exatamente?

Ele sabia que poderia descobrir muita coisa se não exibisse seu distintivo até que fosse necessário. As pessoas geralmente se fecham quando estão diante de autoridades. Mas a turista estava ansiosa para colocá-lo a par dos fatos.

— Um padre foi decapitado e depois crucificado bem naquela cruz.

— Ele não foi decapitado, Marla. Você assiste a muitas séries policiais.

— Charles!

— Essas séries são de fato viciantes — reconheceu Grant. — E pegaram a pessoa que fez isso?

Charles balançou a cabeça.

— A essa altura já estaria nos noticiários. O corpo foi levado faz um tempo; caso contrário, não teriam nos deixado entrar aqui.

Grant notou que um dos sujeitos sentado num banco da igreja, um homem de trinta e poucos anos vestindo um sobretudo pesado, tinha se levantado com uma expressão irritada. Grant baixou a voz, preocupado que estivessem perturbando os paroquianos que rezavam.

— O que leva uma pessoa a fazer tal coisa?

— Tenho lá minhas teorias — Marla insinuou, entusiasmada.

— Deve ser alguma coisa bizarra — murmurou Charles.

Marla baixou a voz também, de um jeito conspiratório.

— Tem que ser um dos ex-coroinhas. Querendo vingança por algum tipo de abuso. Alguns desses padres...

— Marla! Você não sabe nada sobre o padre daqui! — O rosto de Charles ficou vermelho. — Este cavalheiro não está interessado nas suas teorias fantasiosas. Sem falar no desrespeito pelos mortos. — Charles começou a conduzi-la para fora do altar. — Me desculpe, senhor.

— Tudo bem — Grant garantiu a ele. — Na verdade, achei a ideia muito fascinante.

— Viu? — protestou Marla inutilmente, enquanto Charles a empurrava para a porta. O homem da Syracuse acenou com a cabeça num pedido de desculpas para o cavalheiro de sobretudo também.

O homem retribuiu o aceno e observou o casal caminhar em direção à saída, depois se virou para encarar Grant.

— Teoria interessante, no entanto.

Grant ia responder, mas parou ao perceber algo naquela voz.

— Mas nós dois sabemos que este assassino não tem só padres como alvo — continuou o homem. — É um problema muito maior. Não é, comandante?

Grant estreitou os olhos.

— Detetive Frankel.

— Agora vejo por que ganhou esse título pomposo que lhe deram lá na Scotland Yard. — O sorriso de Frankel não foi exatamente acolhedor. — Você poderia ter me ligado.

— E você poderia ter me dito onde estaria esta noite, detetive.

— Bem, aqui estamos nós dois — observou Frankel. — Então podemos muito bem começar a conversar.

2

A garçonete do Astro despejou metade do *milk-shake* de chocolate num copo alto e estreito e o colocou bem na frente de Frankel. Deixou o restante num copo de mistura metálico, com uma colher comprida dentro.

— Obrigado, Phyllis.

— Disponha, detetive. Como vai a caça ao homicida?

— Ainda estamos tentando juntas as peças.

Phyllis, que aos olhos de Grant já devia ter mais de 70 anos e dava a impressão de ter passado a maior parte da vida servindo mesas ali, acenou com a cabeça.

— Vocês vão conseguir. Contamos com isso. — Ela se virou para Grant. — Mais chá?

— Não, obrigado. Já fiquei muito satisfeito que vocês tenham English Breakfast.

Ela foi até o balcão vazio e o esfregou com um pano. Frankel tomou um grande gole do *milk-shake* e esperou. Grant observou o detetive reprimir um estremecimento, fazer um leve som de engasgo e limpar a garganta, enquanto levava um dedo à cabeça.

— Congelou meu cérebro — explicou Frankel. — Sempre acontece.

— Você vem muito aqui?

— Desde que entrei para a polícia. Já faz quinze anos.

Grant indicou o copo.

— E sempre bebe isso?

— Desde que me lembro.

— E você não pesa 25 *stone*[2].

— Isso é muito? — Frankel perguntou, confuso.

— Uns 150 quilos.

— O que posso dizer? Fui abençoado com um metabolismo saudável.

Além de ser um formigão, pensou Grant. Ele analisou o policial nova-iorquino. O homem se vestia bem, não usava as roupas de poliéster dos detetives das séries de TV americanas. Frankel era bonito o suficiente para que as mulheres não o ignorassem, mas não chegava a ser uma ameaça para os homens. Tinha um pouco mais de 1,80 de altura e cabelos castanhos, cujo comprimento provavelmente ultrapassava o recomendado pela polícia de Nova York. Os olhos azuis penetrantes de um astro de cinema eram um bônus e Grant tinha quase certeza de que o homem sabia usá-los a seu favor.

Frankel baixou o copo sem tirar os olhos de Grant.

— Você vai me dizer por que não me contou sobre a sua pequena excursão até a Saint Pat?

— Eu estava sem o que fazer e resolvi dar um passeio.

— E acabou topando justamente com a cena do crime que o fez atravessar o Atlântico.

— Como se diz por aqui, alguns de nós nascemos virados para a lua. Esta noite, foi simplesmente um golpe de sorte.

Frankel soltou uma risada.

— Não espera que eu acredite nisso.

— Tanto quanto você espera que eu acredite que você estava lá só aguardando o início da missa da meia-noite.

— Nós dois sabemos que não era esse o motivo — disse Frankel.

— O que você esperava ver? — perguntou Grant. — O assassino voltar à cena do crime?

---

2   Unidade de peso equivalente a 14 libras ou 6,35 quilos. (N. da T.)

— Ninguém tem *esse* golpe de sorte — resmungou Frankel. Ele acabou com o conteúdo do copo e passou para o recipiente metálico. — É um hábito que eu tenho, ir à cena do crime absorver todos os detalhes. A gente topa com todo tipo de curioso, que vem dar uma olhada. É impossível manter as pessoas afastadas... São como aquelas que se aglomeram para ver um engavetamento na estrada. — O detetive derramou o resto do *milk-shake* no copo. — E as teorias que inventam? São umas doidices... Meia hora antes de você aparecer, um sujeito tinha certeza de que o assassinato era obra de um arcanjo enviado para se vingar de todos nós, porque estamos à beira da danação eterna. — Ele lambeu a colher até deixá-la limpa. — Como se já não soubéssemos disso.

Grant não pôde deixar de sorrir.

— Você acredita mais na teoria do abuso, naturalmente.

— Todo mundo amava o padre Peter e não há nenhum indício de que não fosse de uma forma platônica e abençoada por Deus. Além disso, não parece que tenha sido algo pessoal, especialmente se o caso estiver realmente relacionado aos seus assassinatos em Londres.

— Tenho certeza absoluta de que está.

— Tem muita gente pirada andando por aí. Pode ser algum imitador.

— Nós nos certificamos de que a notícia não vazasse ainda.

Frankel balançou a cabeça.

— Sempre acaba vazando...

Grant não o corrigiu; em vez disso, tomou outro gole de chá. A xícara estava cheia. Phyllis sorriu do balcão, pois completara a xícara sem que ele percebesse.

— Presumo que o sotaque tenha me denunciado na igreja.

— Isso e a foto na sua página da Wikipedia — disse Frankel. — É bem antiga, aliás... Sem querer ofender.

— Não fui eu que coloquei lá. Foi minha falecida esposa.

— Eu li que você ficou viúvo há pouco tempo. Meus sentimentos.

Seguiu-se um silêncio incômodo. O tipo em que homens fortes tentam descobrir até que ponto vai a força um do outro.

— E como vamos fazer isso? — Frankel finalmente perguntou.

— Trabalhar juntos, você quer dizer?

— Sim, esse é problema. Você tem três assassinatos nas mãos e eu acabei de ganhar um. Mas como vocês não concluíram o caso lá no seu país, agora cabe ao meu departamento juntar as peças.

— Mandei fechar todas as igrejas da Grande Londres — disse Grant, na defensiva.

— Com certeza o padre Peters seria o primeiro a aplaudi-lo. — Frankel acabou com o resto do *shake*.

— Lamento que o desgraçado não tenha deixado seu itinerário...

— Tenho pra mim que o assassino poderia ter ido a qualquer lugar espalhar seu "espírito natalino".

— Você verificou as listas de passageiros de todas as principais companhias aéreas?

— Todas que deixaram Londres em direção a Nova York, desde a época do assassinato do músico? — perguntou Frankel. — Quando ele morreu? Cinco dias atrás?

— Seis — corrigiu Grant.

Frankel acenou com a colher para dar ênfase.

— Sabe quantas pessoas voaram nesse período entre Heathrow e JFK?... Vai saber se o assassino não partiu de Gatwick ou não voou para um dos outros grandes aeroportos daqui. Ou pegou o Eurotúnel e embarcou num avião em Paris para tentar nos despistar...

— Já me convenceu.

— Sei que todo mundo prefere pensar que nossa segurança está mais reforçada desde o 11 de setembro, mas a tecnologia avançou a passos largos. Hoje é mais fácil do que nunca forjar um passaporte, e o TSA[3] não consegue acompanhar o ritmo das fraldes.

— Mesmo assim eu verificaria essas listas, se fosse você.

Frankel abriu um leve sorriso.

— Estou fazendo isso desde que nos falamos pelo telefone hoje mais cedo.

---

3 *Transportation Security Administration*, agência norte-americana criada após os atentados de 11 de setembro, para fiscalizar e fortalecer o sistema de segurança do transporte aéreo nos Estados Unidos. (N. da T.)

Isso produziu mais um minuto de silêncio. Phyllis se aproximou da mesa e perguntou se algum deles queria mais alguma coisa. Os dois policiais disseram que não e ela deixou a conta sobre a mesa. Grant fez menção de pegá-la.

— Não aqui, na minha cidade.

Frankel tirou uma nota de vinte da carteira e entregou à garçonete. Ele disse para que ela ficasse com o troco e que a veria dali um dia ou dois. Quando ela se afastou, Grant agradeceu a Frankel pelo chá.

— Se eu cruzar o seu caminho mais uma vez, você pode retribuir o favor — Frankel disse a ele.

— Na minha cidade — repetiu Grant.

— Exatamente.

— Entendo que sou um simples convidado aqui, detetive. O que acha de recomeçarmos do zero amanhã cedo na delegacia, conforme combinamos antes?

Frankel acenou com a cabeça para Grant.

— Gosto da ideia de começarmos do zero. — O detetive se levantou e entregou a Grant seu pesado sobretudo.

— E sei até qual é o lugar perfeito para começarmos — disse Frankel.

— O Quinto Mandamento?

Frankel soltou uma risada.

— Já disseram que você é um pé no saco, comandante?

— Vivem me dizendo isso.

3

Honra teu pai e tua mãe.

Esse mandamento restringia o campo de ação do assassino a simplesmente... toda a humanidade. Todo mundo tinha pai e mãe. Claro, era preciso levar em conta os órfãos e aqueles que tinham perdido os pais, mas mesmo essas pessoas poderiam ter desonrado aqueles que as trouxeram ao mundo. E o que exatamente constituía uma transgressão contra os pais? Desobedecer às ordens deles? Não dar ouvidos aos seus sábios conselhos? Agredi-los verbalmente ou até fisicamente em público? Esquecer o aniversário de um deles? Se interpretassem o mandamento de forma diferente, mandar a mãe ou o pai idosos para um asilo poderia ser uma forma de desonrá-los.

Ou talvez não fosse nada disso.

Com um suspiro, Grant afastou a bandeja do serviço de quarto. Não tinha começado sua primeira manhã em Manhattan com o pé direito. Tinha sido preciso três tentativas para conseguirem preparar um chá English Breakfast razoável, depois de trazerem uma misteriosa mistura de ervas. A ideia que o cozinheiro do hotel fazia de um pão doce inglês lembrava uma pedra e o conceito de mingau lhe faltava completamente.

Chegar à delegacia de Midtown North provou ser uma experiência igualmente desafiadora, embora ficasse a apenas seis quarteirões do Hotel Londres. Os céus tinham se aberto para saudar a Nata da Scotland Yard e, com temperaturas em torno do zero grau, as gotas de chuva aferroavam as costas de Grant como pequenas estalactites. Encontrar um táxi naquelas condições era improvável; seria pior vencer aqueles seis quarteirões a pé?

Dez minutos depois, ensopado até os ossos (o guarda-chuva tinha virado do avesso quando o vento gelado soprou na velocidade de um tufão), ele teve sua resposta.

Ao empurrar as pesadas portas duplas da delegacia e depositar o guarda-chuva despedaçado num cesto de lixo, Grant tirou a capa de chuva encharcada e sacudiu a cabeça como um labrador depois do banho. Alguns instantes depois, ele foi conduzido por um policial uniformizado através de uma grande sala sem divisórias, onde os detetives passavam seus dias mastigando burritos no café da manhã e engolindo xícaras de café quente. O policial acompanhou Grant até um escritório nos fundos da delegacia e bateu na porta.

— O detetive Grant está aqui para vê-lo, senhor — disse o policial.

Grant pensou em corrigir o policial, mas imaginou que o título de "comandante" ou "inspetor-chefe" fosse parecer muito pretensioso e não lhe garantiria nenhum favor de qualquer um daqueles homens. Ele agradeceu com um aceno de cabeça e voltou sua atenção para John Frankel.

O detetive estava com os pés cruzados sobre a mesa, um arquivo enorme no colo e uma caneca listrada de azul e branco na mão, com o emblema dos Yankees. Frankel deu uma boa olhada em Grant e não se preocupou em reprimir um sorriso.

— Poderíamos ter enviado um carro para buscá-lo, comandante.

Agora é que ele me diz.

— Me pareceu uma bobagem desperdiçar fundos e mão de obra num trajeto de seis quarteirões.

— Percorrer seis quarteirões em Midtown na época de Natal pode parecer uma maratona.

— Prefiro acreditar que seja ótimo para fortalecer o caráter, detetive.

— Me chame de John — sugeriu Frankel. — Posso chamá-lo de Austin?

— Pode, claro. Mas outra pessoa virá no dia primeiro de janeiro.

— Ouvi dizer que você está se aposentando. Quantos anos faz que está na Yard?

— Trinta e quatro, detetive. — Grant se corrigiu. — Quero dizer, John.

— Bem, eles escolheram um caso e tanto como saideira. — O detetive olhou para o arquivo em seu colo. — Você chegou à mesma conclusão sobre o Quinto Mandamento?

— Não tenho dúvida disso.

Frankel concordou com a cabeça.

— Como todas as pessoas de cada uma das cinco divisões da cidade é uma vítima em potencial, nem sei por onde começar.

— Não há garantia de que o assassino se limitará à ilha de Manhattan. Eu estava totalmente enganado quando supus que ele continuaria agindo no centro de Londres.

— Por onde sugere que comecemos?

— Com o que já sabemos: a última vítima — respondeu Grant. — O que eu não entendo é como o assassino conseguiu isolar o padre Peters daquela maneira. A Saint Patrick não fica aberta 24 horas por dia? Com certeza havia testemunhas.

— Ele acionou o alarme de incêndio. Depois ficou ainda mais ousado. — Frankel digitou algo no teclado e virou a tela do computador na direção de Grant.

A gravação de uma câmera de vigilância da Saint Patrick começou a rodar. Na parte inferior da tela lia-se 21h58. Havia umas vinte pessoas circulando pela catedral. Frankel avançou a fita até encontrar a parte onde os visitantes de repente começaram a se apressar em direção à saída.

— Estão com pressa porque o alarme disparou, obviamente. — Frankel bateu no canto esquerdo da tela. — Imagino que *esta* seja a pessoa que estamos procurando.

Na gravação, uma figura encapuzada e coberta com um manto entra pela lateral da nave e começa a acenar com os braços em direção à saída principal, para que todos deixem a igreja.

— Presumo que você já tenha tentado melhorar essa imagem — disse Grant.

— Claro. — Frankel apertou mais botões até que a figura encapuzada encheu a tela. — Ele parece estar usando algum tipo de balaclava.

Frankel congelou a imagem na tela. O capuz e o manto escondiam quase todo o rosto, mas Grant conseguiu distinguir uma máscara escura escondendo as faces do suspeito, entre as dobras do capuz.

— Muito esperto. Ninguém achou estranho esse tipo de máscara?

— Na hora, não. Pense em alguém gritando "fogo" num prédio cheio de gente. O alarme toca, um padre entra correndo e manda que as pessoas evacuem a igreja. Todos dão meia-volta e disparam para a rua sem questionar.

Grant observou os visitantes fugindo até só restar a figura encapuzada no interior da catedral. Ele fecha as portas principais, tranca-as e permanece dentro da igreja. E assim que o homem cruza o santuário, outra pessoa surge na tela.

— O infeliz do padre Peters? — perguntou Grant.

Frankel confirma com a cabeça.

— Ele estava no presbitério quando o alarme disparou. Provavelmente já na cama aquela hora, porque está vestindo só uma camiseta e uma calça de moletom. Deve ter enfiado a roupa às pressas para verificar o que estava acontecendo.

Eles observaram o padre Peters avançar na direção da figura encapuzada. Grant podia ver que o padre gritava alguma coisa para o outro homem.

— Você conseguiu decifrar o que ele está dizendo? — perguntou Grant.

— O melhor que conseguimos foi: "O que está acontecendo?" e "O que você está fazendo?".

Frankel aproximou a imagem novamente e enfocou o rosto de Peters. A expressão do padre tinha passado de curiosa a assustada.

— Deve ter sido quando ele reparou na máscara — arriscou Grant.

Frankel descongelou a imagem e Grant observou enquanto Peters tentava fugir do homem encapuzado. O sujeito estava a centímetros do padre quando ambos saíram da tela. A fita mostrava a igreja vazia, depois a imagem congelava e escurecia.

— O que aconteceu depois? — perguntou Grant.

— Nosso amigo obviamente encontrou a fonte da câmera e cortou a energia. Provavelmente logo depois de socar o padre até deixá-lo inconsciente.

Grant assentiu, um tanto chocado com a audácia do assassino.

— Quer dizer que, depois que as câmeras estavam desligadas e as portas trancadas, ele conseguiu desligar o alarme e terminar seu serviço sujo?

— Exatamente. Deve ter levado uns dez minutos para cortar a garganta do padre e colocá-lo na cruz. — O detetive fechou o navegador e se recostou na cadeira.

— Vocês conseguiram alguma pista de quem é o homem pela gravação?

— Quando o assassino se aproxima do padre Peters dá para perceber que se trata de um indivíduo com cerca de 1,80 metro de altura. — Frankel encolheu os ombros. — Claro, como o manto cobria os pés, não podemos dizer ao certo se ele não estava usando palmilhas nos sapatos ou saltos para ficar mais alto.

— O que elimina talvez metade dos homens que andam pelas ruas de Manhattan.

— Pode ser — disse Frankel. — Mas não devíamos estar procurando alguém do seu lado do Atlântico? Isso tudo começou na sua ilha, não na minha.

— Essa é uma suposição razoável. Mas nunca imaginei que ele fosse se aventurar para fora do Reino Unido. Agora que fez isso, pode estar em praticamente qualquer lugar.

Frankel estendeu o arquivo para Grant.

— Já fizemos uma verificação cruzada entre as vítimas de Londres e o padre Peters. Não parece haver nenhuma ligação. Peters nunca foi a Oxford, não era colecionador de arte nem tinha nenhuma ligação com a mulher assassinada, e posso apostar que os Blasphemers não estão na *playlist* dele.

— O assassino não parece ter alguma ligação pessoal com as vítimas. Ele parece ter só a intenção de mostrar sua própria interpretação dos Mandamentos.

— Mas por que deixar a Inglaterra? — perguntou Frankel. — Não é como se já tivesse sido descoberto lá.

— Já sabíamos que ele estava atrás de um homem de batina. Pode ser que tenha imaginado que poderíamos tentar impedi-lo se estivesse em Londres, por isso resolveu fazer seu showzinho aqui em Nova York.

— Mas por que Nova York? — perguntou Frankel. — Não seria mais fácil perambular por toda a Europa sem arriscar uma viagem aérea ou chamar atenção aqui com seu sotaque inglês?

— Suponho que ele tenha algum tipo de lógica que só faça sentido na cabeça dele. As minhas maiores dúvidas são: qual foi a motivação dele para cometer os crimes e por que resolveu cometê-los neste momento.

— Tirando o fato de que pode ser apenas um doido varrido?

— Garanto que os assassinatos fazem todo sentido para ele. — Grant balançou a cabeça. — Mas por que começou com Frey e apenas duas semanas atrás? Por que não matar um professor diferente seis meses atrás ou seis anos atrás? Isso é o que fico me perguntando: por que agora?

— Talvez seja um presente de aposentadoria antecipado para você — sugeriu Frankel.

4

Depois de lhe cederem um escritório minúsculo nos fundos da delegacia, Grant continuou investigando o assassinato na Saint Patrick. A salinha tinha uma cadeira giratória, um vaso de plástico verde, um mata-borrão de mesa em branco, um copo com canetas Pilot G2 azuis, uma foto emoldurada dos policiais da delegacia por volta de 1920... e um comandante da Scotland Yard bem descontente.

A maioria das entrevistas foi bem objetiva. As poucas "testemunhas" que eles haviam rastreado relataram a mesma história. O alarme soou e um homem parecido com um monge encapuzado apareceu para mandá-los sair da igreja. Uma senhora com a aparência de uma matrona de Ohio, que fazia uma excursão pelas grandes catedrais e igrejas da Costa Leste, tinha visto a figura encapuzada entrar na nave por um corredor lateral, o mesmo em que ficava o alarme de incêndio. Tinha sido difícil distinguir a voz dele, abafada pela máscara que lhe cobria todo o rosto.

Grant ligou para a sra. Thelma King, de Cleveland, Ohio, para voltar a entrevistá-la. No momento, ela estava descansando um pouco das perambulações pela Igreja da Trindade, em Back Bay, Boston ("... vitrais maravilhosos, mas, para dizer a verdade, comandante, na décima quinta catedral já é difícil diferenciar uma da outra..."). Thelma tinha despertado o interesse de Grant pelo fato de ter permanecido por perto da Saint Patrick depois de o alarme de incêndio disparar. O primeiro caminhão dos bombeiros chegou doze minutos depois do disparo do alarme, mas os bombeiros encontraram as portas da igreja trancadas. Embora ninguém tivesse visto fumaça, eles tentaram sem sucesso abrir as portas maciças de bronze, depois correram para a lateral da catedral e arrombaram a porta.

Thelma não tinha arredado o pé da calçada. Ficou observando atentamente enquanto um número cada vez maior de caminhões de bombeiros aparecia, seguidos por meia dúzia de radiopatrulhas.

— Quando a senhora descobriu que alguém tinha sido assassinado? — Grant perguntou.

— Ouvimos uma coisa aqui e outra ali. Primeiro um sujeito disse que havia um corpo lá dentro. Achei que fosse o monge que nos expulsou, que ele talvez tivesse morrido no incêndio. Depois ouvi num dos rádios da polícia que era, na verdade, aquele pobre padre.

Quando ele perguntou se ela tinha voltado a ver o monge encapuzado, talvez saindo furtivamente por uma porta lateral, Grant quase pôde ouvir Thelma sacudindo a cabeça.

— Depois que saímos às pressas da igreja, não vimos mais. O senhor acha que foi ele que matou o padre?

Grant evitou responder e disse a Thelma que eles ainda estavam apurando os fatos. Depois agradeceu e desejou que ela aproveitasse bem o restante da excursão.

E assim passou a manhã. Quando foram para a Saint Patrick, verificar a cena do crime durante o dia, Grant ficou muito satisfeito por ter a chance de sair daquele escritório claustrofóbico.

A chuva tinha parado, e o Sol perfurava as nuvens de algodão que atravessavam num ritmo furioso o horizonte de Manhattan. Grant estava acostumado com a umidade que impregnava as ruas de Londres, mas as correntes de vento das avenidas de Nova York, espremidas entre os arranha-céus e os rios Hudson e East, eram uma experiência nova e desagradável para ele.

A investigação da catedral à luz do dia infelizmente não rendeu nada de muito importante. O assassino tinha entrado na igreja com o público em geral ou se esgueirado pela entrada de serviço, nos fundos. Quanto à troca de roupa, o momento em que ele vestira o manto franciscano não tinha sido capturado pelas câmeras de vigilância, nem aquele em que o alarme fora acionado.

Grant não achava que fosse coincidência: a cada assassinato ficava mais evidente que o sujeito havia planejado cada passo minuciosamente.

Grant e Frankel foram até o escritório do padre Timothy Polhemus, o clérigo mais antigo da Saint Patrick. Com cabelos grisalhos e as bochechas rosadas de quem (na visão de Grant) degustava muito vinho sacramental, Polhemus comentou que o colega Adam Peters era um padre amado por todos e não representava ameaça para ninguém.

— O senhor não se lembra de nenhum desentendimento com algum paroquiano? — perguntou Grant.

— Já tive meu quinhão de sacerdotes geniosos e cabeça-dura — respondeu Polhemus. — Mas o padre Peters tinha um temperamento estável. Era equilibrado e sempre fazia questão de se despedir das pessoas com um bom conselho e um "Deus te abençoe".

Isso não surpreendeu Grant: provavelmente a única falha do padre era trabalhar no sabá. Ele disse isso a Frankel quando deixaram o escritório.

— O que você está dizendo, basicamente, é que esse maníaco podia ter matado *qualquer* padre.

— Receio que sim.

Frankel balançou a cabeça.

— E ele teve que escolher a minha regional para fazer isso.

— O mais assustador é que, da próxima vez, ele pode cometer um crime num lugar completamente diferente. Não há nenhum motivo específico para ele ficar em Manhattan. Qualquer pessoa tem mãe ou pai. Ele pode escolher qualquer lugar.

— Você realmente sabe como animar uma pessoa... — repreendeu Frankel, enquanto entravam no santuário.

Antes que Grant pudesse responder, o celular de Frankel tocou. O detetive consultou a tela do aparelho e pediu licença ao comandante para atender à chamada. Enquanto Frankel se afastava, os olhos de Grant foram atraídos para um altar lateral onde um homem esguio acendia uma vela.

— Será que eles finalmente caíram em si e o expulsaram da sua paróquia depois de ver quantos pecados já cometeu? — Grant perguntou ao se aproximar do homem.

Monte Ferguson se endireitou e enfrentou Grant.

O repórter do *Daily Mail* parecia estar vestindo o mesmo terno de caimento ruim que Grant o vira usar no final de semana anterior. Ele suspeitava que Ferguson fosse o tipo de homem que comprava meia dúzia de ternos, gravatas e camisas idênticas, para passar despercebido, sem nunca atrair a atenção enquanto estava atrás de uma boa história.

— Você não me ligou ontem — acusou Ferguson.

Grant estava com tanta pressa de cruzar o Atlântico que havia se esquecido de que devia ao jornalista um telefonema. No momento em que se lembrou, no meio do voo, presumiu que o homem ainda estivesse buscando uma ligação entre os assassinatos dentro da Grã-Bretanha.

Ele via agora que estava enganado.

— As circunstâncias mudaram — Grant respondeu. — Sem dúvida você percebeu, caso contrário não estaria aqui em Nova York. E, me diga, o que o trouxe aqui?

— Você já me viu revelar uma fonte, comandante?

O homem da Scotland Yard balançou a cabeça.

— Eu não ficaria surpreso se me dissesse que o sargento Hawley foi solícito demais quando você ligou ontem me procurando.

— Deixo isso para você resolver com seu subordinado — disse Ferguson, obviamente sem querer levar adiante a conversa sobre a sua presença em Nova York.

Grant não fez mais nenhum comentário.

— O que você quer de mim, exatamente?

— Um motivo para não divulgar para todo mundo que vocês estão à caça de um *serial killer* em dois continentes.

— Se é isso que pensa, por que já não publicou a notícia?

— A confirmação de uma fonte confiável confere mais veracidade a qualquer história. E, apesar de nossas diferenças no passado, sempre apreciei o fato de você nunca mentir para mim, comandante.

— E por que eu confirmaria essa sua teoria?

— Porque você é o principal investigador de três assassinatos ocorridos num período de dez dias e agora cruzou o oceano para investigar um quarto. Sem falar que este é de um *padre*. Acho difícil acreditar que *isso* seja uma simples coincidência, se levarmos em conta o fechamento das igrejas que você orquestrou na Inglaterra no fim de semana.

— Pode ser que tenhamos nos excedido um pouco. Você sabe o que dizem por aí sobre as pessoas esta época do ano.

— Talvez eu fale com seu colega americano ali. — Ferguson indicou Frankel, que ainda estava em sua ligação na entrada da igreja. — Eu poderia perguntar sobre as marcas na testa do padre e a ligação com os corpos que você encontrou em Londres.

Os olhos de Grant se estreitaram. De tudo o que Ferguson dissera, aquela era a primeira coisa que o pegava de surpresa. Ele achava que tinham conseguido encobrir as particularidades dos crimes. Escolheu suas próximas palavras com cuidado.

— Se eu perguntasse como conseguiu essa informação, suponho que vá mencionar sua preciosa fonte de informações privilegiadas.

— Estou feliz que tenha prestado atenção a isso todos esses anos — respondeu Ferguson. — Vai continuar negando que todos os quatro corpos tinham as mesmas marcas?

Ele não sabe que elas estavam em ordem numérica.

O que significava que Ferguson não tinha feito a ligação com os Dez Mandamentos.

Grant considerou as repercussões de uma notícia ligando os crimes a um *serial killer* que agia nos dois lados do Atlântico. Não faria mal nenhum se as pessoas fossem um pouco mais cuidadosas com estranhos nas semanas seguintes, pelo menos até que ele e Frankel descobrissem quem não estava honrando os próprios pais.

— Suponhamos que eu reconheça a existência de tal pessoa. Você estaria disposto a não divulgar as informações sobre o que você chamou de "marcas"?

— Acho que posso pensar nessa possibilidade — respondeu Ferguson.

Grant, já decidido, fingiu refletir sobre o acordo. Depois concedeu ao jornalista a informação oficial de que um *serial killer* estava agindo em dois países diferentes. Ele estava prestes a dispensar Monte quando Frankel juntou-se a eles.

Grant fez as apresentações. Os dois homens se cumprimentaram com a cabeça e em seguida Ferguson se afastou, querendo certamente registrar sua história antes que Grant rescindisse seu acordo.

Enquanto Frankel olhava Ferguson indo embora, Grant disse que o jornalista podia, na verdade, ser um trunfo para a investigação. Em dúvida, Frankel disse a Grant que ele poderia explicar aquilo no caminho para o necrotério.

Diante do olhar interrogativo de Grant, Frankel explicou.

— Era o médico legista. Ele fez a autópsia do padre Peters e já pode nos passar um laudo.

No táxi a caminho do legista, Grant ficou feliz em saber que Frankel concordava com o acordo que fizera com o repórter.

— Acho que é hora de deixarmos esse maluco saber que não estamos longe de detê-lo — disse Frankel.

Ele perguntou a Grant se ele queria comer alguma coisa antes da autópsia. O comandante sentiu o estômago revirar e sugeriu que talvez fosse melhor irem depois. Assim que deu uma olhada no corpo do padre Adam Peters sobre a maca, Grant constatou que tinha tomado a decisão certa.

Fazia apenas um dia que o padre tinha sido assassinado, mas parecia que estava há semanas apodrecendo num armário. O rosto estava azul e inchado desde as sobrancelhas até as bochechas. O pescoço estava saliente, por causa de um fio enrolado com força suficiente não apenas para extinguir sua vida, mas para mantê-lo pendurado na cruz sobre o altar principal.

Marcus, o legista, um afro-americano de quase 40 anos, disse a Grant que não conseguia se lembrar de ter realizado uma autópsia num homem santo, embora centenas de almas infelizes já tivessem passado pelas suas mãos. O legista relatou suas descobertas enquanto alisava um cavanhaque fino, que estava começando a ficar grisalho.

— O primeiro golpe que recebeu foi na nuca. — O legista indicou uma região machucada no crânio do padre morto, que havia sido raspada e aberta com um bisturi.

— Foi isso que o matou? — perguntou Frankel.

Marcus negou com a cabeça.

— Estou chegando lá.

Marcus apontou para uma bandeja que continha vários instrumentos, fluidos dentro de sacos plásticos e tecidos extraídos do cadáver.

— O golpe definitivamente o subjugou; provavelmente o deixou inconsciente, mas parece que o assassino queria mantê-lo vivo por tempo suficiente para dar isso a ele.

Grant e Frankel olharam para o item em questão.

Era de prata e formava um círculo perfeito; parecia muito com uma moeda, mas era um pouco maior.

— Posso? — perguntou Grant, erguendo a mão enluvada. Marcus assentiu e Grant o ergueu para que ele e Frankel pudessem estudá-lo.

— É um *souvenir* — observou Frankel.

Grant lhe lançou um olhar curioso.

— Vocês devem ter algo como isso em Londres. Essas moedas são vendidas por toda a cidade, principalmente na Times Square e em outros pontos turísticos. Você paga um dólar ou dois e cria seu próprio *souvenir* de Manhattan com a Estátua da Liberdade, o Central Park ou algum outro marco da cidade. — Frankel pegou a moeda da mão de Grant e a virou. — Esta aqui tem o Empire State Building. Você escolhe a imagem que quiser e depois manda gravar a mensagem do outro lado.

Grant teve a impressão de que a temperatura na sala tinha acabado de cair, mas depois percebeu que era seu corpo reagindo ao que estava por vir.

— E presumo que haja uma gravação nesta moeda em particular?

Frankel apontou para ela com o dedo indicador.

— 9888.

Grant se virou para encarar Marcus.

— O assassino manteve Peters vivo por tempo suficiente para fazê-lo engolir isso? Para que o encontrássemos?

— É isso que estou imaginando — o legista respondeu. — Mas juro por Deus que não faço ideia do que significa.

— Significa que esse filho da mãe está realmente começando a foder a gente — disse Frankel.

Grant seria o primeiro a dizer que havia uma grande diferença na maneira como americanos e britânicos descreviam as coisas.

Mas ele próprio não poderia ter se expressado melhor se tentasse.

5

Sentado numa lanchonete nos fundos do prédio que abrigava o necrotério, Grant estava achando nauseante a ideia de comer, depois da descoberta que Marcus fizera no estômago do padre assassinado. No entanto, isso não impediu Frankel de devorar dois cachorros-quentes cobertos de mostarda, maionese e *ketchup*. O detetive terminou o segundo sanduíche com um gole de coca-cola, depois enxugou a boca e percebeu que Grant o encarava.

— Eu sei. Minha ex costumava dizer que fui criado numa estrebaria.

— Eu não sabia que você era divorciado — observou Grant, os olhos vagando até o dedo anelar esquerdo do detetive, onde havia uma aliança de ouro simples e ligeiramente manchada.

— Isto aqui? — Frankel acenou com o dedo. — Quase dois anos agora. Vivo querendo tirá-la, mas não sei o que fazer com ela. Não vou jogá-la no lixo e entupir o vaso sanitário. Eu a coloco numa gaveta, encontro-a quando menos espero e isso faz que eu me sinta um merda por não acertar as coisas com Julia.

— Isso significa que você espera que ela volte?

— Sem chance de isso acontecer. Ela dormiu com o zelador do meu prédio. Eles estão administrando um bar de praia agora, em Big Island, no Havaí. — Frankel sacudiu a cabeça. — Um psiquiatra me disse que continuo a usar a aliança para não ter de explicar o que aconteceu. Se eu tirar, vai acabar se tornando um grande acontecimento. — Ele acabou com o resto da Coca. — Talvez eu esteja apenas esperando que a garota certa apareça para eu me livrar dela.

Grant, sem saber o que responder, recorreu à boa e velha discrição britânica: demonstrou uma empatia educada com um simples aceno de cabeça. O truque aparentemente deu certo, pois Frankel mudou de assunto e passou a falar do enigma que ambos tinham em mãos.

— 9888 — disse Frankel. — O que você acha que significa?

— A primeira coisa que me vem à cabeça é um local ou endereço — sugeriu Grant.

Frankel tirou o iPhone do bolso e começou a consultar o Google Maps.

— O número 988 da Eighth Avenue é um prédio de apartamentos na esquina da Fifty-Eighth Street com a Eighth Avenue. Fica ao sul da Columbus Circle.

— Quantos apartamentos ou moradores tem esse prédio?

— Só vou saber quando chegarmos lá — respondeu Frankel. — Mas imagino que muitos deles sejam ocupados por mães e pais.

— Ou seus filhos e suas filhas — disse Grant.

Enquanto Frankel conduzia seu sedan sem identificação da polícia pelo congestionado centro da cidade de Manhattan, Grant sugeriu que fizessem a jornada de vinte quarteirões a pé.

— Há dias em que não se consegue avançar nem dois quarteirões em uma hora, mas em outros é possível atravessar a cidade sem pegar um único congestionamento — disse Frankel. — Um tempo atrás, dava para se achar um táxi, mas, ultimamente, sem chance. Está um inferno agora, com o Uber e a Lyft, além dos aplicativos como o Waze ou outro do tipo "Me diga a porra da melhor maneira de chegar na porra desse lugar".

Ele finalmente desistiu de buzinar e tirou de debaixo do banco uma luz vermelha portátil acondicionada numa bolha de plástico. Fixou-a no painel do carro e acionou um botão de sirene que emitia um som irritante.

— A sirene está ajudando muito! — ironizou Grant um ou dois minutos depois, quando não tinham avançado nem um centímetro.

— Se o nosso amigo tem a intenção de matar alguém naquele prédio, vamos rezar para que ele esteja preso neste mesmo engarrafamento.

Grant examinou um mapa da cidade, tentando se orientar. Ele tinha perguntado antes a Frankel sobre a Eighty-Eighth Street, mas e se o endereço fosse, em vez disso, 98 West ou East Eighty-Eighth Street? Uma checada rápida no mapa revelou que aqueles dois lugares seriam exatamente no meio das interseções, já que as duas direções da Eighty-Eighth Street terminavam com o número 88 antes de saltar para 100.

Pelo menos eles estavam procurando por um prédio em vez de três. Ainda assim, o edifício número 988 da Eighth Avenue tinha quinze andares.

Frankel usou o "privilégio" de ser policial para deixar o sedan estacionado na frente do prédio. Ele colocou uma identificação da polícia no painel e fez sinal para que Grant saísse do carro.

O comandante examinou o edifício acinzentado. As paredes tinham um tom indefinido e provavelmente só eram lavadas quando chovia forte. Ele começou a contar as janelas, depois parou de repente.

— Isso vai levar uma eternidade.

— Espero que esse cara seja útil para alguma coisa.

Frankel indicou o porteiro, parado do lado de fora de portas de vidro maciças. Pegou seu distintivo da polícia, em seguida passou a fazer um resumo da situação a Jordan Sanchez, um latino robusto e bem-apessoado que vinha do Queens trabalhar todos os dias, exceto aos domingos.

— E por que vocês acham que alguém aqui será o alvo? — Jordan perguntou.

— Lamento, mas essas informações são sigilosas — Frankel respondeu.

Eles pediram que Jordan fizesse uma lista dos visitantes mais recentes. Infelizmente, como havia mais de sessenta apartamentos no prédio, dezenas de visitantes tinham entrado no prédio nos últimos dias.

O porteiro pedia que essas pessoas deixassem sua assinatura no livro de visitantes ao chegar no edifício, mas não exigia nenhum documento. Os próprios visitantes anotavam o apartamento para o qual estavam indo, depois o porteiro ligava para o morador, informando-o da visita. Mas isso não garantia que a pessoa fosse diretamente para o apartamento indicado. Ela podia muito bem fazer uma parada ou duas em outros andares do edifício.

Havia também a questão das entregas. Os moradores estavam acostumados a pedir comida por aplicativos e fazer compras pela internet, por isso havia entregas o tempo todo. Jordan forneceu o registro dos últimos três dias, depois os levou até o zelador, que teria mais condições de ajudá-los e poderia providenciar o acesso ao sistema de segurança do edifício.

Grant teve a impressão de que George Tompkins tinha nascido com o prédio, pois ele poderia ter qualquer idade entre 70 e 100 anos. O zelador tinha uma juba de cabelos brancos, mas a energia de alguém com metade da idade dele. Era a terceira geração de Tompkinses a cargo de supervisionar o número 988 da Eighth Avenue, que remontava à época do seu avô, que ocupara o mesmo apartamento no subsolo, logo depois da Primeira Guerra Mundial.

Tompkins os conduziu ao subsolo, para o cômodo onde ele tinha passado praticamente a vida inteira. Cheia de lembranças, a sala era uma história visual de Manhattan desde a Primeira Guerra, começando pela glória do Dia da Vitória, na Times Square, até a tragédia na extremidade de Manhattan, naquele dia de setembro deste século.

As fitas das câmeras de segurança estavam empilhadas ordenadamente num pequeno armário e Tompkins mostrou aos dois homens como reproduzi-las. Frankel cotejou as entradas do livro de visitantes de Jordan com os horários de entrada e saída dos visitantes do prédio, registrados pelas câmeras de segurança.

— A grande maioria dos moradores foi contra a instalação de câmeras nos corredores — Tompkins explicou, quando os investigadores lhe perguntaram sobre a existência de outras câmeras. — Acharam que seria invasão à privacidade. De qualquer maneira, também seria uma despesa grande demais para o condomínio.

Frankel avançou a fita. Não era provável que aquela filmagem toda fosse ajudar em alguma coisa, especialmente porque o último cadáver encontrado no prédio era o da pobre sra. Simmons, falecida três meses antes.

— De que outras maneiras uma pessoa poderia entrar no prédio? — perguntou Frankel. — Que não fosse pela porta da frente.

Tompkins mencionou a entrada de serviço, na Fifty-Eighth Street, mas poucas pessoas tinham as chaves. Nenhum dos funcionários deixaria um desconhecido entrar por ali, mas ele deu aos policiais o nome deles.

Em seguida, a dupla passou para a parte mais trabalhosa do processo: entrevistar os ocupantes do edifício. Grant e Frankel tinham discutido a respeito disso durante o longo trajeto (com mais de um quilômetro de engarrafamento) até o West Side.

— Concorda que estamos procurando uma vítima em potencial aqui, não nosso assassino, certo? — Frankel tinha perguntado entre as buzinas dos carros presos no congestionamento.

— Apesar de todo o esforço que o assassino está fazendo para nos fazer acompanhar seus passos, acho muito difícil que ele tenha nos fornecido o endereço onde mora. Além disso, não faria sentido nenhum começar uma matança do outro lado do Atlântico, apenas para nos levar até sua própria porta.

— E estamos realmente atrás de alguém que desonrou pai e mãe.

— A menos que você tenha uma ideia melhor.

Frankel não tinha.

Grant se deu conta de que era bem pouco provável que recebessem boas-vindas calorosas dos moradores do prédio. Se um deles tivesse feito algo horrível com os pais, ele não podia imaginar essa pessoa reconhecendo essa transgressão.

Frankel se instalou na sala de jogos e Grant se sentou atrás de uma escrivaninha, numa sala perto da entrada do prédio. Decidiram conduzir as entrevistas separadamente, para terminarem tudo mais rápido e em seguida compararem as anotações.

Era início da tarde quando eles começaram, por isso a maioria dos entrevistados eram donas de casa, aposentados e aqueles que trabalhavam em *home office*. Apenas no caso de alguns, valia a pena fazer uma investigação mais aprofundada. Uma moradora tinha se distanciado dos pais porque eles tinham se recusado a pagar a escola do filho dela. Outra tinha parado de falar com o pai viúvo, dizendo que ele se tornara um bêbado inveterado depois que a mãe dela tinha falecido, deixando a filha adolescente ao deus-dará.

— Se eu pudesse, teria matado meu pai! — ela confessou a Grant e depois explodiu em lágrimas, ao perceber o que tinha dito, obrigando-o a passar mais dez minutos consolando a moça.

Ao cair da noite, os moradores que trabalhavam fora começaram a chegar em casa, surpreendendo-se ao encontrar policiais de dois países diferentes ocupando os espaços públicos do prédio. A maioria se submeteu às entrevistas com Grant e Frankel sem reclamar. E sem exceção, todos só teceram elogios ao falar dos próprios pais. Quando Frankel e Grant foram embora, já era noite e eles estavam convencidos de que tinham se desgastado à toa por um assassino que deveria estar rindo da cara deles.

Antes de sair, eles se sentaram novamente com Tompkins para descobrir quantos moradores ainda precisariam entrevistar. Já tinham abordado um número considerável e faltavam menos de dez. O zelador disse que iria verificar quem estava fora da cidade e fornecer o celular dos demais.

Na saída, Frankel entregou a Grant uma cópia da lista dos moradores que ainda tinham de entrevistar e eles a dividiram ao meio.

— Sinta-se à vontade para ligar para eles do seu hotel ou da delegacia pela manhã. Quer me encontrar por volta das onze da manhã para ver o que conseguimos?

Grant estava tão cansado que mal conseguiu acenar com a cabeça.

O único lugar em que ele queria ficar era em sua casa, em Maida Vale, com a cabeça enterrada debaixo de um travesseiro até o Ano-Novo.

— A pista do assassino não é necessariamente um endereço — disse Everett ao telefone.

Grant reprimiu um suspiro. Não que aquilo já não tivesse passado pela cabeça dele, mas era doloroso ouvir a mesma coisa em voz alta. Especialmente depois de dez horas de entrevistas no edifício número 988 da Eighth Avenue.

— Pelo menos é um lugar para começar — disse Grant ao irmão.

Everett tinha deixado duas mensagens pedindo a Grant que retornasse a ligação assim que voltasse ao hotel, sem se importar com a diferença no fuso horário. Ele não ficou surpreso. O irmão sofria de insônia e costumava trabalhar até altas horas da madrugada.

— Pode ser o número de uma fatura — acrescentou Grant. — Ou coordenadas de um mapa que não estamos entendendo... — Ele ergueu as mãos, frustrado. — As possibilidades são infinitas.

— Você já pensou que pode ser uma data? — Everett perguntou.

Aquilo tinha passado pela cabeça dele por um instante, mas significaria 8 de setembro de 1988, e três décadas pareciam uma eternidade nestes dias de gratificação instantânea e mídias sociais. Ele disse isso a Everett, mas fez uma anotação mental para examinar a possibilidade mais tarde.

— Você deve ter razão — respondeu Everett. — São tantas referências obscuras para tentar. Os números do califórnio e do rádio na tabela periódica, uma temperatura de 98 graus Fahrenheit, as 88 teclas do piano...

— Está sugerindo que eu deva procurar um piano radioativo?

Everett deu uma risadinha.

— Vai saber o que pensa um sujeito como esse.

Grant sorriu também. A noite seguinte seria o dia do seu encontro semanal com o irmão. Ele realmente preferia poder passá-la sentado em frente a Everett, esquecido de tudo graças a uma série confusa de movimentos de xadrez.

Ainda assim, Grant achou proveitoso revisar o caso com ele, como tinham feito aquela noite — *apenas uma semana atrás?* –, na biblioteca de Everett, quando o irmão o ajudara a descobrir que os crimes estavam sendo cometidos com base no Antigo Testamento.

Eles passaram mais alguns minutos debatendo várias partes da investigação até que Grant se lembrou das mensagens de voz que o irmão tinha deixado mais cedo.

— Você disse que era importante que eu ligasse, não importava o horário — Grant lembrou o irmão. — O que queria me dizer?

Everett hesitou. Então limpou a garganta e começou com:

— Preciso que me escute um minuto, Austin.

Oh-oh, pensou Grant. *Aquilo não podia ser nada bom.* Mas ele ouviu mesmo assim.

Em princípio, Grant tentou dormir, mas não conseguia tirar a conversa com Everett da cabeça.

Então ele se distraiu pesquisando sobre a data: 08/09/88.

Naquele dia, o Parque Yellowstone tinha sido fechado pela primeira vez na história, por causa dos grandes incêndios florestais. Bart Giamatti tinha sido eleito por unanimidade Comissário da Liga Principal de Beisebol. Grant não conseguia ver por que algum daqueles acontecimentos poderia ter estimulado o assassino a matar um pecador em particular, fosse um parque com incêndios criminosos ou um fã irado que não aprovava a votação no beisebol, muito menos uma relação dessas coisas com o ato de desonrar um pai. Ele procurou registros policiais de crimes e, como acontecia em qualquer dia nos Estados Unidos, aquele tinha sido cheio de atrocidades. Naquele dia de setembro, na área metropolitana de Nova York, tinham ocorrido três assaltos à mão armada, uma casa tinha sido invadida e um casal em Long Island tinha sido assassinado. Além disso, um estuprador havia sido preso após uma hora de perseguição pelo Central Park. Todas as ocorrências horrendas, mas tentar conectá-las ao momento presente só fazia a cabeça de Grant doer ainda mais.

Ele deveria ter eliminado a ideia de Everett logo de início. Mas era muitas vezes intimidado pelo irmão mais novo, que demonstrava uma inteligência tão superior à dele que era difícil para Grant enfrentá-lo.

Por isso, naturalmente, ele concordou em fazer o que Everett pedira.

Aos olhos de Grant, a sala de jantar do Surrey parecia a sala de chá de um hotel londrino. A melhor porcelana, os melhores talheres e as melhores toalhas de linho estavam em uso, cada mesa com um arranjo de flores simples, mas elegante, que não distraíam a conversa ou a apreciação de um prato delicioso. As paredes eram adornadas com desenhos de estilo impressionista, que, por tudo o que Grant sabia, poderiam ser obras-primas.

Quando o *maître* lhe perguntou se ele tinha reserva, ele lhe deu o nome "Grant" e foi informado de que a pessoa com quem se encontraria tinha acabado de chegar.

Grant seguiu o homem de *smoking* por uma sala de jantar lotada de clientes endinheirados do Upper East e de Manhattan, comendo omeletes e fechando negócios. À medida que se aproximavam da mesa, Grant foi desacelerando os passos, assaltado por um repentino tremor.

Mesmo estando de costas, estava claro que a mulher sentada à mesa era atraente e, pela maneira como se portava, alguém forte e difícil de se ignorar.

— Bom café da manhã, sr. Grant — disse o *maître*.

A mulher se virou e seu queixo delicado quase bateu no chão.

— Mas que diabos... ?

Grant percebeu que ela havia perdido um pouco do seu sotaque britânico.

— Não me culpe. Tudo isso é coisa do seu tio — defendeu-se ele.

— O que não significa que você tivesse que concordar, pai — disse a filha.

6

Não importava o que Grant ou Allison fizessem, Rachel não parava de gritar.

Ela era um bebê de apenas três dias de idade, mas tinha pulmões fortes. Grant não se lembrava da filha recém-nascida dando um pio enquanto estava aninhada nos braços de Allison, no quarto do hospital, ou sendo observada pelos pais através do vidro do berçário.

Sua esposa tinha guardado o dinheiro para a corrida de táxi para casa, mas Grant estava com medo de o motorista deixá-los na esquina do Hyde Park porque ele não tinha a quantia certa da corrida.

O bebê continuou assim ao entrar no apartamento. Não importava a novidade que os pais inventassem para distraí-la, ela se mostrava inconsolável. Tentaram balançá-la. Arrulhar. Cantar canções de ninar. Grant até recitava versos infantis de que se lembrava da infância. Nada funcionou.

Então ele ligou o grande rádio portátil na sala de estar, esperando abafar os gritos da criança e impedir que os vizinhos os denunciassem por abuso infantil.

O rádio estava sintonizado na estação antiga que Allison achava tão cansativa.

"She Loves You", dos Beatles, começou a tocar.

Rachel não só parou de chorar, como começou a arrulhar de pura felicidade.

Grant pensou, "Ah, meu Deus, ela é uma adorável mocinha britânica da cabeça aos pés".

Desde o momento em que ela veio ao mundo, Rachel e Allison eram tão próximas quanto mãe e filha podem ser. Mas, naquela manhã de inverno, enquanto Lennon e McCartney acalmavam sua filhinha, o coração de Grant se enterneceu quando Rachel olhou para ele com seus adoráveis olhinhos azuis-celeste. Quando, ao recontar a história ao longo dos anos, perguntavam a ele se ele tinha se apaixonado pela filha naquele momento, Grant sorria e respondia: "Pode apostar!".

Não havia nada que Grant não fizesse pela sua garotinha. A maior felicidade dele era empurrar aquele carrinho de bebê, fosse na chuva, no vento ou embaixo de sol. Ele nunca perdia um recital na escola. Ajudava Rachel com todas as lições de casa, mesmo quando a matemática ficou mais complicada. E era no ombro dele que ela chorava quando uma paixão adolescente não era correspondida. Grant adorava que a filha, assim como ele, tivesse paixão pelo *rock* dos anos 1960 e inúmeras vezes Allison tinha balançado a cabeça em descrença enquanto o marido e a filha cantavam com Petula Clark and the Turtles.

Grant sentira muita falta da filha quando ela foi para os Estados Unidos estudar jornalismo. Ele sabia que o desejo de Rachel de se tornar uma repórter investigativa era fruto do fascínio que tinha pela profissão de Grant e ele dava graças a Deus por ela não ter se inscrito para arriscar a vida na Yard. Quando Rachel conseguiu seu primeiro emprego num pequeno jornal da Nova Inglaterra, Grant não podia ter ficado mais orgulhoso, pois sabia que a determinação da filha para investigar a fundo uma história vinha do fato de ela ter observado seu velho pai trabalhar caso após caso, ano após ano.

As viagens semestrais de volta à Inglaterra (sempre no Natal e num feriado, durante os verões brutais de Nova York) eram motivo de comemoração. Apesar da insistência da mãe para saber quando ela iria se casar e dar a eles um neto ou cinco, o trio era inseparável nessas datas.

Então, quando as coisas mudaram drasticamente dois anos antes, isso o deixara atordoado.

Para Grant, foi como ser arrastado para um ringue de boxe e nocauteado antes mesmo que lhe trouxessem as luvas. O diagnóstico de câncer de Allison foi um soco no estômago que lhe causou uma dor lancinante do qual Grant sabia que nunca se recuperaria. Então veio o golpe devastador: Rachel simplesmente o tirou da vida dela poucos dias após o diagnóstico, sem nenhuma razão aparente. Ele se sentia relutante em tocar nesse assunto com Allison, que estava cada dia mais fraca. As poucas vezes que entara, ela não queria falar a respeito.

Logo depois, Grant se viu totalmente sozinho.

Agora, de pé no meio do salão do Surrey, Grant não conseguia acreditar que aquela era a garota com quem ele cantava as músicas dos Herman's Heremits, para quem lia histórias para dormir e depois dava um beijo de boa-noite.

Ela era praticamente uma estranha.

Rachel pegou a bolsa que havia pendurado nas costas da cadeira. Grant deu um passo cauteloso à frente e balançou a cabeça.

— Por favor, Rachel. Fique. — Ele de alguma forma conseguiu sorrir. — Ouvi dizer que eles servem um café da manhã maravilhoso aqui.

Ele observou enquanto Rachel dava uma olhada ao redor, notando os olhares dos outros clientes na direção dela. Por fim, ela se sentou novamente. Grant soltou um profundo e silencioso suspiro de alívio por ele e Allison terem criado uma jovem que não gostava de cenas em público.

Grant afastou a cadeira e sentou-se na frente da filha. As xícaras e talheres para duas pessoas estavam do mesmo lado da mesa. O comandante casualmente tentou deslocar um par de talheres até a frente dele, sem fazer barulho.

— Você está pensando em me interrogar? — ela perguntou.

— Essa é a última coisa que está passando pela minha cabeça.

Ele acenou para um garçom que passava, desesperado por um bule de chá para se acalmar. Também teria seguido qualquer conselho que o garçom pudesse dar para quebrar o gelo com uma filha que ele não via desde que tinham sepultado a mãe dela no ano anterior.

Rachel certamente não parecia interessada em quebrar o gelo.

— Então, por que estamos aqui? — ela perguntou.

— Acho que Everett estava apenas tentando ser legal.

— Me enganando ao dizer que o café da manhã seria com ele?

— Eu disse a ele que era errado atrair você aqui sob falsos pretextos. Ele me disse que você nunca iria aparecer se dissesse que o café era comigo.

— Ele estava certo — respondeu Rachel.

Rachel tinha continuado a falar com Everett desde que as coisas tinham desandado com o pai. Ele não ficou surpreso, pois Everett sempre fora um tio muito presente na vida dela. Mas, como um solteiro convicto ("Você sabe que Allison sempre foi a garota certa para mim", o irmão dizia a Grant em tom de brincadeira), Everett dava palestras no mundo todo e por isso desaparecia por meses a fio. Quando voltava ao Reino Unido, ele ia visitar Rachel primeiro, contava histórias e lhe dava presentes de terras distantes, muitas vezes dizendo à sobrinha que ela era para ele "como a filha que ele jamais teria". Grant nunca tivera ciúmes do relacionamento entre eles, tudo o que importava era que o tio deixasse Rachel feliz e a fizesse dar risada.

— Peço desculpas por não ligar para você — disse ele. — Minha vinda para cá foi repentina.

— O padre que foi assassinado em Saint Pat.

Grant concordou com a cabeça, num gesto solene.

— O que mais Everett disse a você?

— Só isso. Não se preocupe, pai. Não estou escrevendo uma história sobre isso.

— Achei que você cobria crimes para o seu jornal.

— Agora estou nas reportagens de domingo. Eu ia cobrir o crime, mas passei minhas anotações para um colega quando soube que você estava investigando.

Grant reprimiu um estremecimento.

— Que tipo de reportagem?

— Assassinato na igreja; ligando o crime ao fanatismo religioso. Mas eu não quero atrapalhar suas investigações nem tentar obter algum favor familiar.

Ele se arriscou e se inclinou para a frente, desesperado para retomar o relacionamento com a filha.

— A última coisa que eu quero é ficar entre você e o seu trabalho.

— E isso não vai acontecer — ela respondeu, com firmeza suficiente para Grant sentir a porta bater entre eles.

— O que você quer de mim, Rach? — ele perguntou, usando o apelido que sempre considerara um termo carinhoso.

— Só quero viver minha vida e que você viva a sua. Achei que seria mais fácil, considerando que um oceano separa nossos dois continentes.

Aquilo estava pior do que ele havia imaginado.

— Como eu mencionei, não tive escolha ao vir para cá. Mas só vou concluir esse caso e depois viver minha vida de aposentado a partir do primeiro dia do ano.

Isso pareceu pegar Rachel de surpresa.

— O quê? Você está realmente se aposentando?

Grant confirmou com a cabeça.

— Eu entrei com o pedido alguns meses atrás. Teria contado a você se estivéssemos nos falando, mas...

— Mas não estamos. Eu sei.

Felizmente, o garçom chegou bem naquele momento com o chá e o café. Os líquidos quentes derreteram ligeiramente o gelo entre eles, pelo menos enquanto faziam os pedidos. Rachel pediu uma omelete de cogumelos com bacon. Quando o garçom disse que eles não tinham nem mingau nem arenque defumado, Grant se contentou com ovos fritos e presunto.

— Não dá para mudar esses hábitos britânicos com tanta facilidade — refletiu Rachel, fazendo troça.

— Nem quero. Não estou planejando ficar aqui tanto tempo.

— Acho que isso vai depender do que o assassino que está procurando decidir fazer.

Infelizmente, Grant não podia discordar.

Ele acabou discutindo o caso com ela durante o café da manhã. Aquele não só era um terreno neutro para evitar qualquer questão pessoal, como ajudava a colocar tudo em perspectiva na cabeça de Grant. Rachel oferecia uma observação de vez em quando e fazia algumas perguntas por hábito da profissão, caindo no velho padrão da adolescência, quando Grant levava trabalho para casa e discutia os casos com ela e Allison.

— E o que você está escondendo de Ferguson?

Rachel tinha passado tempo suficiente com o pai para saber quando ele tinha uma carta na manga.

Grant refletiu se respondia ou não. Depois tomou uma grande decisão.

Contou a Rachel sobre os Dez Mandamentos.

Ele não sabia muito bem por que estava fazendo aquilo. Talvez quisesse que ela escrevesse sobre a história antes daquele Ferguson intrometido. Também era possível que Grant não estivesse mais tão preocupado em seguir as regras. O assassino certamente não estava. Ele não conseguia se imaginar tomando uma suspensão da Yard, agora que faltavam apenas algumas semanas para a sua aposentadoria.

A expressão de surpresa de Rachel deixou claro que Everett não tinha contado a ela sobre a ligação com os Mandamentos. Grant ficou grato por aquele pequeno milagre.

Quando chegaram ao provável quinto assassinato, Rachel inclinou a cabeça.

— Ele pode matar qualquer pessoa. Todo mundo tem mãe e pai.

Grant contou a ela um pouco sobre John Frankel e se surpreendeu ao se ouvir usando um ou dois superlativos para descrevê-lo. Só quando falou em voz alta percebeu o quanto estava impressionado com o detetive da polícia de Nova York.

— Eu o conheci há alguns meses na cena de um crime — disse Rachel. — Pareceu muito sério e dedicado. — Ela tomou um gole proposital de café e lançou um olhar para o pai que só poderia ser interpretado de uma maneira.

— É parecido comigo, eu sei — admitiu Grant.

— Isso deve significar que ele é um bom profissional.

Feliz com qualquer elogio da filha, Grant agradeceu com um aceno apreciativo e decidiu entrar com cuidado num terreno mais instável.

— Você vai pelo menos me dizer como você está?

Grant podia ver uma resposta debochada se formando nos olhos dela, mas se sentiu mais encorajado quando o deboche rapidamente desapareceu.

— Estou bem. Muito bem, na verdade. Gosto do meu trabalho. Tenho bons amigos.

— Só quero saber se você está feliz.

— Feliz o suficiente, pai.

Os olhos dela a traíram, deixando-o entrever que havia algo mais, mas eles também expressaram um apelo que ela por fim verbalizou.

— Podemos simplesmente parar por aqui?

— Eu farei o que você quiser, Rachel. Espero que já saiba disso.

— Obrigada — ela murmurou. Enquanto ela limpava os lábios com o guardanapo, não lhe passou despercebido que a filha o passou rapidamente pelos olhos, que ele poderia jurar que estavam começando a ficar úmidos.

Grant tinha certeza de que ela estava escondendo alguma coisa. O que quer que fosse, não tinha ideia do que era. Mas, naquele momento, precisava preencher o vazio do silêncio que estava começando a engolfá-los mais uma vez.

— Quanto ao que revelei sobre o caso...

— Não se preocupe. Não estou gravando, pai.

— Não foi isso que eu quis dizer.

— Provavelmente foi, mas tudo bem. Eu não colocaria nada na mídia que você não quisesse.

— Obrigado. Pode chegar um momento em que eu queira que você coloque.

Ele parou propositalmente de novo. Rachel entendeu imediatamente.

— Se isso vai manter alguém seguro e ajudá-lo a pegar esse lunático, pode contar comigo, vou ser a sua garota.

Você sempre será minha garota, Rach.

— Ótimo? — ele disse simplesmente.

Rachel começou a se preparar para ir embora. O café da manhã evidentemente tinha acabado. Grant ficou de pé e puxou a cadeira para a filha.

— Posso vê-la de novo antes de voltar para casa? — ele se viu perguntando.

— Você é que sabe. Everett obviamente tem meu número — disse ela, como se ele precisasse ser lembrado. — Talvez da próxima você ligue em vez dele.

Ela começou a andar em direção à porta antes que ele pudesse sequer pensar num abraço ou em qualquer tipo de despedida. Ele não tinha certeza se ela o abraçaria.

Enquanto a observava sair do restaurante, ele pensou que pelo menos eles tinham conseguido fazer uma refeição juntos.

Infelizmente, tinha sido necessário um maníaco homicida para fazê-los finalmente se encontrar.

7

Grant decidiu fazer da delegacia, não do Hotel Londres, as ligações que faltavam para os moradores do edifício da Eighth Avenue. A salinha podia ser apertada e sem estilo, mas ele tinha acesso a todos os recursos da polícia de Nova York, caso precisasse.

Quando terminou, Frankel também já havia dado conta da sua metade da lista. Eles se encontraram e compararam as anotações no cantinho do café, onde Grant ficou satisfeito ao ver a nova caixa de chá English Breakfast da Lipton que Frankel tinha requisitado.

Mas ficou infeliz ao constatar que eles continuavam na estaca zero.

Apesar do cerca de seiscentos homens e mulheres entrevistados, não havia uma única pessoa que pudessem apontar como o alvo mais provável. Mais de noventa e cinco por cento dos moradores tinham sido descartados no ato por um motivo ou vários, e os poucos que investigaram mais à fundo eram, na melhor das hipóteses, vítimas improváveis.

— Não ficaria chateado se estiver guardando uma pista importante de mim, comandante.

— Eu gostaria de ter uma. — Grant passou a compartilhar as possibilidades que havia discutido com Everett na noite anterior. Frankel prestou muita atenção, mas todas lhe pareciam um palheiro sem agulhas.

Grant estava reabastecendo sua xícara de chá quando alguém pigarreou atrás deles. Ambos se viraram e viram um detetive mais jovem segurando um iPad.

— E aí, Morton? — perguntou Frankel.

— Achei que gostaria de ver isso, senhor — respondeu Morton.

Frankel pegou o tablet e examinou a tela rapidamente.

Grant precisaria ser cego para não perceber o olhar furioso.

— O que foi?

— A merda se espalhando no ventilador — respondeu Frankel, devolvendo o iPad.

Cinco segundos depois, Grant estava com a mesma expressão sombria.

Era a página do *Daily Mail*. Ali havia uma manchete chamativa, que ficaria em lugar de destaque na primeira página da edição impressa.

Serial Killer Ataca do Outro Lado do Atlântico.

A assinatura de Monte Ferguson não era exatamente do tamanho da manchete, mas estava quase lá.

"Aqui vamos nós", pensou Grant.

Instantes depois, Grant e Frankel estavam no escritório de Relações com a Mídia, após serem chamados pelo chefe do departamento, um homem chamado Little, e pelo superior de Frankel, Desmond Harris, um tenente negro na casa dos 50 anos. Harris disse a Grant que seu cabelo cortado rente já estava grisalho por causa dos incêndios que Frankel iniciara e ele tivera de apagar.

— Como o atual — acrescentou Harris.

Ele indicou uma tela plana na parede, que reproduzia um noticiário recém-exibido ao meio-dia. Ao contrário das transmissões pontuais da BBC, Grant não pôde deixar de ficar horrorizado com a exibição sensacionalista que parecia ser a norma nas estações de TV americanas. Meia dúzia de repórteres de campo, que pareciam saídos de um teste para modelos de passarela, tinham sido designados para cada bairro. Para uma emissora que transmitia ALERTA DE TEMPESTADE ou INVERNO RIGOROSO em grandes tarjas vermelhas na parte inferior da tela, a notícia de que um *serial killer* internacional estava à solta era como anunciar o fim do mundo.

Monte Ferguson quase não era citado no artigo, apenas quando se mencionava que "o furo de reportagem era de um jornalista britânico".

Mas Ferguson devia ter adorado a cobertura, pois havia "uma equipe de repórteres de primeira cobrindo a história de todos os ângulos!"

Já haviam adquirido fotos do padre Peters com Lionel Frey, Melanie Keaton e Billy Street, dos Blasphemers. Os mortos nunca tinham sido apresentados com uma aparência tão atraente, como se as fotos tivessem sido retocadas por algum departamento de arte de Hollywood. Alguém tinha até desenterrado o *hit* não tão eufônico de Billy, "Não Sou Bom o Bastante pra Você", e deixado a música tocando no fundo da reportagem de campo sobre um "maníaco homicida atacando a cidade de Nova York".

Harris silenciou o *replay* com o controle remoto.

— O trabalho já é difícil sem esses aspirantes a atores espalhando pânico pelas ruas.

— Essa não era a intenção quando contamos a história para o repórter britânico — disse Frankel.

Grant ficou surpreso ao ver Frankel dividir a responsabilidade pelo acordo com Ferguson. Ele não podia deixar o detetive levar uma bronca do seu superior por algo com o qual tinha apenas concordado, não instigado.

— Na verdade, fui eu quem deu permissão a Ferguson — Grant disse a Harris.

— E por que diabos fez isso?

— Ele estava pronto para publicar a história alguns dias atrás na Inglaterra, antes mesmo de o padre ser assassinado. Eu consegui segurá-lo na hora, mas ele rapidamente deduziu a ligação quando o padre Peters morreu e não havia como impedi-lo publicar sua história.

Harris balançou a cabeça.

— Se o sujeito fosse só um lobo solitário com uma história aleatória num jornalzinho vagabundo, poderíamos emitir uma nota negando tudo, mas ele recebeu a nossa colaboração. Agora temos que desperdiçar horas valiosas dos nossos homens para nos defender em cadeia nacional. — Ele se voltou para Little. — Quantas ligações você recebeu desde que a notícia saiu?

Little finalmente falou.

— Umas quarenta desde que entrou na edição *on-line* uma hora atrás.

Os olhos de Grant se voltaram para a TV sem som. Seu próprio sargento Hawley estava nos degraus da Yard, levantando a mão para se defender da enxurrada de perguntas da horda de repórteres britânicos.

"Isso explica a chamada perdida e o correio de voz que Hawley me deixou trinta minutos atrás."

Ele teria que se desculpar com o sargento quando retornasse a ligação. Aquilo evidentemente já tinha assumido grandes proporções e estava além do controle dos homens daquela sala.

— Ninguém fala com esse sujeito, Ferguson, outra vez, a menos que seja autorizado por mim ou por este gabinete — exigiu o tenente. — Está claro?

— Fechado, Loot — respondeu Frankel. — Enquanto isso, a gente deve insitir na ideia de "negar tudo" e simplesmente dizer "sem comentários" quando nos perguntarem?

— Não tem graça, detetive — disse Harris a Frankel.

Grant olhou para a tela novamente, tentando evitar a expressão furiosa de Harris ao ver o sorriso em seu rosto. O noticiário passou para a próxima notícia. A jornalista ruiva falante girou em sua cadeira e se voltou para outra câmera, enquanto uma nova tarja vermelha brilhava na tela, logo abaixo do seu decote profundo: *Boas-vindas não tão bem-vindas...*

Enquanto isso, Harris continuou.

— Vamos trabalhar com o departamento do Little aqui e preparar uma declaração coletiva que todos vão precisar usar até segunda ordem.

O noticiário estava exibindo um arquivo antigo da cena de um crime. Dois corpos estavam sendo empurrados sobre macas para fora de uma grande casa. Grant começou a desviar o olhar, mas notou algo no canto superior esquerdo da tela.

Outra tarja vermelha.

Em seguida ela desapareceu, quando a reportagem terminou e a ruiva apareceu novamente, pronta para falar sobre o tempo.

Grant acenou freneticamente para o aparelho de televisão.

— Espere, espere!

Irritado, Harris olhou para ele.

— O que é, comandante? Você já está na minha lista negra.

Grant apontou para o controle remoto.

— Volte a gravação. Por favor.

— Por quê? Não vamos ver nada que já não tenhamos visto, mesmo porque esses idiotas não sabem coisa alguma.

Grant pegou ele mesmo o controle remoto e apertou um botão. As imagens retrocederam até chegar à mesma cena do crime, quando dois corpos eram retirados da casa. Ele congelou a imagem e sentiu um frio familiar percorreu sua espinha. Grant segurou Frankel pelo ombro.

— Dê uma olhada nisso.

O detetive parecia confuso.

— Em quê?

— O canto superior esquerdo da tela — disse Grant.

A tarja vermelha mostrava uma data específica.

9 de setembro de 1988.

— Está me zoando...

Grant ficou feliz em ver que o detetive já tinha se dado conta.

— Que diabos é isso? — perguntou Frankel.

— É o desdobramento de uma história que estão cobrindo desde a noite passada — Little explicou. — O caso Timothy Leeds.

— Timothy Leeds? — Grant perguntou. — Nunca ouvi esse nome.

— Ele saiu da prisão ontem à noite depois de cumprir uma sentença de trinta anos por duplo homicídio — explicou Little.

— Duplo homicídio? — repetiu Grant.

Algo começou a se agitar no fundo do seu cérebro, tentando juntar as peças.

— Foi em algum lugar de Long Island — explicou Little, indicando a tarja vermelha. — Essa é a noite em que aconteceu. Dia 9 de setembro de 1988.

O registro policial dos crimes.

Aquele que ele tinha verificado na noite anterior, quando não conseguia dormir.

Estava bem ali agora.

— Ah, merda... — lamentou Frankel. Ele voltou sua atenção totalmente para Grant. — Eu ouvi uma notícia outro dia dizendo que esse cara estava saindo da cadeia. Estavam fazendo o maior estardalhaço sobre como ele iria se virar agora, no mundo real, pela primeira vez na idade adulta.

— E isso seria porque...?

— Ele tinha apenas 17 anos quando foi condenado por assassinar os pais — explicou Frankel.

Timothy Leeds era o caso clássico do adolescente que todos diziam ser um garoto tranquilo, que nunca tinha feito nada de violento na vida.

Até uma noite, no início de setembro de 1988, em que ele matou os pais com a espingarda do genitor, na cidade de Cedarhurst, em Long Island.

Foi provavelmente sua reputação de bom menino e o fato de não ter ficha na polícia que o levaram a ser julgado como menor em vez de adulto. Graças a essa classificação e a sorte de ter cometido o crime antes de o Estado de Nova York reinstituir a pena de morte, Timothy escapou de receber uma injeção letal.

Em vez disso, recebeu uma sentença de cinquenta anos, mas foi solto por bom comportamento na ocasião da sua primeira audiência de liberdade condicional, depois de cumprir mais da metade da sentença.

Quando médicos, terapeutas, policiais e magistrados lhe perguntavam sobre a razão que o levara a matar pai e mãe, Timothy Leeds sempre oferecia a mesma resposta.

— Eles não me deixaram pegar o carro emprestado.

Não havia uma história sórdida de abuso por pais sádicos ou gananciosos como no caso dos irmãos Menendez, condenados à prisão perpétua. Trinta anos antes, Timothy Alan Leeds teve um dia muito ruim. Ele tinha parado de tomar o medicamento ansiolítico que seus pais lhe davam desde que ele fora diagnosticado como uma "criança hiperativa" e acabou agindo da pior maneira possível quando seus pais disseram que ele não podia pegar o carro novo do pai para impressionar uma garota do último ano.

Ele foi encontrado chorando sobre os corpos quando a polícia chegou (o barulho de dois tiros de espingarda em Five Towns logo produziu uma sucessão de telefonemas para a polícia) e disse que só queria pegar a Ferrari emprestada. Timothy nunca negou seu erro e aceitou sua sentença como o homem que ele ainda não era. Ele não deixou de tomar nenhuma dose do seu medicamento nos trinta anos que se seguiram e saiu do seu confinamento como um cidadão cujo único desejo era se reinserir pacificamente na sociedade.

Infelizmente para Timothy, a cidade de Cedarhurst não gostou nada da ideia.

Os moradores de Long Island não estavam dispostos a receber de braços abertos o filho mais ingrato da cidade. Quando a audiência de liberdade condicional foi anunciada, uma petição *on-line* revelou um protesto generalizado no momento em que ele foi solto.

Por isso, apesar do seu desejo de retornar à sua cidade natal aos 49 anos e retornar à vida que nunca teve, providenciaram para que ele fosse enviado a um centro de reabilitação em Far Rockaway, a pouca distância da acolhedora cidadezinha de Cedarhurst, mas muitos degraus abaixo em termos de classe e elegância.

Quando Grant e Frankel chegaram à rodovia interestadual, num carro com nenhuma identificação da polícia, o comandante já estava a par de tudo isso. Eles também já sabiam que Leeds tinha dado entrada no centro de reabilitação na noite anterior e saído logo após o café da manhã.

E não tinha voltado ainda.

A melhor coisa sobre as novas acomodações de Timothy era a vista ampla do oceano. Elas ficavam num dos muitos edifícios descuidados, adjacentes ao dilapidado calçadão que ainda estava em fase de planejamento urbano pós-furacão Sandy. Bem na rota de voo do aeroporto JFK, o edifício de arenito provavelmente tinha recebido sua última camada de tinta durante o mandato desse presidente.

Por mais de três décadas, o centro recebeu presidiários recém-libertados, cujos movimentos no dia a dia eram praticamente irrestritos. Sua taxa de reincidência era inferior a cinco por cento, o que levara Grant a crer que alguém ali dentro estava fazendo uma boa administração.

Um xerife de Long Island chamado Barnes os recebeu na entrada do edifício. Estiloso e com uma barba e um bigode brancos dignos de um Papai Noel da Macy's, Barnes era a pessoa com que Frankel falara ao entrar em contato com as autoridades locais. O xerife não tinha conseguido localizar Leeds ao chegar ao centro de reabilitação. Era por isso que estava agora ao lado de Bentley Edwards, o homem que administrava o lugar.

Edwards, na casa dos 40 anos, tinha músculos suficientes para se impor com os residentes que supervisionava, mas tamanha bondade nos olhos verdes suaves que Grant teve certeza de que o homem ouviria qualquer um deles e ofereceria um ombro amigo, se necessário. O diretor do centro contou que tinha visto Leeds um pouco antes de ele sair aquela manhã. Frankel perguntou se era normal que um residente recém-saído da prisão andasse por ali à vontade, principalmente alguém com a notoriedade de Leeds.

— Temos um toque de recolher que ele tem que cumprir — explicou Edwards. — E qualquer um que chegue aqui tem que passar pela avaliação de médicos e autoridades prisionais, antes de ser considerado apto para retomar sua vida normalmente.

— Ninguém está questionando o senhor — esclareceu Frankel. — Só estamos tentando compor um quadro mais completo aqui.

O diretor resumiu a chegada de Leeds no centro de reabilitação. As autoridades de Sing Sing tinham garantido que a libertação ocorresse sem problemas, providenciaram uma rápida oportunidade para a imprensa tirar fotos quando Leeds saiu da prisão de segurança máxima, depois assegurou um trajeto tranquilo (ou seja, sem nenhum repórter) para Far Rockaway. Leeds tinha passado pela revista de admissão com Edwards e depois jantado em seu quarto.

— Ele disse que queria frango frito. Então, providenciamos um balde da KFC e ele pareceu satisfeito — disse Edwards. — Especialmente com a perspectiva de dormir sem outras pessoas gritando a noite toda, como aconteceu com ele nos últimos trinta anos.

— E hoje?

— Ele disse que queria dar um passeio no calçadão e mergulhar os pés no mar. Não posso dizer que o culpo, mesmo que eu não toque aquele mar nem com uma vara de três metros. Você não acredita quanta sujeira aparece por lá.

— Então foi para lá que ele foi?

Edwards negou com a cabeça.

— Acho que não.

— Por que não? — perguntou Frankel.

— Ele recebeu uma ligação no telefone do centro. Deve ter sido por volta da hora do café da manhã. Um dos outros residentes atendeu e passou para ele. Leeds saiu alguns minutos depois.

— Ele disse quem era? — perguntou Frankel.

Edwards balançou a cabeça.

— Eu nem sabia da ligação até vocês ligarem perguntando sobre ele. Mas sabe Chet? O residente que acabei de mencionar? Ele disse que, segundo Leeds, a ligação era de um repórter que queria uma entrevista e pagaria um bom dinheiro pelo seu tempo. Então, Leeds foi.

Frankel e Grant trocaram olhares cautelosos.

— Chet não pegou o nome desse repórter, pegou? — perguntou Grant.

— Não — Edwards respondeu, com os olhos fixos em Grant. — Mas engraçado você perguntar. Chet disse que o homem do outro lado da linha tinha um sotaque inglês.

8

O ar fresco no rosto provocava uma sensação de bem-estar em Timothy Alan Leeds.

Pela primeira vez em três décadas, ele estava do lado de fora dos muros da prisão. Não importava que a temperatura estivesse quase enregelante, o céu cheio de nuvens ameaçadoras e a caminhada até o bar fosse três vezes mais longa do que o rapaz do centro havia lhe dito.

Ele mal tinha saído da prisão e já estava prestes a ganhar uma pequena fortuna.

Mil dólares. Era o que o repórter tinha prometido.

Na cadeia, essa quantia teria mantido um adolescente angustiado montado na grana por seis meses. Agora, ele sabia que mil dólares provavelmente não dariam para muita coisa. Mas com um currículo praticamente em branco, exceto pelo crime bem-sucedido de dar cabo dos pais a tiros de espingarda, ele sabia que aquela era uma oportunidade irrecusável.

Não que ele não quisesse se tornar um membro produtivo da sociedade e ter um trabalho regular. Isso era tudo com o que ele tinha sonhado em sua cela de dez metros quadrados. Mas ele tinha consciência de que não seria o candidato número um de ninguém.

Por isso não hesitou em ir ao encontro do homem no Connolly's.

As ondas cinzentas e furiosas batiam na costa por quilômetros em qualquer direção. Para Timothy, o poder assombroso do Atlântico e a areia branca deserta eram de tirar o fôlego, considerando que a única vista que ele tivera por quase três décadas era uma porta de metal e paredes de pedra encardidas.

Quando chegou à estradinha de praia onde ficava o bar, ele ficou preocupado, imaginando se não teria estragado tudo ao preferir andar em vez de pegar carona para a cidade. O Connolly's ficava no andar de baixo de uma estrutura azul e branca na praia de Cape Cod e Timothy podia ver, através da janela da sacada, que ele estava vazio.

Ele soltou um suspiro arrependido. A oferta era boa demais para ser verdade ou o repórter tinha dado para trás. Talvez o sujeito estivesse com medo de Timothy ter arranjado um rifle AK-47 e pretendesse continuar de onde parou anos antes.

Mas violência era algo que não passava pela sua cabeça. Ele mal se lembrava daquela noite em Cedarhurst ou do sobrenome de Marian (a garota que ele queria levar para assistir *Duro de Matar* na Ferrari do pai). Tudo se perdia numa lembrança enevoada ao som de Tangerine Dream, a banda cujo álbum ele ouvia quando os policiais o encontraram sentado entre os pais mortos.

Provavelmente tinha sido bom que o repórter não tivesse aparecido. Timothy estava quase certo de que não tinha lembranças que valessem muito para o homem.

Ele ouviu atrás dele o toque de uma buzina.

Ao se virar, viu um Hyundai Sonata azul-marinho diminuindo a velocidade. O carro freou de súbito e a janela do passageiro desceu.

— Sr. Leeds? — Era o mesmo sotaque inglês que ele ouvira ao telefone. — Desculpe, fiquei preso num congestionamento para sair daquela cidade infernal.

— Achei que não ia aparecer. E aí, vai querer falar comigo ou não?

— Podemos começar assim que quiser.

Timothy se aproximou do lado do passageiro e se inclinou na janela.

Cédulas coloridas estavam espalhadas no console entre os dois assentos.

Timothy piscou sem entender.

— Que diabos é isso? Dinheiro do Monopólio?

— São oitocentas e cinquenta libras esterlinas. Você se daria bem com a taxa de câmbio. Provavelmente vai conseguir uns cem dólares a mais. Tenho certeza de que seu banco pode trocar para você.

— Não tenho conta em banco. Acabei de sair da prisão depois de trinta anos. — Timothy estava começando a sentir um frio na barriga e não era porque o vento estava mais forte e a temperatura caindo. — Talvez seja melhor a gente esquecer a coisa toda.

Timothy se endireitou e começou a se afastar do Sonata.

— Sr. Leeds, espere! — o homem gritou, num apelo. — Eu sinto muito. Acabei de chegar aos Estados Unidos e não tive tempo de trocar o dinheiro. Foi mal, como vocês diriam. Por que não vamos a um banco juntos, trocamos o dinheiro e depois fazemos a entrevista como planejado?

Timothy pairou junto à janela. Ele não parecia ter muitas opções.

— Ok, vamos nessa.

Ele abriu a porta do passageiro e entrou. Quando Timothy afivelou o cinto, o outro apontou para o dinheiro no console.

— Se preferir, pode segurar o dinheiro até chegarmos ao banco.

Timothy estendeu a mão para as cédulas, mas desistiu e balançou a cabeça.

— Deixa quieto.

Timothy olhou para cima bem a tempo de ver um cotovelo voando na direção do seu rosto.

Havia bem poucos lugares que Chet Wilson não pudesse invadir. Fosse uma casa, uma loja de autopeças, um cofre de banco ou a caixa registradora de um bar, encontrar uma maneira de entrar raramente era problema para o ladrãozinho.

Mas o hábito de continuar por perto do local do roubo era sempre a ruína de Chet. Isso já lhe rendera três penas de prisão, a última por um período de dez anos, que tinha terminado seis meses antes, quando foi solto e passou a ocupar um quartinho no centro de reabilitação de Far Rockaway.

Se o pressionassem, ele diria que as coisas eram mais fáceis atrás das grades. E não adiantava querer quebrar a fechadura de uma cela com câmeras gravando cada movimento dos detentos. Com três refeições completas por dia e sem precisar saber como ganhar o pão de cada dia, a prisão tinha suas vantagens.

Edwards contou isso a Grant e Frankel enquanto os conduzia pelo centro de reabilitação. Eles encontraram Chet na sala comunitária, assistindo *The Talk*.

— Uma coisa eu vou dizer sobre Chet: ele é bem acessível. Não sabe guardar segredos. Se não fosse isso, teria sido um ladrão muito melhor. Eu acreditaria em qualquer coisa que ele dissesse a vocês.

A aparência de Chet Wilson fez Grant se lembrar dos homens de Liverpool que iam trabalhar com seu pai na fábrica de munições. Chet vestia uma velha camisa *jeans* e calças cáqui; tudo o que faltava era a marmita preta e a expressão severa de um homem que, dia após dia, garantia zelosamente o sustento da sua família de classe média baixa. O ex-ladrão se contentava em receber três refeições quentes todos os dias no centro de reabilitação e a assistir às discussões no *talk show* feminino. O tema daquele dia era "Minha Festa de Natal Favorita" e a convidada muito especial, Sarah Michelle Gellar. Chet estava com os olhos grudados na TV porque tinha passado os últimos cinco natais trancado onde a festa se resumia a uma porcaria de gemada e um coro masculino cantando canções desafinadas.

Os dois policiais pediram desculpas por tirar Chet da frente do seu programa de TV para questioná-lo sobre Timothy Leeds.

— Tudo bem, assisto o resto mais tarde. — Ele tirou o som da TV e indicou o controle remoto. — Poder gravar programas é uma coisa incrível.

— Conte sobre sua conversa com o homem ao telefone — disse Frankel.

— Não foi muita coisa. Ele perguntou se Timothy Leeds estava e eu disse que ia ver. Eu ainda não tinha encontrado o cara, mas todo mundo sabia quem ele era, porque chegou ontem à noite com todo aquele alvoroço nos noticiários.

Grant deu um passo à frente.

— Você disse que o sujeito tinha sotaque britânico?

— Ele falava como você, se é isso que quer dizer — respondeu Chet.

— Você acha que reconheceria a voz dele se ouvisse de novo?

— Provavelmente não. Não me leve a mal, mas todos vocês falam meio parecido. Foi como se eu estivesse falando com você.

— Por acaso você chegou a ouvir a conversa de Leeds? — perguntou Frankel.

— Eu dei privacidade a ele. A maioria de nós aqui veio de um lugar em que ficávamos sempre com um amontoado de gente.

— Então como descobriu que ele ia se encontrar com um repórter? — indagou Frankel.

Chet indicou a porta que dava para o corredor principal.

— Ele apareceu na porta e me perguntou a que distância ficava o Connolly's.

— O Connolly's?

— Um barzinho na Ninety-Fifth Street — explicou Edwards.

Chet assentiu.

— Eu disse que era uma caminhada de uns dez minutos. Foi quando ele contou que ia encontrar esse repórter que queria pagá-lo para saber sua história.

— Conheço Miles, que trabalha de dia no bar — disse Edwards. — Mandei uma mensagem para ele com uma foto de Leeds. Ele comentou que não tinha visto ele hoje lá e Miles saberia se ele tivesse ido. O lugar fica praticamente às moscas até o *happy hour*.

— Leeds mencionou o nome do repórter? — perguntou Grant. — Monte Ferguson?

Ele tinha tentado ligar para o celular de Ferguson no segundo em que Edwards mencionara o telefonema recebido por Leeds. A ligação tinha caído no correio de voz.

— Não. Eu apenas disse a ele como chegar lá e desejei boa sorte. Acho que o cara merece, depois de ficar trinta anos em Sing Sing.

A expressão de Frankel endureceu.

— O homem assassinou os pais a sangue frio.

— E cumpriu sua pena — disse Chet. A voz do ex-presidiário ficou mais séria. — Todo mundo merece uma segunda chance — disse o ladrão três vezes condenado. — Eu mesmo já estou planejando a minha quarta.

―――∞―――

Timothy abriu os olhos e, de imediato, os fechou novamente.

Tinha areia em seus globos oculares.

Ele tentou abrir a boca para gritar, mas ela estava tampada com fita adesiva. Tentou mexer os braços, mas o resultado foi semelhante. Eles estavam amarrados atrás das costas com um nó firme.

Sentiu que estava sendo arrastado por uma faixa de areia branca. Por ironia, podia ser o mesmo trecho de praia que ele estava admirando pouco tempo antes.

—Ah, você acordou! — soou a voz britânica, agora familiar, na qual Timothy finalmente entendeu que nunca deveria ter confiado.

O homem fez Timothy ficar de pé. Totalmente imobilizado e ainda sentindo a dor do soco no rosto, Timothy não teve escolha a não ser se render ao seu captor.

O homem era muito mais forte do que parecia.

Não que Timothy já tivesse formado uma opinião sobre ele. Seu cérebro estava realmente confuso.

Quando o vento soprou a areia dos seus olhos e sua visão melhorou, Timothy reparou no enorme edifício para o qual estava sendo empurrado. Ele parecia uma mistura de uma baleia cinzenta encalhada com uma daquelas naves alienígenas do filme *Independence Day*, que alguém com um senso de humor doentio exibia todo Quatro de Julho na prisão.

Não bastassem as janelas quebradas e a paisagem morta ao redor da estrutura prestes a ruir, uma placa perto da precária guarita não deixava dúvida.

Edifício Condenado!

Fique longe!

Caia fora!

Ali também poderia estar escrito: "Ó, vós que entrais, abandonai toda a esperança...".

Embora os gritos de Timothy fossem abafados pela fita adesiva na boca, isso não o impedia de continuar tentando fazer alguém ouvi-los.

Até que seu captor o golpeou na cabeça novamente.

Miles, o *barman* de trinta e poucos anos do Connolly's, era loiro e parecia que passava o dia inteiro em cima de uma prancha de *surf*, do amanhecer ao crepúsculo. Eles tinham apenas três clientes aquela manhã: um jovem casal querendo molhar a garganta pouco antes do meio-dia e que Miles despachou sem servir coisa alguma depois de verificar que eram menores de idade, e uma mulher mais velha que se perdera enquanto procurava Coney Island.

— Com certeza nunca vi esse cara — disse Miles, segurando a foto que Edwards tinha enviado. Frankel deu a Miles seu cartão e disse para ele ligar se visse qualquer sinal de Leeds.

Minutos depois, os dois policiais estavam do lado de fora do bar, ambos frustrados.

— Vamos receber a lista das chamadas atendidas no telefone do centro de reabilitação para ver se alguma é de Ferguson — disse Frankel ao comandante.

Não que Grant tivesse outra ideia brilhante. Ele havia tentado ligar várias vezes para Ferguson, mas todas as ligações tinham caído na caixa postal.

Os dois começaram a percorrer as lojas e ruas perto do Connolly's para saber se alguém tinha visto Leeds. Por ser o auge do inverno, aquela parte de Far Rockaway mais parecia uma cidade fantasma. A maioria das lojas estava fechada, e os poucos moradores com quem falaram tinham ficado em casa a manhã toda, sem coragem de enfrentar as temperaturas enregelantes.

Grant estava numa pequena cafeteria de esquina, pedindo uma xícara de chá quente, quando seu celular tocou.

O nome de Monte Ferguson apareceu na tela do celular.

Grant atendeu a ligação imediatamente.

— Onde você esteve a manhã toda?

— Conversando com a imprensa. Mídia impressa. Televisão. Blogueiros — respondeu o repórter do *Mail*. — O que achou que eu estaria fazendo? Ou não viu as notícias de hoje?

— Ah, eu já vi.

— Lamento se isso lhe causou algum transtorno — disse Ferguson.

"Essa é uma grande mentira."

— Você está a caminho do Far Rockaway para falar com Timothy Alan Leeds?

— Far Rockaway? Eu nem sei o que é isso ou onde fica — respondeu Ferguson. — E quem diabos é Timothy Alan Leeds?

Desta vez, foi uma dor excruciante que acordou Timothy.

Pior do que qualquer outra que ele tinha sentido em seus 47 anos, ela irradiava do centro da testa. O sangue pingava em ambos os olhos.

Ele tentou levantar as mãos para enxugar o sangue, mas elas ainda estavam amarradas nas costas. E sua boca continuava bem tampada com a fita adesiva.

Timothy balançou a cabeça violentamente, tentando limpar o sangue dos olhos para ver a forma hedionda do seu captor, a centímetros de distância do seu rosto.

O homem estava usando luvas de plástico e segurava uma faca pingando sangue.

O sangue de Timothy.

— Imaginei que isso o faria recuperar os sentidos — disse o homem. Ele fez um movimento grandioso com a faca. — Trouxe de volta memórias antigas?

A primeira coisa que Timothy notou foram as paredes de pedra e a porta de metal. Ele começou a tremer incontrolavelmente.

— Eles não têm celas de verdade aqui — explicou o captor. — Acho que estão mais para quartos para "crianças problemáticas". Me pareceu apropriado.

De repente, o homem fez Timothy girar 180 graus numa cadeira giratória.

O ex-presidiário viu a parede atrás dele pela primeira vez.

Estava coberto de jornais e fotos antigas. Todos mostravam Timothy, seus pais, ou os cadáveres dos dois. As manchetes praticamente gritavam para ele: *Adolescente assassina os pais brutalmente e pega cinquenta anos de prisão — É suficiente?*

Timothy gritou, apesar da fita adesiva.

— Desculpe, não entendi o que você falou — disse o homem. — Mas acho que captei a ideia.

O lunático apontou uma luva ensanguentada para a colagem.

— Eu entendo. Você acha que já cumpriu sua sentença depois de ter sido julgado e condenado pelos tribunais.

Ele se virou para olhar diretamente para Timothy.

— Mas agora você está no *meu* tribunal.

O homem enfiou a mão no bolso e tirou dali um telefone celular. Depois apertou alguns botões com um dedo enluvado e deixou o celular de pé numa mesa atrás dele.

Deu um leve aceno de satisfação e voltou sua atenção para Timothy.

— Então, você quer começar a rezar? Ou eu deveria?

9

Grant não conseguiu tirar Ferguson do telefone com rapidez suficiente.

Infelizmente, o homem do *Mail* não estava interessado em terminar a chamada tão rápido. Seguiu-se uma enxurrada de perguntas e por mais que Grant quisesse desligar, sabia que Ferguson poderia destilar veneno suficiente de sua caneta para piorar a coisa toda.

— Você está achando que esse sujeito, Leeds, vai ser a vítima número cinco?

Grant considerou suas opções. Leeds estava em todos os noticiários e, como ele já tinha revelado o nome a Monte, não demoraria muito para o repórter descobrir tudo sobre o condenado recém-saído da cadeia. Grant sabia que uma negação só voltaria para assombrá-lo, especialmente se Leeds acabasse com um número V gravado na testa.

— Está parecendo que sim — admitiu Grant. Ele implorou para Ferguson não ir a público com a informação. Se o assassino descobrisse que as autoridades estavam lançando sua rede sobre ele, corriam o risco de que conseguisse fugir. Quanto a Leeds, se ele visse seu nome na lista das possíveis vítimas do assassino, haveria uma chance igual de ele desaparecer, em vez de procurar a polícia em busca de proteção.

Monte concordou em ficar calado por enquanto, mas Grant sabia que o repórter tentaria encontrar Leeds ele mesmo, por isso pediu a Ferguson para entrar em contato com ele ou Frankel se tivesse alguma informação sobre o homem.

— Se Leeds está na mira do assassino, você pode estar se colocando em risco, Monte.

— Obrigado pelo aviso, comandante.

A chamada terminou com um clique. Grant achou que tinha cinquenta por cento de chance de Ferguson atender algum dos seus pedidos. Ele se virou e viu Frankel no celular também.

O detetive da polícia de Nova York parecia impaciente.

— Em espera — ele murmurou.

Grant colocou Frankel a par de sua conversa com Ferguson.

Frankel balançou a cabeça.

— Não importa de onde sejam. Daqui, da Inglaterra, de onde for. Repórteres se escondem atrás dessa bosta de liberdade de imprensa e dizem que estão interessados apenas na verdade, mas tudo o que querem é se promover.

Grant não discordava.

— Mas, se não foi Ferguson que ligou para Leeds, qual é a chance de existir outro repórter britânico ligando para o cara, atrás de uma entrevista? — perguntou Frankel.

— Você sabe tão bem quanto eu quem estava do outro lado da linha.

— Merda. — Frankel de repente levantou a mão, retomando a ligação. — Sim, estou aqui. Me dê só um segundo.

Frankel enfiou a mão no bolso em busca de um bloco e uma caneta. Grant notou que a expressão do outro ficava mais carregada à medida que ele tomava notas. Por fim, o detetive murmurou um obrigado, desligou e ergueu o bloco de notas.

— Parece que só houve três ligações para o telefone do centro aquela manhã. Uma foi da mãe da cozinheira que estava trancada em casa e precisava de uma chave reserva. A outra foi da namorada de um residente.

— E a terceira?

— Era de um telefone descartável. Pré-pago por trinta minutos e não registrado em nome de ninguém.

Mas tanto Grant quanto Frankel sabiam quem tinha comprado o aparelho.

— O telefone está ligado e funcionando — disse Frankel. — Eles localizaram a última torre que o celular conectou. Fica a pouco mais de dois quilômetros.

Em segundos, eles estavam de volta ao sedã.

— É mais do que provável que seja outra furada. Aposto que o idiota acabou de jogar o aparelho em algum lugar por ali e dado o fora — disse Frankel enquanto ligava o motor.

— Por que você diz isso?

— O prédio está abandonado há trinta anos — respondeu Frankel. — Costumava ser um hospital psiquiátrico.

O Neponsit Health Care Center.

Esse ainda era o nome oficial, embora o hospital já estivesse fechado há décadas. Em princípio, foi chamado de Neponsit Beach Hospital for Children, um centro de saúde que tratava jovens tuberculosos no início do século XX. Nessa época, estava entre os hospitais pediátricos de maior destaque do país, oferecendo tratamentos de ponta, como o uso da lâmpada solar Alpine, e banhos supervisionados no Atlântico, bem ali ao lado.

Durante a Segunda Guerra Mundial, o Departamento de Saúde Pública assumiu a direção do hospital e começaram a tratar ali os fuzileiros da marinha mercante que contraíam tuberculose. Depois da guerra, o hospital voltou a tratar crianças, até que suas portas se fecharam em 1955. Ele reabriu em 1961 como um lar de idosos e recebeu o nome de Neponsit Home for the Aged.

Nas décadas seguintes, ele só tratou idosos e passou a ser chamado pelo nome atual. Poucos dos seus residentes apreciavam a areia branca das praias mais abaixo e o majestoso Atlântico além, já que muitos estavam mentalmente doentes, alguns nos estágios finais do mal de Alzheimer, e talvez nem notassem a diferença se passassem seus dias num prédio sem janelas no Queens.

Mas, em setembro de 1998, dez anos após a vida de Timothy Alan Leeds se transformar para sempre, uma violenta tempestade atingiu Far

Rockaway, forçando todos no hospital a serem evacuados para a propriedade no Queens. Tudo aconteceu tão rápido que dois pacientes morreram durante a transferência e outro ficou desaparecido por semanas.

O hospital sobreviveu ao ataque brutal da tempestade, mas as autoridades não permitiram que os pacientes retornassem, alegando riscos à saúde. Opositores acreditavam que a evacuação emergencial no meio da noite era uma manobra para que os proprietários pudessem tirar vantagem da localização à beira-mar e transformar o hospital num hotel de luxo. Mas o prédio nunca passou por uma reforma. Um repórter conseguiu uma cópia da escritura original e descobriu que o terreno só podia ser usado para a construção de uma clínica médica ou um parque público.

Em resultado, o prédio estava abandonado há mais de vinte anos. Açoitada pelas tempestades de inverno e pelo mortal furacão Sandy, a estrutura continuou de pé sobre as areias brancas de Far Rockaway, como um monólito prestes a desmoronar.

Frankel contou a Grant que, todo verão, adolescentes bêbados ou moradores de rua eram retirados dali, depois de terem se aventurado pelos seus corredores decadentes e salas abandonadas, atrás de uma festinha particular ou de um lugar para dormir. Todos concordavam que o prédio era assustador e a maioria não tinha certeza se o que ouvia era o vento soprando pelas rachaduras ou os gritos assombrados de antigos residentes.

Não chegava a ser como o hotel de *O Iluminado*, mas a longa sombra que a estrutura de cinco andares lançava sobre o pátio de concreto branco transmitia uma sensação de queda iminente. Ervas daninhas se esgueiravam pelas fendas, encolhidas à sua presença, depois de secarem e adquirirem uma tonalidade marrom, em seu caminho de volta para baixo da superfície.

Não havia nenhum carro ou pessoa à vista. Frankel verificou o estacionamento mais próximo do prédio e reparou em algumas marcas de pneus.

— São recentes. Do contrário, a chuva da noite passada teria apagado. Se o nosso homem jogou fora o telefone, o aparelho deve estar por aqui, em algum lugar.

Frankel andou até uma lixeira enferrujada. Grant foi se juntar a ele e ambos espiaram ali dentro. Só viram garrafas quebradas e embalagens amassadas de *fast food*.

Uma busca pelo estacionamento e na praia ali perto também não resultou na descoberta de nenhum celular descartado.

Grant examinou uma cerca e o portão fechado com uma corrente, que separavam o estacionamento das dependências do antigo hospital.

— Pode ter sido mais do que só uma parada rápida.

Ele apontou para um cadeado quebrado no chão, perto do portão.

Frankel enfiou a mão dentro do casaco e tirou o revólver. Depois olhou para Grant.

— Ah, claro — disse Frankel, depois de alguns segundos. — Vocês, ingleses, não carregam essas coisas.

Grant percebeu que sua reação diante da arma devia ter sido evidente.

— E nossa taxa de homicídio estava bem abaixo da sua da última vez que verifiquei.

— Preciso lembrá-lo de que esse maníaco começou a agir do seu lado do oceano?

— Mas ele não usou uma pistola — acrescentou Grant. — Pelo menos ainda não.

— Eu tenho outra embaixo do banco do carro, se você quiser.

Grant balançou a cabeça.

— Se consegui chegar tão longe na vida sem precisar carregar nenhuma...

— Como quiser.

Grant perguntou se deveriam pedir reforços. Frankel apontou para as marcas de pneu.

— Se foi ele que deixou essas marcas, já foi embora faz tempo. Provavelmente seria uma busca inútil e desperdício de força policial; além disso, levariam uma eternidade para chegar aqui.

Os dois passaram pelo portão e pisaram na areia branca.

Pegadas levavam em direção ao prédio. E logo atrás delas, a superfície da areia tinha sido alisada uniformemente, formando como que uma trilha estreita.

— Parece que arrastaram alguma coisa — observou Grant.

— Alguma coisa ou alguém — concordou Frankel.

Eles seguiram os rastros na areia até chegarem ao enorme pátio de concreto.

Os dois policiais estavam agora na entrada do antigo hospital. Duas alas de tijolos vermelhos se erguiam diante deles, uma de cada lado do concreto, com metade das janelas fechadas. Um cilindro marrom semelhante a um farol erguia-se acima da ala oeste. Sua plataforma de observação circular lembrava, aos olhos de Grant, a torre de vigia de uma prisão.

Bem à frente, estava a porta do hospital, parcialmente bloqueada por um painel de madeira, que tinha sido arrancado das dobradiças e jogado no chão. A entrada parecia a boca aberta de algum gigante surgido das profundezas turvas do Atlântico, à espera de ser alimentado.

— Tem certeza de que não quer voltar para pegar aquela arma reserva? — perguntou Frankel.

"Provavelmente eu não conseguiria acertar nem algo que estivesse a um metro do meu nariz", pensou Grant. "Mas não vou dizer isso a ele."

Grant balançou a cabeça.

— Você disse que seria uma busca inútil, não disse?

Grant podia apostar que a última faxina feita naquele hospital tinha acontecido na época em que ele fechara as portas para sempre. Era grande o contraste com o lado exterior do edifício, que tinha passado por uma limpeza e estava livre de detritos e grafites. Frankel refletiu que o fato de se tratar de um "antigo hospital psiquiátrico" já conferia uma fama bem ruim ao lugar; o departamento de turismo de Far Rockaway precisava deixar o lado de fora do edifício o mais apresentável possível se quisesse atrair nova-iorquinos para suas praias de areia branca.

O interior do prédio mais parecia o lixão municipal. Papéis e latas de cerveja velhas espalhadas por toda parte. O papel de parede azul-celeste, que transmitia uma sensação de paz e tranquilidade aos perturbados residentes, estava agora descascando e com manchas escuras do chão ao teto. O espaço não tinha mobília, exceto um colchão deixado num canto, que provavelmente tinha sido usado por moradores de rua até rastejarem de volta para o mundo árduo e cruel.

Os dois policiais vagaram em meio à enorme desordem até chegarem a um corredor perpendicular, na parte dos fundos. Ele continuava em ambas as direções e tinha portas dos dois lados. Era quase impossível enxergar ali dentro, pois a única luz vinha do cômodo que eles tinham acabado de deixar e das janelas nas extremidades opostas do corredor, que pareciam a quilômetros de distância.

— Por onde diabos começamos? — resmungou Frankel.

Grant começou a responder, então notou algo na parede à sua esquerda. Ele pegou o celular e usou a tela iluminada para enxergar melhor aquela seção da parede.

Era uma flecha apontando para a esquerda... rabiscada com sangue fresco.

Grant fez um gesto, indicando aquele lado do corredor.

— Eu diria que é por aqui.

Frankel levantou a arma um pouco mais e Grant não protestou quando o detetive assumiu a liderança. Frankel pegou seu iPhone e acendeu a lanterna para iluminar o caminho, enquanto avançavam lentamente pelo longo corredor.

Algumas portas estavam abertas, outras não. Todas tinham visores de vidro na altura dos olhos, para que, no passado, os funcionários pudessem verificar seu interior.

Os primeiros dez cubículos que verificaram estavam trancados ou cheios de restos esfarrapados das bebedeiras e festas do pijama dos invasores.

Eles estavam na parte mais escura do corredor, quando chegaram a uma porta com outra mensagem em sangue pingando na cor carmesim.

V.

Trocaram um olhar receoso, depois se postaram em silêncio, um de cada lado da porta. Apuraram os ouvidos, esperando para ver se escutavam algum barulho.

Frankel espiou lá dentro pelo visor da porta.

— Maldição! — Ele rapidamente pegou o iPhone, iluminou o interior do cômodo por um segundo, depois baixou o aparelho novamente. — Mas que porra é essa?!

Antes que Grant pudesse responder, Frankel escancarou a porta.

Uma cadeira muito gasta estava no centro do cômodo e um homem estava sentado nela.

A cabeça dele estava coberta por um antigo secador de cabelo da década de 1960, fixado na parte de trás da cadeira. Mesmo na penumbra, Grant podia ver que o homem estava morto, com poças de sangue no chão.

Frankel se aproximou da cadeira e levantou lentamente o secador de cabelo para ver mais de perto.

A cabeça do homem rolou para fora do pescoço e caiu no chão, ao lado dos pés deles.

Os dois policiais deram um salto para trás.

— Jesus! — Grant murmurou.

Frankel se recuperou o suficiente para apontar a luz para a cabeça decapitada no chão.

Timothy Alan Leeds os encarava com olhos vazios e raiados de sangue, e um V esculpido no meio da testa.

Grant ainda estava tentando desacelerar seu batimento cardíaco quando avistou a parede atrás de Frankel.

— John — ele sussurrou para o detetive. — Aponte a lanterna para a parede atrás de você.

Frankel obedeceu.

E iluminou uma pequena cruz de madeira no meio da parede.

Ele ampliou o foco da lanterna, revelando inúmeras fotografias e recortes de jornais colados dos dois lados da cruz.

Todos eram de Leeds ou dos assassinatos que ele cometera trinta anos antes, a alguns quilômetros de onde estavam agora.

Frankel balançou a cabeça.

— Acho que era a última coisa que ele queria que Leeds visse antes de enviá-lo ao Criador.

— Acho que pode ser, na verdade, outra mensagem para nós.

— Do que você está falando?

— Está tudo organizado num padrão. — Grant apontou para a parede novamente. — A menos que eu esteja muito enganado, isso me parece um grande sete em números romanos.

Frankel apontou a lanterna para a parede mais uma vez.

Com certeza, dois conjuntos de fotos e recortes estavam organizados num *V* e num *I*, de um lado da cruz.

Um segundo *I* estava do outro.

VII.

— Sete? — perguntou Frankel.

Ele olhou para Leeds, com o V recém-esculpido no meio da testa.

— Este é definitivamente um cinco em número romano — observou Frankel. Ele olhou de volta para Grant. — Mas, se ele já passou para o sete, que raios aconteceu com o seis?

10

Quando a noite caiu em Far Rockaway, o Neponsit Health Care Center estava formigando de gente, pela primeira vez desde o dia em que fechara as portas décadas antes. Quem liderava a cena do crime era Marcus, o médico legista que Grant tinha visto pela última vez falando sobre um *souvenir* de Manhattan retirado do estômago de um padre.

O médico examinava com atenção a boca de Timothy Alan Leeds, quando Grant apareceu ao lado dele.

— Só queria saber se ele nos deixou outro presente como fez com o padre Peters.

— Acho que o senhor foi poupado desse problema desta vez, doutor — disse Grant, apontando para a parede de pedra. Um fluxo constante de *flashes* iluminava a mórbida galeria de fotos e recortes, cada um deles esfregando a mensagem do assassino na cara de Grant.

VII.

Grant não precisava de uma cola para lembrar qual era o Sétimo Mandamento.

Não cometerás adultério.

O fato de o assassino ter ignorado o Sexto Mandamento (*Não matarás*) ou ter cometido outro assassinato ainda não descoberto era simplesmente enlouquecedor.

Já tinha sido bem difícil caçar uma quinta vítima, visto que todo mundo tinha dois pais. E, mesmo que a quantidade de adultérios fosse com certeza muito menor, Grant imaginou que o número de adúlteros na cidade de Nova York deveria ser bem impressionante. Além disso, ninguém gostaria de reconhecer suas transgressões numa situação em que ambas as partes faziam o máximo para não serem descobertas.

O médico legista deu uma olhada na colagem na parede.

— Eu não gostaria de estar no lugar de vocês — disse Marcus. Isso claramente significava que ele estava incluindo Frankel também, que aproveitou aquele momento para se juntar ao legista e a Grant.

— Neste momento, eu preferia estar no lugar de qualquer outra pessoa que não fosse eu — admitiu Frankel.

Grant conseguiu abrir um sorriso triste.

— O que você pode nos dizer até agora, doutor? — perguntou Frankel.

— Nada que ajude muito. Reparei em algumas contusões saindo de ambos os lados da cabeça. Foram dois golpes desferidos em dois momentos diferentes, creio. — Marco apontou os pontos e continuou. — Isso está de acordo com sua teoria de que ele foi arrastado do estacionamento. Não há como dizer ainda qual golpe foi administrado primeiro, mas se quer um palpite eu diria que ele precisou subjugar Leeds algumas vezes. Isso explicaria a segunda contusão. Mas também não foi esse o golpe mortal.

— Alguma ideia do que foi usado para decapitá-lo? — perguntou Frankel.

Marco balançou a cabeça.

— Uma olhada preliminar nas marcas irregulares do pescoço decepado me faz pensar que tenha sido uma serra industrial. A menos que eu encontre vestígios durante a autópsia, vai ser difícil identificar a marca do equipamento. Só vou saber quando começar, mas essas ferramentas são praticamente indestrutíveis, então eu não contaria com isso.

— É difícil acreditar que ele matou Leeds com uma serra — disse Grant. — É uma ferramenta difícil de controlar, você não acha?

— Com certeza — Marcus respondeu. — Olhe aqui.

Ele colocou uma mão enluvada no queixo de Leeds e usou a outra para indicar dois cortes diretamente abaixo da parte do pescoço que ainda estava preso à cabeça.

— Duas fendas profundas, mais finas e suaves do que as irregulares que mencionei. São muito parecidas com as que encontrei no padre da Saint Pat's. — O legista se virou para Grant. — Aposto que se parecem com as dos seus três corpos da Inglaterra.

— Não tenho a sua experiência, mas estou inclinado a concordar com você.

— Estas foram feitas com uma faca afiada e provavelmente o mataram. O que o deixou livre para fazer seu trabalho sujo com qualquer serra portátil que tivesse trazido com ele. — Marcus baixou com delicadeza a cabeça de Leeds, colocando-a de volta no plástico estendido no chão. — Vou comparar essas marcas com as do padre Peters, mas suspeito que vão confirmar que são do mesmo assassino.

Os olhos de Grant observaram a colagem novamente. Ele se virou para ver Frankel fazendo a mesma coisa. A mensagem era tão ostensiva que poderia muito bem estar escrita com luzes neon piscantes.

— Tem razão — resmungou Frankel. — É a mesma porra do cara, com certeza.

Já passava da meia-noite quando Frankel e Grant voltaram para o sedã. Eles viram a equipe de Marcus ensacar o corpo de Leeds e colocá-lo numa maca, empurrá-la pelo mesmo corredor que apenas algumas horas antes eles tinham atravessado com celulares na mão, na direção da entrada banhada de luz elétrica (cortesia dos grandes holofotes trazidos pela companhia de energia elétrica de Nova York), pela primeira vez desde que os pacientes do hospital tinham sido evacuados, décadas antes.

Agora, ao entrarem na LIE, a via expressa de Long Island, Frankel comentou que Grant estava diante de uma verdadeira raridade. Os carros estavam realmente avançando, alguns até excedendo o limite de velocidade.

Grant se lembrou da sua corrida de táxi do JFK, alguns dias antes.

— É com certeza melhor do que ficar preso no maior estacionamento do mundo.

— Olha só! Fique um pouco mais nesta cidade e vamos transformá-lo num verdadeiro nova-iorquino.

— Tudo o que eu quero é reservar duas passages de volta — respondeu Grant. — E levar esse lunático de volta à Inglaterra para que ele possa responder pelo que fez.

— Talvez eu tenha que disputar isso com você numa queda de braço. Embora você esteja ganhando por três a dois. — Ele olhou pelo retrovisor e passou para a pista reservada para veículos com dois ou mais ocupantes. — Claro, pode estar tudo ligado e nós nem sabemos.

— Simplesmente não vejo como ele pode passar para o Sétimo Mandamento, a menos que já tenha se adiantado e assassinado uma sexta pessoa.

— Talvez ele esteja mudando seus planos e nos mantendo no escuro.

Grant balançou a cabeça.

— Ele tem trabalhado sistematicamente, num padrão muito específico. Minha preocupação é a de que os assassinatos estejam se tornando cada vez mais extravagantes, para não mencionar que estão mais frequentes. Se já houver uma sexta vítima, ele a matou poucas horas depois de Leeds.

— "Não matarás." Então, o que estamos procurando? Outro assassino, como ele? — Frankel mudou de faixa novamente. — Talvez ele ainda esteja falando de Leeds. Imagina que poderia estar matando dois coelhos com uma cajadada só. O cara era um assassino que matou a mãe e o pai. Viola o Quinto e o Sexto Mandamentos.

— Ele não teria gravado um numeral romano *I* ao lado do *V* que encontramos na testa de Leeds?

— É só um desejo da minha parte... — disse Frankel. Ele indicou o rádio da polícia abaixo do painel. — Pedi para verem no sistema quais assassinos foram soltos na região dos três estados. Ver se algum está faltando ou se o corpo de algum deles apareceu.

— Não precisa ser um assassino condenado e libertado. Pode ser um assassino que não foi pego pelo seu crime até agora.

Frankel olhou para o horizonte de Manhattan se assomando à frente deles.

— Na maioria das vezes, acho que não pode haver lugar mais incrível para se morar. Mas esta noite? Tudo o que vejo é o quanto essa cidade é grande e me pergunto como vamos encontrar o corpo de um assassino morto que nem temos certeza se existe ainda, muito menos o cônjuge traidor certo. Isso está me dando dor de cabeça.

Grant ouviu um leve som borbulhante e viu Frankel esfregando o estômago.

— Sem mencionar que minha barriga está roncando. Com fome?

Grant tentou se lembrar de quando tinha se alimentado pela última vez. Ele percebeu que não comia nada desde o café da manhã com Rachel, no Surrey. Nem podia acreditar que ainda se tratava do mesmo dia.

— Já é uma da manhã.

— Sabia que Nova York é chamada de "a cidade que não dorme"?

— Eu conheço a música — disse Grant.

— Eles deveriam ter acrescentado outro verso: Ela é chamada de "a cidade onde sempre se acha o que comer".

A fila tinha pelo menos trinta pessoas e virava a esquina da Fifty-Third Street com a Sixth Avenue.

The Halal Guys, mais conhecido como "o Fifty-Third com a Sixth", servia os nova-iorquinos com seu carrinho de comida quente desde 1990, quando havia aparecido ao lado do New York Hilton. Ele abria todas as noites às dezenove horas e fechava às quatro da manhã. O prato mais popular, e o que Frankel insistiu para que Grant experimentasse, era uma combinação simples de frango, arroz e pão sírio, com o famoso "molho branco", cuja receita o proprietário egípcio levaria para o túmulo.

Durante a meia hora em que enfrentaram a fila lenta, Frankel contou que o *food truck* tinha começado como um simples carrinho de cachorro-quente, como muitos outros em Manhattan. Mas o proprietário, Mohamed Abouelenein, achava que pão com salsicha não era uma refeição decente e, alguns anos depois, mudou o cardápio para algo de inspiração mediterrânea. Ele nunca tinha feito nenhum tipo de publicidade; a clientela aumentou graças à propaganda boca a boca. A primeira vez que o lugar apareceu nos noticiários foi em 2006, quando ocorreu uma briga que terminou com um homem esfaqueado até a morte. O motivo? Ele tinha furado a fila, é claro.

— Venho aqui desde o ensino médio — disse Frankel, enquanto atravessavam a rua com seus pratinhos descartáveis cheios até a borda.

Grant observou a mistura.

— Acho que eu já estaria morto se comesse isso desde o ensino médio.

Eles se sentaram no banco de uma fonte, ao lado de dois garotos vestindo moletons do Hunter College. Frankel assistiu enquanto Grant mergulhava o garfo na comida e recomendou que ele caprichasse no molho.

— O que achou? — o detetive perguntou depois que Grant engoliu a primeira garfada. — Muito bom, hein?

— Muito bom. — Grant não deu mais detalhes; estava muito ocupado enchendo o garfo outra vez.

— Eles têm franquias em todo o país. Mas nada supera o carrinho original.

— Vindo de um povo que se orgulha da sua tradição, muitas vezes até mais do que o necessário, tenho que concordar.

Frankel mergulhou o garfo em seu próprio prato. Os minutos seguintes foram dedicados à mastigação. Frankel por fim fez uma pausa.

— Falando na Inglaterra, você já sabe o que vai fazer depois do Ano-Novo?

— Na verdade, não. Durante anos imaginei que, quando chegasse a hora de me aposentar, Allison e eu conseguiríamos fazer todas as coisas que nunca fizemos.

— Claro. Sinto muito.

— Não. É uma boa pergunta. — Grant reprimiu um suspiro. — Neste momento, estou apenas rezando para que tudo isto acabe até lá.

Eles voltaram a se concentrar nas suas refeições. Então o policial de Nova York retomou a conversa.

— Você está mesmo na Yard há trinta anos?

— Trinta e quatro, na verdade.

— Eu estou neste trabalho não faz nem metade desse tempo. Não consigo me imaginar sendo policial por tanto tempo.

— Lá é diferente. — Grant deu a última garfada e indicou seu prato vazio. — Lugares como este, por exemplo. O fato de esta cidade parecer nunca parar... Como vocês dizem, vinte e quatro horas, sete dias por semana. Esse ritmo tem um preço. As coisas seguem um pouco mais devagar na Inglaterra.

— Não visito Londres desde que fui para lá com alguns amigos depois da faculdade. Passamos a maior parte do tempo bêbados, festejando em *pubs*, mas lembro que era um lugar superbadalado. Ouvi dizer que é ainda mais hoje em dia.

— Ainda está lá para quando você quiser ir. Ela só não tem nada de espalhafatoso. — Grant deu de ombros. — Eu não preciso de mais nada que não seja ler um bom livro ou me sentar na frente do meu irmão, perdendo de lavada a nossa partida semanal de xadrez.

— Espero que você tenha a chance de voltar a fazer essas coisas. — Frankel depositou seu prato e o de Grant numa lata de lixo próxima. Eles voltaram para o sedã.

Alguns minutos depois, Frankel parou em frente ao Hotel Londres.

— Falei com Harris logo antes de deixarmos Far Rockaway — disse Frankel, enquanto entrava no carro. — Ele combinou com Little uma coletiva de imprensa às onze da manhã. Estão insistindo para que nós dois estejamos lá.

— É inevitável, eu acho.

— Vai ser um caos, com certeza. Começando com seu amigo Ferguson, imagino.

— Eu não tive notícias dele desde que encontramos Leeds.

Desta vez foi Grant quem esfregou o estômago, imaginando o que tinha lhe feito mal. Ele desafivelou o cinto de segurança e agradeceu a Frankel pela carona e pela refeição da madrugada.

— Espero que isso não o impeça de dormir — Frankel disse a ele.

— Vou dormir antes de encostar a cabeça no travesseiro.

Evidentemente, duas horas depois ele ainda não tinha pregado o olho.

Não tinha sido o frango com arroz que impedira Grant de cair no sono. Sempre que eles faziam uma refeição de cinco pratos num restaurante chique, Allison costumava se maravilhar com a facilidade de Grant para virar de lado na cama e dormir antes que ela pudesse dizer "boa noite".

Grant sabia que o que estava causando aquele ataque de insônia era a brutalidade do caso e o rápido aumento na contagem de corpos.

Seu primeiro erro foi ligar a televisão e pegar o final de um noticiário local, que relatava a descoberta do cadáver de Timothy Alan Leeds. O âncora informava aos colegas insones de Grant que a polícia de Nova York iria conduzir uma coletiva de imprensa pela manhã e a emissora estaria lá para cobri-la ao vivo, com todas as outras redes.

Aquilo acabava com todas a esperança de Grant de conseguir dormir logo.

Ele passou meia hora percorrendo *blogs* de notícias e *sites* da internet para ver o que estava sendo relatado. Ninguém tinha mais informações do que o noticiário. Ferguson, o repórter de tabloides britânico, estava curiosamente em silêncio. Isso preocupava Grant. Ele não conseguia imaginar Monte ficando à margem, sabendo o que já sabia sobre Leeds. Era apenas uma questão de tempo até o repórter lançar alguma bomba; a única questão era saber como e onde ela iria detonar.

Às três da manhã, ele já tinha começado a aceitar a ideia de que não ia conseguir dormir aquela noite. De repente, percebeu que já passava das oito da manhã em Londres. Pegou o telefone e digitou um determinado número. O aparelho tocou uma vez e a chamada foi atendida com um clique distinto.

— Eu estava me perguntando quando teria notícias suas — disse Everett.

— Como sabia que era eu? — Grant perguntou.

— Graças à maravilha chamada "identificador de chamadas". Quem mais me ligaria dos Estados Unidos às... Que horas são aí? Três e meia da manhã?

— Nem me lembre. — Ele olhou para o despertador digital ao lado da cama.

Na verdade, eram 3h39 da manhã.

— Por que você estava esperando a minha ligação?

— Os programas matinais daqui estão falando de um quinto assassinato.

— Estou surpreso que você não tenha ligado para se vangloriar de que sua teoria estava certa.

— No meio da sua noite? Não seja tolo. — Ele podia dizer que Everett estava fazendo o possível para não rir alto. — Embora eu provavelmente teria ligado mais tarde, se você não tivesse feito isso.

Grant passou a atualizar o irmão sobre o assassinato de Leeds e o que encontraram nas paredes do hospital abandonado em Far Rockaway.

— Talvez seja a hora de você e seu policial nova-iorquino pararem de se preocupar com os Mandamentos e contarem ao público que tipo de *serial killer* ele é.

— Isso só vai servir para causar um pânico geral.

— Parece que o pânico já aconteceu — disse Everett. — Isso, na verdade, pode ajudar. Se a pessoa não matou ninguém nem cometeu adultério, vai se sentir mais tranquila não acha?

— Pode-se pensar que sim. Mas digamos que ela tenha feito uma dessas coisas? Matou alguém ou teve um caso. E aí?

— Ela ficaria mais preocupada. Ao mesmo tempo, se as pessoas estiverem mais conscientes do que está acontecendo, será mais difícil para o seu *serial killer* pegá-las.

Grant refletiu sobre a ideia. Ele podia ver que ela tinha prós e contras.

— Não tenho certeza, Everett. As marcas na testa são a única coisa que separa o falso do verdadeiro quando se trata de uma confissão.

— Então, atenha-se a elas. Para tornar pública a questão dos Mandamentos, você não precisa necessariamente revelar a questão das marcas.

Grant disse ao irmão que ele lhe dera algo em que pensar.

Everett então perguntou sobre seu café da manhã com Rachel.

— Pelo menos ela não saiu correndo no momento em que cheguei — disse Grant. — Embora eu possa dizer que estava pensando nessa possibilidade.

Everett perguntou se Rachel havia lhe dado uma ideia do que estava causando a separação entre eles. No ano anterior, Grant tinha colocado o irmão a par do afastamento da filha, esperando que ele pudesse ajudá-lo a entender melhor o que estava acontecendo com a sobrinha. Mas Everett não conseguiu fazer nenhum progresso e ficou tão perplexo com tudo aquilo quanto Grant.

— Fiz questão de não tocar no assunto — disse Grant.

— Da próxima vez, talvez.

— Se houver uma próxima vez. Mas ela me pareceu aberta a isso. O que me lembra de que eu... Eu tenho que pegar o número dela com você.

Everett ficou feliz em fornecer o celular de Rachel e eles continuaram conversando até depois das quatro da manhã. Everett finalmente disse a Grant para manter contato e que esperava que ele conseguisse dormir um pouco.

Mas ele ainda estava bem acordado. Foi para a cama de qualquer maneira e começou a passar os vários canais de TV, tentando evitar qualquer noticiário, pois sabia que isso só serviria para deixá-lo mais agitado.

Ele por fim encontrou *Um Lugar Chamado Notting Hill* passando num dos canais de filmes. Aquele era um dos filmes favoritos de Allison e estava entre os muitos DVDs que ela tinha. A esposa costumava dizer que os filmes a embalavam na hora de dormir, como uma canja reconfortante, pois serviam como "adoráveis contos de ninar", que não exigiam pensamentos profundos e logo a levavam a cair no sono.

Grant não costumava dar muita atenção a esses filmes.

Pelo menos era o que pensava.

Ao longo dos anos, Grant ouvira os diálogos tantas vezes, enquanto estava deitado do outro lado da cama, que se deu conta de que era capaz de praticamente repeti-los palavra por palavra; e eles tinham se tornado uma espécie de sonífero para ele também.

Por isso ele se acomodou na cama e começou a assistir.

Não percebeu que tinha cochilado até chegar à parte do filme em que Julia Roberts diz a Hugh Grant que ela era "só uma garota, parada na frente de um cara, pedindo a ele que... a *mate*"!

Foi quando Julia se virou para revelar dezenas de numerais gravados em sua testa.

Grant acordou assustado do pesadelo, mal conseguindo recuperar o fôlego.

Ele olhou para a janela. A luz da manhã estava tentando se infiltrar através das cortinas ligeiramente afastadas.

Que sonho adorável.

11

A sala estava abarrotada.

Grant não conseguia imaginar como tinham conseguido enfiar tanta gente ali. O espaço era normalmente usado para se ler listas de chamadas ou se fazer reuniões ocasionais a portas fechadas entre detetives e seus superiores. Little, o "relações públicas" da polícia de Nova York, tinha acrescentado mais cinquenta cadeiras para acomodar a imprensa toda. Grant esperava que os repórteres estivessem tão espremidos que não conseguissem nem levantar a mão quando chegasse a hora das perguntas.

Ele se sentou na frente da sala com Frankel, atrás de uma longa mesa retangular. Os outros dois assentos estavam ocupados por Little e pelo tenente Harris. Com as emissoras locais transmitindo tudo ao vivo, a sessão começou pontualmente.

— Eu sei que está meio lotado aqui — disse Little. — Se alguém quiser ficar numa sala mais arejada, temos uma transmissão ao vivo no cômodo ao lado.

Grant e Frankel trocaram olhares. Grant tinha certeza de que seu colega estava pensando a mesma coisa. Ele ficaria feliz em se mudar para o outro cômodo. Se possível, para outro edifício.

Little apresentou Harris. Os comentários iniciais do tenente não ofereceram nada de novo. Ele prometeu que "os melhores homens e mulheres da polícia de Nova York" estavam trabalhando dia e noite para levar o caso a uma conclusão rápida.

— Agora vou passar a palavra para o investigador à frente do caso, o detetive John Frankel.

Isso é mais do que passar a palavra... Está mais para jogá-lo na frente de um ônibus, pensou Grant. Não era a expressão americana? Grant imaginou que ele se juntaria ao detetive numa questão de minutos.

Frankel confirmou que era o corpo de Leeds que havia sido encontrado no antigo hospital de Far Rockaway. Ele reconheceu que eles acreditavam que homem era o quinto de uma série de assassinatos que tinha começado em Londres. Frankel nomeou as outras vítimas, revelando as datas e os locais onde os corpos tinham sido descobertos.

Grant podia ouvir dezenas de canetas batendo nos *tablets* e dedos golpeando o teclado dos *notebooks*.

Frankel pediu que a população permanecesse vigilante e tranquila. Era uma solicitação padrão que Grant sabia que seria inútil. Os cidadãos de Manhattan entrariam ainda mais em pânico. Frankel abriu para perguntas.

Nos trinta segundos seguintes, todos os repórteres passaram a gritar suas perguntas ao mesmo tempo.

Little soltou um assobio estridente, devolvendo à sala uma aparência de paz. Grant se perguntou se essa capacidade de trazer ordem repentina ao caos era o que havia levado o policial a ser designado para aquele cargo. Little começou a ouvir os jornalistas um a um.

A primeira pergunta, de um correspondente do *New York Times*, não foi uma surpresa. O repórter careca, que cobria crimes nos cinco distritos desde que o prefeito da cidade, Ed Koch, passara a ocupar a Mansão Gracie, perguntou o que os fazia ter certeza de que os cinco crimes estavam ligados e tinham sido cometidos pela mesma pessoa.

— Em todos os cinco, há uma semelhança no método aplicado — respondeu Frankel. — Mas eu não vou entrar em detalhes. Como de costume, precisamos manter certas informações confidenciais.

Era a resposta que todos tinham concordado em dar à pergunta que sabiam que os repórteres iriam fazer. Isso não os impediu de tentar formular variações dela. Grant ficou impressionado ao ver o detetive enfrentar cada saraivada de perguntas com uma resposta ligeiramente diferente, mas que equivalia à mesma coisa: eles revelariam mais a todos assim que pusessem as mãos no sujeito que estavam procurando.

As perguntas prosseguiram num padrão tão monótono que Grant foi pego de surpresa quando uma voz familiar soou algumas fileiras atrás.

— Posso fazer uma pergunta para o comandante Grant? — ecoou uma voz britânica num tom educado.

Ferguson.

O jornalista do *Mail* se levantou e olhou diretamente para Grant.

— Não é verdade que vocês tinham razões para acreditar que o sr. Leeds seria a próxima vítima?

A multidão de jornalistas se alvoroçou.

— Era uma possibilidade que estávamos considerando — respondeu Grant. Ele olhou de volta para Frankel, que lhe deu um aceno tácito de aprovação.

— Então por que ele não recebeu proteção policial?

Grant começou a responder, mas Frankel se antecipou.

— Porque, quando Leeds entrou no nosso radar, ele já havia desaparecido e tivemos que localizá-lo.

— Bem, vocês certamente o localizaram — Ferguson sublinhou.

Isso produziu risadas suficientes na multidão para que Little tivesse que repreender mais uma vez os jornalistas.

— O que quer dizer com essa observação, sr. Ferguson? — interpelou Little.

— Que esta não é a primeira vez, neste caso, que o comandante Grant chega atrasado — respondeu Ferguson. O repórter olhou para Grant com um brilho nos olhos.

Aqui vamos nós.

— Você não passou o último fim de semana fechando igrejas por toda Londres porque temia pela segurança do clero?

Um burburinho percorreu a sala. Grant tomou o microfone e tentou reprimir o desconforto que sentia.

— Foi uma suposição em que estávamos trabalhando na época...

— Uma suposição? — Ferguson repetiu. — Provou ser mais do que isso. O único problema é que vocês erraram o continente. Pelo menos com Leeds vocês estavam na cidade certa.

Grant levantou a mão para silenciar a sala, que estava a ponto de explodir.

— Além de apontar o que o senhor vê como deficiências minhas, sr. Ferguson, qual é exatamente a sua pergunta?

— Estou querendo saber se está apto para conduzir esta investigação. Seu histórico não passa muita confiança — disse Ferguson. — Você e o detetive Frankel obviamente estão se atendo a informações que mostram a conexão entre as vítimas, mas não estão chegando a tempo para impedir os crimes. O público merece saber o que está se passando exatamente, já que vocês não estão mantendo a população em segurança e ninguém tem a menor ideia da "ameaça", para usar as palavras do seu colega, a que precisam se manter atentos.

Frankel olhou para Grant e deu ligeiramente de ombros. Ele poderia muito bem estar dizendo: "O que você inventar será tão bom quanto qualquer coisa que eu possa dizer".

— São os Dez Mandamentos, não é?

Grant ficou chocado ao ver Rachel se levantar na penúltima fileira.

— Seu *serial killer* está assassinando pessoas de acordo com os Dez Mandamentos — ela esclareceu. — Timothy Leeds era o número cinco e a pessoa que vocês estão procurando não vai parar até que chegue a dez. A menos que alguém o pegue primeiro.

Foi quando a sala irrompeu no caos que Frankel tinha previsto.

— Sua filha — disse Frankel simplesmente.

As implicações das duas palavras eram múltiplas. Grant não só não tinha mencionado Rachel para Frankel, como tinha se esquecido de dizer que ela era uma repórter que residia e trabalhava em Manhattan e com quem ele havia discutido o caso detalhadamente na manhã anterior, no café da manhã no Surrey.

— Eu pensei que vocês dois se conhecessem — disse Grant a Rachel, tentando acalmar a situação.

— Eu só disse que tínhamos nos cruzado algumas vezes — reiterou Rachel.

— Mas eu não sabia que ela era sua *filha* — repetiu Frankel.

Os três estavam no cubículo que servia de escritório para Grant, depois de terem conseguido se livrar do tumulto em que se transformara a coletiva de imprensa.

Depois que Rachel jogou aquela bomba entre seus colegas da mídia, Frankel e Grant tinham se encontrado com Harris, numa breve reunião de emergência. Logo concluíram que seria inútil negar a ligação entre os assassinatos e os Mandamentos.

Grant em seguida fez esclarecimentos à imprensa sobre as vítimas e os paralelos que poderiam ser traçados entre elas e as cinco primeiras leis do Senhor. Quando ele chegou a Leeds e à teoria de que o assassino o havia punido por crimes cometidos três décadas antes, a imprensa ouviu com toda atenção cada palavra dele.

Grant omitiu propositalmente como eles tinham chegado ao ex-presidiário, alegando que tudo tinha sido resultado de um trabalho policial completo. Informar a mídia de que o assassino estava deixando mensagens para a polícia no estômago de padres mortos e em todas as paredes de manicômios abandonados só contribuiria para aumentar o frenesi.

Com todos checando seus celulares para consultar o Antigo Testamento, demorou apenas alguns segundos para que Grant e Frankel fossem bombardeados com perguntas sobre o Sexto Mandamento.

Não matarás.

— Vocês acham que o *serial killer* está com a mira em outro assassino que foi solto, como Leeds?

— E se for alguém que cometeu um assassinato que vocês não descobriram ainda?

Grant disse que essas eram hipóteses que eles estavam considerando.

Ele não mencionou que a sexta vítima já podia estar lá fora e que eles também estavam procurando por um cônjuge adúltero.

As perguntas passaram a se concentrar no assassino. Eles tinham certeza de que se tratava de um homem? Não poderia ser uma mulher? Quem sabe um fanático religioso?

O tenente Harris, que até o momento estava fumegando em silêncio na cadeira, enquanto assistia sua coletiva de imprensa se transformar num ringue de vale-tudo, por fim se levantou. Disse que o departamento estava tentando chegar ao perfil psicológico do assassino e não acrescentou mais nada. Grant sabia que estavam trabalhando num perfil, mas duvidava muito que algum dia ele fosse entregue à mídia.

Nesse ponto, Harris misericordiosamente concluiu a coletiva de imprensa, frisando que a polícia de Nova York e outros departamentos ("dos quais a Scotland Yard era um dos muitos", um cutucão que não passou despercebido a Grant) levariam o assassino à justiça.

No segundo em que a coletiva acabou, Grant atravessou a multidão de jornalistas que se dispersava, para encontrar Rachel. Ele ficou aliviado ao ver que ela não tinha tentado se esgueirar pela porta nos fundos ao vê-lo se aproximar.

Ela começou a falar imediatamente.

— Pai, eu só estava...

Ele a interrompeu com um olhar.

— Agora, eu preciso que venha comigo. Haverá muito tempo para conversarmos, mas não aqui. — Grant não se lembrava da última vez em que tinha usado um tom tão firme com a filha. Mas ele também não conseguia se lembrar de outra ocasião em que aquele tom tinha sido tão necessário.

Foi nesse instante que Harris abordou o comandante da Scotland Yard.

— Que diabos está acontecendo aqui? — Harris perguntou num tom autoritário.

— Por favor, pode dar a mim e ao detetive Frankel alguns instantes para investigarmos mais a fundo o que aconteceu? — Grant solicitou.

— Acho bom mesmo que investiguem — vociferou Harris, já sendo puxado de volta por Little em meio ao vozerio, para fazer uma nova declaração sobre o caso.

Enquanto escoltava Rachel até seu cubículo, Grant também pediu que Frankel os acompanhasse. Depois de trancar a porta do escritório, Grant fez as apresentações apropriadas, que deixaram Frankel com uma expressão confusa.

— Achei que o único repórter com quem você estava falando era Ferguson.

— Rachel e eu só tomamos um café da manhã ontem.

— E não conversamos muito — acrescentou Rachel. — Na verdade, essa foi a primeira vez em mais de um ano.

Frankel olhou para eles incrédulo.

— Mas você teve tempo de expor o caso inteiro entre o chá e os biscoitos, inclusive a ligação que ocultamos de todo mundo, principalmente da mídia, da qual sua filha por acaso parece fazer parte.

— É algo que sempre fizemos. Eu contava o caso no qual estava trabalhando e Rachel ouvia, depois geralmente oferecia seu ponto de vista.

Frankel se virou para Rachel.

— E o que você concluiu? Além da ideia de contar a todo mundo a única coisa que estávamos tentando manter em segredo?

— Além do fato de você e meu pai terem um caso caótico nas mãos? — Rachel deu de ombros a Frankel. — Não muito.

— Achei que tínhamos concordado que você não escreveria sobre essa história — disse Grant.

— Você viu algo impresso por aí, pai? Se eu quisesse me beneficiar dessa história, acho que uma edição exclusiva já estaria nas bancas a esta altura.

— Então por que trouxe isso à tona em plena coletiva de imprensa?

— Porque isso torna a vida de vocês mais fácil. E deixa que a população da cidade durma melhor à noite. — Ela deu de ombros novamente. — Bem, a menos que a pessoa seja um assassino ou um adúltero. Então talvez tenha que ficar de olhos bem abertos e trancar muito bem portas e janelas.

Grant se empertigou.

— Jesus! Você tem falado com Everett, não é?

Rachel não admitiu, mas seus olhos traíram a verdade.

Enquanto isso, Frankel ainda tentava acompanhar o diálogo.

— Espere aí! Everett? Everett, seu irmão que ajudou você a descobrir a questão dos mandamentos? Está falando *desse* Everett?

— Sim. Estou falando *desse* Everett — respondeu Grant.

— Ele me ligou esta manhã, bem quando eu estava saindo para o trabalho — disse Rachel. — Disse que estava preocupado com você e repetiu a sugestão que lhe deu e me pareceu muito boa.

— Sugestão? Que sugestão? — perguntou Frankel, incrédulo.

Grant contou a Frankel que Everett os aconselhara a serem sinceros com respeito à ligação com os Dez Mandamentos pelos mesmos motivos que Rachel acabara de expor.

— Você poderia ter me contado o que ia fazer — disse Grant a Rachel.

— Para ser franca, pai, eu não sabia o que ia fazer até acontecer. Eu me sentei ali e ouvi Ferguson fazer vocês dois parecerem cúmplices desses últimos dois assassinatos, culpando você por não chegar às vítimas a tempo. A ideia de Everett de repente fez mais sentido do que nunca. — Ela se virou ligeiramente para se dirigir aos dois homens. — Vocês têm que admitir que qualquer coisa que simplifique o trabalho da polícia e complique um pouco as coisas para esse sujeito não é tão mal assim.

Frankel esfregou os olhos, que não tinham descansado muito desde que Grant chegara à cidade.

— Que família mais maluca vocês têm! — desabafou o detetive.

Grant ficou pensando nisso. Na hora do jantar, todos os meios de comunicação transmitiriam a história e com certeza ela já deveria estar em todos os portais de notícias da internet.

— De fato, agora não vai ser tão fácil para esse sujeito circular por aí... — Grant admitiu.

— Mas o que vamos dizer a Harris? — perguntou Frankel. — Ele vai querer nos matar.

— Eu poderia dizer que planejamos tudo — Rachel sugeriu. Ela se voltou para o pai. — Você pode dizer a ele que me chamou de lado antes da coletiva de imprensa e me deu as informações sobre os Mandamentos exatamente pela razão que mencionamos. Mas a história que você trará a público é que consegui descobrir a ligação sozinha e vocês dois acabaram por confirmar.

— E você não está fazendo isso só por interesse próprio? — disse Frankel com um leve sorriso.

— Claro que não! — Rachel assegurou a eles. — Enquanto estou sentada aqui com vocês, meu "furo de reportagem", entre aspas, provavelmente já está sendo publicado por pelo menos uns vinte *blogs* e agências de notícias.

— Quanto a isso, você tem razão — disse Frankel.

— Então, o que acham? — perguntou Raquel.

Grant se virou para Frankel.

— A menos que você tenha uma ideia melhor, acho que vale a pena a tentativa.

— Se isso vai fazer Harris sair da nossa cola e deixar que a gente faça o nosso trabalho em paz, sou totalmente a favor — disse Frankel.

— Isso significa que eu não tenho que ser interrogada pelo seu tenente? — perguntou Raquel.

— Acho que conseguimos limpar a sua barra com ele — disse Grant. — Desde que você concorde em jantar mais tarde.

Rachel levantou uma sobrancelha.

— Duas refeições em dois dias, pai? Isso é...

— ... duas vezes mais do que tivemos em alguns anos — disse Grant, terminando o raciocínio dela. — Se vamos continuar com essa farsa, provavelmente é uma boa ideia garantir que a nossas histórias não tenham contradições daqui para a frente.

— Pode parecer estranho, mas isso faz sentido para mim. — Rachel olhou para Frankel.

— Talvez você queira se juntar a nós, detetive. Será que poderia trazer um apito e um uniforme de juiz?

Frankel soltou outra risada.

— Como eu disse, vocês são uma família maluca.

---ˆ---

Harris pareceu convencido.

Ou o tenente achava uma boa ideia revelar os Mandamentos para dificultar a vida do assassino e deixar os nova-iorquinos de sobreaviso ou não tinha ninguém para substituir os dois detetives à frente da investigação.

Grant suspeitava que fosse um pouco de cada coisa.

Ele ofereceu um pedido de desculpas por não ter contado a Harris sobre o "plano" que haviam arquitetado com Rachel (a quem ele tinha mandado para casa), antes da entrevista coletiva. Não sabia se estava se sentindo pior por pedir desculpas por algo que ele não fizera ou por mentir abertamente ao tenente. Quando Frankel disse que também estava arrependido, Grant se lembrou de que a barra dos dois, não só a dele, estava suja, e isso fez que se sentisse um pouco melhor.

Harris tinha acabado de lhes entregar uma declaração oficial da polícia de Nova York endereçada à mídia quando alguém bateu na porta.

— O que é agora? — ele gritou.

Winona Lopez, uma detetive de quarenta e poucos anos, enfiou a cabeça pela porta do escritório.

— Desculpe interromper, senhor, mas estou com uma ligação do xerife Barnes, de Far Rockaway. Ele diz que é urgente. Linha dois.

Frankel se levantou e foi pegar o celular das mãos da detetive.

— Ah, desculpe, senhor — disse Winona. — Ele pediu para falar com o comandante Grant.

A surpresa de Grant foi a mesma no rosto dos outros dois homens na sala. Ele pegou o fone e apertou o botão indicado.

— Grant falando.

Ele ouviu a voz rouca do xerife do outro lado da linha.

— Parece que localizamos o carro que o assassino de vocês usou ontem para transportar Leeds do Connolly's até o antigo hospital.

— Onde? — perguntou Grant.

Barnes informou que se tratava de um Hyundai Sonata azul, encontrado naquela manhã, abandonado num beco.

— Foi roubado ontem de uma senhora do bairro.

— E por que vocês têm tanta certeza de que foi o carro usado para pegar Leeds?

— Há vestígios de sangue no lado do passageiro — disse o xerife. — E parece que ele deixou uma mensagem também.

Será que aquilo poderia ficar ainda pior?

— Que tipo de mensagem?

— Não posso assegurar — disse Barnes. — Mas tenho quase certeza de que é para o senhor, comandante.

12

O xerife Barnes estava esperando pacientemente por eles quando pararam o carro na entrada do beco. A polícia tinha isolado a área com sua fita amarela vibrante e, por esterem no auge do inverno numa cidade litorânea, só havia alguns moradores curiosos parados na calçada, do outro lado da rua. Também não havia muito para ver, com exceção de um Hyundai Sonata azul-marinho, encostado à parede de uma sorveteria que fechava todo final de outono.

O xerife apresentou Grant e Frankel à dona do Sonata, Josephine Tuttle, uma senhora de setenta e tantos anos. A pobre Josephine não conseguia entender por que ela não podia simplesmente levar o carro para casa. Já não era ruim o bastante que "algum vândalo" tivesse roubado o carro dela e a deixado a pé?

— Eu já disse, sra. Tuttle, vamos devolvê-lo assim que concluirmos a investigação — Barnes assegurou a ela. — Vamos até mandar lavar e encher o tanque do seu carro.

— Isso é o mínimo que podem fazer — murmurou Josephine.

Barnes disse que ficaria muito grato se ela respondesse às perguntas de Frankel e Grant.

— Mas o que eu posso dizer a eles que o senhor já não anotou nesse seu caderninho preto?

— Eles podem ter perguntas diferentes — explicou Barnes, já perdendo a paciência. — O comandante Grant veio da Inglaterra.

O mínimo que podemos fazer é mostrar um pouco da nossa hospitalidade e ajudá-lo no que for preciso.

Isso foi o bastante para que a sra. Tuttle abrisse a matraca; logo Grant e Frankel sabiam mais do que qualquer um dos dois desejaria saber sobre Josephine Stuart King Tuttle (ela se recusara a tirar o nome do primeiro marido quando se casara com Maurice, vinte anos antes). Os nomes e a ocupação de cada filho (todos tinham se mudado para longe e Grant estava começando a desconfiar por quê), a cirurgia que ela tinha feito para retirar a vesícula (Frankel teve até que dar uma olhada na cicatriz) e a morte de Maurice, três anos antes ("por causa de um resfriado de verão que não melhorava nunca"), tudo isso os conduziu lentamente até os acontecimentos que os levara até aquele beco.

Quanto ao roubo e à devolução do Sonata, ela não tinha muito que dizer. Havia estacionado perto da lavanderia e saído de lá com uma braçada de roupa lavada quando descobriu que o carro não estava mais onde ela havia estacionado. Quando não encontrou a chave do carro na bolsa, percebeu que devia tê-la deixado na ignição enquanto ia até a lavanderia.

— E quanto tempo a senhora ficou lá? — perguntou Grant.

— Três máquinas cheias, quanto tempo isso leva? Uma hora e meia, talvez?

— E a senhora não viu ninguém se aproximar do carro?

— Mas não acabei de dizer que estacionei a um quarteirão? Será que eu tinha que ter visão de raio X para ver através dos edifícios como o Super-Homem?

— Não, claro que não. Mas seria ótimo se tivesse, não acha? — gracejou Grant.

Josephine franziu a testa. Ela não pareceu apreciar a tentativa dele de fazer piada. Frankel aproveitou a deixa.

— A senhora ouviu alguém ligando o carro?

O detetive da polícia de Nova York recebeu um sermão exclusivo para ele: Josephine discorreu longamente sobre todas as falhas das lavadoras e secadoras industriais.

— Com toda aquela barulheira? Eu nunca me lembro de levar meus tampões de ouvido. E como o senhor quer que eu ouça um carro a um quarteirão de distância?

Frankel acabou se desculpando também.

Eles por fim ficaram sabendo de toda a história. Ela tinha feito um boletim de ocorrência no gabinete do xerife, pelo roubo do carro. Um dos policiais de Barnes tinha dado a ela e à sua roupa lavada uma carona até em casa. Ela tinha sido obrigada a ficar "presa" lá até receber uma ligação, avisando que o carro tinha sido localizado.

— E agora vou ter que continuar andando pé — ela praticamente gemeu.

— Eu disse à senhora que a polícia vai pagar o aluguel de um carro — disse Barnes.

— Não é a mesma coisa. As estações que eu mais gosto estão memorizadas no rádio do meu carro e o meu banco já está na posição certa...

— Receio que seu carro seja agora a prova de um crime, sra. Tuttle — explicou Frankel. — Tenho certeza de que o xerife vai devolvê-lo novinho em folha. Ele pode até pagar a troca do óleo.

O detetive lançou a Barnes um olhar suplicante. O xerife assentiu, ansioso para se livrar logo da situação também.

— Acho que posso providenciar isso.

A oferta pareceu apaziguar Josephine. Um pouco.

— Já vou dizendo, não vou pagar a quilometragem do carro alugado.

— Nem precisa se preocupar com isso. — O xerife indicou uma policial uniformizada parada ali perto. — A policial Kelly vai levá-la a uma locadora e providenciar um carro para a senhora.

A idosa emitiu um *humf* de desaprovação e atravessou a rua sem se despedir.

Frankel e Grant foram com Barnes examinar o Hyundai Sonata.

— A policial Kelly foi quem encontrou o carro. Não temos muitos roubos de veículos nesta época do ano. Como tinham acabado de anunciar o crime, meus homens estavam com os olhos bem abertos.

Barnes calçou luvas de látex, depois tirou mais dois pares do bolso para oferecer a Frankel e Grant. O xerife acenou com a cabeça para a coluna de direção. A chave de Josephine estava na ignição.

— Imagino que seja isso que o assassino esperava encontrar, enquanto procurava um carro. Nem precisou fazer ligação direta. — Ele apontou um dedo enluvado para o couro sintético bege, logo abaixo da janela do passageiro. Havia manchas vermelhas ali e uma outra pequena e de cor semelhante perto da maçaneta da porta. — Olha aqui o sangue que mencionei.

Frankel deu uma olhada mais de perto.

— Nada de muito impressionante.

Barnes assentiu.

— Estamos presumindo que ele não tenha decapitado o homem aqui.

Grant passou a examinar as manchas.

— O legista nos disse que Leeds foi golpeado duas vezes na cabeça. O primeiro golpe provavelmente aconteceu aqui. — Ele endireitou as costas. — E foi dado por quem estava no banco do motorista. A cabeça de Leeds deve ter batido naquele ponto abaixo da janela. Certamente foi o que causou as manchas de sangue.

Barnes deu a volta até o lado do motorista.

— O fato é que Kelly não percebeu o sangue de imediato. Ela só começou a dar uma boa olhada no carro depois de ver isto.

O xerife apontou para um jornal dobrado no banco do motorista.

O título do jornal era bem visível.

O *Daily Mail*.

O xerife deixou que Grant se inclinasse e retirasse cuidadosamente o jornal do carro com a mão enluvada.

A manchete agora familiar "Serial Killer *Ataca Agora do Outro Lado do Atlântico*" se destacava. Monte Ferguson tinha finalmente conseguido seu nome nas manchetes.

Grant abriu o jornal para ler a reportagem e ver as poucas fotos. Uma era da cena do crime na Saint Patrick, outra do padre morto,

Adam Peters. Havia também fotos dos dois policiais que lideravam a investigação: o detetive da polícia de Nova York John Frankel e o comandante Austin Grant, da Scotland Yard.

Sobre a foto de Grant havia um X riscado várias vezes com marcador preto.

Era quase impossível identificar o rosto do comandante.

Frankel olhou o jornal por cima do ombro dele.

— Parece que alguém não gosta muito de você.

———∞———

Grant estava começando a se sentir um verdadeiro morador de Nova York. Pela terceira vez em quatro dias, ele se viu cruzando a via expressa de Long Island em direção à cidade. Com a hora do *rush* se aproximando, ele e Frankel tiveram tempo suficiente para discutir o último presente de despedida do assassino.

— Estamos recebendo presentinhos desse lunático todos os dias — disse Frankel, avançando lentamente com o sedã. — Estou começando a pensar que ele está confundindo os Dez Mandamentos com aquela música "Os Doze Dias de Natal". Só está faltando um Calendário do Advento da Matança.

Grant olhou para o jornal, dentro de um saco hermético transparente. Sua própria imagem riscada olhou de volta para ele, por trás das cruzes pretas.

— Acho que não vai adiantar muito tentar rastrear de onde veio isso.

— Aqui não se encontra esse jornal em toda esquina, assim como em Londres. Mas muitas bancas têm jornais de outros países. Sem falar nos assinantes.

Grant presumiu que a impressão digital não ajudaria. O Sonata tinha voltado vazio da lavagem, tudo limpo, desde a maçaneta da porta até o molho de chaves de Josephine.

Eles tinham percorrido a rua perto de onde o carro havia sido encontrado, bem como a da lavanderia, onde ele fora roubado. Tinha sido mais fácil interrogar os cidadãos de Far Rockaway do que Josephine, mas as respostas foram igualmente inúteis. Ninguém se lembrava de ter visto o Sonata, muito menos um condenado recém-saído da prisão dentro dele.

Grant não ficou surpreso. O assassino não tinha apenas coberto seus rastros, como só deixado para trás coisas que ele queria que fossem encontradas. E o comandante Austin Grant por acaso era a pessoa para quem ele estava deixando essas coisas.

— Você faz ideia de quem seja essa pessoa que você irritou tanto? — perguntou Frankel.

— Você sabe há quanto tempo eu trabalho na Yard?

— Você me disse ontem à noite — respondeu Frankel. — Trinta e quatro anos.

— E quantos casos passaram pela minha mesa durante esse tempo? Milhares. — Grant balançou a cabeça. — Não condenamos e prendemos todos, mas fizemos isso com mais frequência do que eles gostariam. Posso apostar que alguns guardaram algum tipo de rancor. Mas isso não significa que eu não tivesse um bom motivo para perseguir esses camaradas.

— Não precisa necessariamente ser um sujeito que você colocou na cadeia. Pode ser um parente dele, que pense que você arruinou a vida do seu ente querido fazendo isso.

Depois de se despedir de Barnes, Grant telefonou para Hawley, em Londres. Ele tinha pego o sargento justo na hora em que ele estava deixando a Yard, no final do expediente. O comandante o atualizou sobre a descoberta do jornal e pediu ao sargento que começasse a compilar uma lista dos criminosos que Grant havia prendido ao longo dos anos e que já estavam de volta às ruas de Londres.

Agora ele percebia que Hawley tinha que espalhar uma rede mais ampla ainda e precisaria de ajuda. Grant tinha uma ideia de onde conseguir essa ajuda, mas seus pensamentos foram interrompidos por Frankel.

— Se realmente for vingança, ele com certeza vai chegar a extremos em sua premeditação.

— Especialmente porque não tenho ligação com nenhuma dessas vítimas. Pelo menos que eu saiba. Se, como você diz, eu o irritei tanto, por que está fazendo tantos rodeios? Por que não me dá um tiro e acaba logo com isso?

Frankel indicou o jornal dentro do plástico, no colo de Grant.

— Para mim, ele quer ver você sofrer com tudo isso.

De volta à cidade, eles retornaram ao necrotério para conversar com Marcus. Frankel tinha conversado com Barnes para que o corpo de Leeds fosse transferido. O xerife ficou feliz em se livrar do corpo do ex-presidiário em liberdade condicional; seu pacato departamento não estava preparado para resolver um caso daquele porte e Frankel, afinal, já estava incumbido do assassinato do padre.

Marcus já havia identificado as amostras de sangue do Sonata como do tipo B, o mesmo de Leeds. Ele ainda não tinha conseguido uma compatibilidade perfeita, mas aquilo já era suficiente para Frankel e Grant — especialmente com o jornal encontrado no banco da frente. Como suspeitava, Marcus não tinha encontrado nenhum vestígio da serra usada para decapitar Leeds. Mas o sangue na porta do Sonata batia com o hematoma encontrado na lateral da cabeça de Leeds.

Frankel e Grant voltaram para a delegacia e encontraram Little no instante em que chegaram. O homem da mídia parecia pronto para arrancar os parcos fios de cabelo que ainda lhe restavam.

Ele agarrou o amontoado de diferentes jornais que tinha debaixo do braço e os sacudiu na frente do rosto deles.

— Acabei de receber estes.

Cada um tinha sua própria manchete em letras garrafais.

MATARÁS! CINCO MORTES E AINDA NÃO ESTÁ SATISFEITO? ASSASSINO, EU TE ORDENO!

— Vocês já podem imaginar a internet — disse Little. — Está um alvoroço. Por favor, me digam que vocês estão perto de pegar esse maníaco.

Grant não achou que contar à mídia que o assassino estava deixando mensagens por toda Nova York (e especificamente para o comandante da Scotland Yard) faria que ele se sentisse melhor.

Frankel e Grant observaram o homem apressado cruzar o corredor. Grant não tinha certeza, mas achou que podia ouvir Little resmungando com seus botões.

— Esta é apenas a ponta do iceberg — disse Frankel, observando Little se afastar. Ele se virou para encarar Grant. — Esse seu sargento...

— Hawley.

— Quanto antes tivermos essa lista em que ele está trabalhando melhor — disse Frankel.

Grant concordou.

O restaurante Orso ficava na Forty-Sixth Street, a oeste da Eighth Avenue, nas proximidades da região da cidade onde ficavam a maioria dos teatros da Broadway. Estava sempre cheio antes de as cortinas da Broadway se levantarem e depois de caírem. Mas, entre esses dois períodos, com Rachel lhes dissera, era possível disparar uma bola de canhão no lugar e não atingir uma alma. Além disso, a comida era boa e dava para ouvir o que a outra pessoa à mesa estava dizendo.

Quando Frankel e Grant entraram, pouco depois das oito, Rachel era um dos pouquíssimos clientes. Ela estava na metade de uma taça de *chardonnay* e ninguém precisou convencer os policiais de pedirem suas próprias bebidas.

— Foi um dia daqueles — disse Frankel, sentando-se.

Um mês daqueles, pensou Grant. Ele se sentou ao lado da filha, depois olhou para o relógio e a data no mostrador do relógio de pulso.

Dia 19.

Apenas mais doze dias e estou aposentado.

Quando as bebidas chegaram (uma Heineken para Frankel e um uísque com refrigerante para Grant), eles contaram a Rachel sobre a jornada até Far Rockaway. Frankel pegou o celular e mostrou a ela uma foto do jornal que tinham encontrado no Sonata.

Rachel olhou para o rosto vincado de Grant na foto. Depois se virou para o pai com os olhos cheios de preocupação.

— Ah, meu Deus. O que vocês dois vão fazer a respeito disso?

— Não deixar que chegue aos jornais, com certeza — respondeu Frankel.

Grant percebeu a filha enrijecer.

— Se um de vocês acha que eu...

Grant ergueu a mão.

— Ninguém está acusando você de nada, Rachel.

— Desculpe. Foi mal — disse Frankel. — Eu sei que você arriscou o seu pescoço para nos salvar hoje, após a coletiva de imprensa. Particularmente o seu pai.

— Eu continuo afirmando a vocês dois que eu só quero ajudar.

— Essa é uma das razões que nos trouxeram aqui — disse Grant. — Além do fato de eu ter a oportunidade de fazer outra refeição com a minha filha americanizada.

— Ah, mas não mudei tanto assim, *Bro* — disse ela com um sorriso, enquanto caprichava no sotaque nova-iorquino.

Grant riu talvez pela primeira vez desde que chegara aos Estados Unidos.

— Por que você não sugere um prato e depois podemos contar o resto?

Rachel insistiu para que pedissem pães com pasta de alho e manjericão, e uma pizza marguerita. Ela escolheu duas massas que poderiam dividir e o garçom se afastou para providenciar a comida.

Uma segunda rodada de bebidas chegou bem na hora em que Grant terminava de contar a Rachel sobre sua conversa com o sargento Hawley e como ela poderia ajudá-los.

— Seu pai me lembrou de que passou anos analisando casos com você — Frankel disse a ela.

— Desde criança — confirmou Rachel. — Eu costumava achar fotos da cena do crime e sacos de provas que ele trazia para casa e eles me fascinavam. Eu tinha toneladas de perguntas e papai ficava superfeliz em responder a todas elas.

— Naturalmente, isso deixava sua mãe horrorizada. Mas eu vivia dizendo a Allison que a curiosidade de uma criança era algo que precisava ser estimulado, não reprimido.

— Mamãe desistiu de nós dois depois que pedi ao papai para trazer espécimes do laboratório para casa e ela os encontrou na geladeira.

— Eu só fiz isso duas vezes — insistiu Grant.

— Isso porque eu o fiz me levar com ele para trabalhar nos fins de semana — Raquel explicou. — Vi muita coisa boa lá.

— Agora eu vejo por que você acabou se formando em jornalismo — observou Frankel.

Grant continuou a conversa, explicando por que eles tinham decidido manter longe dos jornais uma possível ligação entre o assassino e ele, até saberem um pouco mais.

— Eu pensei que, depois de Hawley compilar a sua lista, vocês dois poderiam trabalhar nela. Se alguém está realmente guardando rancor, tem que ser um réu daqueles casos mais antigos. Juntando o que vocês se lembram sobre os casos, com algumas perguntinhas que você pode fazer sem causar suspeita, dizendo que está fazendo um artigo sobre seu querido pai, vocês poderiam ir eliminando algumas possibilidades.

Rachel assentiu.

— Eu diria que vale a pena tentar qualquer coisa neste momento.

— Você só precisa me prometer que não vai se aproximar de nenhuma dessas pessoas diretamente — disse Grant. — Deixe isso para Hawley e os outros policiais da Yard.

— Ou, se a pessoa estiver aqui em Nova York, eu e o seu pai vamos cuidar disso — acrescentou Frankel.

— Perguntas sem alarde. Matéria sobre meu pai — Rachel recitou. — Entendi.

O garçom escolheu aquela hora para voltar com a comida. Ele mal havia saído da mesa quando Rachel se virou para o comandante.

— E quando eu começo?

Grant recebeu uma mensagem de Hawley pouco antes das entradas chegarem, dizendo que teria uma lista preliminar quando o Sol nascesse no lado oeste do Atlântico. Grant ficou satisfeito, mas não surpreso, ao ver o homem trabalhando até de madrugada. Ele passou a Rachel o contato do sargento e disse a ela para procurá-lo quando ela se levantasse pela manhã.

Rachel conseguiu que os dois trocassem histórias de guerra (suas histórias favoritas da polícia de Nova York e da Yard) e, quando a sobremesa chegou, eles já tinham contado casos suficientes para encher uma galeria inteira de vilões.

Saíram do restaurante pouco depois das dez e meia. Embora estivesse menos de dez graus, Rachel observou que a noite estava clara o suficiente para caminharem os dez quarteirões até o hotel de Grant. Uma vez lá, ela e Frankel poderiam pegar um táxi ou Uber para casa.

Mas como costuma acontecer numa cidade onde o clima muda de uma hora para outra, os céus se abriram e o trio foi pego desprevenido por uma chuva torrencial a seis quarteirões do Hotel Londres.

Grant perguntou se eles queriam entrar para se secar, mas ambos recusaram o convite, dizendo que ficariam bem. Rachel insistiu que o pai entrasse antes que morresse de frio. O porteiro do Hotel Londres se ofereceu para encontrar táxis para Rachel e Frankel e Grant entregou dez dólares ao homem pelo incômodo.

Grant decidiu arriscar dar um abraço de boa-noite na filha e ficou satisfeito quando ela não se afastou. Ele sabia que ainda havia muita coisa não resolvida entre os dois, mas pelo menos era um começo. Grant disse a Frankel que o veria bem cedo pela manhã, depois chapinhou até seu quarto de hotel.

Ele estava a meio caminho do elevador quando o gerente noturno o chamou.

— Senhor?

Grant teve um vislumbre de si mesmo num espelho próximo; ele parecia um rato afogado. Imaginou que o homem atrás da mesa só podia estar se perguntando que vagabundo era aquele que estava entrando no seu hotel. Grant apontou para o elevador.

— Estou no quarto andar. Quarto 412. Grant.

O gerente assentiu.

— Claro, sr. Grant. Eu sei quem é o senhor.

Grant assentiu e retomou sua jornada até o elevador. O gerente gritou mais uma vez.

— Eu só queria lembrá-lo, amanhã é dia vinte.

— Sim.

Geralmente o dia 20 vem depois do dia 19... Até mesmo no lugar de onde venho.

Grant se virou. A única coisa que ele queria era mergulhar numa banheira de hidromassagem.

— Então, o senhor vai fazer o *check-out* como planejado?

Isso fez Grant parar mais uma vez.

— *Check-out*?

— Acredito que tenha sido informado no *check-in* de que não teríamos mais disponibilidade a partir deste fim de semana por causa do feriado de Natal.

— Eu pensei que vocês fossem me avisar se surgisse uma vaga.

— É que infelizmente não surgiu nenhuma vaga.

Grant não sabia dizer se o homem estava gostando de dar a notícia ou não. Ele suspeitava que sim.

Meia hora depois, Grant finalmente conseguiu entrar na banheira. Infelizmente, agora ele estava no celular com o gerente da noite, que disse ter verificado em todos os hotéis da região, mas lamentava informar que eles também estavam sem vagas por causa do Natal.

— Mas eu desejo ao senhor muita sorte na caçada desse maníaco que estão procurando, comandante — disse o gerente antes de desligar.

Grant olhou para o telefone por um instante.

Será que aquele dia poderia ficar ainda pior?

Grant de repente percebeu que havia esquecido de colocar o sabonete na banheira. Ele podia vê-lo do outro lado do banheiro, ao lado da pia.

13

A estadia de Grant no Hotel Londres foi tudo menos ideal. Mas, quando foi fazer o *check-out*, ele não pôde deixar de se perguntar que tipo de refúgio iria encontrar na Big Bad City, já lembrando com carinho das quatro noites passadas num quarto onde a única vantagem era um bombom deixado todas as noites ao lado da cama.

A mesma mulher que tinha regitrado a sua entrada estava atrás do balcão.

— Espero que tenha gostado da sua estadia, comandante. — Ela imprimiu um boleto para pagamento com cartão de crédito.

— Eu teria preferido que ela fosse um pouquinho mais longa — disse ele, rabiscando sua assinatura.

Ela lhe lançou um sorriso simpático que ele imaginou que ela tivesse aprendido no seu treinamento para funcionários.

— Receio que esta seja a nossa época mais movimentada do ano.

Ele sabia que seria inútil fazer outro apelo para que prolongassem sua estadia, certo de que teria outras conversas infrutíferas pela frente naquele dia.

Como aquela que estava prestes a ocorrer a dez passos de distância, onde Monte Ferguson estava sentado numa poltrona, bebericando seu café. O repórter obviamente tinha escolhido aquela poltrona por ficar entre a entrada principal e os elevadores. A menos que Grant usasse a escada de incêndio externa, Ferguson sabia que uma hora ele seria obrigado a passar por ali.

— Posso lhe oferecer um café, comandante? — perguntou Ferguson.

Eles acabaram no Astro Diner, a lanchonete onde Grant tinha ido com Frankel em sua primeira noite em Manhattan. O comandante sabia que não conseguiria evitar Ferguson por muito mais tempo. E achou que poderia muito bem usufruir de uma refeição grátis, já que tinha certeza de que seria uma conversa bem desagradável. Ao chegarem à lanchonete, Ferguson reparou na bagagem de Grant.

— Está se despedindo do seu hotel?

— Não há mais vagas nesta época do ano — disse Grant ao jornalista, que ainda tinha educação suficiente para manter a porta aberta, à espera de que Grant passasse.

— Sabe para que hotel você vai?

— Ainda não. Mas tenho certeza de que você vai me encontrar quando eu estiver lá. — Eles se acomodaram nos bancos de uma mesa presa à parede. Desde a entrevista coletiva, Grant esperava para ser confrontado por Ferguson. O homem não decepcionou; eles estavam sentados há menos de um minuto quando perguntou a Grant há quanto tempo ele sabia que o assassino estava selecionando as vítimas de acordo com o Êxodo.

— Você certamente já sabia quando mandou fechar todas aquelas igrejas.

— Suspeitávamos — admitiu Grant. — Mas só tivemos certeza quando o padre Peters foi assassinado.

— E ainda assim não achou que valia a pena divulgar essa informação?

— Estávamos tentando entender com o que estávamos lidando. Não fazia sentido deixar os londrinos em pânico visto que o assassino já tinha vindo para cá. E não há como dizer se ele vai ficar nos Estados Unidos.

— Você, portanto, está confirmando que estão atrás de um assassino do sexo masculino — Ferguson perguntou, evitando dizer o título "comandante".

— Não estou confirmando, não. Mas estatisticamente...

— Eu sei. Os homens são mais propensos a promover matanças do que as mulheres.

Phyllis, a garçonete que tinha servido Grant e Frankel, chegou para anotar os pedidos. Ela sorriu para Grant.

— Prazer em vê-lo novamente.

— É bom ver você também. Estou surpreso de que se lembre de mim.

— É o sotaque. Além disso, o detetive geralmente vem aqui sozinho.

— Achei que você só trabalhava à noite.

— Eu praticamente "moro" aqui, querido. Os garotos vão comer o quê?

Ferguson pediu ovos mexidos, bacon crocante, torradas de centeio e café. Grant disse que queria exatamente a mesma coisa, exceto que preferia chá English Breakfast.

— Trago num instante — disse Phyllis, voltando para a cozinha.

— Você e o detetive Frankel parecem ter se dado bem — disse Ferguson, percebendo que Phyllis tinha mencionado o homem da polícia de Nova York. — A parceria pelo visto está dando certo.

— Temos um objetivo semelhante em mente.

— E a capacidade de acobertar um ao outro também.

Grant sentiu os pelos da nuca se arrepiarem.

— O que quer dizer, precisamente?

—Aquela bobagem com a sua filha. Você realmente não espera que eu engula essa história de que ela descobriu sozinha a ligação com os Dez Mandamentos, não é? Por que você não admite que contou a ela?

— Em vez de dizer que ela lhe passou a perna?

— Porque ela é *sua filha* e tinha conhecimento privilegiado — argumentou Ferguson.

— O que posso dizer? *Filha de peixe...*

Ferguson murmurou algo baixinho. Grant quase podia ver a mente do jornalista mudando de curso.

— Vamos falar sobre Leeds. Você começou entrevistando os moradores de um prédio de apartamentos e de repente focou toda a sua atenção num condenado em liberdade condicional, que tinha acabado de ser solto e enviado para um centro de reabilitação em Far Rockaway, e que por acaso assassinou os pais. Por que essa mudança?

Grant deve ter demonstrado alguma reação porque um sorriso surgiu no rosto de Ferguson.

— Você não vai escapar de mim, Grant. Por mais que tente.

— Você sabe como funciona, Monte. Uma coisa leva à outra. E não tenho obrigação nenhuma de lhe dar detalhes sobre esse processo.

Phyllis chegou com os bules de chá e café. Grant achou que aquele era o momento perfeito e deu ao outro a chance de mudar o rumo da conversa, tirando o jornalista do *Mail* da sua cola. Quando Phyllis foi verificar se os demais itens do café da manhã já estavam prontos, ocorreu-lhe uma ideia que poderia acabar sendo vantajosa tanto para ele quanto para Ferguson.

— Podemos falar sobre a vítima em potencial número seis? — perguntou Grant.

O repórter praticamente engasgou com o café.

— Estou mesmo sentado na frente de Austin Grant? Comandante da Scotland Yard?

— Por mais doze dias. Mas quem aqui está contando os dias?

— O que vai acontecer agora?

— Você sabe tão bem quanto eu o que vai acontecer. "Não matarás." — Grant tomou um gole de chá. — Isso meio que restringe as coisas, você não acha?

— Você está procurando um assassino. Alguém que está por aí, assim como Leeds estava.

Grant assentiu.

— Mas ele foi assassinado por um motivo diferente.

— Porque ele matou a mãe e o pai. Isso ficou bem claro depois que a sua filha soltou sua pequena bomba. — Ferguson balançou a cabeça. — Tenho certeza de que, enquanto conversamos, todos os departamentos da polícia que estão trabalhando no caso estão vasculhando bancos de dados para encontrar o assassino.

— Pode apostar.

— Então, por que estamos discutindo isso?

— Porque essas listas vão conter apenas assassinatos registrados. Ali não vão constar os crimes sobre os quais nunca ouvimos falar.

— E você acha que alguém como eu teria ouvido falar desses crimes desconhecidos? — Ferguson perguntou. — Pela primeira vez, você está me dando mais crédito do que mereço.

— Você ouve rumores em seu campo de trabalho, Monte. Boatos, insinuações. Você pode fazer o tipo de pergunta que homens como eu e o detetive Frankel não podem, porque estamos sobrecarregados de distintivos, regras e coisas assim. — Grant encolheu os ombros do seu jeito mais casual, depois terminou a sua linha de raciocínio. — A essa altura, que mal faz levarmos em conta todos os ângulos possíveis.

— Exceto aquele sobre o qual você não está me contando — rebateu Ferguson. — O que eu ganho com isso?

— Além de tirar um *serial killer* das ruas de Nova York?

— Esse é o seu trabalho, comandante. Não é o meu.

— Pode chegar um dia em que eu precise lembrá-lo de que você disse isso.

Grant estava bem ciente de que estava andando numa corda bamba. Embora ele e Frankel suspeitassem que o assassino já tivesse despachado uma sexta vítima, eles ainda não tinham ideia de quem ela era. Se Ferguson descobrisse antes deles, todos sairiam ganhando.

— Enquanto isso, faça o que não podemos fazer — continuou Grant. — Volte com um ou dois nomes. Se a sua descoberta levar a algo válido, eu vou garantir que você ficará com todos os créditos e lhe garanto a exclusividade que você tanto quer. Você certamente terá merecido.

Ferguson se recostou na cadeira e refletiu sobre a oferta de Grant, enquanto Phyllis depositava os pedidos na mesa. Ela voltou a encher as xícaras, disse que podiam chamar se precisassem de mais alguma coisa e se afastou.

— Você sabe que sou um homem de palavra, Monte. Deixo você ter prioridade sobre o caso e, acredite, as pessoas vivem me alertando de que eu não deveria fazer isso.

— Eu nunca acusei você de não dizer a verdade. Distorcer um pouco os fatos, talvez — disse Ferguson, girando um garfo cheio de ovos mexidos no ar para dar mais ênfase.

Grant apenas aguardou. Ferguson finalmente abocanhou a comida e baixou o garfo.

— Ok, vamos tentar do seu jeito.

— Eu agradeço.

E ele realmente estava grato. Acreditava que isso evitaria que o repórter atrapalhasse as investigações e poderia realmente colaborar com o trabalho dele e de Frankel.

— Mas tenho mais uma pergunta — disse Ferguson.

— Só uma?

— Por que ele está matando pessoas de acordo com os Dez Mandamentos?

Grant vinha se fazendo a mesma pergunta desde que se sentara no gabinete do irmão uma semana antes. E, por mais que isso o aborrecesse, Grant tinha que admitir que não fazia a menor ideia.

Assim como Rachel ou Frankel quando se sentaram para conversar no porão da delegacia.

Quando Grant chegou, encontrou Rachel atolada em papéis, no escritório que Frankel tinha cedido a ela. Isso não só dava à jornalista um pouco de privacidade, como permitia que Grant e Frankel ficassem de olho nela, mantendo-a longe dos olhos do tenente Harris. Frankel tinha informado ao superior no que eles estavam trabalhando e, embora Harris não tivesse ficado muito empolgado, o homem estava numa situação tão desesperadora que parecia disposto a se agarrar a qualquer fio de esperança.

Rachel entrou em contato com Hawley bem cedo e, como prometido, o fiel sargento enviara o seu primeiro levantamento dos antigos casos de Grant. Ela entregou ao pai e a Frankel uma lista com mais de cinquenta páginas.

— Você estava certo — disse Frankel. — Deve haver pelo menos uns mil casos aqui.

— Na verdade, um mil trezentos e setenta e quatro. — Rachel virou-se para Grant. — Muitos morreram enquanto cumpriam sentença ou depois que saíram da prisão.

— Você consegue diminuir um pouco mais essa lista? — perguntou Grant.

— Estamos trabalhando nisso.

Ela folheou um caderno onde tinha feito colunas divididas em diferentes categorias.

— Parece que metade cumpriu a pena, portanto estamos falando de seiscentos a setecentos que não estão mais atrás das grades.

Frankel ficou chocado.

— Tudo isso? Vocês têm uma taxa de rotatividade bem alta por lá.

— É uma classe diferente de criminosos — explicou Grant. — Quanto menos armas, menos crimes violentos. Consequentemente, não temos tantas prisões perpétuas.

Rachel virou outra página.

— Mesmo eliminando os que já morreram, ainda temos quase trezentos para verificar.

— Alguma ideia de quantos ainda residem na Inglaterra? — Grant perguntou.

— O sargento Hawley e eu estávamos tentando descobrir justamente isso. — Ela indicou a tela do computador e uma janelinha no canto inferior direito. — Estamos com um *chat* aberto para ficarmos em contato o tempo todo.

Grant assentiu, feliz por ver sua filha se dedicando à investigação com tanto empenho.

— Por favor, dê bom-dia a ele por mim.

Rachel fez isso e recebeu uma saudação similar de Hawley. Grant em seguida contou a eles sobre sua inesperada companhia para o café da manhã e o acordo que havia feito com o jornalista.

— Foi uma manobra inteligente — aprovou Frankel. — Fazer que ele se ocupe com outra coisa enquanto trabalhamos nisso. — O detetive indicou a tela do computador.

— Por acaso ele trouxe à tona uma outra coisa. — Grant repetiu o questionamento de Ferguson sobre o motivo que levou o assassino a usar os Dez Mandamentos.

— Estou quebrando a cabeça com isso desde que conversamos a respeito no café da manhã outro dia — disse Rachel. — Algum fanático que passou a vida inteira obcecado com os ensinamentos da Igreja até alguma chave maluca virar na cabeça dele?

— Ou será apenas um sujeito pirado, procurando uma razão para matar um punhado de gente, mas sem saber por onde começar? — rebateu Frankel. — Talvez ele tenha assistido àquele filme do Charlton Heston uma noite e pensado, "Ei, acho que vou aproveitar essa ideia!"

— Pode ser qualquer uma das duas hipóteses, mas nenhuma delas esclarece por que ele chegou até mim. — Grant olhou para a filha novamente. — Sua mãe é que insistia para irmos à igreja todos os domingos. Eu só ia por respeito a ela. — Grant fez uma pausa. Quando recomeçou a falar, baixou o tom de voz. — No entanto, a verdade é que tenho ido com mais frequência desde que ela faleceu.

Rachel pareceu surpresa.

— Eu não tinha ideia de que você estava indo à igreja.

Grant ofereceu um sorriso triste.

— Talvez você volte para a Inglaterra e vá comigo um domingo.

— Nunca se sabe — Rachel disse a ele.

Grant conseguiu se recompor olhando para a tela do computador e o trabalho que Rachel estava fazendo.

— Seja quem for que esteja fazendo isso, acho que não há nada de aleatório nas suas atitudes. Tem que haver uma ligação aqui e esta é provavelmente a melhor maneira que temos de procurá-la.

— Também não tenho uma sugestão melhor neste momento — admitiu Frankel.

Rachel respondeu concordando com a cabeça e retomando a conversa com o sargento Hawley pelo computador.

Os dois policiais se despediram e a deixaram voltar ao trabalho.

Eles passaram o resto do dia fazendo o que todos os policiais fazem na maior parte do tempo: o bom e velho trabalho de rotina. Fosse o comandante da Scotland Yard, um detetive da polícia de Nova York ou um xerife de um subúrbio de Long Island, ou até mesmo um policial de um vilarejo da Irlanda do Norte com quem Rachel tinha falado sobre um ex-assassino que se mudara para lá, nada substituía o trabalho com um caso real.

Quando Grant começara sua carreira na polícia, os detetives faziam a maioria das investigações a pé ou andando quilômetros no próprio carro. Tudo levava mais tempo, mas as perguntas eram respondidas cara a cara. Ultimamente, noventa por cento do que um detetive precisava saber podia ser descoberto sem que ele precisasse se levantar da sua escrivaninha, graças à internet, aos telefones celulares e ao rastreamento por satélite. Não havia como negar que hoje tudo era concluído de maneira muito mais rápida, mas Grant ainda sentia falta de conversar com as pessoas pessoalmente. Essa era a única maneira de se deduzir o perfil verdadeiro de alguém.

E essa era mais uma razão que levava Grant a pensar que estava se aposentando na hora certa. Porém, ele ainda tinha esperança de que, antes de pendurar as chuteiras, pudesse se sentar frente a frente com a pessoa responsável por aquele caos. Essa podia ser a única maneira de descobrir o que estava motivando a pessoa que ele, Frankel, e agora sua filha estavam perseguindo.

Frankel e Grant também revisaram algumas listas, selecionadas de vários bancos de dados sobre possíveis vítimas Número Seis, homens e mulheres que atualmente residiam na região e tinham tirado uma vida.

— Essas listas são mais longas do que as de Rachel e Hawley — observou Grant, sentado em frente a Frankel, no escritório do detetive. Eles tinham preferido trabalhar ali porque a sala de Frankel tinha uma janela, mesmo que ela desse para os fundos de outro prédio.

Passaram as horas seguintes entrando em contato com os nomes das listas. Frankel comentou que uma das vantagens de os Dez Mandamentos serem agora de conhecimento público era que eles podiam ser francos com as pessoas.

Quanto aos poucos ex-assassinos com quem não tinham conseguido contato, policiais haviam sido enviados para garantir que eles não estavam estendidos no chão de casa, numa esquina ou numa margem de rio Hudson, com um seis em algarismo romano gravado na testa.

Frankel pediu que Philly mandasse sanduíches de filé com queijo por volta da uma da tarde e eles os devoraram com Coca-Cola gelada.

— Vou ter que comprar roupas novas se continuar comendo com você — Grant resmungou para Frankel.

Depois do lanche, Frankel e Grant dividiram outra vez as listas e passaram o resto do dia em seus escritórios, entrando em contato com o maior número possível de ex-criminosos. Enquanto isso, Rachel não emergiu do seu casulo no porão até às dezenove horas, quando apareceu no cubículo do pai.

— Como vão as coisas? — ela perguntou.

— Entramos em contato com talvez setenta e cinco ou oitenta por cento dos nomes da lista — Grant a informou. — Nenhum cadáver ainda.

— Acho que isso é bom.

— E quanto a você e o bom sargento?

— Estamos avançando. Acho que reduzi para cinquenta nomes mais ou menos. Eu disse a ele para ir para casa, porque lá já passa da meia-noite. Acho que ele já trabalhou o suficiente por hoje.

— Todos nós tivemos um longo dia — concordou Grant. — Você mesma deveria ir para casa.

Rachel indicou a bagagem de Grant no chão atrás dele.

— E você? Conseguiu encontrar um hotel?

Grant procurou em sua escrivaninha e encontrou um pedaço de papel onde ele tinha rabiscado o nome de um hotel.

— Um lugar chamado Holland, em Jersey, disse que eu poderia fazer o *check-in* hoje à noite e ficar o tempo que eu quisesse.

— Ah, tenho certeza de que pode. — Ela estendeu a mão e amassou o pedaço de papel e o jogou no cesto de lixo. — Você não vai ficar em Jersey, pai. Nunca vai conseguir voltar para a cidade nesta época do ano.

Ela cruzou a sala e pegou a bolsa.

— Vamos. Venha comigo.

— Com você? Para onde?

— Você vai ficar comigo. Meu apartamento não é muito maior do que esta sala, mas eu tenho um sofá-cama. E parece que é melhor do que o cubículo do detetive Frankel.

Na hora do almoço, quando soube que Grant era um desabrigado no momento, Frankel tinha se desculpado, dizendo que gostaria muito de poder ajudar o comandante.

— Mas depois que Julia partiu, tudo o que pude pagar foi um estúdio em Murray Hill, com uma cama embutida na parede. Quando está aberta, mal há espaço para eu me levantar, que dirá para receber um hóspede.

Por causa das condições do relacionamento entre eles (ou a falta de condições) nos dois anos anteriores, Grant não ousaria pedir à filha que aceitasse sua presença, muito menos que o hospedasse em sua casa.

Mas, quando ela fez aquela oferta inesperada, ele obviamente nem pensou em recusar.

Podia ser que ainda houvesse uma esperança de se entenderem.

Se algum dia ele ficasse cara a cara com o assassino, Grant pensou, talvez tivesse algo para lhe agradecer.

14

Rachel morava na Ninety-Seventh Street, entre a West End Avenue e a Riverside Drive. O bairro tinha passado por uma reforma geral e agora era marcado por uma expansão imobiliária sem precedentes. Muitos edifícios que antes pareciam destinados à demolição ou eram considerados uma ferida na paisagem agora tinha listas de espera de cinco anos.

Mas alguns deles, assim como o de Rachel, se recusavam a sucumbir à revitalização de Manhattan por causa da recusa de alguns moradores de desistir de seus apartamentos com o aluguel desatualizado. Alguns deles pagavam menos de aluguel do que pagariam para garantir uma vaga mensal num estacionamento.

Grant observou enquanto Rachel virava a chave para entrar no vestíbulo do prédio e verificar a caixa de correio. Ele apontou para o nome escrito na caixa que sua filha acabara de destrancar.

— Quem é G. Fletcher?

— Gretchen. Uma garota que fazia faculdade comigo — Rachel respondeu.

Ela contou que Gretchen tinha ido para a Noruega dois anos antes, para passar uma semana, e iniciara um caso com um apresentador de TV local, na época casado; eles agora estavam morando juntos em Oslo e esperavam o primeiro filho.

— Mas ela não desiste deste lugar de jeito nenhum, por causa do preço do aluguel.

Quando a filha disse o valor, Grant entendeu que de fato era um acordo do qual ninguém abriria mão, mesmo morando num país distante, onde ninguém consegue dormir direito por seis meses, porque o Sol nunca se põe.

— É por isso que, para todos os efeitos, só existe uma inquilina: Gretchen (nome de casada Fletcher), e eu sou a irmã dela, que voltou para casa depois de frequentar a faculdade em Oxford, o que me fez ficar com um pouco de sotaque.

Enquanto subiam os quatro lances de escadas até o apartamento (Rachel considerava um bom exercício), ela reiterou o que tinha dito a ele no trajeto de metrô até o centro da cidade.

— Eu posso muito bem cancelar meus planos para o jantar. Eles vão entender perfeitamente.

— Você não vai fazer nada disso. Estou precisando de uma noite tranquila para pôr os pensamentos em ordem.

Ela usou duas chaves diferentes para abrir um par de fechaduras, depois abriu a porta.

— Fique à vontade.

O apartamento inteiro talvez fosse só um pouco maior do que o quarto de Grant em Londres. Ele se resumia a uma sala de estar, com uma área reservada para a cozinha, um banheiro onde mal cabia uma pessoa e um quarto adjacente do tamanho de um *closet* pequeno. Grant ficou feliz em ver que, embora a filha estivesse morando num quarto e cozinha, o lugar parecia bastante confortável, e ele disse isso a ela.

Rachel pegou a mala dele e a colocou sobre um sofazinho que ficava embaixo da única janela.

— Ele abre fácil. Tenho lençóis e um cobertor dentro do armário do quarto.

— Sinto causar toda essa amolação.

— Sério, pai, não é amolação nenhuma — Ela apontou para a geladeira. — Fique à vontade para pegar o que quiser. Há também uma pilha de cardápios na gaveta de cima. Eles entregam qualquer coisa aqui em trinta minutos.

— Eu vou ficar bem.

— Vou buscar a roupa de cama. Já volto.

Ela deu dois passos e desapareceu. O lugar era um cubículo.

Mesmo que o apartamento estivesse cheio das coisas de Rachel e algumas que Grant presumiu que pertencessem à amiga da Noruega, não parecia desarrumado. As estantes estavam cheias de livros de bolso e um ou outro *best-seller* de capa dura. Duas plantinhas serviam de suporte para que os livros ficassem em pé e Rachel tinha conseguido manter uma orquídea viva, colocando-a num canto da janela onde batia sol pela manhã. Havia alguns pôsteres de arte emoldurados nas paredes, uma peça de decoração obrigatória que qualquer *millennial* trazia da lojinha de *souvenirs* do Metropolitan, mas Grant viu com satisfação que a arte moderna inglesa também estava representada.

Ele espiou na geladeira bem abastecida. Certamente havia o suficiente nas prateleiras para compor uma refeição (sanduíches e verduras, comida chinesa em embalagem para viagem), juntamente com uma garrafa de *chardonnay* até a metade. Ele encontrou os cardápios que Rachel mencionara (devia haver uns trinta restaurantes diferentes num raio de dez quarteirões) e abriu um armário onde descobriu uma caixa do seu chá inglês preferido.

Ele encontrou uma chaleira embaixo da pia, encheu-a com água e colocou-a em cima do fogão. Enquanto a água fervia, ele continuou sua excursão não guiada, indo até um canto onde uma mesinha servia como área de jantar e escritório improvisado.

O *notebook* de Raquel estava aberto ao lado de uma garrafa de água e uma caixa de biscoitos em forma de coelhinhos. Grant não resistiu e experimentou um. O biscoitinho era tão saboroso que ele temeu que seus companheiros pudessem se juntar a ele em seu estômago mais tarde, quando fizesse um lanche da madrugada. A chaleira assobiou na cozinha e ele preparou o chá. Alguns goles depois, cruzou a sala até um baú de madeira, que ficava contra a parede oposta à janela.

A menor árvore de Natal que Grant já tinha visto estava sobre ele. Com apenas 60 centímetros de altura, Rachel a decorara com alguns ornamentos, pisca-pisca coloridos e uma estrela dourada para completar. Grant estendeu o braço para tocá-la, imaginando de que tipo de material sintético seria feita. Ele ficou surpreso ao perceber que eram agulhas de um pinheiro natural.

— É de verdade, acredite ou não — disse Rachel atrás dele.

Ele se virou e viu que a filha tinha vestido *jeans*, uma camiseta e um suéter. Ela tinha desfeito o coque profissional que usava na delegacia e retocado o batom.

Deus, como ela se parece com a mãe, pensou Grant, lembrando-se da garota por quem ele tinha sido apaixonado durante todos aqueles anos em Londres.

— Eles têm algumas ainda menores — continuou ela. — Espaço é um luxo em Manhattan, especialmente no Natal.

— Pelo menos você não comprou uma daquelas cor-de-rosa com neve falsa.

Os olhos dele foram atraídos para um ornamento dourado. A luz acima do fogão refletia-se nele, fazendo-o brilhar. Ele o tirou da árvore com todo cuidado. Era um pequeno camafeu contendo a menor imagem imaginável dentro dele: uma mulher sorridente que parecia Rachel, segurando no colo uma menininha com duas fitas no cabelo — uma verde e a outra vermelha, as cores do Natal. Havia uma inscrição gravada ao lado da foto.

Feliz Natal. ILY. R.

— Eu me lembro quando você deu isso a ela.

— Acho que eu tinha 9 anos. Talvez 10. — Ela balançou a cabeça, tentando não se emocionar. — Um trabalho idiota da aula de artes.

— Ela adorou. Eu não sabia que você ainda o tinha.

— Ela me deu naquele Natal, logo depois que descobriu...

Rachel parou quando a voz falhou. Ela pegou delicadamente o camafeu da mão do pai e voltou a pendurá-lo na árvore. Os olhos de Grant se desviaram para os porta-retratos, nas laterais. Algumas mostravam Rachel no ensino médio e os amigos de faculdade dos quais Grant se lembrava vagamente de casa. As outras eram de Rachel e da mãe — ou só de Allison.

Grant não pôde deixar de notar que estava faltando uma pessoa nas fotografias. Ele.

— Rachel — ele começou.

— Não, pai. Não.

— Simplesmente não entendo...

— Eu realmente prefiro não falar sobre isso. Por favor.

Mas agora que Grant havia aberto a porta, ele não conseguia mais fechá-la. Pelo menos não sem tentar mais uma vez.

— Ninguém amava sua mãe mais do que eu, Rachel. Você precisa entender isso. — Grant sentiu que começava a tremer por dentro. — Mas se existe uma pessoa que eu já amei mais do que ela, essa pessoa é você.

Rachel começou a se virar para a porta. Grant colocou a mão no ombro dela.

Pelo menos a filha não se afastou.

— Eu não consigo nem imaginar o que eu possa ter dito ou feito para afastá-la. O que quer que seja, não foi por mal. A única coisa que posso dizer é que sinto muito. Mas estou completamente no escuro aqui, Rach... e tenho vivido assim desde que eu... — Grant parou e se corrigiu. — Desde que *nós* a perdemos.

— É complicado, pai.

Os olhos de Grant piscaram.

— Quer dizer que eu *realmente* fiz alguma coisa...

— Não. Não é o que você fez. É o que...

Rachel jogou as mãos para o alto, num gesto claro de frustração, e se afastou do pai, que não conseguiu se lembrar de um momento mais doloroso em sua vida.

— O quê? O que eu fiz ou deixei de fazer?

— Não posso dizer — Rachel respondeu. Havia lágrimas nos olhos dela agora.

— Por que não?

— Porque prometi à mamãe que não diria!

De repente, ele viu que não poderia estar mais distante da filha. Mesmo que estivessem de lados opostos do Atlântico, não a um metro de distância um do outro.

Rachel finalmente quebrou o silêncio, o tom de voz mais suave.

— Por favor, me escute, pai. Nada que qualquer um de nós possa dizer ou fazer irá trazê-la de volta. Nós dois sabemos disso. — Ela enxugou uma lágrima na bochecha. — Eu sinto tanta falta dela quanto você... Todo santo dia. Mas temos que seguir com a vida.

— Eu sei disso, mas...

— Mas reabrir velhas feridas não vai ajudar em nada. — Ela apontou para o quarto. — Você pode não acreditar, mas, quando acordei esta manhã, eu me senti mais feliz do que me sentia há muito tempo. Nunca mais me senti assim, desde que mamãe faleceu. — Ela se virou para encarar Grant. — E eu tenho certeza de que é porque você está aqui.

Grant ficou ali sem palavras.

— Na verdade, estou feliz em vê-lo, pai. Fico satisfeira em ajudá-lo a fazer algo importante.

Grant por fim conseguiu falar.

— Isso significa muito para mim também.

— Então, não podemos começar com isso? — A súplica estava agora nos olhos e na voz da filha. — Não podemos recomeçar assim e ver o que acontece?

— Eu faço o que você quiser, Rach. Só quero você na minha vida.

Rachel acenou com a cabeça em agradecimento. Não era bem o "eu também" que ele esperava, mas naquele momento, aceitaria de bom grado qualquer resposta positiva.

Ela pegou a bolsa na cadeira e se voltou para Grant.

Ela se inclinou e lhe deu um beijinho na bochecha.

— Não vou demorar — disse a ele.

Passado um instante, ela já tinha saído, deixando Grant atordoado, ainda com a mão na lateral do rosto. Por mais grato que ele estivesse por ela ter quebrado o gelo, não conseguia parar de pensar numa coisa.

O que Allison tinha proibido Rachel de contar a ele?

Uma hora depois, ele ainda não tinha conseguido pensar em outra coisa.

Tentou ler uma dúzia de livros que pegou nas prateleiras, mas mal havia passado das páginas de rosto ou dedicatórias. Fechou o sofá-cama, sentou-se nele e tentou encontrar algo na televisão para distraí-lo, mas, a menos que houvesse um *reality show* chamado "O que a sua filha está escondendo de você e como descobrir o que é", isso também não ia funcionar.

Mais de uma vez ele passou pelo *notebook* aberto sobre a mesa. Podia praticamente vê-lo acenando para ele.

"Austin, venha cá e veja o que tenho aqui para você."

Ele resistiu à tentação de bisbilhotar e, em vez disso, pôs na boca um punhado de biscoitos de coelho.

Foi quando soube que ele tinha que sair.

Algumas estações de metrô e uma caminhada de dois quarteirões depois e Grant estava de volta à sua mesa no Astro Diner, com a sempre presente Phyllis ali para servi-lo. Ele pediu um dos *milk-shakes* que Frankel tanto amava. Phyllis tentou dizer a ele que aquilo não era jantar de um homem adulto e ela estava certa. O *milk-shake* era espesso e saboroso, mas, com as bolachas de coelho, era açúcar demais para ele; deixou metade no copo. Agradeceu a Phyllis, deixou uma gorjeta duas vezes maior que o valor da conta e depois se aventurou pelo frio de dezembro, ainda em busca de algum vestígio de alegria natalina.

Manhattan estava em pleno espírito natalino. Eram nove e meia da noite e as ruas estavam apinhadas de gente balançando sacolas de compras. Outras árvores de Natal carregadas e os bares de esquina tinham clientes espalhados pela calçada, cantando canções estridentes.

Tudo o que Grant ouvia na cabeça eram duas palavras: *Que bobagem!*, a expressão de desprezo característica de Ebenezer Scrooge.

Por volta das dez horas, ele se viu do lado de fora do Radio City Music Hall. Um homem da cidade de Dubuque, no Iowa, estava tentando vender uma entrada para a última seção de *Christmas Spectacular*, pois a filha adolescente tinha se recusado a ir. Grant comprou o ingresso, imaginando que ver algo tão "espetacular" poderia ajudá-lo a entrar no clima natalino ou pelo menos tirar Rachel e Allison da cabeça.

Havia algo de impressionante nas dançarinas, executando sua coreografia rigorosa numa fileira que se estendia por toda a extensão do maior palco que Grant já tinha visto. A multidão estava de bom humor e cantava com elas a cada número.

Mas um ataque frontal de tanta alegria natalina só fez Grant recordar dos Natais passados, com a esposa e a filha pequena.

Ele se lembrou do dia em que levou para casa um papai noel eletrônico de tamanho natural. Quando o ligou à tomada, a figura começou imediatamente a zumbir e se curvar — soltando um enorme "Ho-ho-ho! Feliz Natal!", com uma gargalhada estrondosa. Ele achou que era a coisa mais alegre e divertida que já tinha visto, mas Rachel, com apenas 4 anos de idade, entrou na sala no dia de Natal, deu uma olhada no robô barbudo com o dobro do tamanho dela e correu escada acima para se esconder debaixo da cama. Grant passou toda a manhã tentando persuadir Rachel a sair dali, com inúmeros presentes. A garotinha passou o resto do dia andando cautelosamente pela casa, com medo de que o "Robô Noel" (como Grant o tinha apelidado) saísse de um armário e a matasse de susto com um "Ho-ho-ho".

No ano seguinte, Rachel continuou perguntando se o Robô Noel tinha voltado para o Polo Norte e deu uma risadinha quando ele reapareceu ao lado da árvore no dia de Natal. Quando fez 6 anos, Rachel já estava trazendo amigos para ver o Papai Noel e Allison teve que explicar à filha que ela não podia cobrar ingressos.

Depois disso, o ritual de "Ligar o Robô Noel" passou a ser o momento mais esperado da época natalina, na casa dos Grant. As festas continuaram até Rachel chegar à idade adulta e só pararam no Natal em que Allison estava em seus últimos dias de vida.

Grant nem sabia direito onde estava o Robô Noel agora. Devia estar em algum lugar no fundo do porão, pensou. Mas tinha certeza de que, se descesse as escadas e o visse lá embaixo, cairia no choro.

Ele se levantou no meio do espetáculo e foi embora.

Mais uma vez, ele se viu parado em frente à pista de gelo, observando os turistas e nova-iorquinos patinando embaixo da gigantesca árvore de Natal do Rockefeller Center. Sabia que era hora de ir embora quando começou a se perguntar onde estaria o cabo que desconectava os alto-falantes por onde saía aquela música natalina incessante.

Ele acabou na Fifth Avenue, contemplando as vitrines de uma loja de departamento, todas decoradas para o Natal. Parou na frente da Saks Fifth Avenue e deu uma olhada na vitrine da Burberry, onde ficou admirando por vários segundos um cachecol de caxemira rosa e marrom, no pescoço de um manequim vestido com um traje de festa. Ele imaginou como ficaria lindo no pescoço de Allison. Ficaria perfeito com o tom avermelhado do cabelo dela.

Aliás, com o de Rachel também.

Grant soltou um longo suspiro. O Natal nunca mais seria o mesmo. Especialmente aquele, na condição de um viúvo à procura de um *serial killer*, numa terra estrangeira.

Era pouco mais de meia-noite quando ele voltou para o apartamento de Rachel. Ela ainda não tinha chegado, as luzes estavam acesas, exatamente como Grant deixara algumas horas antes.

Ele passou pela mesa do *notebook* novamente.

Desta vez, olhou para o computador com um pouco mais de interesse, depois voltou para o sofá-cama. Abriu a mala de mão e tirou dali o pijama e seus produtos de higiene pessoal. Tentou sem sucesso evitar olhar para o computador a caminho do banheiro.

Por fim, cedendo à tentação, sentou-se à mesa. Ele olhou para a porta, preparado para saltar da cadeira no momento em que ouvisse a chave virar na fechadura.

Grant digitou algo no teclado.

A tela do computador acendeu e pediu uma senha. Ele pensou um pouco. Digitou *Allison* e recebeu de volta a mensagem: *Acesso negado*.

Resolveu arriscar alto e tentou outra coisa. *Austin*.

Recebeu a mesma mensagem.

Grant balançou a cabeça. Depois dos últimos dois anos, o que ele esperava? O que esperava é que se comportasse melhor. Verdade que ele era da polícia e a curiosidade era algo natural. Mas isso não incluía espionar a própria filha.

Levantou-se da cadeira, voltou para a cama, ligou a televisão e começou a repassar os canais.

Talvez estivesse passando *Um Lugar Chamado Notting Hill* outra vez.

— Silver.

Os olhos de Grant se abriram.

A luz acinzentada da manhã estava entrando pela janela e Rachel pairava sobre ele. Desorientado, Grant se sentou no **sofá**-cama.

— Silver?

Ele olhou de Rachel para a mesa e o *notebook*. A tela estava iluminada outra vez. Ele se perguntou se ela tinha percebido que ele havia tentado obter acesso e estava lhe dizendo a senha.

— Prior Silver. Lembra-se dele?

O nome tocou um alarme dentro dele, mas não muito alto.

Grant tentou se orientar e percebeu que devia ter adormecido logo depois de se sentar na sua cama. Notou que Rachel estava com a mesma roupa que usara na noite anterior.

— Que horas são? — ele perguntou.

— Pouco depois das sete. Achei melhor ficar na casa de uma amiga, para você se sentir mais à vontade. Liguei por volta das onze ou por aí para avisar, mas você não atendeu. Achei que já estava dormindo.

— Eu fui dar uma volta.

— Bem, achei que podia acordar você se ligasse novamente. O bom é que você estava dormindo profundamente quando voltei, uma hora atrás. Ela apontou para o computador. — Falei com o sargento Hawley pelo computador e acho que ele descobriu alguma coisa.

Grant de repente sentiu as peças se encaixando e acordou completamente.

— Prior Silver — ele repetiu. — Um ladrão, se bem me lembro.

Rachel assentiu.

— Vários roubos no distrito financeiro de Londres. Ele esfaqueou um cliente, que quase morreu.

Grant se endireitou; ela tinha toda a atenção dele agora.

— Foi na época em que você estava no ensino médio.

— Eu me lembro disso também. O homem dizia todo tipo de coisa desagradável sobre você.

— Não teria sido o primeiro.

— Ainda assim, me deixou assustada e mamãe também.

— Então, ele está nas ruas? — perguntou Grant.

— Faz mais de dois anos. Mas, de acordo com o sargento Hawley, ele "conheceu a palavra do Senhor" enquanto cumpria a pena.

— Ele também não seria o primeiro.

Rachel estava em frente à tela do computador outra vez, digitando uma mensagem para o sargento.

— Hawley soube que o homem liderava um grupo bíblico na prisão que tinha reuniões pelo menos três vezes por semana — continuou ela. — Silver, na verdade, escreveu alguns sermões sobre arrependimento; um foi publicado enquanto ele estava na cadeia.

— Interessante — disse Grant, enquanto olhava por cima do ombro dela. — E presumo que Prior Silver estivesse em Londres quando os três primeiros assassinatos ocorreram.

— Parece que sim — disse Rachel. — Ele também voou para Nova York um dia antes de o padre Peters ser morto na Catedral de Saint Patrick.

15

Prior Silver.

Grant mal se lembrava do nome quando Rachel o pronunciara pela primeira vez. Mas no meio da leitura do arquivo do homem, tudo lhe voltou à memória como uma avalanche. Estranho que ele pudesse ter esquecido o caso com tanta facilidade, mas Grant se lembrou de que havia colocado muitas pessoas atrás das grades em três décadas.

Vinte anos antes, uma onda de assaltos a banco tinha assolado o centro financeiro de Londres; já passavam de seis quando a equipe de Grant voltara sua atenção para Silver. Todos os roubos tinham ocorrido ao meio-dia, o que coincidia com a pausa para o almoço que Silver tirava na oficina onde era mecânico havia dez anos. Foi um colega dele que avisou a Yard, depois que topou com ele no banheiro, pegando pacotes de dinheiro que tinham se espalhado pelo chão enquanto ele contava sua última bolada.

Grant ficou de olho no mecânico e dias depois o viu saindo da oficina com um sanduíche na mão, apenas para jogá-lo numa lixeira no instante em que dobrava a esquina. Prior andou mais dois quarteirões, tirou um lenço do bolso e o amarrou no rosto como uma máscara. Depois entrou numa agência bancária, puxou uma faca e exigiu que o funcionário mais próximo esvaziasse o caixa.

Quando a equipe de Grant chegou ao local, a coisa ficou ainda pior. Prior agarrou Abby Van Dyke, que estava esperando para descontar seu cheque de pagamento e colocou a faca na garganta dela, para usá-la como refém.

Abby começou a gritar e se contorcer, tentando se libertar. Foi quando Silver a cortou com a faca. Com sangue nas mãos, Silver afrouxou o aperto e Abby desabou no chão. Silver girou o corpo para fugir e acabou correndo bem na direção de Grant, que na época era só um sargento. Ele agarrou o mecânico desesperado pelos braços e foi rapidamente auxiliado pelo resto da equipe, que saltou sobre Prior Silver como um time de futebol americano.

A onda de crimes que tinha deixado o centro financeiro de joelhos chegou ao fim.

Depois de ver as notícias na televisão, Allison e Rachel, na época com 12 anos, cumprimentaram Grant, quando ele voltou, com abraços e recomendações da esposa, que o repreendeu por se expor a tal perigo. Ele disse a ela que aquilo fazia parte do seu trabalho, mas que ele estava em casa agora e Londres estava a salva de mais um criminoso, pelo menos por uma noite.

Allison começou a se preocupar novamente quando Grant depôs no julgamento de Silver. O testemunho do comandante sobre o ataque à faca a Abby tinha sido decisivo para a condenação do réu. Silver recebeu uma sentença de trinta anos de prisão, contra uma pena com metade dessa duração caso as acusações de agressão com uma arma mortal não tivessem sido acrescentadas aos roubos. Silver começou a gritar durante o testemunho de Grant, dizendo que ele não tinha a intenção de ferir Abby, que a faca tinha escorregado quando ele estava saindo do banco. Depois que a ordem foi restaurada, Grant reafirmou que a atitude de Silver tinha sido proposital e com a intenção de inibir a ação da polícia.

Quando a sentença foi proferida, Silver ameaçou Grant, jurando que "o faria pagar pelo que fez", o que manteve Allison insone durante várias noites. Ela só relaxou quando Grant a informou de que Prior iria para Wakefield, uma prisão em West Yorkshire muitas vezes chamada de "Mansão dos Monstros" por causa do grande número de criminosos violentos que estavam presos ali.

Grant continuou a reler o arquivo no banco de trás de um táxi, sentado ao lado de Rachel, enquanto iam para a delegacia. Fazendo uma retrospectiva, Grant não se arrependia do seu testemunho. Ele sinceramente acreditava que tinha colaborado para manter um homem violento longe das ruas de Londres.

Com o fluxo constante de investigações, Grant havia se esquecido de Silver logo depois do julgamento. O escasso tempo livre que tinha, ele passava com Allison e Rachel, sem perder tempo recordando casos antigos.

Por isso não soube da reviravolta que Silver sofreu em Wakefield, a começar pela Bíblia da família que a esposa levou para ele em sua primeira e única visita à prisão. Para ela, a gota-d'água foi ter que devolver o Fiat que Silver lhe dera, pois as autoridades alegaram que o marido tinha comprado o carro com dinheiro roubado. Segundo Prior, ele o comprara depois de uma maré de sorte nas corridas de cavalo, embora ela nem conseguisse se lembrar da última vez que ele tinha apostado num cavalo vencedor. Ela realmente amava aquele carro, certamente mais do que amava Prior e, em semanas, se divorciou do marido e deu no pé com o dono da concessionária Fiat onde havia devolvido o carro.

Enquanto isso, Prior Silver começou a ter obsessão pelas Escrituras e passou a dedicar todo o seu tempo na cela à memorização das passagens. Passou a divulgar a Palavra do Senhor, suportando mais do que seu quinhão de surras. Isso não impediu que ele pregasse o Evangelho, especialmente Marcos 1,15, segundo o qual o reino de Deus estava próximo e era hora de se arrepender e crer na palavra de Jesus.

O resultado disso foi que Silver se tornou um prisioneiro exemplar e alguns anos depois foi transferido da "Mansão dos Monstros" para Hatfield, um presídio menos rigoroso onde escreveu os sermões que Rachel havia mencionado. Grant rapidamente escaneou um desses sermões, publicado num panfleto intitulado *Arrepender-se + Acreditar*, no qual Silver afirmava que o arrependimento era mais do que apenas remorso pelos pecados, mas também um redirecionamento da vontade humana.

O sermão foi fundamental para sua libertação dois anos antes e Grant se perguntava se a "vontade" dele tinha sido "redirecionada" para punir os outros por seus pecados, começando com o *Não terás outros deuses diante de mim*, no banheiro da Biblioteca Britânica.

— Parece ter tudo a ver, de fato — concordou Frankel.

Ele se juntou aos Grants no escritório do porão. O comandante acabara de resumir as provações e tribulações de Prior Silver para Frankel.

A primeira coisa que o detetive perguntou foi sobre a passagem aérea de Silver.

— Ele chegou no último sábado, dia 14, pela manhã — Rachel informou, fornecendo a companhia aérea (British Airways) e o horário (dez da manhã).

Frankel assentiu.

— O que lhe deu tempo suficiente para conferir a Saint Pat's, depois voltar na noite seguinte para matar Peters.

— A viagem de volta de Silver está marcada para a próxima terça-feira, 24.

— Perfeito — disse Grant. — Bem a tempo de passar o Natal em casa.

— Pelo menos os nova-iorquinos e os turistas vão estar mais seguros durante as festas de fim de ano — disse Frankel, procurando algo para se sentir bem.

— Hoje ainda é sexta-feira — rebateu Grant. — No ritmo que Silver está indo, ele já pode ter despachado os últimos cinco quando pegar o avião para Londres na terça-feira.

— Só podem ser quatro — lembrou Rachel. — Lembre-se, ele já pode ter matado o número seis; nós só não conseguimos encontrar a vítima ainda.

— *Mas vocês não são dois raios de sol na minha vida?* — resmungou Frankel, com sarcasmo. Ele perguntou a Grant se tinha notícias de Ferguson.

— Nem um pio — respondeu Grant.

Grant, na verdade, nem esperava notícias. As chances de o homem do *Mail* topar com um assassino desconhecido ou encontrar um corpo antes da polícia eram quase nulas, com a maioria dos policiais de Nova York procurando a mesma coisa. Grant só queria colocar o jornalista numa busca infrutífera; se conseguisse algum resultado positivo inesperado, sairia no lucro.

— Infelizmente, a passagem foi paga em dinheiro, por isso não temos um cartão de crédito para rastrear Silver — Rachel os informou. — Mas Hawley e a Yard estão trabalhando nisso.

Dez minutos depois, o sargento apareceu com um cartão de débito emitido para Silver, que havia sido usado três vezes na cidade de Nova York na última semana. A primeira vez tinha sido num *fast-food* no aeroporto, logo após Silver aterrissar, a segunda numa corrida de táxi para Midtown, minutos depois, e a terceira como garantia para o aluguel de um quarto no Hotel Pennsylvania, na mesma tarde.

— Isso significa que ele ainda não fez *check-out* no hotel — supôs Grant.

— Há uma maneira fácil de descobrirmos — disse Frankel.

O Hotel Pennsylvania, conhecido como Penn, tinha uma vantagem sobre qualquer outro hotel de Manhattan. Era o mais próximo da Penn Station e ficava localizado do outro lado da Seventh Avenue, onde ficava o enorme terminal subterrâneo.

— Por causa da localização, qualquer hóspede daquela pocilga consegue sair bem rápido da cidade — disse Frankel a Grant no trajeto.

Considerado, um dia, um dos hotéis mais famosos de Manhattan, o Penn tinha passado tantos perrengues ao longo dos anos que nem podia mais ser considerado uma armadilha para turistas; só era frequentado por quem não conhecia a cidade ou desembarcava do trem de Wichita, Kansas, pois era a primeira visão de quem saía da estação.

Rachel queria ir junto, mas Frankel e o pai a convenceram de que aquela era a hora em que os repórteres se dedicavam ao seu ofício enquanto os policiais faziam o mesmo.

Frankel tentou ligar para o quarto de Silver antes de deixarem a delegacia, mas não obtivera resposta. O recepcionista do hotel perguntou se ele queria deixar uma mensagem para o hóspede. O detetive disse que não, concluindo que era melhor não avisá-lo de que ele seria interrogado sobre cinco, talvez seis, assassinatos que poderia ter cometido.

O funcionário já parecia bem acostumado com a polícia de Nova York, pois evidentemente já tinha falado com colegas de Frankel sobre hóspedes indesejáveis. Depois de verificar que o sr. Silver ainda estava hospedado ali, o gerente forneceu o número do quarto e se ofereceu para escoltar os policiais até lá.

— Não precisa nos acompanhar — disse Frankel. — Nem ligar avisando. Preferimos surpreendê-lo, se é que você me entende.

O gerente pareceu aliviado por não precisar lidar com o que parecia uma situação bem desagradável.

— Claro! — disse ele, apontando os elevadores.

Grant e Frankel saíram do elevador no quinto andar. Pela fraca iluminação do corredor poderia ser três da manhã. O papel de parede florido desbotado provavelmente tinha sido instalado ali pela época do governo Truman, na década de 1940, quando o hotel poderia ter estrelas suficientes para justificar uma comitiva presidencial.

Eles percorreram metade do corredor, que literalmente se estendia por um quarteirão inteiro da cidade, e chegaram ao quarto 515. Havia uma placa de "Não perturbe" pendurada na maçaneta fosca.

Isso não impediu Frankel de bater na porta. Nenhuma resposta. O detetive encostou o ouvido no painel da porta, mas nenhum dos policiais ouviu passos.

Frankel olhou para o corredor e viu uma camareira saindo de um quarto, a cinco ou seis portas de distância, e começando a empurrar o carrinho de limpeza que ela tinha estacionado ali.

— Com licença? Senhora? — Frankel chamou.

A camareira, uma latina na casa dos 50 anos, olhou para ele enquanto cruzava o corredor. Seus olhos piscaram com aparente alarme quando Frankel mostrou o distintivo.

Ele balançou a cabeça.

— Não é nada com que precise se preocupar. De verdade.

— Como posso ajudar?

Frankel apontou para o quarto 515.

— Meu colega e eu estávamos nos perguntando quando foi a última vez que este quarto foi arrumado.

— Só entrei aí ontem. — Ela indicou a placa na porta. — Essa placa está na porta desde que comecei meu turno hoje, às seis da manhã.

Grant notou que Frankel lhe lançou um olhar que poderia ser classificado como uma piscada. O detetive virou a placa ao contrário, expondo o lado onde estava escrito, "Por favor, limpe este quarto".

— Acho que ele está pronto para você agora — Frankel disse a ela com naturalidade.

A camareira bateu na porta e anunciou:

— Serviço de limpeza.

Eles aguardaram uma resposta que os dois policiais sabiam que não viria. Frankel acenou para a camareira. Ela usou sua chave para destrancar a porta e Frankel fez sinal para que ficasse do lado de fora. A mulher ficou feliz em obedecer.

— É melhor eu ir buscar o meu carrinho? — ela perguntou.

— Por que não termina o que estava fazendo? — sugeriu Frankel. — Vai poder voltar daqui a pouco.

A mulher se afastou mais rápido do que Grant achava que ela seria capaz.

Frankel não pegou a arma, mas manteve a mão perto dela.

— Senhor Silver? Polícia de Nova York.

Frankel entrou com cautela no quarto. Grant entrou logo atrás.

A menos que Silver estivesse escondido no armário (alerta de *spoiler*: ele não estava), era óbvio que o homem que procuravam já havia desocupado o quarto.

A decoração monótona do cômodo combinava perfeitamente com o corredor melancólico que tinham acabado de atravessar. A mobília era simples, sem nada que a tornasse minimamente interessante. Uma cama arrumada, um sofá e uma cadeira ao lado de uma mesa de madeira, era basicamente isso.

O detetive voltou para o corredor e chamou novamente a camareira.

— Senhora? Pode nos dar mais um minuto do seu tempo, por favor?

A camareira voltou para o corredor e dirigiu-se ao 515 com passos relutantes.

— Pois não?

Frankel esperou que ela chegasse onde estava, no limiar da porta.

— Como não vimos os outros quartos deste elegante estabelecimento, queria que a senhora me confirmasse se todos os quartos têm isto aqui.

Frankel apontou para a parede logo acima da cama.

A camareira balançou a cabeça.

— Não senhor. Nunca vi isso antes.

— Eu achava mesmo que não — disse Frankel.

Grant desviou os olhos dos dois e fitou a parede.

E a cruz que pendia acima da cama.

Algumas horas depois, a cruz encontrada na parede do hospício abandonado de Far Rockaway já esperava por eles na mesa de Rachel, no escritório do porão, dentro do saco plástico onde eram guardadas as provas.

Grant não ficou surpreso ao ver que ela era idêntica à encontrada no quarto 515 do Hotel Penn.

— As coisas estão ficando um pouco mais sombrias para o seu velho amigo Prior — comentou Frankel.

— Duvido muito que ele esteja esperando por nós na sala VIP da British Airways, bem na véspera de Natal, para conversar um pouco antes de voltar para o outro lado do oceano — concordou Grant.

Rachel estava consultando um calendário em seu *notebook*.

— Ele deveria ficar o quê? Mais três noites? Eu me pergunto por que saiu do hotel tão cedo. — Ela olhou de volta para os dois. — Vocês acham que ele sabia que estavam à procura dele?

Grant balançou a cabeça.

— Não havia como saber. Mas não parece que ele tenha passado a noite no hotel.

— Por que chegaram a essa conclusão? — Raquel perguntou.

— A cama estava feita — explicou Frankel. — Não importa se você é um turista, um empresário ou um *serial killer*, não vai arrumar o quarto se tem a camareira do hotel para fazer isso por você.

— Para onde acham que ele foi? — ela perguntou.

— Depois de dar um fim à vítima número seis? — perguntou Frankel. — Talvez tenha ido atrás de um cônjuge traidor, para entalhar na testa dele um 7 em números romanos...

— Isso presumindo que ainda esteja na cidade — Rachel apontou.

— Estamos verificando as listas de passageiros dos voos e esperando outra despesa no cartão de débito — disse Frankel. — Ele não o usou desde o *check-in* no Penn.

Grant estava ouvindo apenas com parte da sua atenção, enquanto continuava a fitar a cruz no saco plástico. Um pensamento dava voltas no seu cérebro. Ele voltou a olhar para a filha e Frankel.

— Podemos estar interpretando tudo errado — disse Grant, batendo o dedo na cruz.

— O que está pensando? — perguntou Frankel.

Grant balançou a cabeça.

— Eu gostaria de poder dizer. Eu só...

Ele parou e simplesmente deu de ombros.

Rachel olhou do pai para o detetive.

— Ele fica desse jeito. Costumava chegar em casa e andar de um lado para o outro na sala durante horas dizendo que algo não parecia certo no caso que estava investigando.

Alguns minutos depois, o detetive Morton entrou na sala segurando uma folha de papel. O olhar em seu rosto dificilmente poderia ser descrito como feliz.

— Receio ter más notícias — informou Morton. Frankel deu uma olhada no que o outro policial lhe entregou e soltou uma imprecação em voz alta.

— Merda! — Ele acenou para Morton. — Obrigado, detetive. Isso é tudo por ora.

No segundo em que Morton saiu, Rachel se virou para o detetive da polícia de Nova York.

— O que é?

Frankel estendeu a folha de papel.

— Silver tomou o voo noturno ontem à noite. Voo da Norwegian Air saindo do JFK com destino ao aeroporto de Gatwick. Ele deve ter pousado algumas horas atrás.

— Parece que nosso homem está em fuga — disse Grant.

177

Rachel suspirou.

— Então ele voltou para casa, para espalhar sua marca de arrependimento e fé.

— Com sua faca muito especial e algumas cruzes — acrescentou Frankel.

Grant começou a falar, então parou. Ele se virou para Rachel.

— Repita o que você acabou de dizer.

— Ele voltou à Inglaterra, para espalhar sua marca de arrependimento e fé.

— Arrependam-se e creiam — murmurou o pai. Grant apontou para o computador. — Aquele sermão de Silver que você me mostrou esta manhã. Pode me mostrar no computador?

Rachel levou menos de um minuto para encontrar uma cópia do panfleto. Grant estava pairando sobre seu ombro, no aguardo.

— Aqui, eu sabia que tinha visto isso em algum lugar. Dê uma olhada.

Ele estava apontando para o título do artigo.

— Arrependam-se e Creiam — leu Rachel.

— Arrependam-se *e* Creiam — disse Grant, enfatizando a palavra do meio. — Olhe bem de perto e você vai ver que o "e" não é um sinal de mais.

ARREPENDAM-SE + CREIAM

— É uma *cruz* — explicou Grant. — Uma cruz que se parece com a que encontramos no quarto do hotel e no hospital em Far Rockaway.

Ele indicou o saco plástico de provas sobre a mesa.

— Então Silver está se atendo ao que funciona para ele — disse Frankel.

— É mais do que isso. — Grant olhou ao redor da sala. — Temos uma foto da parede do hospital aqui embaixo, em algum lugar?

— Não, mas é fácil conseguir uma. — O detetive se deteve, lembrando de algo. — Espere aí. Tirei algumas fotos com o meu celular. Serve?

— Deve servir — respondeu Grant.

Frankel rapidamente localizou uma foto e mostrou a ele. Embora a iluminação não fosse a ideal, Grant conseguia distinguir as três colunas de papéis e fotos dispostas na forma do numeral romano V e dois Is, com a já conhecida cruz entre eles.

Os olhos de Grant brilharam.

— É isso.

— O quê? — perguntou a filha.

Grant apontou para a foto.

— O que vocês veem aí?

— As fotos de Leeds e dos pais organizadas na forma do numeral romano VII — afirmou Frankel.

— Mas por que a cruz está ali? — perguntou Grant.

— Porque é o cartão de visitas de Silver? — Frankel se perguntou. — Eu não sei...

O detetive parou de repente. Seus olhos se desviaram da imagem em seu iPhone e voltaram para a tela do computador, onde o panfleto de Prior Silver ainda era exibido.

Grant pôde ver Frankel chegar à mesma conclusão a que seu próprio cérebro tinha chegado.

— Seis e sete — disse Frankel. — Não é uma cruz. É o sinal de mais.

Grant assentiu.

— É por isso que não conseguimos encontrar um sexto corpo. — Rachel tinha percebido também. — Ele ainda não o matou.

— Precisamente — disse Grant.

— Então, ele voltou para a Inglaterra para matar os números seis e sete ao mesmo tempo? Um assassino e um adúltero? — perguntou Frankel.

Grant começou a responder, então parou. Um olhar de aflição apareceu nos olhos dele.

— Maldito seja!

— O que foi, pai?

— Isso é exatamente o que ele vai fazer — disse Grant. — E eu tenho certeza de que sei quem ele está perseguindo.

16

Stanford Hawley sempre se lembraria da primeira vez em que viu o comandante Austin Grant, da Scotland Yard.

Ele ficou absolutamente petrificado.

Vindo de uma família da classe trabalhadora, depois de passar a juventude imerso nos romances de Adam Dalgliesh e P. D. James, e assistindo *Inspector Morse* na televisão, Hawley há muito sonhava em se tornar um membro da Scotland Yard (Morse, na verdade, trabalhou em Oxford, mas o policial era brilhante). Ser designado para a equipe de Grant, como um policial de olhos brilhantes e entusiasmo inegável, era quase mais do que Hawley podia suportar, pois Grant estava a caminho de se tornar uma lenda na Yard.

Quando foi apresentado a Grant, ele gaguejou, dizendo que seu nome era Hanford Stawley, antes de se corrigir.

— Bem, qual é o seu nome afinal? — Grant havia perguntado.

Felizmente, havia o esboço de um sorriso no rosto do homem, caso contrário Hawley enfiaria a cabeça num buraco e nunca mais a tiraria de lá. Ele assegurou a Grant que era Hawley, mas isso não impediu que seu novo chefe o chamasse de Stawley a maior parte daquele primeiro ano.

Isso preparou o terreno para o aprendizado de Hawley, onde ele colocou em prática o conselho do pai de que deveria fazer seu trabalho com os ouvidos e os olhos abertos e a boca fechada. Olhando para trás, Hawley se lembrava de que noventa por cento de suas contribuições, nas conversas com Grant, de início eram frases de duas ou três palavras, com muitos "Sim, senhor" e um excesso de "Sinto muito, senhor".

Mas Grant tinha ficado com ele e logo Hawley era o braço direito do comandante. O momento mais feliz da vida de Hawley foi o dia em que ele foi promovido a sargento e Grant deu um tapinha em seu ombro, dizendo:

— Estou orgulhoso de você, rapaz.

Grant também foi fundamental em seus dias mais tristes: depois que o pai de Hawley tinha sucumbido a um ataque cardíaco anos antes. Ele havia oferecido palavras sábias de conforto e conselhos, mantendo o sargento focado no trabalho enquanto lhe dava espaço para viver seu luto no seu próprio ritmo.

Agora Hawley temia a chegada do Ano-Novo. Ele já se sentia sem norte, sem saber como as coisas seriam sem Austin Grant. Seria como perder o pai de novo, e ele até pensou em sair da Yard, pois ela não seria mais a mesma sem Grant. Mas Hawley sabia que ele continuaria, mesmo que fosse apenas para não desapontar seu mentor.

Hawley entendia as razões de Grant para se aposentar. Três décadas no mesmo trabalho era muito tempo em qualquer profissão; as pressões do trabalho na polícia ainda eram duas vezes piores. Quando a sra. Grant adoeceu, Hawley pôde ver a luz desaparecer dos olhos do comandante e seus passos se tornarem mais lentos. A morte dela, depois, e o afastamento inexplicável de Rachel tinham cobrado um alto tributo, por isso Hawley não tinha ficado surpreso quando o chefe anunciou sua aposentadoria.

E agora, com aquele caso consumindo completamente seus últimos dias, Hawley não culpava Grant por tomá-lo como uma afronta pessoal. Quanta dor e sofrimento um homem podia suportar? Especialmente quando deveria estar comemorando uma carreira que rivalizava com a de qualquer outro que já tivesse passado pelas portas da Scotland Yard.

Pelo menos o destino tinha levado o caso para Nova York, o que resultara numa espécie de reencontro com Rachel. Consolava Hawley saber que pai e filha estavam conversando novamente, e ele se divertia muito trabalhando com Rachel nos últimos dias.

Mas, por mais gratificante que tenha sido apresentar o Prior Silver como o principal suspeito, igualmente frustrante foi sentir o homem escapar por entre seus dedos ao retornar para a Inglaterra. No momento em que eles souberam do voo do ex-mecânico, pela Norwegian Air, de volta à Inglaterra, Silver já estava em solo britânico havia muitas horas e não tinha sido encontrado em lugar nenhum. Ninguém o vira perto da sua quitinete no East End e, embora Hawley tenha enviado policiais para vasculhar a região em torno, ele tinha o palpite de que Silver não voltaria para casa tão cedo.

Se Grant estivesse certo, Prior Silver e sua confiável faca estavam a caminho de encontrar Jared Fleming e Liz Dozier.

O problema era que Hawley e seus colegas não conseguiam entrar em contato com nenhum deles — e essa era a grande preocupação.

O Caos Fleming.

No fundo, tanto Hawley quanto Grant sabiam que ainda não tinham concluído o caso; e, com certeza, ele voltaria para assombrá-los, bem a tempo de macular ainda mais o término da ilustre carreira de Grant.

Parecia apropriado. O Caos Fleming, como Grant se referia ao caso, provavelmente era a principal razão que levara o comandante a pensar na aposentadoria.

A Fleming era uma empresa britânica de tabaco que remontava ao século XVIII, quando Joshua Fleming tinha começado a importar a colheita das fazendas que ele possuía nos territórios da Carolina. Agora, gerações depois, Jared Fleming liderava a empresa no século XXI, que era uma líder do setor e produzia cigarros e uma seleção de charutos finos. Alguns anos antes, Jared tinha convidado Matthew Dozier para ser seu sócio, investindo dinheiro na empresa. No início, a parceria foi bem-sucedida, mas nos últimos anos eles não chegaram a um acordo com relação aos novos rumos da marca Fleming.

Pouco tempo antes, Dozier tinha sido um forte defensor dos cigarros eletrônicos. O que tinha começado com a introdução de cigarros eletrônicos para combater as campanhas antinicotina e as restrições governamentais à publicidade se tornou uma verdadeira mania, com adolescentes e *millennials* reunindo-se em bares especializados por toda Londres e jurando nunca mais comprar um maço de cigarros.

Jared, sempre mais tradicional, discutiu com seu sócio, discordando da ideia de acrescentar uma linha de cigarros eletrônicos aos produtos já bem aceitos da Fleming, que tinham garantido a estabilidade financeira da família. Jared mantinha um patrimônio imobiliário impressionante em Esher, a sudoeste de Londres, no condado de Surrey, com alguns carros de luxo e um barco que ele usava todo fim de semana no Tâmisa.

A única coisa que Jared Fleming desejava, mas *não* tinha, era Elizabeth Dozier, a linda esposa loira do sócio.

Mas, se a pessoa desse ouvidos ao comandante Austin Grant (e o sargento Hawley sempre dava), saberia que era apenas uma questão de tempo até que essa situação mudasse.

Seis meses antes, Matthew Dozier tinha acompanhado Jared num dos seus passeios semanais ao Tâmisa. Jared admitiu que ele e o sócio estavam um pouco bêbados, depois de dar cabo de duas garrafas de vinho, enquanto tentavam chegar a um acordo sobre os rumos da companhia Fleming.

No dia seguinte, Jeffries, o médico legista, confirmou a ingestão de álcool quando descobriu um alto nível na corrente sanguínea de Dozier, depois que tiraram seu corpo do rio.

Jared Fleming certamente estava embriagado na noite anterior, quando ligou para a Yard, para dizer que seu sócio bêbado havia dado um passo em falso e caído nas águas escuras.

Austin Grant estava convencido de que Jared Fleming havia dado uma mãozinha para Dozier cair do barco.

A primeira coisa que o convencera disso foi o hematoma do lado direito da cabeça do morto. Jeffries disse que poderia ser resultado de um golpe com um forte gancho de esquerda. Embora o legista também tenha frisado que Dozier podia ter se ferido ao bater a cabeça na lateral do barco quando tropeçou e caiu, Grant já estava convencido. Especialmente depois de saber que Fleming era canhoto.

Ainda mais condenável, aos olhos de Grant, era o comportamento de Liz Dozier, uma viúva recente, que não parecia nem um pouco devastada com a morte súbita do marido. Ela prontamente aceitou a explicação de Jared sobre o acidente, sem atribuir um pingo de culpa a ele. Ela não via nada de mal no fato de o sócio ter embebedado o marido, conduzindo-o à sua jornada final, e não impedi-lo de cair do barco.

Liz Dozier disse a Grant que estava apenas procurando o conforto e a amizade do querido sócio do falecido marido.

Grant não acreditou e, portanto, Hawley também não.

Quando o bom sargento descobriu evidências de que Jared e Liz tinham passado um fim de semana juntos numa pousada em Chipping Camden, sob nomes falsos, Grant foi mais além. Ele apresentou uma acusação de assassinato contra Jared Fleming.

Nada teria deixado Grant e Hawley mais satisfeitos do que poder acusar Liz Dozier de fazer parte da conspiração. Mas, por mais que tentassem, eles não conseguiram provar que ela estava nas proximidades do barco, pois, naquela noite fatídica, Liz estava convenientemente desfrutando de um lauto jantar com uma amiga em Chelsea.

O julgamento que se seguiu foi um circo da mídia. Repórteres como Monte Ferguson se refastelaram com a natureza escandalosa de todo o caso e, apesar de Grant e Jeffries (assim como qualquer outra testemunha especialista que a acusação pudesse angariar) terem feito tudo o que estava ao seu alcance para garantir a prisão de Fleming, o herdeiro do tabaco foi absolvido em menos de uma hora depois que o caso foi a júri.

Ferguson e seus colegas jornalistas criticaram Grant nos jornais, culpando-o por levar a julgamento um caso tão inconsistente.

Grant fez o possível para parecer que estava superando a derrota a passos largos, mas seu leal sargento podia ver que a repercussão do caso o abatera.

Quando surgiu a notícia de que Jared havia colocado à venda a propriedade da família, em Esher, e estava indo morar com a viúva Dozier em Primrose Hill, Grant se trancou em seu escritório por um dia inteiro.

E agora, se Grant estivesse certo, o Caos Fleming estava de volta para uma última rodada de indecência.

Se o Prior Silver fosse reivindicar sua sexta e sétima vítimas ao mesmo tempo, Jared Fleming e Liz Dozier se encaixariam perfeitamente nos planos dele.

Não matarás. Não cometerás adultério.

Um era assassino e o outro, adúltero.

Suponho que Jared também seja adúltero, pensou Hawley.

Ele balançou a cabeça enquanto contornava uma rotatória na periferia sudeste de Londres. Ele não achava que Silver se importasse que Fleming tivesse violado os dois mandamentos.

Como Grant dissera ao telefone de Nova York, o casal preenchia todos os requisitos.

No momento em que Hawley acabou de falar com Grant, ele imediatamente tentou entrar em contato com Dozier e Fleming, na casa de Primrose Hill. Ninguém atendeu ao telefone. Nenhum deles pegou o celular.

Ele esperava que os dois tivessem saído de férias e ido para algum lugar distante.

Mas ele tinha enviado policiais para o norte de Londres com a intenção de verificar novamente se de fato não havia ninguém na casa e ver se alguém da vizinhança sabia do paradeiro dos proprietários.

Ninguém via Jared ou Liz há alguns dias. Hawley disse aos policiais para manter a casa de Primrose Hill sob vigilância até que eles retornassem ou respondessem às mensagens do sargento.

Isso deveria ter feito Hawley se sentir um pouco melhor. Mas ele não tinha passado todo aquele tempo com o comandante Austin Grant sem ficar com a pulga atrás da orelha. Hawley desejou poder desconsiderar aquela coceirinha no fundo do cérebro, aquela que Grant lhe ensinara a nunca ignorar.

Uma palavra continuou dando voltas na sua cabeça.

Esher.

Apesar de Jared ter colocado a casa da família à venda alguns meses atrás, Hawley não se lembrava de ter ouvido a notícia de que já fora vendida. Isso não o surpreendia. Esher era um vilarejo elegante, inacessível para a maioria, e a notoriedade que Fleming tinha ganho nos últimos meses podia ter dificultado a venda da casa.

Mas Hawley não acompanhava a venda de imóveis, obviamente. Ele ainda morava na casa do pai dele, em Woking, o subúrbio de classe média onde tinha crescido e provavelmente moraria até morrer. Esher estava definitivamente acima das possibilidades de Hawley.

Mas o vilarejo também ficava no caminho de Hawley para casa.

O mínimo que ele podia fazer era ir verificar. Dessa maneira, quando Grant e os outros desembarcassem em Heathrow, na manhã seguinte, Hawley poderia dar um relatório completo ao pegá-los no aeroporto.

Já passava das oito da noite quando ele pegou a saída A3, deixando Richmond. Cerca de meia hora depois, virou para o oeste e cruzou a Hinchley Wood. Passou pelo hipódromo de Sandown Park, onde tinha passado algumas tardes preguiçosas com outros apostadores, em busca de dicas sobre bons páreos que nunca lhe rendiam um centavo, depois chegou a Esher propriamente dita.

O vilarejo, como muitos da classe do Surrey, era pitoresco e tranquilo. Havia alguns carros estacionados do lado de fora de um *pub*, na estrada principal, piscas-piscas natalinos pendurados numa porta, que ostentava também uma guirlanda dourada. Hawley podia ver alguns moradores reunidos ao redor da árvore de Natal, do lado de dentro, tilintando copos de gemada e atirando dardos.

Bem que eu podia entrar e me juntar a eles depois de terminar aqui.

Ele verificou o GPS e continuou pela estrada principal por mais alguns minutos. Quando o aplicativo apitou, ele entrou numa estrada lateral e subiu uma pequena colina até o alarme soar novamente, a voz computadorizada dizendo que ele tinha chegado ao seu destino.

A primeira coisa que Hawley notou foi a placa da imobiliária afixada no portão de ferro.

Ainda à venda, pensou ele. *E ainda muito além das minhas posses.*

Não que Hawley quisesse morar lá. Ele se perderia naquela casa.

A propriedade era gigantesca. A Scotland Yard inteira caberia dentro da casa de arquitetura clássica da era Tudor. Jardins extensos cintilavam à luz ao luar, levando Hawley a acreditar que Fleming ainda tinha empregados cuidando deles, para facilitar a venda.

A atenção de Hawley foi rapidamente desviada do paisagismo para a fachada da casa. Dois carros estavam estacionados na trilha de carros circular de paralelepípedos. Um era um Bentley brilhante, o outro um Audi de cor escura.

Algumas luzes estavam acesas na casa também. Uma parecia estar logo atrás da formidável porta da frente, a outra em algum lugar do andar de cima.

Hawley estacionou perto do portão e estendeu a mão através da janela do carro até uma campainha. Ele esperou alguma resposta pelo interfone adjacente, mas tudo o que conseguiu ouvir foi silêncio.

Ele saiu do carro e tocou a campainha outra vez. Até chamou alto, caso alguém do outro lado estivesse ouvindo ou o interfone estivesse funcionando mal.

Nada ainda.

Ficou surpreso quando o portão se abriu com um leve toque.

Hawley hesitou e olhou para trás, na direção do seu carro. Pensou em ligar para pedir apoio, mas percebeu que levaria pelo menos trinta minutos para qualquer agente da Yard chegar lá — ou até mais.

Concluiu que, como já estava ali, podia abrir o portão e entrar na casa.

Ele passou pelo mesmo ritual infrutífero na porta da frente. Tocou e bateu sem sucesso.

Nesse ponto, o sentimento sobre o qual Grant o havia alertado tomou conta dele, ecoando por todo o seu corpo, ainda mais quando encontrou a porta da frente destrancada também.

Hawley a abriu e gritou.

— Sr. Fleming? Sra. Dozier? É a Scotland Yard.

A luz que ele tinha visto de fora era cortesia de um lustre Chihuly pendurado no teto. Ele iluminava um saguão que levava a cômodos amplos, ainda decorados com os móveis que Fleming tinha deixado para mostrar a casa para potenciais compradores.

Mas aqueles cômodos não despertaram o interesse de Hawley. Os olhos dele estavam na escada bem à sua frente.

E as pegadas sangrentas no carpete que a cobriam.

―――― ⁂ ――――

Ele os encontrou no andar de cima, na suíte principal.

Era desse cômodo que vinha a outra luz que ele tinha visto da garagem.

À primeira vista, podia-se pensar que ele tinha flagrado Liz Dozier e Jared Fleming na cama juntos. Mas Hawley rapidamente percebeu que eles apenas tinham sido colocados na posição em que estavam.

Especialmente porque ambos ainda estavam vestidos — e com o corpo todo ensanguentado.

Hawley se aproximou da cama, tomando cuidado para evitar qualquer coisa que mais tarde pudesse servir como prova.

Não fez isso para ter certeza de que estavam mortos. Ninguém poderia ter sobrevivido à carnificina vista sobre a cama e nos dois corpos.

Hawley só queria confirmar outra coisa.

Como esperava, o numeral romano VI tinha sido gravado na testa de Jared Fleming. Um *VII* entalhado também adornava a testa da mulher com quem ele nunca chegara a se casar.

Hawley se endireitou ao ouvir um barulho.

E percebeu seu grande erro.

Havia *dois* carros em frente à casa.

Ele havia presumido que um pertencia a Fleming e o outro a Elizabeth Dozier.

Mas o que viu, ao se virar, foi o assassino lavado em sangue, em pé bem atrás dele.

— Ah, sargento Hawley! — exclamou o *serial killer*. — Você e o comandante Grant ficarão felizes em saber que consegui a confissão de Fleming de que matou seu sócio, o saudoso sr. Dozier, antes de eu terminar este trabalhinho aqui.

Com a faca pingando sangue, ele apontou para sua obra na cama.

Quando o Assassino dos Mandamentos se aproximou dele, o sargento se pegou pensando em Austin Grant.

Stanford Hawley realmente lamentava não poder contar ao seu mentor tudo o que ele tinha acabado de descobrir.

PARTE DOIS

Londres em Queda

17

Prior Silver estava agitado.

Ao lado de uma banca de jornais em Stepney, a três quarteirões do seu apartamento, ele avistou dois policiais vigiando sua rua assim que chegou. O ex-mecânico desceu os degraus para o metrô, remungando baixinho.

As coisas estavam rapidamente saindo do controle.

Nova York tinha sido um fiasco total. Ele deveria ter ficado em sua casa, na Inglaterra.

Silver continuou descendo a escada rolante até as profundezas da estação Stepney Green. Procurou até encontrar uma cabine telefônica.

Quando já estava lá dentro em segurança, fechou a porta vermelha brilhante e enfiou a mão embaixo do sobretudo. Tirou dali uma pequena cruz de madeira e uma Bíblia. Abriu-a no Evangelho de Marcos, segurando a cruz de madeira na mão.

— "O tempo está cumprido, e o reino de Deus está próximo" — ele leu em voz alta. "Arrependei-vos e crede no evangelho."

Ele fechou a Bíblia e cerrou os olhos, segurando a cruz com mais força ainda.

— Arrependei-vos — ele repetiu.

Quando Silver abriu os olhos, eles estavam cheios de uma determinação renovada.

Começou a enfiar xelim após xelim na pequena fenda para moedas, depois discou um número que havia memorizado e esperou a chamada se completar.

Prior Silver aguardava a única pessoa no mundo que poderia ajudá-lo, atendendo ao seu chamado desesperado.

18

O detetive de alto escalão John Frankel se sentia completamente desamparado e desconectado do mundo.

É assim que a pessoa se sente quando está a trinta e cinco mil pés do chão, voando através do Atlântico num Boing 777.

Ele olhou do outro lado do corredor da aeronave. Rachel tinha adormecido no voo noturno, aconchegada na manta da companhia aérea, com o logotipo da British Airways, e a máscara de dormir que a acompanhava. O pai dela, no entanto, estava bem acordado na poltrona ao lado, olhando para a frente. Por mais frustrado que Frankel se sentisse, Grant devia estar se sentindo muito pior, por estar voando de volta para o Reino Unido de mãos vazias.

Era cada vez mais evidente que Austin Grant havia se tornado o foco principal do assassino. Desde a foto riscada no carro roubado em Far Rockaway, até o surgimento de Prior Silver como o principal suspeito e agora o "Caos Fleming" (nas palavras de Grant), nada disso poderia ser coincidência.

Frankel ficou fascinado quando ouviu Grant relatar sua busca por Jared Fleming e Elizabeth Dozier. Ele se lembrava vagamente do caso nas páginas de um tabloide, mas sobrecarregado com os inúmeros casos da sua cidade, não tinha prestado muita atenção ao julgamento que acontecera do outro lado do Atlântico. O casal, no entanto, certamente se encaixava nos critérios de Silver para escolher as suas vítimas.

Não demorou muito para o tenente Harris se convencer de que precisava autorizar Frankel a ir para Londres com Grant. Frankel tinha certeza de que seu superior estava aliviado com a decisão do assassino de continuar seu banho de sangue em terras distantes.

Foi preciso muita discussão para decidir se Rachel deveria acompanhá-los. Grant não achava uma boa ideia, mas a filha argumentou que, como tinha ajudado a desenterrar o caso de Prior Silver, ela agora fazia parte da investigação e também estava preocupada com a segurança do pai; não queria ficar acordada a noite toda, se perguntando o que estaria acontecendo no outro continente. Além disso, ela era uma mulher adulta, que fazia as suas próprias escolhas sobre como e onde investia seu tempo.

Frankel sorriu; a última razão era suficiente para ele saber que esse argumento, Grant nunca venceria.

Ele consultou o relógio; ainda faltavam três horas para pousarem em Heathrow. Frankel tentou assistir a um filme de ação com Dwayne Johnson, mas rapidamente perdeu o interesse.

Em vez disso, repassou mentalmente os progressos que tinham feito na busca por Silver. Não era muita coisa.

O ex-ladrão já estava na Inglaterra havia quase um dia quando os três embarcaram no jato da British Airways. Não havia nem sinal de Silver desde que ele desembarcara do voo da Norwegian Air. E Hawley relatara que não tinha conseguido localizar Jared Frankel ou Elizabeth Dozier.

Ele olhou e viu Grant observando-o.

— Melhor tentarmos dormir um pouco — murmurou Grant.

— A questão é conseguir... — corrigiu Frankel.

Grant concordou com a cabeça, depois fechou os olhos. Frankel, mesmo sabendo que seria uma tentativa inútil, recostou-se e tentou tirar um cochilo.

Frankel acordou assustado com as luzes da cabine se acendendo e a voz do comissário anunciando que pousariam em vinte minutos. Notou que Grant estava na sua posição de sempre: olhando para o vazio, perdido em pensamentos. Ele se perguntou se o homem da Scotland Yard teria adormecido de pura exaustão, assim como ele.

Frankel suspeitava que não. Ele notou que Grant estava terminando uma xícara do que devia ser seu chá English Breakfast.

Rachel se espreguiçou e olhou para os dois companheiros de viagem.

— Algum de vocês dormiu?

— Um de nós sim — disse Grant. Ele fez um gesto para Frankel. — Ele ronca.

Raquel soltou uma risadinha. Frankel deu de ombros, como que se desculpando, depois com gratidão aceitou uma xícara de café oferecida por um comissário empurrando um carrinho de bebidas pelo corredor. Ele queria estar bem acordado quando ouvisse qualquer novidade que o sargento Hawley tivesse para eles.

Mas Hawley ainda não estava no aeroporto para pegá-los.

Grant disse que isso não era do feitio do sargento; pontualidade era o lema de Hawley, especialmente quando se tratava do comandante.

Rachel sugeriu que Hawley talvez não estivesse atrasado, mas, sim, no terminal errado.

— Isso condiz com o homem com quem você tem conversado? — Grant perguntou.

Rachel não discutiu.

Frankel observou enquanto Grant tentava falar com Hawley pelo celular, mas a chamada caía direto na caixa postal. Podia sentir a preocupação do comandante aumentando quando ele entrou em contato com a Yard e soube que ninguém tinha notícias do sargento desde a noite anterior.

Frankel olhou para um relógio digital no quadro de chegadas e partidas. Oito e quinze da manhã.

— Será que ele não está preso no trânsito da hora do *rush*?

— E não atende o celular? — Grant apertou a rediscagem e pediu a alguém do outro lado da linha para rastrear o carro e o telefone do sargento Hawley.

Menos de cinco minutos depois, o celular do homem da Scotland Yard tocou.

— Aposto que é ele procurando a gente no terminal — Rachel disse esperançosa.

Grant olhou para a tela do celular.

— É da Yard — A conversa foi breve. — Obrigado — disse Grant. — Vou até lá.

Ele desligou e se virou para a filha e Frankel.

— Eles rastrearam o carro dele até Esher. É também o último lugar em que rastrearam o celular.

— Esher como o nome do artista? — perguntou Frankel.

— É um vilarejo em Surrey. Não muito longe daqui, na verdade — disse Rachel. Ela olhou para o pai. — Eles tinham uma localização exata?

— Eu não preciso de uma localização exata. Sei exatamente aonde ir.

Frankel não gostou do jeito como as palavras saíram da boca de Grant. Elas eram o prenúncio de que estavam diante de uma tragédia.

Pegaram um táxi e seguiram para o sul por trinta minutos.

Enquanto estavam na estrada, Grant ligou de volta para a Yard e forneceu um endereço para enviarem reforços. Ele tinha acabado de contar a Rachel e Frankel sobre a propriedade de Fleming em Surrey e que ele tinha interrogado o magnata do tabaco duas vezes lá.

— É melhor dizer para Jeffries deixar uma equipe de prontidão também — Grant informou o colega, antes de encerrar a ligação.

— Quem é Jeffries? — perguntou Frankel.

— O médico legista.

Frankel queria muito poder dizer a Grant que ele estava exagerando. Mas o fato de o carro de Hawley estar estacionado do lado de fora da mansão Esher não ajudava a dissipar o sentimento de pavor que Frankel sabia que todos compartilhavam agora.

Eles retiraram as malas do táxi e as colocaram ao lado do carro de Hawley. Enquanto o táxi partia, Frankel olhou através dos portões, na direção da mansão. Um Bentley estava estacionado numa entrada de carros circular, de paralelepípedos. O único som vinha do chilrear dos pássaros valentes, empuleirados nas árvores desfolhadas de outro inverno sombrio.

— Você não prefere esperar o reforço? — perguntou Frankel.

Grant colocou a mão no capô do carro de Hawley.

— Frio como gelo — ele observou. — Está aqui pelo menos desde a noite passada. Por mim entramos já.

Rachel reagiu visivelmente.

— Pai, talvez você devesse esperar o reforço chegar.

— Seria muito útil se você esperasse aqui por nós — disse Grant.

O olhar dele se voltou para a mansão, atrás dos enormes portões.

A única coisa faltando aqui é a placa "Não entre" do hospital Far Rockway, pensou Frankel.

Grant ecoava o mesmo sentimento não expresso.

— Chegamos tarde demais para impedir qualquer coisa que tenha acontecido aqui.

O sargento Hawley também não tinha conseguido impedir, como atestava seu cadáver, sobre os de Jared Fleming e Elizabeth Dozier, na cama da suíte principal. A cena era como uma versão distorcida da *Pietà* de Michelangelo, com Fleming representando um segundo pai de luto pela perda do filho adulto.

Frankel sabia que o assassino tinha montado a cena para Grant. Era como se ele estivesse dizendo: "Eu lhe ofereço seu filho, o bom sargento Stanford".

Pela primeira vez desde que conhecera Grant, o detetive viu a mais pura angústia no rosto do homem. Com uma boa dose de ira.

— Eu sinto muito. — Foram as únicas palavras que Frankel conseguiu balbuciar, sabendo que não existia nada que pudesse oferecer a Grant alguma forma de consolo.

O comandante mal assentiu.

Frankel sabia que ele próprio teria reagido do mesmo modo se soubesse da perda súbita de um colega próximo, no cumprimento do dever. A única opção era focar no trabalho em mãos e redirecionar a dor e a fúria para a tentativa de corrigir as coisas.

Londres estava à beira de uma combustão espontânea, tamanho era o medo.

Que Natal dos infernos!

Jeffries apareceu com sua equipe logo depois de dois detetives da Yard chegarem para dar reforço. Grant apresentou Frankel ao seu superior, o comandante geral Franklin Stebbins, que só foi até lá para marcar presença, depois de deixar a família num *brunch* em seu clube de golfe. O detetive da polícia de Nova York percebeu que Stebbins não estava muito feliz em conhecê-lo, provavelmente porque sua presença significava que o maníaco homicida havia retornado às Ilhas Britânicas.

Seguiu-se um debate para resolver se a divulgação do nome e da descrição de Silver na mídia seria benéfico. Grant achava que o público deveria ser informado de que havia um assassino à solta nas ruas, assim seria mais difícil para Silver se esconder. Stebbins pediu que adiassem o pronunciamento, pois não queria criar um caos pouco antes do feriado de Natal.

Como Stebbins queria fazer valer a sua autoridade, a questão foi colocada em pauta. O superior de Grant implorou para que resolvessem aquele caso sangrento de uma vez por todas.

— Por que tenho a sensação de que ele está me culpando ao dizer isso? — perguntou Frankel enquanto Stebbins partia, supostamente para retornar ao seu *brunch*. — Como se fosse culpa minha que o sujeito não foi preso enquanto estava matando nova-iorquinos.

— Provavelmente ele se sente como seu tenente Harris se sentiu por eu ter deixado Silver cruzar o Atlântico.

Eles andaram na direção do carro do sargento Hawley, onde Rachel estava esperando. Nenhum dos dois foi capaz de dissuadi-la quando insistiu em ver o que tinham descoberto no segundo andar da casa. Embora ela tivesse tentado manter a proverbial compostura dos britânicos, Frankel a viu começar a desmoronar quando deu de cara com a carnificina. Ele colocou rapidamente o braço em volta de Rachel e a escoltou escada abaixo até o carro.

— Você realmente deveria voltar para casa — Grant disse a ela.

Assim que foi decidido que ela os acompanharia até Londres, Grant conseguiu que Rachel concordasse em ficar com ele em Maida Vale.

— Não vou voltar para lá sem você, pai — disse ela. — Estou bem aqui.

Frankel estava certo de que ela não estava tão bem assim, mas já a conhecia o suficiente para saber que ela não daria espaço para nenhum tipo de negociação.

Um dos homens da Scotland Yard apareceu e disse que Jeffries estava pronto. Alguns minutos depois, Frankel e Grant estavam de volta à suíte principal.

Muita coisa tinha acontecido na ausência deles.

Os corpos tinham sido fotografados de todos os ângulos possíveis. O carpete manchado de sangue estava coberto com um plástico; cordas tinham sido estendidas e fixadas nas paredes, traçando os supostos trajetos que o assassino e as vítimas tinham percorrido.

O legista confirmou uma série de coisas de que Frankel e Grant já suspeitavam. Os cortes nas testas de Fleming e Dozier correspondiam aos encontrados nos três corpos que Jeffries examinara no início do mês.

— Já enviei fotos para seus colegas nos Estados Unidos — Jeffries disse a Frankel. — Presumo que elas vão ser comparadas com as do padre e da outra vítima que vocês encontraram.

— Eu não tenho a sua experiência — respondeu Frankel. — Mas esses cortes me parecem exatamente iguais.

Jeffries acreditava que o casal tinha sido atacado ao lado da lareira, onde provavelmente estavam sentados quando o assassino chegou.

— Eles estavam totalmente vestidos e os respingos de sangue indicam que foram transferidos para a cama depois de serem degolados. — O legista levou um dedo à testa. — As manchas nas fronhas me fazem suspeitar que os numerais romanos foram entalhados depois de terem sido colocados para, digamos, descansar na cama.

— E o sargento Hawley? — perguntou Grant.

A dor por trás da pergunta estava escrita em todo o rosto dele.

— Suspeito que o assassino o tenha pego de surpresa perto da porta.

— Enquanto ele estava olhando Fleming e Dozier? — sugeriu Frankel.

— Parece mais do que provável.

O legista apontou para uma poça de sangue no carpete coberto de plástico.

— O sargento teria se virado e dado de cara com o assassino logo atrás dele.

Depois de morto, seu corpo foi colocado em cima dos outros, no que parece uma posição muito bem estudada.

— Como se fosse uma encenação — disse Frankel.

— Isso mesmo — concordou Jeffries. — Se ele tivesse sido jogado simplesmente ali, seus braços e pernas estariam em posições aleatórias.

Grant fez o sinal da cruz sobre o colega morto. Quando o comandante olhou para frente, Frankel pôde ver a emoção transbordando dos seus olhos.

— Eu não fazia o sinal da cruz desde que estava no primeiro ano primário — disse Grant em voz baixa. O homem da Scotland Yard virou-se para Jeffries. — Você encontrou alguma marca nele? — O desespero em sua voz era audível. — Um numeral romano em algum lugar?

— Nada — respondeu Jeffries. — Vamos continuar procurando, mas eu acho que é quase possível afirmar que o sargento estava apenas no lugar errado e no pior momento possível.

Grant se virou para olhar diretamente para Frankel. Quando ele falou, sua voz estava cheia de fúria.

— Isso tem que parar. Agora.

Frankel mal havia tocado na bandeja do serviço de quarto. Nem o *milk-shake* de chocolate que ele tinha encontrado no cardápio do hotel lhe apetecera.

Ele havia passado a primeira hora no quarto minúsculo, mas bem equipado, do Covent Garden Hotel (sugerido pelos Grant) andando de um lado para o outro. Até que finalmente percebeu que não tinha comido nada desde aquilo que chamavam de refeição que tinham servido no voo e achou melhor pedir alguma coisa.

Assim que o hambúrguer com batatas fritas e o *milk-shake* chegaram, Frankel confirmou o que já suspeitava. Ele havia perdido completamente o apetite.

Ao sair da mansão em Esher, Frankel e Grant perceberam que não estavam mais adiantados na investigação do que estavam quando deixaram os Estados Unidos.

A equipe da cena do crime encontrou vestígios de outro carro que tinha estacionado em frente à mansão, mas não havia como dizer qual era a marca. Como Prior Silver nunca tinha possuído um carro e não havia registro de que ele tinha alugado um, parecia mais provável que ele tivesse feito uma ligação direta ou encontrado um veículo com a chave na ignição, como o Hyundai Sonata de Josephine Tuttle, em Far Rockaway.

Num vilarejo como Esher, onde todos estavam em casa embrulhando presentes de Natal ou preparando bebidas quentes, não era nenhuma surpresa que ninguém tivesse visto alguém nas proximidades da casa de Fleming na noite anterior.

Talvez eu devesse ficar bêbado como da última vez em que estive aqui com meus amigos da faculdade, pensou Frankel.

Mas ele sabia que isso não o ajudaria a esquecer a imagem de Austin Grant em pé, diante do seu sargento morto, fazendo o sinal da cruz pela primeira vez em mais de cinquenta anos.

O homem estava levando o caso para o lado pessoal agora.

Alguns minutos depois de fazer o pedido para o serviço de quarto, o celular de Frankel tocou. Ele deu uma olhada no número e atendeu.

A conversa foi breve.

Depois que ele desligou, Frankel olhou longa e fixamente para a sua mão esquerda.

Alguns momentos depois, retirou a aliança de ouro do seu dedo e a colocou dentro do seu *necessaire*.

Frankel ainda estava olhando para o *milk-shake* uma hora depois, imaginando quanto tempo o leite levaria para coalhar, quando bateram na porta.

Ele se levantou e atravessou o cômodo para abri-la.

Rachel estava ali.

— Você vai ficar aí olhando ou vai me convidar para entrar? — ela perguntou com um leve sorriso.

— Nem acredito que você realmente veio! — respondeu Frankel, abrindo a porta para ela. — O que disse ao seu pai?

— Que ia visitar um amigo.

Ela entrou e Frankel fechou a porta.

— Então eu sou um amigo?

— Eu gostaria de pensar que sim — Rachel respondeu.

Ela deu um passo mais perto e abriu outro sorriso.

— Eu disse ao meu pai para não esperar acordado.

Frankel a tomou nos braços e a beijou pela primeira vez.

E percebeu que ele estava começando a levar tudo aquilo para o lado pessoal também.

19

Tudo tinha começado naquela noite chuvosa, do lado de fora do Hotel Londres.

Assim que o comandante entrou, Frankel e Rachel tentaram em vão encontrar dois táxis. Mesmo com o porteiro acenando freneticamente e apitando como um juiz de futebol diante de uma falta digna de expulsão, nem um táxi parou, quanto mais dois.

Era a situação clássica da cidade de Nova York. Num dia ensolarado, num passeio tranquilo, bastava parar numa esquina para uma dúzia de táxis afluírem em sua direção como um bando de tubarões. Mas, se chovia, era mais fácil encontrar o corpo de Jimmy Hoffa (Frankel acreditava mais na teoria de que ele estava enterrado embaixo do antigo estádio dos Giants, em New Jersey) do que um táxi livre.

Rachel havia sugerido um Uber, mas com os teatros acabando de abrir as portas, milhares de pessoas encharcadas estavam digitando em seus aplicativos naquele momento e, quando ela finalmente encontrasse um, ele cobraria uma tarifa com o triplo do valor, que custaria o mesmo que uma corrida até o JFK. Eles mal tiveram tempo para debater e clicar em "aceitar" quando foram ultrapassados por alguém desesperado, recém-saído de um teatro, e continuaram presos sob o toldo do Londres.

Frankel murmurou que aquela situação era suficiente para deixar alguém com vontade de encher a cara. Rachel achou que aquela era uma ideia e tanto.

Ela disse que o bistrô francês Rue 57 era um bar agradável que ficava a uns dois quarteirões de distância, e ela estava disposta a enfrentar a tempestade, visto que já estavam encharcados até os ossos. Frankel concordou e eles foram chapinhando até a esquina da Sixth Avenue com a rua que dava nome ao bistrô.

Depois que receberam toalhas do bar para se secarem um pouco, foram levados até uma mesa, onde pediram cafés irlandeses para espantar o frio. No momento em que começaram a tomar vinho quente em homenagem à estação fria, Frankel soube que estava em apuros.

Rachel não era apenas uma mulher bonita, inteligente e cheia de opinião. Havia algo indefinido nela que a diferenciava de qualquer outra garota que já tivesse conhecido. Seria a vulnerabilidade por trás dos seus olhos azuis-acinzentados que despertavam a natureza protetora dele? O jeito como ela ria, como um leve grunhido, que o fazia querer diverti-la apenas para poder ouvir a risada dela novamente? Ou o fato de ela parecer realmente interessada em conversar com ele e ainda estar sentada ali quando o garçom chegou, três horas depois, para perguntar qual seria a "saideira"?

Dizer que Frankel logo se sentiu apaixonado era o eufemismo do ano e restavam apenas doze dias para ele acabar.

Nos primeiros minutos, eles conversaram sobre coisas óbvias: o tempo ruim e o caso que investigavam. Concordavam que granizo e lama eram o que havia de pior na época de Natal e que ou devia "esquentar de vez, porra" (palavras de Rachel, que agradaram Frankel imensamente) ou "Deixar nevar" e ter um "Natal Branco" (ele resistiu ao impulso de oferecer uma versão de qualquer outra música). A discussão entre eles sobre o Assassino dos Mandamentos foi breve; ambos preferiam não falar de trabalho depois das onze horas da noite.

Mais de uma vez, Frankel tinha visto os olhos de Rachel se desviarem para sua mão esquerda e a aliança de casamento levemente manchada. Ele lhe contou a mesma história que compartilhara com o pai dela na hora do almoço alguns dias antes.

— Um bar de praia no Havaí. Parece muito bom — ela meditou, olhando para as gotas de chuva caindo em Technicolor, cortesia dos pisca-pisca natalinos. — Você foi atrás dela?

— Aprendi há muito tempo a perceber quando parar de insistir no que não tem mais jeito. — Ele esperava que isso encerrasse o assunto, mas Rachel parecia extremamente interessada em Julia.

— Como vocês se conheceram? — ela perguntou.

— Na verdade, eu a prendi... — Frankel respondeu timidamente.

— Eu deveria saber que esse já era um mal sinal.

Rachel começou a rir.

— Não é tão ruim quanto parece — disse Frankel.

Ele passou a contar, então, a Trágica História de Julia Molinari e John Frankel.

— Uma garota italiana — Rachel observou.

— Acompanhada de toda energia e família espalhafatosa que se pode esperar de uma garota italiana.

Prova disso? A noite em que se conheceram.

Frankel estava trabalhando disfarçado do lado de fora do Garden, tentando desbaratar uma quadrilha de cambistas que estava levando os vendedores de ingressos credenciados de Jersey a caminho da ruína.

— Havia uma garota que estava tentando vender ingressos baratos para um jogo sem importância. Os Grizzlies estavam na cidade e nenhum fã queria assistir aos Knicks disputando contra um péssimo time canadense que eles poderiam vencer sem nenhum esforço.

Rachel riu novamente.

— Vancouver de fato jogava muito mal.

Frankel ergueu uma sobrancelha.

— Meu pai é um ávido incentivador do Liverpool, assim como meu avô, mas eu nunca fui uma grande fã — Rachel explicou. — Homens correndo em círculos por uma hora inteira sem nada para mostrar além de um empate sem gols. Eu comecei assistindo os Euros na televisão e quando caras como Dirk jogaram na NBA, eu fiquei viciada. Meus pais acharam que eu vim para os Estados Unidos fazer um mestrado em Jornalismo, mas, na verdade, foi mais para ir ao Garden ver a batalha entre Knicks e Celtics ao vivo.

Frankel pensou em verificar se não estava babando.

— Então, você estava dizendo...? — Rachel perguntou depois de tomar um gole do vinho quente.

— Hã?

— Julia? Do lado de fora do Garden? Havia um brilho nos olhos dela...

Ele verificou. Sim. Definitivamente estava babando. Mas resumiu a sua história.

À medida que o início do jogo se aproximava, a morena esbelta, mas de aparência marcante já tinha passado por ele várias vezes. Por fim, absolutamente desesperada, ela balançou os ingressos diante do nariz de Frankel, perguntando descaradamente quanto ele pagaria por um par.

Frankel tirou o distintivo do bolso.

A garota não perdeu o rebolado e disse a ele que aceitaria o valor original.

Ele começou a rir. Mas, mesmo assim, acabou levando-a dali algemada.

— Você não pode estar falando sério — disse Rachel.

Olhando em retrospectiva, ele percebeu que tinha sido um pouco duro demais. Mas achou que estava ensinando uma lição de vida a Julia Molinari. Foi só na delegacia, quando ele permitiu que ela fizesse uma ligação, que Frankel teve o primeiro contato com aquele que seria seu futuro sogro.

— O que eu consegui pelos ingressos? — Julia gritou no telefone. — Fui presa por causa dos ingressos, foi isso que eu consegui!

Frankel podia ouvir o tom de discagem no telefone. Ela se virou e encolheu os ombros.

— Eu ia dizer uma multa de mil dólares ou seis meses, mas você ainda não me disse qual é a minha pena.

E então ela sorriu para ele como nenhuma outra mulher que Frankel conhecera na vida.

A promotoria deu uma olhada no caso e colocou um ponto final ali mesmo (Jesus, Julia não estava lucrando nada vendendo os ingressos pelo preço original!) e Frankel prontamente perguntou se ela queria acompanhá-lo a um jogo dos Knicks na semana seguinte.

Ele propôs casamento menos de um mês depois.

Tinha sido uma atitude precipitada, mas na época ele achava que Julia era a melhor coisa que já tinha acontecido àquele garoto que crescera entre as fábricas de Elizabeth, em New Jersey. Julia já tinha sido uma linda modelo de passarela e o sexo tinha sido incrível (não que Frankel tivesse muita experiência nesse campo, pois só tivera duas namoradas mais ou menos sérias, que tinham sido totalmente ofuscadas quando comparadas a Julia).

— Parece que você estava realmente apaixonado — Rachel disse depois que Frankel lhe ofereceu uma versão mais romantizada do namoro e menos inspirada na atração sexual.

— Eu com certeza achava que sim.

Ela indicou a aliança na mão dele novamente.

— Mai aí ela partiu seu coração.

Não tinha sido da noite para o dia. Pablo, o síndico profissional com quem Julia tinha montado um bar e compartilhava uma casa no Havaí, acabou sendo a gota-d'água para o fim do casamento.

Na verdade, o casamento durou quase uma década. Tinha sido muito bom, de início, poder fugir para Atlantic City, porque o pai de Julia não aprovava que sua única filha se casasse com um policial. Poderia ter algo a ver com a loja de móveis duvidosa que o sogro de Frankel tinha no Lower East Side. Frankel, na verdade, não fazia vistas grossas quando se tratava de como Leo Molinari ganhava a vida. Ele apenas fazia questão de discutir sobre os times da cidade quando se reuniam nos feriados. As opiniões dos dois divergiam até quando o assunto era Giants *versus* Jets, com Leo jurando fidelidade ao último porque Joe Namath era um grande ítalo-americano, embora Frankel tivesse repetido várias vezes que o herói do Super Bowl III era descendente de húngaros.

No final, Frankel percebeu que aquilo que unira ele e a esposa era também o que os tinha separado. Julia sempre seria a garota em busca da vitória enquanto Frankel se certificava de que todos estavam jogando conforme as regras.

— Agora, com Pablo, acho que Julia finalmente encontrou o que estava procurando.

— Minha banda favorita — Rachel disse com um sorriso.

— U2? Isso não é um pouco sacrílego? Sendo sua família de Liverpool; e os Beatles? O U2 não é uma banda irlandesa?

— Eles são uma banda cosmopolita — rebateu Rachel.

— Vou beber a isso — disse Frankel, pedindo outra rodada. — No entanto, eles vão ter que entrar no octógono com Bruce e os E Streeters. Eu cresci na Saída 13 da Jersey Turnpike.

A rodada seguinte de vinho quente fez que Rachel se lembrasse de todos os garotos que já tinha amado. Eram apenas dois e ambos tinham se afastado com a impressão nítida de que Rachel ainda não tinha encontrado o que *ela* estava procurando.

A primeira foi uma paixão de verão, outra razão (além do Knicks) que a levou a ir para os Estados Unidos. Quando eles se conheceram, Tom era o assistente americano de um advogado britânico e Rachel tinha acabado de terminar sua graduação em Oxford. Eles namoraram a distância e isso pareceu dar certo em princípio, o que fez que Rachel se inscrevesse para a pós-graduação de Jornalismo na Universidade de Columbia e fosse admitida. A pressão para passar nos exames de admissão da universidade e conseguir um bom emprego não foi o que acabou com o namoro. O velho ditado de que a distância estreita ainda mais os laços do coração foi posto à prova quando eles passaram a se ver todos os dias no mesmo continente e Rachel começou a ver que Thomas Nelson, em breve um funcionário da revista *Esquire*, não passava de um chato antiquado.

Charles Kellerman tinha sido uma experiência completamente diferente. Rachel deveria saber que o relacionamento estava condenado desde o início. Algumas décadas mais velho do que ela, divorciado havia cinco anos e com dois filhos adolescentes mais próximos da idade de Rachel do que do pai, a vida de Charlie era tudo menos entendiante. Um cardiocirurgião que literalmente salvava a vida das pessoas que passavam pelas suas mãos, ele conhecia apenas uma rota e era (como cantava Don Henley) a "via expressa". Eram descidas de esqui pelas encostas de Vermont no inverno e regatas em Sound quando o verão chegava. Charlie tinha roubado o coração de Rachel e ela tinha que afivelar o cinto e se preparar para uma montanha-russa de emoções.

Não ajudava em nada que a mãe estivesse tão horrorizada com a ideia de Rachel saindo com um homem casado ("embora eu tivesse dito a ela muitas vezes que ele estava divorciado já fazia cinco anos") que ela nem tocava no assunto. Embora inicialmente fascinada com um estilo de vida que ela não conhecia, não demorou muito para Rachel ir morar com Charlie (uma semana) e perceber que aquilo não era para ela. Ele já tinha vivido uma vida inteira e ela queria alguém com quem pudesse viver todas as fases, desde o princípio.

— Isso inclui filhos? — perguntou Frankel.

— Construir algo juntos, pelo menos.

Ouvir a história de Rachel trouxe à mente dele o fato de ele e Julia não terem filhos. Muitas vezes ele se perguntava se aquilo teria sido intencional ou só uma decisão subconsciente. Fosse qual fosse a verdade, ele nunca tinha construído algo substancial com Julia.

Ele acabou contando isso a Rachel e ela ergueu o copo.

— Um brinde ao fato de ainda haver tempo, caso queira — ela brindou.

Quando eles saíram do restaurante às duas da manhã, a chuva havia parado e o céu de inverno estava claro o suficiente para se ver estrelas e uma lua cheia brilhando sobre a cidade. Como resultado, havia muitos táxis.

— Eu poderia acompanhá-la até a sua casa a pé — ofereceu Frankel.

— Ela fica a uns quarenta quarteirões daqui.

— Estou disposto se você estiver. — Ele acenou com a cabeça para o pisca-pisca pendurado nos postes da Fifty-Seventh Street. — Este é um horário especial na cidade, principalmente porque ela está quase deserta.

Rachel disse por que não? Como Frankel, ela ainda não estava pronta para que a noite terminasse.

Demorou pouco mais de uma hora para cruzarem os quarenta quarteirões que os separavam do apartamento de Rachel, e Frankel achou aquele o passeio mais bonito que ele já tinha feito pelas ruas da cidade.

Era como se Manhattan estivesse montando uma vitrine de Natal só para eles. Fosse por causa dos flocos de neve grandes e brilhantes, das árvores carregadas de luzes e enfeites em todas as vitrines ou fachadas por onde passavam ou do Lincoln Center tão iluminado com cores vibrantes que o Papai Noel poderia vê-lo do Polo Norte, aquele era seu país das maravilhas particular numa noite de inverno.

Ao longo do caminho, eles se lembraram dos Natais passados, Frankel contando sobre a caminhada anual até o centro da cidade com o pai, até chegarem à Macy's, na Herald Square, onde ele se sentava no colo do Papai Noel e pedia presentes que quase nunca ganhava. Rachel contou a ele sobre uma engenhoca que o pai trouxera para casa quando ela era pequena e eles tinham batizado de Robô Noel, dando início a um ritual familiar que se estendeu até ela se tornar adulta.

Eram quase três e meia da manhã quando chegaram na frente do prédio de Rachel.

— Obrigada — ela disse a ele. — Foi...

— ... inesperado — completou Frankel, dizendo em voz alta o que tinha sentido nas últimas horas.

Eles ficaram ali sem jeito por um instante, antes de ele dar um passo à frente e lhe dar um abraço amigável, mas muito rápido.

— Boa noite, então. — Ele abriu um sorriso genuíno.

— Boa noite, John — respondeu Rachel, retribuindo o sorriso.

Ele a observou enquanto destrancava a porta do prédio. Depois fez a outra pergunta que tinha dado voltas em sua mente a noite inteira.

— Vamos contar ao seu pai sobre isso?

Rachel pensou por alguns segundos e franziu o nariz.

— Não acho uma boa ideia.

— Talvez seja melhor não contar mesmo — concordou Frankel.

Ele perguntou o que ela faria na noite seguinte.

Depois de contar o que ele tinha em mente, ficou um pouco surpreso quando ela aceitou o convite.

— Parece divertido — disse a ele.

E nesse momento Frankel percebeu outra coisa.

De repente, ele estava mais feliz do que se sentia há muito tempo.

Mais tarde naquele dia, continuou esperando que ela cancelasse o encontro, enquanto trabalhavam no caso que os unira. Rachel nem tocou no assunto, então Frankel também não abriu a boca para falar a respeito. Ele se perguntou se ela teria se esquecido do convite ou se talvez ele tivesse bebido demais e só imaginado que a convidara para sair enquanto estava em alguma espécie de estupor alcoolico.

Mas pouco antes de Rachel deixar o prédio da polícia com o pai, a caminho da casa dela, ela enfiou a cabeça pela porta do escritório de Frankel e perguntou se o encontro ainda estava de pé.

Aquilo o pegou desprevenido.

— Cl-claro! — ele gaguejou.

— Encontro você na esquina às oito e meia, como combinamos — disse Raquel.

A maneira conspiratória como ela pronunciou aquilo, na verdade, fez que borboletas começassem a esvoaçar no estômago de Frankel.

Mas, quando ela entrou no carro, no ponto de encontro combinado, Frankel não precisou do seu faro de detetive para ver que o humor dela havia mudado.

Ele imediatamente perguntou o que havia de errado.

— Só umas coisas entre mim e meu pai. — Ela tentou não dar muita importância àquilo dando de ombros, mas Frankel notou que os olhos dela se voltaram para o prédio de onde acabara de sair.

— Quer falar sobre isso? — ele perguntou.

— Não.

Frankel disse que, se ela não quisesse ir, ele entenderia perfeitamente.

— Talvez você prefira voltar e ter uma conversa com o comandante.

— Isso definitivamente não vai acontecer. — Ela conseguiu dar um sorriso e um pequeno empurrão nele. — Vamos, estou ansiosa para começar o nosso passeio. Você pode me contar mais sobre esse Stone Horse para onde está me levando.

— Stone Pony.

— Certo. Esse mesmo.

Alguns minutos depois, eles estavam seguindo para o leste pela ponte George Washington, a caminho de Jersey, e Frankel estava contando a ela uma breve história sobre o Stone Pony, a casa noturna em Asbury Park que o pai dele frequentava nos anos de 1970.

O surgimento de Bruce Springsteen e depois de outros artistas da região, como Bom Jovi e Southside Johnny, tinha dado voz a homens como o pai dele (que tinha passado a vida inteira em estaleiros e fábricas), transformando a costa de Jersey numa força com a qual a cena musical precisava contar. Ele herdara o gosto musical do pai e depois sua coleção de discos, quando ele faleceu (incluindo um vinil novinho de *Greetings from Asbury Park*, de Springsteen). Os álbuns eram a única coisa que ele não deixara Julia tocar antes de fugir para céus mais ensolarados com Pablo, o síndico profissional.

Naquela noite, Frankel teve a sorte de conseguir um par de ingressos para o espetáculo anual de Natal do Pony, com Southside e suas Jukes como atração principal. Todo ano, a casa apresentava uma série de bandas da região interpretando clássicos natalinos e arrecadando fundos para a caridade, com cantores gospel de igrejas do bairro que deixariam Aretha e Mavis Staples orgulhosas.

E sempre havia a possibilidade de Springsteen entrar sorrateiramente durante um bis e presentear seus fãs fervorosos com algumas canções e alguns de seus maiores sucessos.

O espetáculo estava a todo vapor quando Frankel e Rachel tiveram suas mãos carimbadas pelo segurança na porta. Eles ficaram na parte de trás do pequeno salão, mas isso não fez diferença quando Southside e uma banda de seis músicos começaram a tocar uma versão natalina de "Baby Please Come Home" com seus trompetes.

A essa altura, o que quer que estivesse incomodando Rachel tinha ficado em Manhattan. Durante as duas horas seguintes não se falou em mandamentos, *serial killers* ou suspeitos. Foi tudo puro *rock and roll* e eles gostaram disso.

Yes, como os Stones lhes diriam. Sim, eles tinham conseguido.

Então, por volta de uma da manhã, os sinos do trenó começaram a bater no ritmo de todo o edifício, quando uma voz grave ecoou na lateral do palco.

— Diga lá, New Jersey, vocês foram desobedientes ou bons meninos?

E de repente Springsteen, o "Chefe" em pessoa, estava no palco.

A primeira coisa que ele fez foi liberar a entrada de todos os fãs "duros na queda", que congelavam do lado de fora à espera de um ingresso, e "que os bombeiros se virassem pra apagar todo aquele fogo!" Depois disso, Bruce sacudiu o lugar "all night long", ou pelo menos por mais uma hora, cantando vários dos seus sucessos e uma versão de "Merry Christmas Baby". Um final retumbante ao som de "Santa Claus Is Coming to Town" deixou todos os presentes exaustos, mas exultantes.

Rachel tinha lágrimas de alegria nos olhos quando se virou e deu um abraço em Frankel.

— Obrigada por me trazer aqui — ela disse baixinho no ouvido dele.

— O prazer foi todo meu — Frankel disse a ela. — Foi...

— Inesperado! — ela respondeu com um sorriso que ele com certeza nunca esqueceria enquanto vivesse.

Cerca de uma hora depois, Frankel já pegava a saída 13 da rodovia de New Jersey, em Elizabeth.

Travaram um breve debate sobre voltarem para a cidade ou não, mas nenhum dos dois queria que a noite acabasse. Voltar para a casa de Rachel estava fora de questão, com o pai dormindo no sofá-cama. E com a cama embutida de Frankel sendo a única mobília que Julia tinha deixado no apartamento, ele não queria forçar Rachel a tomar uma decisão para o qual não tinha certeza se ela ou ele estavam preparados.

Eles acabaram parando num *drive-thru* da cadeia de lanchonetes White Castle, onde compraram hambúrgueres com todos os ingredientes possíveis, batatas fritas e os indefectíveis *milk-shakes* de chocolate.

Depois ele subiu uma colina não muito longe da casinha em que tinha passado sua infância.

Num semáforo, Frankel deu uma olhada na *playlist* do seu celular. Apertou alguns botões e "Drive All Night", de Springsteen, começou a se derramar suavemente dos alto-falantes.

— Legal — murmurou Rachel.

Frankel virou o volante e estacionou o carro num mirante.

— Venho aqui desde o dia em passei a enxergar por cima do painel do carro — Frankel disse a ela. — Acho que é o meu lugar favorito no mundo.

Ele apontou para o para-brisa: uma vista de cair o queixo, que abrangia o rio Hudson e a parte baixa de Manhattan, se descortinava na frente deles.

Rachel quase estava sem voz diante da sequência brilhante e quase infinita de luzes.

— Dá para ver por quê.

— Você tem que vir aqui ao nascer do dia.

— Estou disposta a esperar se você estiver também.

Frankel frisou que ainda faltavam três horas para o amanhecer.

— Bem, ainda nem jantamos — Rachel respondeu.

Os hambúrgueres, as batatas fritas e os *milk-shakes* desapareceram num piscar de olhos. Frankel consultou o relógio.

— Acho que faltam duas horas e cinquenta minutos para o Sol nascer.

— Vou ficar feliz se ficarmos só sentados aqui por um tempo.

Então eles se recostaram no banco e ficaram ouvindo *The River*, o álbum de que ele mais gostava.

Ele não percebeu que tinha fechado os olhos e caído no sono até ouvir Rachel murmurando ao lado dele.

— Oh, meu Deus...

Frankel olhou para ver o rosto dela iluminado pelos primeiros raios da manhã, vindos do leste. Ela também estava enxugando as lágrimas dos olhos.

— Acho que é a coisa mais linda que eu já vi — ela sussurrou.

Era o Sol nascendo sobre o rio e iluminando a cidade de Nova York.

E bem abaixo deles: uma resplandecente Estátua da Liberdade, que parecia perto o suficiente para que pudessem tocá-la.

— Você precisava ver quando as torres gêmeas ainda estavam de pé.

— Eu realmente gostaria de ter visto.

— Não é a mesma coisa, mas...

Ele procurou à sua volta, em busca do celular, e depois abriu seu arquivo de fotos.

— Eu tirei esta quando estava na faculdade. — Ele mostrou a ela uma foto da mesma vista, mas na época em que com as Torres Gêmeas se erguiam, majestosas, na extremidade de Manhattan.

— Uau! É de tirar o fôlego.

Frankel assentiu.

— Penso nisso o tempo todo.

Rachel lhe devolveu o celular. E abriu um sorriso travesso.

— O que foi? — ele perguntou.

— Você tirou essa foto do carro? Bem aqui?

— Acho que sim.

— Com uma garota como eu?

— Definitivamente, não como você.

Rachel riu.

— Aposto que você traz todas as garotas para este lugar.

— Sheila Rice foi a única, além de você.

— Julia não?

Frankel balançou a cabeça.

— Por que não? — Rachel perguntou, se aproximando um pouquinho mais dele.

— Ela não teria apreciado.

— Quem saiu perdendo foi ela.

— Sim. De fato. — Frankel também se aproximou um pouco mais dela.

— Então, o que essa tal Sheila Rice disse sobre esta vista?

— Não muito. Ela estava mais interessada em outras coisas.

Rachel ergueu a sobrancelha.

— Que tipo de coisa?

Ela se aproximou ainda mais.

— Você sabe — Frankel murmurou. — Coisas...

— Mmmm.

Então algo no carro vibrou.

Uma mensagem no telefone de Rachel, do sargento Hawley.

Era a informação de que o Prior Silver tinha tomado um voo para Nova York um dia antes do assassinato do padre Adam Peters, na Catedral de Saint Patrick.

A partir daí, começou o pandemônio.

A busca frenética por Silver, o sumiço de Hawley e os três cruzando o Atlântico, só para descobrir outro massacre esperando por eles na mansão Esher.

Nesse meio-tempo, Frankel e Rachel mal tiveram chance de ficarem a sós.

Ela passou todo o trajeto de New Jersey para Manhattan trocando mensagens com o agora falecido sargento Hawley.

Foi só quando se cruzaram perto do banheiro do 777 que eles conseguiram ter uma conversa rápida e cheia de remorso sobre como poderia ter sido o encontro.

— Lamento que nossa saída tenha acabado daquele jeito tão tumultuado ontem de manhã — disse Rachel a ele.

Frankel soltou um suspiro.

— Ossos do ofício, eu acho.

— Quer saber? Acho que esses ossos do ofício são um verdadeiro porre.

— Concordo plenamente — concordou Frankel.

Por isso, quando ela ligou para ele no Covent Garden Hotel naquela noite e perguntou se ele não se importaria de ter companhia, Frankel não hesitou.

Ele havia dito a ela que a esperaria.

E, dessa vez, ele não deixou que nada o impedisse de beijá-la.

20

Rachel acordou com os primeiros raios da manhã entrando pela janela. Demorou um instante para perceber onde estava.

Ela havia dormido nas últimas três noites em lugares diferentes e nenhum deles era sua casa. Primeiro no banco do passageiro do carro de um policial, depois num assento na janela de um Boing 777 e agora na confortável cama *queen* do Covent Garden Hotel; era compreensível que estivesse um pouco confusa. Mas não que tivesse algo do que reclamar.

Ela se virou e viu John ainda dormindo ao lado dela.

O sexo tinha sido alternadamente terno e ardente, exatamente do jeito que ela teria imaginado e desejado se tivesse tido tempo para pensar em que estava se envolvendo.

Os últimos dias tinham sido um turbilhão e Rachel sequer tivera a chance de pensar no rumo que as coisas estavam tomando, o que para ela era uma novidade. Normalmente ela analisava qualquer situação de todos os ângulos, procurando tomar uma decisão fundamentada antes de fazer qualquer movimento definitivo. Invariavelmente se arrependia da sua escolha e passava as horas, dias, às vezes até os meses seguintes pensando nas outras opções que tinha antes.

Mas, desta vez, Rachel mandou a cautela às favas e não se arrependeu nem por um segundo de onde se encontrava agora.

O único problema era que já eram quase sete da manhã e ela tinha certeza de que o pai estava se perguntando onde diabos a filha havia se metido.

— Oi.

Ela olhou para o relógio na mesa de cabeceira e depois para John.

Os olhos azuis-claros estavam entreabertos. Ela sentiu uma vibração no fundo do peito.

— Oi — ela respondeu.

John se espreguiçou, depois estendeu o braço devagar na direção dela. Ela se aninhou na curva do braço dele e deitou a cabeça em seu ombro, onde se encaixou maravilhosamente bem.

Ele sorriu.

— Esta noite foi...

Desta vez, eles disseram ao mesmo tempo.

— ... inesperada. — Ambos riram.

John olhou além dela para o relógio.

— Suspeito que você já tenha que ir.

— Você aprendeu direitinho o que te ensinaram na escola de detetives.

— Eu era um dos melhores da turma.

— Mais do que isso, aposto.

John deu de ombros.

— O melhor da turma, na verdade.

— Falsa modéstia — Rachel disse com um sorriso. — Mas confesso que me agradou.

— Servir bem para servir sempre!

— Você foi muito bem nesse departamento. — Ela o beijou na bochecha. Mais do que um beijinho, ela deixou seus lábios demorarem ali, depois se afastou do braço dele. — Eu realmente tenho que ir.

— Eu queria que você ficasse...

— E estou muito feliz por você dizer isso.

Ela deu um beijo semelhante na outra bochecha dele. Em seguida saiu da cama e começou a vestir as roupas que havia deixado num sofazinho. Rachel podia senti-lo olhando para ela, mas não se importou. Ela não se exibiu, mas também não teve pressa para se cobrir.

Quando terminou de se vestir, ela se virou e viu que ele estava sentado na cama, ainda com os olhos fixos nela. O lençol o cobria da cintura para baixo, mas seu corpo nu e esculpido a fazia pensar em outra rodada.

— Isso não é justo — ela disse a ele.

— O quê?

— Eu toda vestida e você sentado aí... assim.

— Só vou encontrar seu pai depois das nove e meia na Yard.

— Meu velho e querido pai. — Ela revirou os olhos e sorriu. –Tinha que tocar no nome dele?

— Vai ser bem estranho contar sobre nós, não vai?

— Ah, com certeza — concordou Rachel, enquanto voltava a pular na cama.

Quando Rachel se aproximou da casa de Maida Vale, pensou na possibilidade de subir pela treliça até seu quarto, no andar de cima. Mais de uma vez, Rachel tinha feito exatamente isso na escola secundária, quando ficava fora de casa até depois do toque de recolher. Fez isso até o dia em que encontrou a mãe esperando por ela ao lado da cama. Daí em diante, passou a usar um método sugerido pela sua melhor amiga, Matilda (Mattie, para abreviar). Rachel discaria para casa e assim que um dos pais atendesse, ela dizia: "Eu já atendi; pode desligar, obrigada", fingindo que estava em casa, na extensão.

Da primeira vez, funcionou com o pai, mas, quando ela tentou novamente, a mãe ficou na linha.

— Suponho que você ache isso divertido, Rachel Michele Grant — Allison dissera. — Seu pai e eu estamos aqui, esperando você.

A Doidice de Mattie, como Rachel passou a chamar o plano da amiga, fez que Rachel fosse condenada à Prisão Domiciliar dos Grant: sem televisão ou socialização por quase um mês. Às vezes Rachel achava que o pai era apenas o segundo melhor detetive sob o teto da casinha da Maida Vale, espremida entre as mais elegantes do Grand Union Canal.

Rachel reconsiderou a escalada até seu quarto, enquanto descia a rua. Menos ágil e ousada do que na adolescência, ela abandonou a ideia assim que viu a treliça. Parecia frágil demais e Rachel suspeitou que já estivesse um pouco podre; mais uma prova de que o pai não era o mesmo desde que a mãe falecera. Allison nunca teria deixado a casa chegar àquele estado de deterioração.

Ela percorreu o caminho de pedras e atravessou o jardim abandonado (outro sinal da crescente negligência de Austin), tirando da bolsa a chave que o pai tinha dado a ela no dia anterior.

Antes que pudesse colocá-la na fechadura, a porta se abriu.

— Por um instante, pensei que fosse me negar o prazer da sua companhia — Everett estava parado ali com um sorriso radiante.

Rachel sorriu e deu um abraço apertado no tio.

Quando eles se separaram, ele viu os olhos de Rachel transbordarem com todas as emoções que vinham borbulhando sob a superfície nos últimos dias: tristeza, frustração e amargura vieram à tona num grande tumulto emocional.

— Qual é o problema, querida? — Everett perguntou, enquanto Rachel enxugava os olhos.

— Tudo. Nada. — Ela o abraçou novamente. — Estou muito feliz por ver você.

Rachel sempre dera muito valor ao relacionamento que tinha com o tio. Ela podia conversar com ele sobre coisas que tinha dificuldade em falar com os pais. Everett sabia da dificuldade da sobrinha com as ciências puras e a ajudava a estudar até ela passar com louvor em todas as matérias de exatas. Ela tinha contado a ele sobre Teddy Chapman, o primeiro garoto que tentou beijá-la e ele jurou não contar para o irmão, sabendo que o pai poderia levar o rapaz para a corte marcial. (Ela perdera Teddy de vista com o passar dos anos. Para seu desgosto e divertimento, a última coisa que soube era que ele estava morando em Bath com um sujeito adorável chamado Ralph.)

Mesmo enquanto estava afastada do pai, Rachel tinha permanecido em contato com o tio. Em mais de uma ocasião, Everett incentivou-a a fazer as pazes com o irmão, embora soubesse que era melhor não pressionar a sobrinha.

Agora, ele conduziu Rachel para o pequeno vestíbulo e pendurou o casaco dela.

— Você e seu pai tiveram alguns dias daqueles.

— Nem me fale — murmurou Rachel. — Eu não sabia que você viria para cá hoje.

— Austin me ligou logo depois que você saiu para ver Mattie ontem à noite.

Rachel deu um suspiro de alívio, percebendo que o pai tinha acreditado na história que ela havia inventado do nada na noite anterior.

— Ele me contou as notícias sobre o sargento Hawley — continuou Everett. — Que tragédia. Parece que tudo está fora de controle.

— Não consigo imaginar situação pior.

— Bem, pode pensar nos Mandamentos números Oito, Nove e Dez, para começar.

— Deus nos guarde!

— Seu pai queria que eu soubesse do sargento antes de ver a notícia na televisão. Eu disse que viria para cá, mas ele disse que preferia ficar sozinho.

— Ele disse o mesmo para mim. É por isso que acabei indo ver Mattie.

Everett assentiu.

— Por isso insisti para que nós três tomássemos o café da manhã juntos.

— Que bom que fez isso.

— Para que serve a família se não for para dar apoio nos momentos de necessidade?'

Foi a vez de Rachel assentir.

— Hawley era como o filho que papai nunca teve. Acho que nunca o vi tão abatido, nem depois que mamãe morreu. É diferente; quando ela se foi, ele era pura tristeza. Mas isto... — Ela hesitou, procurando as palavras certas. — Isso é algo completamente diferente — ela disse, concluindo o pensamento.

Everett ficou calado por um instante.

— Raiva? — ele finalmente sugeriu.

— Sim. Acho que é exatamente isso — concordou Rachel. — Eu nunca o vi assim antes.

— Provavelmente faz muito tempo que ele está guardando essa raiva — disse Everett. — Pelo menos desde que a sua mãe faleceu.

Rachel sentiu as lágrimas transbordando novamente. Ela passou o braço pelo de Everett e eles se afastaram do saguão.

— Eu já disse como estou feliz em ver você, tio?

— Sim, mas nunca vou me cansar de ouvir. — Ele sorriu e fez sinal para ela acompanhá-lo até os fundos da casa. — Vamos ver se conseguimos animar o seu velho e impedi-lo de incendiar a casa.

— Oh, meu Deus! — Ela conseguiu dar uma risada. — Ele está cozinhando?

— Tentando.

Eles deram mais alguns passos e Everett parou.

— Você sabe que sou muito amigo da família de Mattie.

— Eu sei que você e o pai dela davam aula na mesma faculdade.

— E que toda a família vai para Saint Moritz esquiar todo Natal.

Droga. Quem mandou eu inventar histórias?

— Você não contou ao papai, não é?

Everett abriu um grande sorriso.

— Seu segredo, seja ele qual for, está seguro comigo, querida.

Rachel ficou feliz em ver que algumas coisas não haviam mudado. Mas, enquanto eles iam para a cozinha, ela percebeu que não estava pronta para contar a Everett sobre o detetive John Frankel.

Ainda não.

— Como está Matilda? — perguntou Grant, enquanto colocava um prato na frente de Rachel.

— Ela mandou lembranças — Rachel olhou pela janela, na direção do canal estreito, para evitar mentir na cara do pai ou ver o brilho que ela sabia que havia nos olhos do tio. Quando ela se virou, Everett já estava furando os ovos Benedict que o irmão havia preparado e servido.

— Delicioso como sempre — disse Everett. — A única coisa boa que você sabe fazer.

— O único prato que eu ousaria servir.

— Me lembra a nossa infância. Já mencionei isso antes?

— Só toda vez que eu preparo este prato — respondeu Grant.

Rachel tinha ouvido muitas vezes a história de que o avô cozinhava ovos Benedict para a esposa e os dois filhos todos os domingos de manhã, antes de irem para a igreja em Liverpool. Ele havia substituído os *muffins* ingleses e o presunto pelas torradas com manteiga e bacon de verdade, alegando que era assim que o corretor aposentado Lemuel Benedict tinha pedido o prato no final do século XIX, quando topou com Waldorf, em Nova York, em busca de uma cura para a ressaca. O pai havia continuado a tradição quando se casou com Allison. Domingo era o único dia em que ele não ia para a Yard ao raiar do dia e ficava feliz em dedicar sua manhã de folga à esposa. Mas Rachel sempre suspeitou que o pai é quem adorava o prato e sabia que pelo menos assim poderia degustá-lo pelo menos uma vez por semana.

— Imagino que não tenha sido fácil conseguir um voo nesta época do ano — Everett comentou, enquanto limpava o prato.

— É mais comum que os britânicos fujam para climas mais quentes ou para as estações de esqui, em vez de ficarem em casa nos feriados — observou Grant.

Rachel se perguntou se o pai estaria fazendo uma alusão à mentira dela sobre Mattie. Ela olhou para o tio e, com certeza, havia aquele brilho nos olhos dele.

— Mas também tivemos sorte — o pai continuou.

Rachel sentiu o corpo relaxar. Ela estava salva. Pelo menos por enquanto.

— Estou feliz que vocês dois estejam em casa para o Natal, embora certamente todos preferíssemos que fosse em circunstâncias diferentes — disse Everett.

— Sem dúvida — murmurou Grant.

— Se quiserem vir em casa na véspera de Natal, amanhã à noite, seria uma grande alegria receber vocês dois.

Rachel olhou diretamente para o pai pela primeira vez. Grant deu sua garfada final e fez um gesto com o garfo.

— O que Rachel quiser.

— Me parece uma ideia maravilhosa — disse ela. — Claro que depende do que estiver acontecendo... de tudo.

Ela nem estava pensando em John naquele momento. Como Everett tinha dito, o caso estava tomando vários rumos diferentes.

A busca contínua por Prior Silver. As ruas de Esher e de vilarejos vizinhos sendo vasculhadas, na busca por possíveis testemunhas. Jeffries apresentando autópsias de Liz Dozier, Jared Fleming e do pobre sargento Stanford Hawley.

Sem mencionar uma possível oitava vítima chegando bem a tempo para o Natal.

— Não consigo imaginá-lo perdendo a oportunidade de dar um mergulho no dia mais sagrado do ano — disse Grant, discutindo o caso.

— Não se esqueça de que os Dez Mandamentos são do Antigo Testamento — lembrou Everett. — A celebração do nascimento de Cristo faz parte do Novo.

— Não sei se Prior Silver, se o assassino for mesmo ele, vai continuar sendo tão fiel à Bíblia — rebateu Grant. — As regras parecem ter mudado.

— Você está se referindo ao sargento Hawley, presumo.

Grant confirmou com a cabeça.

— Pelo que você me disse ontem à noite, Austin, parece mais que ele simplesmente chegou na hora errada.

— Só estou dando graças a Deus que o pai de Stan está morto e enterrado há vários anos. Pelo menos essa ligação eu não precisei fazer.

O silêncio pairou na cozinha.

Rachel sentiu um aperto no coração ao perceber o quanto o pai estava devastado com a morte do colega. Ela finalmente quebrou o silêncio com um pensamento que estava dando voltas na sua cabeça desde o café da manhã com ele no Surrey.

— Quem quer que esteja fazendo isso, seria bom que deixasse você se aposentar em paz.

— Mas a questão não é justamente essa? — perguntou Everett. — Pelo que você disse, essa coisa toda parece apontar para você.

— É o que parece — concordou Grant.

— Então, qual é o próximo passo? — perguntou o irmão. — Além da óbvia caçada humana que vocês estão promovendo para localizar o esquivo sr. Silver?

— Estamos procurando um ladrão azarado — respondeu o comandante.

Rachel citou o Oitavo Mandamento:

— *Não furtarás*.

— Exatamente — disse Grant.

— Um ex-ladrão renascido matando outro ladrão — gracejou Everett.

— Há algum tipo de paradoxo intrigante em algum lugar.

— Talvez Silver simplesmente entalhe um oito em números romanos na própria cabeça e se mate em seguida. Assim podemos ter um feliz Natal — disse Raquel.

Everett olhou da sobrinha para o irmão.

— Acho que nossa Rachel está passando tempo demais com você, Austin.

Uma hora depois, Rachel ficou feliz em ter acompanhado o pai até a Nova Scotland Yard. Era a primeira vez que Grant pisava lá desde que o corpo do sargento Hawley tinha sido descoberto. Rachel esperava que, com sua presença, ficasse um pouco mais fácil para o pai aceitar a enorme manifestação de simpatia e condolências que lhe impingiram.

Rachel não ia à Yard desde que a mãe adoecera, mas não ficou surpresa ao ver que o escritório do pai não mudara quase nada desde a sua última visita. Após um exame mais detalhado, porém, ela notou que o lugar parecia mais frequentado, mas não no bom sentido. O tapete parecia um pouco mais gasto, os livros cobertos de poeira, a capa no sofá desgastada. Parecia uma sala onde alguém ficava esperando o tempo passar; só faltava uma parede com marcas de giz, contando os dias que faltavam para Grant não precisar mais ir trabalhar.

Restavam só mais oito dias até o final do ano.

Ela se lembrou de que a mãe costumava passar pelo menos uma vez por mês ali, sob o pretexto de acompanhar o marido a um restaurante que apreciavam, e sempre chegava uma hora mais cedo para arrumar o gabinete, às vezes trazendo com ela uma planta de casa.

Não havia agora nenhuma folhagem à vista e Rachel podia garantir que o pai deixava a equipe de limpeza fazer apenas o básico, pois não suportava a lembrança do toque pessoal de Allison.

Entrarem juntos no escritório adjacente de Hawley, um pouco menor, não foi tarefa fácil. Por ordem de Grant, uma fita amarela bloqueava a porta desde a manhã anterior, mesmo depois de ele ter recebido um relatório dizendo "nada de interesse" dos colegas incumbidos de encontrar qualquer pista que pudesse esclarecer o trágico fim do sargento em Esher.

Grant disse a Rachel que achava uma boa ideia ela verificar o computador e as anotações de Hawley, tendo em vista que os dois haviam passado os últimos dias trabalhando juntos na lista de suspeitos que os levaram a identificar Prior Silver.

— Como vocês dois estavam pesquisando casos antigos, agora que o sargento Hawley se foi...

O pai parou no meio da frase. Rachel colocou a mão no ombro dele para confortá-lo.

— Vou me esforçar ao máximo, pai. Não posso prometer que vá descobrir alguma coisa, mas vou tentar.

— Obrigada. — Ele estendeu a mão e deu um tapinha na mão dela, ainda pousada em seu ombro.

Ela fez sinal para ele voltar para o gabinete dele.

— Vá fazer o que você precisa. Tenho certeza que vão ter muito trabalho quando John chegar.

Grant assentiu e se afastou. Rachel estremeceu, ao perceber que tinha acabado de chamar Frankel pelo seu primeiro nome. Mas o pai aparentemente não tinha reparado, e ela ficou mais aliviada quando se lembrou de que os dois policiais sempre se chamavam assim.

Não existe pena quando não há delito, pensou Rachel, usando uma de suas expressões favoritas da NBA.

Ela levantou a fita amarela e entrou no escritório de Hawley. Um pouco depois, John enfiou a cabeça para dentro da porta. Rachel olhou para o relógio na mesa e viu que já passavam das dez.

— Você acabou de chegar?

— Seu pai ligou e disse que estava atrasado. Algo sobre o café da manhã com você e seu tio.

Rachel contou a ele em poucas palavras o que havia acontecido quando ela voltou para Maida Vale. John olhou para a parede atrás dela. Ambos sabiam que o comandante estava do outro lado.

— E então...?

— E então o quê? — Rachel perguntou, confusa. — Você quer dizer "e então" lá em casa ou "e então" aqui no escritório?

Os olhos dela se desviaram para o computador e a papelada de Hawley.

— Ah, desculpe. — John sorriu. — Contar para o seu pai não vai ser fácil, não é?

— Provavelmente não.

— Ok...

Ela sentiu a súbita decepção na voz dele.

— John...

— Hã?

— Eu não quis dizer isso. Não me arrependo de nada do que aconteceu.

— Isso é uma coisa boa, certo?

— Sim, John. Isso é uma coisa muito boa.

Ela podia literalmente ver a tensão desaparecer do rosto bonito e anguloso dele.

— Sim. Com certeza.

Raquel sorriu.

— Pelo menos isso está claro entre nós.

João assentiu. Ele começou a sair do pequeno escritório e Rachel se virou outra vez para o computador. Ela apertou alguns botões no teclado.

— E então?

Ela olhou para ele. John voltou a entrar na sala.

— E então? — ela perguntou.

Ele apontou para a mesa e o computador.

— Nada?

— Estou apenas começando. Aviso quando encontrar algo. — Ela fez um gesto apontando a parede atrás dela. — Agora vá ver meu pai antes que ele se pergunte que diabos está acontecendo aqui.

Desta vez, John se despediu e Rachel voltou a trabalhar.

Uma hora depois, o celular apitou e ela consultou o visor.

Alguns minutos depois, entrou no escritório ao lado.

Encontrou o pai e John examinando alguns papéis. Eram várias listas compiladas pela Yard e outros departamentos de polícia, além daquelas que ela e Hawley tinham feito juntos.

John foi o primeiro a chamar a atenção dela.

— Encontrou alguma coisa?

— Não exatamente — respondeu Rachel.

Ela colocou o celular na mesa do pai.

— O que quer que eu veja? — perguntou Grant.

— A mensagem que acabei de receber — Rachel respondeu.

Os dois homens leram juntos.

Por que eu não tenho notícias suas desde ontem?

— É a continuação da conversa entre mim e o sargento Hawley.

O pai olhou para ela, incrédulo.

— Isso é ridículo.

— É o que parece — concordou Rachel. — Mas me enviaram há menos de três minutos.

21

Frankel deu um passo à frente e pegou o celular de Rachel da mesa de Grant.

— Aposto que não é o fantasma do sargento — disse ele.

— É o assassino — Grant expressou com certeza.

Nem Rachel nem Frankel discordaram.

Como o celular de Hawley não tinha sido encontrado com ele nem em qualquer lugar da mansão, presumiram que estava com a pessoa que estavam procurando.

Frankel rolou a tela para ver as mensagens de texto anteriores do sargento.

Verificando algo aqui em Londres. Aviso se for alguma coisa relevante.

Isso tinha sido enviado para Rachel duas noites antes, por volta das sete da noite. Pouco antes de Hawley fazer uma parada infeliz em Esher, a caminho de casa.

Rachel pegou o telefone de volta.

— Hawley tinha acabado de enviar dois policiais a Primrose Hill para verificar se tinha alguém na casa de Dozier, mas não encontraram ninguém. Eu só queria tê-lo pressionado um pouco mais para saber o que estava pensando.

— Você não pode se culpar — disse Frankel. — Estávamos muito ocupados imaginando como chegar aqui o mais rápido possível.

— Não foi rápido o suficiente — disse Grant.

Frankel sentia o mesmo arrependimento e sabia que Rachel também. Ela fez a pergunta que estava na mente dos três.

— Então, vamos responder?

Frankel olhou para Grant. Agora que eles estavam na Scotland Yard, território do homem, ele sabia que o comandante deveria liderar a investigação, embora fosse difícil para Frankel evitar seu instinto de liderança.

— Alguém por aqui que possa rastrear essa mensagem? — ele perguntou.

Grant apertou o botão do interfone em seu telefone.

— Chame o sr. Morrow, por favor. Peça para que venha aqui imediatamente — disse ele pelo alto-falante.

Eles tinham tentado rastrear o celular de Hawley quando perceberam que o aparelho não estava na cena do crime, mas não captaram nenhum sinal, o que significava que tinha sido desligado ou estava sem bateria.

Menos de um minuto depois, um técnico estressado de vinte e tantos anos e cabelo preso num coque chegou no gabinete de Grant.

— Senhor?

Grant explicou ao homem a situação. Agora que o celular estava aparentemente ligado e funcionando, ele perguntou a Morrow quais eram as chances de conseguirem rastrear o aparelho.

— Se a função Find My iPhone foi ativada, deve ser uma questão de segundos — respondeu Morrow. — Eu posso fazer isso do meu telefone aqui se o senhor quiser.

Grant solicitou que o técnico prosseguisse.

Enquanto Morrow pegava seu próprio celular do bolso, Frankel balançou a cabeça.

— Nosso cara é muito experiente para isso.

Morrow apertou alguns botões e confirmou o palpite de Frankel.

— Parece que o aparelho está com essa função desativada.

— O que mais você pode fazer? — perguntou Grant.

— Bem, agora que o aparelho está funcionando, podemos tentar um rastreamento normal. Localizar as últimas torres de celular que ele usou e tal — respondeu o técnico.

— Quanto tempo vai demorar?

— Depende de onde está o telefone. Se for em Londres, será mais fácil; há mais torres de celular. Se estiver nos subúrbios ou áreas mais rurais, demora mais tempo.

— Comece, então — Grant ordenou.

Morrow fez menção de sair do escritório, depois se virou.

— Senhor, preciso mencionar que isso só prova que estão deixando o telefone ligado. Mas, se a bateria descarregar, todas as nossas chances vão por água abaixo.

— Eu entendo. Obrigado, sr. Morrow.

O técnico se despediu e eles voltaram a olhar um para o outro e para o celular sobre a mesa.

— Só nos resta torcer para que o aparelho fique ligado por tempo suficiente para que seja rastreado — disse Frankel. — Mas ele pode se sentir frustrado se a mensagem não for respondida e decidir desligá-lo. Aí estamos ferrados.

Grant parecia pensativo, como se estivesse considerando suas opções. Por fim, ele estendeu a mão para Rachel.

— Me dá essa coisa.

Ela entregou o celular ao pai. Frankel e Rachel o viram abrir o aplicativo de mensagens e digitar uma palavra.

Prior?

Frankel ergueu uma sobrancelha.

— Você passou a bola. É a vez dele jogar.

Eles olharam para o telefone, como pais esperando as primeiras palavras do filho pequeno. Embora a espera parecesse interminável, a resposta foi quase imediata.

Bem, com certeza não é o sargento Hawley.

— Parece que estamos na pista certa — disse Frankel. — Agora só precisamos mantê-lo na linha.

Grant assentiu, depois voltou a digitar. *Muito tempo se passou, Prior.* Grant clicou em "enviar" e olhou para o detetive.

— Acho que não vai fazer nenhum mal se eu for bem pessoal com ele — disse Grant, explicando sua decisão de se dirigir a Silver pelo nome de batismo. — Se massagearmos o ego do sujeito, isso pode mantê-lo distraído enquanto Morrow tenta rastreá-lo.

— Ou pode assustá-lo — supôs Rachel.

Frankel sentiu que estava prendendo a respiração desta vez, quando a mensagem de Grant apareceu na parte inferior da tela, como um trapezista andando numa corda bamba sem rede de proteção.

Quinze segundos se passaram e absolutamente nada aconteceu.

— Droga — murmurou Frankel, certo de que Grant havia exagerado e Prior Silver tinha desistido da conversa.

— Vejam — Rachel apontou para a tela. — Ele está digitando alguma coisa.

Uma reticência apareceu, indicando que uma resposta estava sendo digitada.

Ah, é você, comandante?

— Bingo! — exclamou Frankel.

Grant começou a digitar novamente. *Sim...*

Em seguida pareceu pensar melhor e apagou a resposta afirmativa.

— Chega de formalidades — disse Grant. — Hora de pegar esse filho da puta pelos chifres.

Os olhos of Frankel se arregalaram. Era a primeira vez que ele ouvia Grant falar um palavrão desde que tinham se conhecido na Catedral de Saint Patrick, uma semana atrás.

— Vá em frente — incentivou Frankel.

Grant esperou alguns segundos e voltou a digitar.

Não está na hora de parar com toda essa bobagem, Prior?

Desta vez a resposta foi praticamente imediata.

Eu não chamaria isso de bobagem.

Frankel não pôde deixar de sorrir.

— Agora prendemos a atenção dele.

— É o que parece. — Os dedos de Grant pairaram sobre a tela do telefone.

— Isso é bom ou ruim? — perguntou Rachel.

— Bom ou ruim, está fazendo que ele fique na linha — disse Frankel.

Grant moveu os dedos novamente.

Me expressei mal.

Outra resposta disparou de volta.

Para dizer o mínimo.

Minhas desculpas, Grant escreveu rapidamente — e enviou.

— Boa ideia — Frankel disse a ele. — Colocando-o numa posição superior.

Você já não puniu pessoas demais pelos seus pecados?

A mensagem provocou outra resposta rápida.

Você não vai acreditar no que estou fazendo, comandante.

Frankel e Rachel continuaram fascinados pela conversa entre o assassino e o comandante da Scotland Yard, que continuava tão rápida quanto ambos conseguiam digitar.

Não estou falando de mim, Prior. Estamos discutindo sobre você.

Agora você está brincando comigo.

Isso não significa que você não possa parar.

Mas ainda não terminei.

Frankel poderia jurar que um vento frio tinha acabado de varrer a sala. Mas ele sabia que era apenas uma ameaça gelada colocada diante deles, com todas as letras, vinda do celular de um homem morto.

A resposta de Grant foi apertar o botão do interfone e rediscar.

— Como vai indo o rastreamento, sr. Morrow?

A voz do técnico voltou pelo telefone.

— Parece que está vindo do East End. O aparelho está entre três torres, mas é muito terreno para cobrirmos.

— Continue — disse Grant, depois voltou para o telefone da filha. Quando voltou a digitar, Frankel podia sentir a fúria emanando dos dedos do comandante.

Você matou Hawley por minha causa?

O sargento era esperto demais para seu próprio bem.

O que quer dizer?

Eu não esperava que alguém chegasse tão rápido. Você o ensinou muito bem.

Frankel e Rachel observaram os dedos de Grant pairando sobre o celular. Mas, antes que ele pudesse continuar digitando, outra mensagem apareceu.

Acho que você vai gostar de saber que eu fiz Fleming confessar ter matado seu parceiro no Tâmisa. Eu disse isso a Hawley antes de cortar a garganta dele.

Todos os três reagiram visivelmente. Particularmente Grant. Ele digitou com raiva uma resposta e a enviou.

Então tudo isso realmente tem a ver comigo.

Sem piscar, todos esperaram uma resposta.

Claro.

Por que eu o coloquei na prisão vinte anos atrás? Você mereceu.

Houve uma longa pausa. Frankel se perguntou se, ao atacá-lo, Grant tinha assustado o assassino. Mas as reticências começaram de novo.

Não vou discutir isso. Nem me estender demais para vocês me rastrearem.

— Droga! — exclamou Frankel.

Você vai ter notícias minhas logo após o feriado. Feliz Natal!

— O que ele quis dizer com isso? — perguntou Raquel.

— Nada de bom, com certeza — respondeu Frankel.

Enquanto isso, Grant continuava a digitar na caixa de mensagem.

Prior? Ainda está aí?

— Maldição! — Grant gritou.

Prior!?

Ele só parou de fitar a tela do celular quando o interfone tocou na sala.

— Nós o perdemos — disse Morrow pelo alto-falante. — Ele desligou o celular.

— Mas conseguiu chegar perto? — perguntou Grant.

— Ele está num raio de dez quarteirões do East End. Mas são milhares de pessoas.

— Junte todos os dados que você tiver e vamos repassá-los em alguns instantes.

— Sinto muito, senhor — disse Morrow.

— Você fez o que pôde, sr. Morrow. Obrigada. — Grant desligou.

— East End não é a região onde Prior Silver mora? — perguntou Raquel.

— Sim, mas com homens cercando o apartamento, suspeito que ele não vai voltar para casa — respondeu Grant.

— O que não o impede de se esconder em seu próprio bairro — disse Frankel.

— Vamos reforçar a vigilância na região, claro — concordou Grant.

— Eu devo continuar procurando pistas no computador e nas anotações do sargento Hawley? — perguntou Raquel.

— Acho que não custa nada. — Grant virou-se para Frankel. — E precisamos providenciar um lugar para você trabalhar.

— Qualquer lugar com um telefone, uma mesa e um computador serve — o detetive respondeu.

— Vamos providenciar. Depois precisamos colocar Stebbins a par dos últimos fatos e traçar um plano.

Frankel percebeu que, embora faltasse apenas uma semana para Grant se aposentar do seu cargo de comando, não estava se esquivando do seu dever. Uma determinação férrea se instalara no homem da Scotland Yard desde que ele voltara para sua terra natal.

Levou apenas alguns minutos para Grant conseguir um escritório para Frankel.

O detetive se sentiu um pouco culpado ao entrar. A sala era três vezes maior que o cubículo que tinham cedido a Grant na delegacia de Nova York. E ainda tinha uma vista do Tâmisa abaixo, pois o edifício ficava no Victoria Embankment.

— Espero que seja do seu agrado — disse Grant.

— Está ótimo. Obrigado, Austin.

Frankel fez um gesto apontando o escritório do comandante.

— Você fez bem em mantê-lo no celular daquele jeito.

— Eu poderia ter lidado melhor com a situação. Eu meio que perdi a paciência.

— Poderia ter sido muito pior.

— Suponho que sim — disse Grant, não muito convencido.

— Pelo menos sabemos com quem estamos lidando agora.

— É o que parece. — Grant permaneceu na porta, olhando ao redor. Tinha uma expressão de que estava remoendo algo.

— Percebi que você não está usando sua aliança de casamento.

Frankel ficou tão chocado com a observação que seus joelhos fraquejaram. Rapidamente ele tentou arranjar algum tipo de explicação.

—Acabei deixando em casa, em Manhattan. Achei que estava muito atrasado.

Grant assentiu.

Frankel suspirou de alívio, achando que tinha colocado um ponto final no assunto.

Mas Grant continuou.

— Aja com muito cuidado, detetive. Se ela se magoar, você vai comer o pão que o diabo amassou.

Antes que ele pudesse responder, Grant se virou e saiu da sala.

Foi quando John Frankel percebeu que Prior Silver não era a única pessoa em Londres em quem o comandante da Scotland Yard estava de olho.

22

A conversa pelo celular não tinha transcorrido tão bem quanto Prior Silver esperava.

De alguma forma, ele tinha perdido o controle da situação e teve que esforçar para se recompor. Decidiu que era melhor abreviar a troca de mensagens e prometeu a si mesmo que estaria melhor preparado da próxima vez. Porque, definitivamente, haveria uma próxima vez.

Prior comprimiu a cruz de madeira entre as mãos como se ela fosse um rosário, enquanto lançava um olhar ocasional para a Bíblia, que nunca estava muito longe do seu coração.

Depois olhou por cima do parapeito do Marble Arch, o monumento de pedra branco na extremidade nordeste do Hyde Park.

"O arco triunfal foi projetado em 1827 por John Nash, para ser a entrada oficial do Palácio de Buckingham", disse uma voz através do pequeno alto-falante na altura do joelho de Prior. Seus olhos se desviaram da obra-prima de Nash para o andar superior do ônibus vermelho londrino em que ele estava. Havia menos de meia dúzia de passageiros no andar superior com ele, uma vez que a maioria dos turistas ficava no andar de baixo naquela época do ano, observando os locais famosos de Londres passarem pelas enormes janelas, que também forneciam proteção nos dias frios de inverno.

Mas Prior achou o ar fresco revigorante, fortalecendo seu espírito e encorajando-o a seguir em frente com seus planos.

Ele desceu do ônibus em Marylebone, levantou o colarinho para ocultar parcialmente o rosto e puxou o boné para baixo, tampando os olhos.

Não que alguém estivesse prestando atenção nele; os turistas estavam mais interessados no Madame Tussauds, o famoso museu de cera, do outro lado da rua.

Prior se escondeu dentro da Igreja de Saint Cyprian, perto do canto sudoeste do Regent Park. Como era uma manhã de segunda-feira, ela estava quase vazia. Os clérigos e coroinhas, no entanto, estavam ocupados, preparando o santuário para a missa de véspera de Natal, na noite seguinte. Ele caminhou pelo corredor central da nave, admirando a treliça branca e dourada, uma imagem da crucificação e os dez magníficos vitrais acima do altar. Ele fez o sinal da cruz, depois se dirigiu ao confessionário.

Logo, estava esperando lá dentro, ainda segurando a pequena cruz de madeira.

Alguns minutos se passaram e gotas de suor começaram a umedecer a sua testa. Ele pensou em ir embora e estava se levantando quando o painel do confessionário se abriu, revelando a sombra do padre de plantão.

O clérigo começou a fazer uma oração. Prior a sabia de cor e murmurou com o sacerdote. Ele achou o padre muito jovem, mas poderia ser apenas o tom agudo da sua voz. A oração terminou e o sacerdote continuou o ritual.

— Agora, vamos trazer à luz qualquer coisa para a qual você queira pedir a misericórdia divina.

Prior fez novamente o sinal da cruz, depois recitou a sequência de palavras que ele mais pronunciara nos últimos anos.

— Perdoe-me, Padre, porque eu pequei.

— Quanto tempo se passou desde sua última confissão? — perguntou o padre.

— Pouco mais de uma semana — respondeu Prior.

Tinha sido na cidade de Nova York, no dia em que ele chegara. Prior pretendia voltar à confissão mais cedo, mas tanta coisa tinha acontecido desde então...

Em resultado, ele tinha muito o que desabafar com o homem da Saint Cyprian.

Quando Prior terminou, ele se perguntou se a figura sombreada do outro lado se recusaria a absolvê-lo.

Mas houve apenas uma pequena pausa antes que ele ouvisse as palavras familiares.

— Você pode ir em paz, meu filho, todos os seus pecados foram perdoados.

É bom saber que existem coisas com as quais você sempre pode contar e que nunca mudarão.

Ele tinha acabado de começar a se levantar quando o padre pigarreou.

— Perdoe-me por perguntar, mas você já se confessou antes na Saint Cyprian?

Prior ficou surpreso com a pergunta. Talvez ele tivesse contado tanto ao jovem padre que houvesse causado algum tipo de suspeita.

— Não, padre — Prior finalmente respondeu. — Eles estão reformando minha paróquia, por isso, sempre que posso, frequento outros lugares.

A verdade era que a igreja de Saint Anne, em Limehouse, a apenas alguns quarteirões de seu apartamento em Stepney, estava de portas abertas. Mas com policiais observando sua casa e a vizinhança ao redor, Prior achava melhor não arriscar.

— Saiba que a Saint Cyprian acolhe a todos de braços abertos.

Prior reprimiu um suspiro de alívio.

— Obrigado, padre.

— Vá em paz, meu filho.

Duplique a bênção, pensou Prior. *Eu vou aceitar.*

Não muito tempo depois, ele entrou na estação de metrô de Marylebone e parou num carrinho de café para tomar um expresso duplo. Bebeu alguns goles, sentindo no mesmo instante o fluxo de cafeína de que ele precisava desesperadamente para continuar.

A pergunta era: para onde?

Ele não tinha certeza, mas achou que poderia começar pegando a Linha District do metrô para oeste. Ficar longe do East End parecia uma boa ideia por enquanto. Possivelmente em algum lugar perto de Wimbledon.

Ele estava prestes a passar pela catraca quando avistou um aparelho de TV acima de uma pequena banca de jornais.

Viu seu próprio rosto na tela.

No canto superior direito, estava uma das fotos que ele tinha tirado em Hatfield, quando era presidiário.

A repórter loira estava no centro da tela, lendo a notícia atrás de um balcão. O som tinha sido silenciado, mas Prior não precisou (nem ousou) pedir que aumentassem o volume.

Ele captou a essência da notícia com base na enorme tarja vermelha e branca no terço inferior da tela.

SUSPEITO DOS ASSASSINATOS DOS DEZ MANDAMENTOS À SOLTA NA CIDADE

Prior deu alguns passos para trás e ficou atrás de uma coluna.

Como isso podia estar acontecendo?

Ele espiou ao redor da coluna para arriscar mais uma olhada.

Desta vez, a imagem dele estava preenchendo a tela inteira.

Prior recuou. Depois baixou a cabeça e puxou o boné para baixo ao máximo, seguindo na direção da saída.

Ele estava certo. Com certeza haveria outra conversa.

E ainda mais cedo do que pensava.

23

— Receio que ele esteja de olho em nós.

Em princípio, Rachel não tinha ideia do que John estava falando.

Não era o contrário? Não eram eles que estavam de olho em Prior Silver?

Ela disse isso a John. Foi quando ele contou a ela sobre a conversa breve mas direta com o pai dela.

— E você só está me dizendo isso agora?

— Bem, achei que desse jeito você não teria como fugir e teríamos chance de falar a respeito.

Ela olhou pela janela de vidro, em direção à noite de Londres, que se estendia centenas de metros abaixo. As luzes da cidade piscavam enquanto flutuavam numa bolha de vidro da roda-gigante London Eye.

— Ah, entendi. Você pensou, eu vou levá-la ao ponto mais alto de Londres, soltar esta pequena bomba e então... "Foi mal... Aperte o cinto que lá vamos nós, em queda livre!...

— É uma roda-gigante, não uma montanha-russa. Não existem quedas repetinas — ele a informou. — A cabine meio que flutua para baixo.

— Eu sei como funciona uma roda-gigante — disse ela, tentando evitar um sorriso.

Havia algo tão encantador na maneira prática como ele fazia as coisas que ela não podia deixar de se sentir apaixonada, mesmo quando ele não lhe dava notícias muito boas.

— Além disso, não tivéssemos todo tempo do mundo para nós hoje — ele acrescentou.

Ela tinha passado a maior parte do tempo examinando o computador e a escrivaninha do sargento Hawley em todos os detalhes, mas aquilo de nada ajudara a conseguir mais pistas sobre Prior Silver.

Ela encontrou um pequeno bloco cheio de anotações que Hawley devia ter feito durante as entrevistas por telefone. O que chamou a atenção dela foram as estrelas e os arabescos que ele rabiscou ao redor da palavra *Esher*, seguido de pontos de interrogação. Rachel imaginou a ideia dando voltas no cérebro de Hawley, o que resultou em sua trágica visita à mansão, a caminho de casa.

Nesse meio-tempo, John e o pai dela tinham colocado o comissário Stebbins a par dos últimos acontecimentos. Os três repassaram várias vezes a transcrição do bate-papo entre Grant e (supostamente) Prior Silver, alternando entre o celular de Rachel e de Hawley morto, e procurando qualquer pista do paradeiro de Silver.

Isso tinha rendido os mesmos resultados que a pesquisa de Rachel: absolutamente nada.

Os três homens depois iniciaram uma longa discussão sobre se deveriam ou não divulgar o nome do Prior Silver ao público. Desta vez Frankel e o pai convenceram Stebbins de que era uma boa ideia, enfatizando que a divulgação tornaria mais difícil para o mecânico se esconder. O argumento decisivo foi levar o chefe de Grant a imaginar o que poderia ocorrer se Silver matasse novamente antes que tal declaração fosse divulgada. A Yard seria criticada por repórteres como Monte Ferguson e um público aterrorizado, por reter informações que poderiam ter evitado o crime.

Como resultado, os meios de comunicação receberam o nome de Silver e uma foto da época em que ele estava na prisão de Hatfield. Nas horas seguintes, Rachel assistiu com espanto quando o rosto e os dados mais importantes de Silver foram transmitidos para todo o Reino Unido e internacionalmente.

Quase imediatamente, a Yard foi bombardeada por ligações de pessoas que achavam ter visto Silver, tinham topado com o homem ou conseguido escapar por pouco das suas garras, quando ele correu atrás delas com uma corda de piano para estrangulá-las. Uma mulher jurou ter compartilhado um lauto jantar com o homicida no luxuoso hotel cinco estrelas Claridge's e depois subido as escadas com ele para uma matinê.

Naturalmente, tudo isso não passava de notícias falsas.

— Algumas pessoas só querem seus nomes no jornal — disse Grant.

À medida que o Sol se punha sobre uma Londres cada vez mais inquieta, Grant insistiu para que os dois fossem para casa.

— Temos muitas pessoas bem aparelhadas aqui para lidar com essas chamadas e muitas outras nas ruas em busca de Silver.

Rachel havia sugerido que o pai encerrasse o dia também, mas Grant disse que precisava de um tempo para se preparar para o funeral de Hawley no dia seguinte. Havia ligações a serem feitas, arranjos para finalizar, para não mencionar o elogio fúnebre que Grant precisava escrever.

— Nunca gostei de falar em público — ele disse a John, algo que Rachel sabia muito bem. — Mas é o mínimo que posso fazer pelo pobre Stanford.

— Existe alguma coisa que eu possa fazer para ajudar, pai?

— Acho que isso é algo que eu tenho que fazer sozinho — ele respondeu, acenando com uma caneta para um bloco de notas cheio de palavras riscadas. — Vocês dois aproveitem a noite.

Depois, em retrospectiva, Rachel percebeu que o que ela havia considerado um boa-noite educado talvez fosse um nada sutil "eu sei muito bem o que vocês dois estão fazendo".

Se fosse isso mesmo, ela tinha entendido tudo errado e comentado a respeito com John, na roda-gigante.

— Não penso assim — disse ele. — Ele foi bem direto comigo quando tocou no assunto.

A cabine fechada de vidro continuou a subir em direção ao topo da London Eye.

— E ele imaginou que você acabaria me contando.

— Tomei isso como um aviso justificado. Mas passou pela minha cabeça que era uma sorte os policiais daqui não portarem armas carregadas.

John sorriu. Rachel não pôde deixar de rir.

— Que sorte a sua.

Os dois tinham saído da Yard e pensado em comer alguma coisa. Ao sair do prédio na direção do Victoria Embankment, os olhos deles foram atraídos para a London Eye e toda a sua glória de néon cintilante multicolorida ao lado do Tâmisa.

— Aquilo não estava ali quando eu vim com meus colegas de faculdade — disse John. — Eles talvez estivessem construindo, mas estávamos mais interessados em conhecer os *pubs*.

— Construíram quando eu estava no ensino secundário — disse Rachel.

— Você já esteve lá?

Rachel balançou a cabeça.

— Nunca consegui que meu pai me levasse.

— Desmancha-prazeres.

— Ele tem medo de altura, na verdade. — Rachel notou John levantar uma sobrancelha. — Não diga a ele que eu lhe contei.

— Prometo não contar. — Ele apontou novamente para a Eye. — Você poderia ter ido com outra pessoa.

— Nunca pensei. É uma daquelas coisas que você nunca faz porque é uma atração turística da cidade onde mora.

— O que estamos esperando, então?

— Está falando sério?

— Bem, a alternativa é aquele passeio a pé do Jack, o Estripador, que atravessa Whitechapel, visitando os lugares onde ele matou suas vítimas. Li a respeito no avião, mas, considerando o modo como passamos estes últimos dias, a roda-gigante me parece um passeio muito melhor.

Ela se lembrou da vista do alto da colina, que eles tinham apreciado do carro dele em New Jersey.

— Acho que você me mostrou a melhor vista da sua cidade aquela manhã. Já que estamos aqui, eu poderia muito bem mostrar a minha.

— Proposta muito interessante... — disse ele com malícia.

Ela lhe deu um empurrão de brincadeira.

— Eu estava falando sobre a cidade, seu bobo.

— Eu sabia.

Lá estava aquele sorriso novamente.

Poucos minutos depois, eles atravessaram a ponte de Westminster e compraram os ingressos. O ponto turístico não estava lotado, o que Rachel atribuiu à noite fria (com ameaça de nevasca), às últimas compras de Natal e ao fato de que a atração fecharia em menos de uma hora.

Agora que tinham acabado de chegar ao topo, Rachel mudou de posição no assento da cabine para olhá-lo diretamente nos olhos.

— Meu pai não é um ogro, John.

— Você diz isso porque não é o sujeito que está roubando a filha dele.

Os olhos dela brilharam.

— E é isso que você está fazendo, detetive?

— Digamos que eu esteja no caso.

Ele pegou a mão dela gentilmente e ela não fez nada para soltá-la.

Quando a roda-gigante começou a baixá-los lentamente, os dois ficaram ali sentados em silêncio, admirando a cidade magnífica, um páreo duro para a vista da colina de John. Com todos os pontos turísticos iluminados e decorados com enfeites natalinos — o Big Ben, a Abadia de Westminster, a Torre de Londres –, a paisagem londrina era algo que realmente valia a pena ver.

— Uau! — John finalmente conseguiu falar.

Os primeiros flocos de neve começaram a cair do lado de fora da bolha.

— Uau mesmo! — ecoou Rachel.

Alguns instantes depois, eles chegaram ao chão. O operador da atração turística abriu a porta de vidro e fez sinal para que saíssem.

— Mais uma rodada? — perguntou John.

O operador, um tipo rechonchudo que Rachel achava que poderia facilmente estar pilotando um trenó no Polo Norte na noite seguinte, abriu um sorriso educado para ela.

— Gostaria muito, senhor, mas já é hora de fechar.

Ele apontou para a área de embarque que estava completamente vazia. John enfiou a mão no bolso e tirou um distintivo.

— Ainda não terminamos aqui — disse ele, dando um pequeno aceno para Rachel, que estava tentando reprimir um sorriso conspiratório.

O operador olhou para as cabines que desciam atrás deles.

Quando ele se virou, havia um brilho em seus olhos. Ele sorriu e fechou a porta.

— Tenham um feliz Natal.

— Você também — disse Rachel com seu sorriso mais caloroso.

O operador deu um tapa na bolha e os mandou de volta.

Rachel olhou para John, que estava colocando o distintivo de volta no bolso.

— Esse distintivo tem que servir para alguma coisa — justificou ele com um leve sorriso. — Vou dar uma gorjeta a ele quando voltarmos.

— Achei que as pessoas comuns é que tentavam corromper guardas com propinas, não o contrário...

— Ha-ha.

O compartimento balançou quando começaram a subir outra vez.

— Aposto que você fazia isso o tempo todo no secundário, levando aquela garota... Shirley...

— Sheila.

— Sheila Sei-lá-o-quê até a colina, esperando ter um pouco de sorte.

— Sheila Rice — corrigiu John com outro sorriso. — E eu ganharia um não.

— O quê? Não! Você não teve sorte?

— Ela não gostava de parques de diversões — ele respondeu.

— Ha-ha.

Eles se viraram para olhar pela janela da bolha quando a neve começou a cair um pouco mais forte, rodopiando entre as cabines e a cidade abaixo, que encolhia cada vez mais.

— Além disso, ir para Coney Island era um inferno — disse John. — E aquele parque que costumava ficar na estrada fechou alguns anos antes de eu nascer. Palisades Park. Gosta da música?

— Que música?

— Meu pai cantava o tempo todo quando eu era pequeno, me dizendo que queria ter me levado lá. Foi o único sucesso de Freddy "Boom Boom" Cannon.

Ele cantou alguns versos de um *rock and roll* num ritmo acelerado sobre um cara que tinha conhecido uma garota muito gata no carrinho de bate-bate e a noite romântica que se seguiu no parque de diversões.

Rachel achou a voz dele muito boa. Ela encolheu os ombros de brincadeira, apenas para incentivá-lo a continuar.

Ele estendeu a mão e pegou a mão dela, enquanto desacelerava a música até transformá-la numa balada, e ela acompanhou o ritmo, balançando suavemente nos braços dele, com o pequeno casulo de vidro em seu caminho em direção ao topo.

John continuou a cantar sobre barracas de cachorro-quente, dançando ao som de uma banda de *rock* e um passeio pelo Túnel do Amor. Tudo culminou com um passeio ao topo de uma roda-gigante, onde não havia lugar melhor para um rapaz roubar um beijo.

E no exato momento em que John se inclinou para fazer exatamente isso, Rachel sorriu e terminou o refrão.

John parou a centímetros dos lábios dela.

— Você conhece a música.

— Meu pai me fez ouvir músicas antigas desde o dia em que nasci. Isso deixava minha mãe maluca. Claro que eu conheço essa música.

— Então, por que você fingiu...?

Ela o silenciou levando um dedo aos lábios dele.

— Porque eu gostei de ouvir você cantar para mim.

Ela olhou para o teto transparente. A neve estava começando a cobrir a cabine envidraçada. Rachel apontou para a cidade que estava começando a desaparecer no que ia ser um Natal branco.

— Então, aqui estamos nós, no topo — ela sussurrou. — Você vai me beijar ou não?

Vinte minutos depois, quando o operador os deixou sair, na parte de baixo da London Eye, Rachel percebeu que não precisaria ir ao Palisades Park para saber que estava se apaixonando.

Já passava de uma da manhã quando ela voltou para a casa de Maida Vale. Depois da roda-gigante, eles tinham ido a um dos lugares favoritos de Rachel, o Wolseley, em Piccadilly Circus. Instalado no que era originalmente um prestigiado *showroom* de automóveis, em 1921, com pilares e arcos de mármore, o lugar tinha se convertido numa nova agência do banco Barclays, antes da reforma que o transformara num esplêndido café-restaurante.

Sentaram-se no canto do bar e pediram ostras, omeletes e dois vinhos quentes para se aconchegarem num mundo só deles.

Pouco antes da meia-noite, eles caminharam por Mayfair até Maida Vale, descobrindo que Londres havia se transformado num paraíso invernal, com a neve no chão refletindo as luzes de Natal. A única coisa que faltava ali era um Ebenezer Scrooge reformado, correndo pela rua com um enorme peru, para presentear Bob Cratchit e o pequenino Tim.

Quando Rachel disse a John que ela precisava passar pelo menos uma noite sob o teto do pai, ele não protestou — e isso a fez gostar mais dele ainda.

— Teremos muito tempo depois que toda essa loucura acabar — ele disse a ela.

Naquele momento, ela foi trazida de volta à dura realidade do que os tinha reunido.

— Você acha que será em breve?

— É melhor que seja.

E Rachel sabia que ele tinha voltado para o mundo dos assassinatos também.

Desta vez, quando ela entrou em casa, não era Everett que estava esperando por ela.

— É bom ver que ele a acompanhou até em casa.

O pai estava sentado perto da janela da sala. Ele tinha no colo o mesmo bloco de notas que ela tinha visto na mesa dele mais cedo aquele dia.

— Mamãe costumava me esperar exatamente no mesmo lugar — disse ela, sentando-se ao lado dele.

— Exceto pelas vezes em que ela a esperou no andar de cima, enquanto você subia pela treliça.

— Ela contou isso a você, hein?

— Havia muito poucos segredos entre mim e sua mãe, Rach.

Ela sentiu algo se contrair dentro dela e se virou ligeiramente.

— Eu sei disso.

— Rachel...

Ela se virou para olhá-lo.

— Eu acho que ele é um bom homem, papai.

— Eu sei que ele é um bom policial.

— E eu provavelmente deveria ter contado a você.

— Você é uma mulher adulta. Não precisa me contar tudo o que faz.

— Uh-hum.

Ela observou enquanto o pai tentava encontrar palavras para o queria dizer em seguida.

— Mas você também não deveria sentir que precisa esconder coisas de mim.

Rachel fechou os olhos brevemente. *Ah, se você soubesse.*

Quando ela os abriu, percebeu que precisava dizer alguma coisa.

— Estou tentando, pai. Realmente estou. — Ela olhou ao redor, para o lugar onde tinha crescido, e, embora tivesse ido embora de casa apenas alguns anos antes, aqueles dias pareciam ter acontecido há séculos. — É só que as coisas estão mudando com tanta rapidez...

— Nem me diga...

Ela indicou o bloco de notas.

— Ainda pensando no que vai dizer?

— Ainda é só um rascunho.

— Posso dar uma olhada?

Grant hesitou.

— Você ainda não terminou, eu sei — disse Rachel. — Talvez eu possa dar alguma sugestão. Eu não conhecia o sargento Hawley tão bem quanto você, mas ele fez parte da minha vida por um longo período.

O pai entregou o bloco a ela com relutância. Rachel leu e percebeu, no final, que estava prendendo a respiração.

— Eu não mudaria uma palavra.

— Mesmo?

— Juro. — Ela só esperava que ele conseguisse dizer aquilo em voz alta sem chorar. Ela sabia que não conseguiria.

Ela se inclinou e deu um beijo no pai.

— Boa noite, papai.

— Durma bem, Rach.

Ela parou na porta, depois se virou.

— Pai?

— Hmmm?

— Vou entender se você me disser que acha que John e eu devemos ir mais devagar.

— Não acho que precisem ir mais devagar, Rachel. Só quero que você tenha cautela. — Ele se virou e olhou pela janela. — Acho que todos nós precisamos ter muita cautela agora.

Ela soube naquele momento que ele não estava mais falando de John Frankel.

E isso a deixou apavorada.

24

Durante todo seu tempo no Departamento de Polícia de Nova York, Frankel tinha assistido ao funeral de colegas mais vezes do que gostaria de se lembrar. Quando um policial morria no cumprimento do dever, todos os seus colegas apareciam para prestar suas últimas homenagens.

A despedida do sargento Stanford Hawley, da Scotland Yard, não foi diferente. A quantidade de policiais era simplesmente impressionante.

A neve tinha parado de cair, mas as temperaturas se recusavam a subir acima de zero grau, numa véspera de Natal nublada. Os flocos grudavam no chão e, com um toque de luz matinal atravessando os céus acinzentados, as ruas de Londres brilhavam apenas o suficiente para deixar a impressão de que havia alguém lá em cima zelando por todos.

Numa procissão que começou no Palácio de Westminster e percorreu mais de três quilômetros até chegar à Catedral de Southwark, as ruas ficaram atulhadas com o cortejo de simpatizantes e curiosos.

Frankel não tinha ideia de quantas mulheres e homens compunham o Serviço de Polícia Metropolitana (a força que patrulhava a Grande Londres), mas imaginou que deveria ser pelo menos dez mil pessoas e todos pareciam estar presentes. Muitos estavam uniformizados, alguns acompanhando a carruagem onde seguia o caixão do sargento, outros marchando ordenadamente, e o restante em formação, aguardando em cada esquina que o cortejo de policiais passava — dessa vez não para manter a paz nas ruas, mas para dizer adeus a um dos seus.

Rachel, caminhando ao lado de Frankel, praticamente leu a mente dele.

— Nós, britânicos, na verdade tomamos a morte de alguém da polícia como uma afronta pessoal. Esses tipos de tragédia não costumam acontecer muito por aqui.

Frankel sabia que as estatísticas confirmavam a afirmação dela. O banimento de armas de fogo na Inglaterra, desde meados da década de 1990, tinha resultado num número bem menor de policiais mortos de forma violenta.

Mas esses números não tinham ajudado o sargento Hawley.

Ele tinha sido abatido por cumprir o dever com afinco e dedicação quando, na verdade, não estava mais no seu expediente de trabalho. A maior falha de Stanford Hawley foi ser um bom detetive.

Algo sobre o qual Grant falou de maneira bem clara, enquanto fazia o elogio fúnebre ao sargento àqueles que tiveram a sorte de encontrar um lugar no santuário de Southwark.

— Na verdade, percebi isso no primeiro dia em que o conheci — disse o comandante do púlpito da igreja. — Não que eu tenha dito isso a ele. A última coisa que eu precisava era de um policial sem experiência e com um ego inflado. Para começar, eu teria que mandá-lo baixar a bola.

Ouviram-se muitas risadas, especialmente nas primeiras fileiras, onde estavam sentados os colegas que conviviam com Hawley e trabalhavam com ele no prédio da Yard. Frankel percebeu que, pelo fato de os pais de Hawley não estarem vivos e ele não ter irmãos ou uma esposa, naquela manhã sombria aquelas pessoas eram a família do sargento.

— Tínhamos acabado de revisar o relatório da manhã e eu estava com muita dificuldade para lê-lo, porque tinha perdido meus óculos de leitura favoritos. Vasculhei o escritório, olhei em todos os cantos. Então, quando o policial Hawley perguntou o que eu estava procurando e eu disse, ele me olhou pelo que pareceu uma eternidade antes de perguntar, numa voz que era pouco mais que um sussurro, se os óculos perdidos não seriam o que estavam na minha cabeça.

O riso foi geral na igreja.

— A partir daquele momento, eu soube que sempre poderia contar com Stanford Hawley para me ajudar com o que eu precisava, sempre que eu quisesse e, muitas vezes, antes mesmo de perceber o que eu precisava ou desejava.

Grant respirou fundo.

— Isso até alguns dias atrás...

O silêncio reinou mais uma vez no santuário.

— Agora, quando preciso de algo, ele não está mais lá para me ajudar.

Frankel olhou para Rachel sentada ao lado dele. Os olhos, cheios de lágrimas, estavam presos no pai enquanto ele continuava a falar.

— O que eu *preciso* hoje é do sargento Stanford Hawley e a única coisa que sei neste momento é que fico completamente perdido sem ele.

As lágrimas escorriam pelas bochechas de Rachel; Frankel pegou a mão dela e ela lhe lançou um olhar agradecido. Ele percebeu que ela desviou o olhar para o outro lado do corredor e abriu um sorriso triste para um homem bem-apessoado na casa dos 50 anos, que se parecia muito com Grant. Frankel percebeu que deveria ser Everett, o tio de que Rachel gostava tanto. Os dois homens trocaram acenos calorosos, depois voltaram a atenção novamente para Grant e seu triste elogio fúnebre.

O comandante mencionou a vida "ceifada cedo demais" de Stanford Hawley. Lembrou que ele tinha sido criado no sudoeste de Londres, no subúrbio de Woking, a cidade onde o pai dele trabalhava como sapateiro na loja do avô de Hawley. Grant falou do jovem Stanford deixando seu pai da classe trabalhadora (e que criara Hawley sozinho), orgulhoso por ter entrado na Yard. Ele contou que levou o policial sob suas asas e viu Hawley se transformar num responsável e zeloso guardião da lei.

— A coisa pela qual sou mais grato ocorreu quando Stanford foi promovido a sargento, alguns anos atrás. O pai dele estava presente naquele dia. E não poderia estar mais orgulhoso do que o jovem Stanford tinha se tornado, assim como eu.

Grant fez uma pausa para limpar a garganta. Frankel podia ver claramente que o comandante estava fazendo o máximo para conter as lágrimas.

— Era como se Stanford fosse meu próprio filho.

E de muitas maneiras ele se tornou de fato um filho, assim como Frankel e os outros presentes souberam quando Grant contou sobre a morte do pai de Hawley e a relação cada vez mais próxima que se desenvolveu entre o comandante e o seu sargento de confiança.

— Hoje nos reunimos para homenagear um de nossos irmãos mortos no cumprimento do dever. Stanford Hawley certamente fará falta e será lembrado. E por ninguém mais do que eu, pois sinto como se tivesse perdido um dos meus entes queridos.

A multidão respondeu "amém" em uníssono. Frankel ficou surpreso quando Grant permaneceu no púlpito e se virou para o caixão ao lado dele.

— Só mais uma coisa, sargento. O homem que fez isso será com certeza punido. Eu prometo isso a você, mesmo que eu tenha que procurá-lo até o dia da minha morte. Quanto a isso você tem a minha palavra, Stanford.

Grant se virou para encarar os policiais reunidos.

— E todos vocês também.

— Você não mencionou que ele ia comandar a investigação até o fim — disse Frankel quando deixou a igreja com Rachel.

— Eu não tinha ideia — ela respondeu, enquanto vestia o casaco para evitar um resfriado. — Não estava no rascunho que ele me mostrou ontem à noite.

— Quem sabe resolveu mudar o jogo com a bola rolando? — sugeriu Frankel.

— Mudar o jogo com a bola rolando? Assim como o *quarterback* Peyton Manning quando grita "Omaha, Omaha"?

Frankel ergueu uma sobrancelha.

— Eu sou a garota que foi a Nova York para ir ao Garden, lembra?

— Pode apostar. — Ele abriu um sorriso tímido.

— Você passou tempo suficiente com meu pai para saber que o homem não faz nada sem pensar.

— Então por que ele fez isso?

— Acho que vamos ter que perguntar a ele — respondeu Rachel.

Mas não foi tão fácil quanto pensavam. A frente da igreja ficou lotada de policiais e o casal perdeu temporariamente de vista Grant entre todos os uniformes, convidados e londrinos curiosos que circulavam por ali apesar do frio.

— Aí estão vocês dois.

Frankel e Rachel se viraram para ver que um dos Grant os havia encontrado — nesse caso o tio de Rachel, Everett. Ele indicou a multidão com um aceno de cabeça, as mãos nos bolsos do pesado sobretudo de lã para tentar mantê-las quentes.

— Eu não tinha ideia de que isso iria se transformar num circo.

— Nenhum de nós tinha — Rachel disse.

Everett estendeu a mão para Frankel.

— Lamento conhecê-lo em circunstâncias tão terríveis, detetive. Não ouvi nada, da minha sobrinha e do meu irmão, que não fossem elogios a você.

Os olhos de Frankel se arregalaram.

— Tem certeza de que estamos falando do mesmo comandante?

— Ele me ligou em mais de uma ocasião enquanto você dois conduziam as investigações do outro lado do Atlântico. Austin me disse que você era... Como ele disse? Acho que as palavras exatas foram: "mais do que um colega detetive competente".

Rachel sorriu.

— Esse é um elogio e tanto vindo do meu pai.

Frankel voltou a fitar a catedral.

— Se alguém dissesse metade das coisas que ele disse sobre o sargento Hawley no dia do meu funeral, eu teria certeza de que tudo valeu a pena.

Everett assentiu enquanto dava um abraço caloroso em sua sobrinha.

— Foi um elogio fúnebre memorável esse que seu velho pai acabou de fazer.

— Concordo, mas estou preocupada. Quanto será que isso vai lhe custar?

— Bem, mais tarde, no jantar da véspera de Natal, vamos ter que discutir isso com ele. Quer dizer, presumindo que você e Austin não desistiram de ir...

— Até onde eu sei, não desistimos, não — respondeu Rachel.

— Porque eu entenderia totalmente se você e o detetive Frankel tivessem outros planos.

Confuso, Frankel olhou de Everett para Rachel, que estava começando a corar.

— Planos? — gaguejou Frankel.

— Tio Everett...

O irmão Grant caçula os detêve com um sorriso.

— Admito que minha visão não é como antes, mas ainda é boa o suficiente para espiar de longe o que acontece num outro banco da igreja. Eu também posso não ser o policial brilhante que meu irmão ou o detetive aqui é, mas foi fácil ligar o que eu vi hoje ao frágil álibi de ontem da minha sobrinha.

Frankel tentou encontrar uma resposta, mas mal conseguiu balbuciar uma palavra.

— Oh.

Rachel acabou fazendo isso por ele.

— Papai já descobriu.

Everett parecia uma criança que acabou de ter seu balão estourado pelo valentão do bairro.

— Bem, como eu disse, o homem é um policial brilhante.

— Desculpe se arruinei sua diversão — disse Rachel.

— Foi bom pensar que eu estava à frente do grande comandante da Scotland Yard por um instante.

— Tenho para mim que o senhor está se subestimando — observou Frankel. — Me disseram que foi quem percebeu primeiro a questão dos Mandamentos.

— Digamos que ajudei Austin a dar o pontapé inicial. Tanta coisa aconteceu desde então que tem sido quase impossível me manter a par dos fatos.

Rachel enlaçou seu braço no de Everett e eles se afastaram da igreja.

— Se isso serve de consolo, pretendo jantar na sua casa esta noite e vou me certificar de que papai também vá.

— Ótimo! — exclamou Everett. — Mas, levando em conta tudo o que acabamos de conversar, acho indispensável que o detetive Frankel se junte a nós também.

Frankel balançou a cabeça.

— Eu não quero incomodar.

— Bobagem — disse Rachel. — É uma ótima sugestão. Assim não terei que dividir o meu Natal entre vocês três.

Everett concordou com a cabeça.

— Combinado.

— O que está combinado?

Os três se viraram e deram com o pai de Rachel ao lado deles. Ele parecia ainda mais atormentado que momentos atrás na igreja.

— Everett convidou John para jantar conosco esta noite — disse Rachel.

— Ele é quem sabe — murmurou Grant.

Frankel notou os olhos de Grant passando por todos.

— Se você realmente quiser ficar sozinho com sua filha e seu irmão, Austin, eu entendo perfeitamente. Eu não ia fazer...

Grant levantou a mão, interrompendo o detetive.

— Não, me desculpe. Não foi isso que eu quis dizer. — Ele voltou a fitar Frankel. — Eu ficaria muito feliz se você se juntasse a nós, John.

Rachel continuou a olhar para o pai.

— O que está incomodando você, pai?

Grant apontou para a igreja.

— Uma pedra no meu sapato.

Eles seguiram seu olhar e viram a aglomeração se dispersando até expor Monte Ferguson de pé na escadaria da catedral, o bloco de notas sempre presente na mão.

— Que filho da puta! — exclamou Frankel.

— No segundo em que cheguei à porta, ele me confrontou, exigindo sua exclusividade.

— Exclusividade? — perguntou Raquel.

— É um acordo que fizemos antes do assassinato na Saint Patrick. Eu pensei que tinha honrado o compromisso quando o deixamos divulgar que os assassinatos aqui na Grã-Bretanha e nos Estados Unidos foram cometidos pela mesma pessoa.

— Exatamente — disse Frankel.

— Aparentemente, não foi o bastante. Ele achou que isso lhe dava o direito de obter o nome de Prior Silver antes de qualquer outra pessoa, por isso não ficou nada feliz quando divulgamos o nome dele em todos os meios de comunicação ao mesmo tempo.

— Ele é um abutre como todos aqueles idiotas dos tabloides. — Everett balançou a cabeça. — Não ficam satisfeitos até conseguir o que querem.

— O que ele deveria publicar é seu elogio fúnebre ao sargento Hawley — disse Rachel. — Palavra por palavra.

— Concordo plenamente — acrescentou Frankel. — Você deixou o sargento orgulhoso.

— Especialmente com a última parte — acrescentou Everett. — Foi um soco no estômago.

— Essa era a ideia — disse Grant.

— Quando você decidiu acrescentar isso? — perguntou Raquel. — Não estava no seu rascunho quando o li pela última vez...

Ela parou ao som do que parecia o grito estridente de um pássaro.

— Rachel? Está tudo bem? — perguntou Everett. — Parece que você acabou de ver um fantasma.

— Quase isso. — Ela enfiou a mão na bolsa e tirou o celular.

— É o toque do meu celular. Eu o atribuí ao número do Sargento Hawley, no caso de ele, ou quem quer que seja, me mandar uma mensagem de novo.

Rachel olhou para a tela do telefone e literalmente deixou-o cair na palma estendida do pai como a mais quente das batatas.

Grant e Frankel olharam juntos a última mensagem.

Você não deveria fazer promessas que não pode cumprir, comandante.

— O que está acontecendo aqui? — perguntou Everett, confuso.

Grant rapidamente informou o irmão sobre o misterioso bate-papo pelo celular. À medida que ele falava, Frankel foi se dando conta da gravidade da situação.

— O assassino está se referindo ao final do seu elogio, Austin.

— Ainda não estou entendendo nada — disse Everett.

— Receio que eu também não — disse Rachel.

Grant fez um gesto indicando a igreja atrás dele.

— Meu elogio só foi ouvido pelas quinhentas pessoas que acabaram de sair daquela igreja vinte minutos atrás. Era apenas para amigos e colegas íntimos de Hawley na Yard. Não permitimos que fosse transmitido para lugar nenhum.

Frankel indicou a catedral.

— O que significa que Prior Silver estava na igreja quando você falou ou...

Grant terminou o pensamento.

— Ou alguém com quem ele está falando estava...

25

Rachel assistiu fascinada enquanto os dois policiais entravam em ação. O primeiro impulso de ambos foi isolar a área e manter todos ali, mas Grant e John perceberam que era tarde demais. Já fazia meia hora que a celebração havia terminado e muitos convidados já tinham ido embora para começar a comemorar a véspera de Natal.

Eles tinham uma lista que poderiam analisar, pois havia um livro de presenças na entrada da catedral. Mas rapidamente abandonaram a ideia de entrevistar a todos, como potenciais aliados de Prior Silver.

— Se, depois do funeral, alguém de fato entrou em contato direto com Silver, essa pessoa não vai admitir que falou com um *serial killer* — Grant sublinhou.

Rachel achou que o pai parecia mais tranquilo do que instantes atrás e até chegou a flagrar um sorriso intrigado no rosto dele.

— Você não parece incomodado com o rumo dos acontecimentos.

— Na verdade, estou mais entusiasmado — disse Grant.

— Como assim? — perguntou Everett.

— A última mensagem que Silver mandou dizia que teríamos notícias dele depois do feriado — explicou Grant. — Nem é véspera de Natal e o homem já quebrou a promessa fazendo uma ameaça.

John assentiu.

— Você mexeu com os nervos dele.

— Exatamente — disse Grant. — E é nesse momento que alguém que se orgulha de ter traçado um plano preciso e organizado fica mais suscetível a cometer erros.

Everett sorriu e olhou para Rachel.

— A Yard vai sentir falta do seu pai.

— Pode apostar. — Ela se virou para Grant. — Isso significa que você vai simplesmente descartar a lista?

— De maneira nenhuma. Vamos começar a busca pela lista. Mas a primeira coisa que precisamos fazer é verificar se o nosso amigo Silver tentou arruinar o funeral.

Algumas horas depois, eles tinham quase certeza de que Silver não estava presente na catedral.

Everett se despediu antes que Rachel e os dois policiais voltassem para dentro da igreja. O tio dela disse que esperava vê-los ali pelas oito da noite, mas entenderia se precisassem cancelar o jantar por causa dos últimos acontecimentos.

Depois que Everett partiu, eles voltaram a atenção para as câmeras de segurança de Southwark, que eram muitas. A catedral de mil anos tinha sido bem aparelhada com equipamentos de vigilância após o 11 de setembro e a onda de bombardeios no Reino Unido.

Eles logo se juntaram a Morrow e sua equipe de tecnologia nos portões da igreja, onde estava o sistema de segurança. Havia mais de uma dezena de câmeras na catedral e o dobro disso do lado de fora, portanto havia muito trabalho a fazer.

Eles percorreram a extensa cobertura das câmeras para ver se o antigo mecânico tinha aparecido no funeral. Com uma atenção especial aos homens com a mesma altura e constituição de Silver (ele podia estar disfarçado), os policiais acabaram por eliminar cada ângulo. John se concentrou numa mulher madura de aparência masculina como uma leve possibilidade; mas, usando o zoom da câmera, Rachel constatou que era apenas uma mulher com um infeliz conjunto de genes.

Os três voltaram para a Yard, onde acabaram no escritório de Grant, decidindo qual seria o próximo passo. Revisar a lista de convidados do funeral era uma tarefa árdua, que poderia levar dias e provavelmente acabaria se revelando um esforço inútil. Mas isso não impediu Grant de dividi-la entre eles para ver o que conseguiriam.

— Quase todas essas pessoas são da polícia — observou Grant, folheando as páginas.

— Não seria a primeira vez que um policial se corromperia — comentou John.

Mas ambos admitiram que era difícil imaginar um policial fazendo parceria com alguém como Prior Silver.

— E quanto ao ponto de vista do ladrão? — perguntou Rachel.

— O que quer dizer? — perguntou Grant.

— Uma possível oitava vítima? *Não roubarás?* Teríamos mais sorte com isso?

Grant balançou a cabeça.

— Essa lista seria dez vezes maior, com os incontáveis homens e mulheres que não temos registro de ter cometido um crime.

— E dada a maneira pouco rigorosa como Silver vem interpretando os Mandamentos, sua definição de "ladrão" poderia ser qualquer coisa — acrescentou John. — Pode ser até um adolescente roubando uma *scooter* ou colando numa prova de matemática.

— Eu estava pensando de um ponto de vista mais pessoal — Rachel rebateu.

— Como assim? — perguntou o pai.

— As duas últimas vítimas, Dozier e Fleming, você conhecia. Talvez Silver esteja mirando alguém que você tenha colocado atrás das grades ou investigado no passado — ela sugeriu.

— Certamente vale a pena considerar essa possibilidade.

— O sargento Hawley e eu fizemos muitos progressos analisando seus antigos casos. Talvez devêssemos verificar se há ladrões entre eles.

Ambos os homens acharam uma excelente ideia, já que não tinham nada melhor.

Algumas horas depois, quando se aproximava a hora de celebrar a véspera de Natal, os detetives da Yard já haviam reduzido essa lista a seis homens e uma mulher. Todos eles Grant havia colocado atrás das grades por algum tipo de roubo, já tinham cumprido pena e estavam em liberdade. O camandante encarregou um policial de entrar em contato com cada um deles e vigiá-los até segunda ordem.

Tendo em mente o ponto de vista do assassino, eles examinaram os arquivos de Prior Silver em busca de um antigo comparsa que pudesse tê-lo ajudado nos assaltos a banco e se tornado um possível alvo, mas não descobriram nenhum. Eles até interrogaram alguns dos ex-companheiros de cela de Silver em Wakefield e Hatfield, as prisões onde ele tinha cumprido pena. Os interrogatórios não valeram de nada. Nenhum dos presos se lembrava de nenhuma briga entre Silver e algum ladrão que ele pudesse ter reencontrado agora, fora da prisão. Silver tinha ficado mais recluso, o nariz enterrado em sua pequena Bíblia, mergulhado numa ideologia que ele aparentemente distorcia para justificar sua fúria assassina.

Mais à noite, quando Londres fechava as portas para celebrar a festa mais sagrada do ano, Stebbins sugeriu que todos fossem para casa. Aquela era uma ocasião para estar com a família e os amigos. Depois de recarregar as baterias, eles poderiam voltar com uma nova perspectiva e captar algo que pudesse ter passado despercebido.

Rachel ligou para Everett e disse que ele poderia esperar os três para o jantar. Quando ela perguntou o que eles poderiam levar, tudo o que ouviu foi gratidão na voz do tio.

— Só vocês três. É o melhor presente de Natal que eu poderia ganhar.

Rachel se despediu, dizendo que o veriam em breve. Ela olhou através da mesa para o pai e John. A expressão de ambos estava tão sombria que, se um dos fantasmas de Scrooge tivesse passado naquele momento, ele teria se sentido em casa.

Rachel e o pai chegaram na casa de Everett e viram que o professor de Oxford tinha retirado do armário todos os enfeites de Natal. A casa perto do Hamstead High Street estava iluminada com elegantes pisca-piscas e tinha uma guirlanda de hera e bagas de azevinho na porta.

Everett os cumprimentou com um abraço caloroso, guardou os casacos e os levou para a biblioteca, onde John já estava acomodado, dois goles de uísque à frente deles. O tio lhes ofereceu coquetéis depois de mostrar a garrafa de uísque Macallan 18 anos que John havia levado. O aceno de aprovação do pai indicou a Rachel que o detetive tinha subido no conceito dele e subiu mais ainda quando ofereceu a Grant uma garrafa igual só para ele.

— Está frio demais para um *shake* de chocolate — gracejou John.

Enquanto preparavam as bebidas, John apontou para o tabuleiro de xadrez e perguntou se era ali que Grant e Everett tinham deduzido a ligação dos assassinatos com os Mandamentos.

O tio de Rachel confirmou.

— Ali mesmo.

— Não posso imaginar onde estaríamos agora se você não tivesse ido pegar aquela Bíblia na prateleira — disse Grant.

— Acho que no momento em que esse maníaco Silver cruzasse o Atlântico e aumentasse a contagem para quatro ou cinco, vocês teriam deduzido o padrão — Everett disse a eles.

— Não tenho tanta certeza disso — respondeu John. — Cabulei muita aula em Jersey quando deveria estar no catecismo da escola dominical.

— Mas que filho da mãe mais sortudo! — Everett sorriu e bateu a taça delicadamente na de Grant, para um brinde.

— O meu irmão está dizendo isso porque nosso pai costumava ficar sentado no carro, na frente da igreja, durante a primeira meia hora de aula, só para garantir que não fugiríamos da igreja pela janela.

A conversa se desviou para o caso que investigavam quando Grant e John contaram a Everett sobre o trabalho infrutífero da tarde, depois que todos partiram da igreja de Southwark. Percebendo que o sentimento de frustração e o humor sombrio tinham voltado a assombrá-los, Rachel interveio:

— Agora chega.

Ela disse isso com um sorriso, mas com força suficiente para chamar a atenção de todos.

— É véspera de Natal e já basta de falarmos de trabalho. Vou curtir o meu drinque e abraçar o espírito natalino com os meus três homens favoritos no mundo.

Isso foi recebido com "Tem razão, tem razão" e taças brindando pelo já mencionado trio, dando a Rachel a esperança de que ainda seria possível salvar um pouco do Natal.

———— ❦ ————

Everett tinha feito sua mágica natalina com o jantar.

Um delicioso peru de Natal foi o prato central da refeição, repleto de recheios caseiros, molho de *cranberry*, legumes e porções generosas de pudim de Yorkshire, tudo feito em casa. Grant e John rasparam o prato, assim como Rachel, que repetiu antes dos homens. Eles brindaram a Everett pela festa perfeita e ele não se gabou exceto por ter escolhido o menu de um excelente *chef* e pedido para sua faxineira ir buscá-lo. A sra. Bishop (uma septuagenária de cabelos branco-azulados que há anos cuidava da casa de Everett duas vezes por semana) serviu os pratos na melhor porcelana da casa, mas recusou educadamente o convite para se juntar a eles à mesa, dizendo que jantaria com sua própria família mais tarde.

Ao ouvir isso, Everett disse à sra. Bishop que ele mesmo se encarregaria da sobremesa, do café e dos digestivos, e insistiu que a "boa mulher" fosse para casa, não sem antes de levar um bônus de Natal considerável e algumas sobras do jantar.

Depois que a mulher foi para casa, Everett trouxe da cozinha uma torta assada no ponto certo. Rachel foi a primeira a notar o brilho nos olhos do tio.

— Você não fez...

— Mas poderia ter feito — admitiu Everett.

Ele cortou a torta e um rico recheio preto e vermelho escorreu de dentro dela, acompanhado de um aroma delicioso, de dar água na boca.

— Torta de amoras e framboesa! — festejou Raquel.

— Está brincando! — exclamou John.

Grant abriu um sorriso que era um misto de alegria e tristeza.

— Essa era a especialidade de Allison. Ela preparava todo Natal.

— Ela fazia por causa de um desenho que eu assistia quando pequena — explicou Rachel. — *O Conto de Natal de Mr. Magoo*. É o que o Tinzinho queria mais do que qualquer coisa: "um pote de geleia de framboesas e amoras". Todo ano eu implorava para mamãe fazer a tal geleia e ela dizia que eu ficaria doente se comesse um pote inteiro de alguma coisa tão doce, então ela fazia a torta.

Everett serviu um pedaço para cada um deles. John deu uma mordida e seu rosto praticamente explodiu em êxtase.

— Agora entendo por que essa torta é tão apreciada — disse ele.

Grant saboreou cada mordida.

— Eu não como isso há... o quê...?

— Foram dois... não, três natais atrás — respondeu Rachel.

De repente, a sala ficou em silêncio.

Era a última vez que a mãe tinha jantado na véspera de Natal com eles.

Dois Natais antes, Allison Grant acabara de ser diagnosticada com câncer nos pulmões e ninguém estava com vontade de comemorar. Ela tinha falecido no início do verão seguinte, por isso, quando dezembro chegou, a família Grant ainda estava em profundo luto pela perda da sua matriarca.

Rachel ergueu uma taça.

— Um brinde à mamãe. Sentimos falta dela todos os dias.

— Especialmente nesta época do ano — disse Everett.

Grant brindou com a filha.

— Sua mãe *amava* o Natal.

— Acho que era porque essa foi a época em que vocês dois se conheceram — disse Rachel. — Num jantar de Natal na casa do vovô em Liverpool.

— É isso mesmo? — perguntou John.

— Bem, a história é um pouco mais longa do que isso — disse Everett. Ele lançou um olhar travesso para o irmão mais velho, que praticamente engasgou com a torta.

— Nós realmente temos que falar sobre isso? — o pai perguntou.

— Ah, acho que temos, sim! — disse Everett com uma risada calorosa.

— Estou boiando aqui — disse John.

Rachel se inclinou e sussurrou num tom conspiratório:

— Quem levou minha mãe para jantar foi Everett; eles estavam saindo.

— É mesmo? — John olhou de Everett para Grant. — E ela saiu do jantar com você?

— Não, não foi assim. — Grant balançou a cabeça. — Na realidade...

Everett, que claramente estava gostando de ver o embaraço do irmão, sorriu.

— Nós mal nos conhecíamos — explicou Everett. — Eu estava na metade do meu último ano em Oxford e Allison tinha terminado seus estudos no semestre anterior. Ela trabalhava na biblioteca; entabulamos uma conversa que acabou se estendendo para o chá. Alguns jantares se seguiram, onde tenho certeza de que eu a entediei até as lágrimas com minhas citações de livros eruditos, mas ela concordou em me acompanhar até em casa, em Liverpool, para passar o Natal.

John olhou para Grant com um sorriso malicioso.

— E foi onde ela começou a gostar de você.

— Que nada. Nós quase não conversamos naquela noite — disse o pai de Rachel. — Eu estava voltando a Londres, para começar a trabalhar na Yard, e ela mencionou durante o jantar que tinha arranjado um emprego numa livraria em Chelsea.

— E você disse a ela que ligasse para você? — sugeriu John.

— Meu irmão convidar para sair uma garota que ele acabou de conhecer?! — Everett riu novamente. — Foi nossa mãe, na verdade, quem sugeriu a Allison que ligasse para Austin um dia que ela não tivesse nada para fazer — disse Everett.

— Quase caí da cadeira quando ela ligou do nada um mês depois e perguntou se eu queria me encontrar com ela para tomar uma bebida depois do trabalho — lembrou Grant.

John assentiu.

— E o resto, como dizem, foi...

— ... um grande ganho para o meu irmão, mas não uma perda tão grande para mim — Everett terminou. — Acabei ganhando a cunhada mais maravilhosa que podia imaginar.

Everett tomou um gole de vinho e continuou.

— Ela não teria ficado nem um ano com um tipo como eu e nenhum de nós a teria em nossas vidas por todos esses anos. — Ele se virou e olhou para Rachel. — Ou a bênção que ela nos deu um pouco depois que eles se casaram, que eu acho que todos nós concordamos que é a razão de estarmos todos reunidos esta noite.

Grant e John disseram que brindariam a isso. Rachel se virou para o pai e sentiu seus próprios olhos começarem a marejar.

— Vocês vão me fazer chorar — ela disse a eles.

As palavras mal saíram de sua boca quando ela percebeu que era tarde demais. As lágrimas escorriam pelo seu rosto, mas ela estava sorrindo também, percebendo que aquele era o momento mais feliz que ela tinha desde... bem, três Natais atrás.

Ouviram um zumbido vindo do corredor quando Everett convidou seus três convidados a deixarem a sala de jantar. O tio fez sinal para Rachel entrar na biblioteca primeiro e ela abriu a porta para encontrar, esperando por ela, algo que encheu seus olhos.

— O Robô Noel! — ela gritou.

O autômato parecia brilhante e reluzente, o traje vermelho renovado com brilhos recém-colados e uma barba branca mais fofa. Ele se inclinava para a frente e para trás diante da árvore de Natal e da lareira acesa.

Grant olhou incrédulo para o Papai Noel mecânico de um metro e meio.

— Eu estava me perguntando onde ele teria ido parar.

— Eu o tirei do seu porão alguns meses atrás e achei que o velhote precisava mudar o visual. Pedi à sra. Bishop para ligá-lo antes de sair. Devo dizer que ela levou um grande susto quando fizemos um teste hoje mais cedo.

— Eu não dormi por uma semana na primeira vez que o vi — lembrou Rachel.

Everett se aproximou e gentilmente deu um tapinha na cabeça do Papai Noel.

Robô Noel piscou e pronunciou um impetuoso: "Que bobagem!".

Grant olhou para ele.

— Ele nunca disse isso antes!

— Eu fiz algumas modificações.

— Essa voz não é a sua? — perguntou John.

Everett curvou-se e falou ao mesmo tempo que o robô natalino.

— Culpado das acusações!

Ele deu um tapinha na cabeça do robô novamente e ele soltou uma exclamação natalina proibida para menores.

— Everett!... — Grant começou a repreender.

— Não se preocupe, maninho — disse Everett. — Ainda temos o Robô Noel Clássico. Você só tem de apertar um botãozinho aqui.

Everett indicou um botão na parte de trás do pescoço do autômato e o apertou. Logo seu velho amigo estava de volta ao seu familiar "Feliz Natal" e "Ho-ho-ho". Eles logo o desligaram e foram atrás do Macallan que John havia trazido.

Até Rachel, que raramente bebia uísque, teve que admitir: o digestivo de 18 anos era uma das bebidas mais suaves que ela já tinha provado. Dava para ver que John estava particularmente satisfeito por ela ter apreciado.

Depois disso, foi a vez da troca de presentes. Embora Everett não tivesse mencionado presentes, ninguém tinha aparecido na véspera de Natal de mãos vazias.

Rachel tinha dado uma passadinha na Harrods e enfrentado o tumulto da época natalina para comprar meias e gravatas coloridas para o pai e o tio, algo que, como ela contou a John, era uma velha tradição quando ela era adolescente e insistia em dar presentes a eles. Os presentes eram exatamente o que eles queriam e eles diziam isso a ela. Então ela entregou um pacotinho a John.

— Nada de gravatas ou meias para o detetive? — brincou Everett.

— Não nos conhecemos há tempo suficiente para eu conhecer o estilo dele — disse Rachel.

— Acho que nem tenho um estilo definido e não estou exagerando... — John respondeu enquanto abria o presente.

Era um single de vinil.

— *Palisades Park*? — perguntou Grant, lendo o título por cima do ombro de John.

— Uma piada particular — Rachel disse baixinho.

O brilho nos olhos de John fez o coração dela palpitar.

— Eu amo isso! — Ele deu um beijo quente na bochecha de Rachel, em seguida pegou um pacotinho que ele tinha trazido e deu a ela.

Ela abriu e emitiu um pequeno suspiro.

Dentro da caixa havia dois brincos perolados com uma bela impressão da roda gigante London Eye gravada em preto sobre eles.

— Eles são lindos!

— "Mentes brilhantes pensam de modo semelhante."

Rachel retribuiu o beijo gentil de John e ficou grata pela delicadeza do pai e do tio de não interromper a troca de presentes.

Grant, que sempre dizia a Rachel e à esposa que ele era "a pior pessoa do mundo para comprar presentes", não decepcionou quando entregou cartões-presente da Amazon para John e o irmão.

— Eu não tinha ideia do que dar a vocês, então imaginei que seria melhor deixar que escolhessem algo que quisessem.

Mas ele posteriormente contradisse sua má reputação em dar presentes quando surpreendeu Rachel com um lindo lenço de caxemira rosa e marrom da Burberry.

— É lindo, papai! — disse ela. Genuinamente comovida com o fato de o pai se dar ao trabalho de entrar numa loja e escolher algo especificamente para ela, Rachel lhe deu um grande abraço.

— Minha vez agora — disse o tio. Everett cruzou a sala para pegar três pacotes debaixo da árvore. Ele entregou o primeiro a John.

— Detetive...

John começou a protestar.

— Depois desse jantar e uma noite tão maravilhosa...

— Me dê prazer — encorajou Everett. Ele acenou para a sobrinha e o irmão. — Eles tiveram que fazer isso por anos.

John abriu o presente e revelou um DVD e um livro de capa dura. Ambos tinham o mesmo título: *E o Vento Levou.*

— O livro e o filme americanos por excelência para um detetive americano — explicou Everett.

— Uau. Acho que não vejo isso desde criança — disse John.

— Com certeza vale a pena assistir de novo. E ler, se você nunca leu.

— Nunca li — admitiu o detetive.

— Algo para o seu voo para casa.

— Tem razão — John disse a ele. — Isso significa que já vamos ter pegado Prior Silver e eu poderei finalmente relaxar.

Everett entregou pacotes idênticos para a sobrinha e o irmão.

Grant fez sinal para Rachel abrir primeiro.

Era um lindo porta-retratos de prata com uma fotografia em preto e branco, tirada numa praia com um Everett muito mais jovem, Allison e Rachel pequena. Eles estavam enterrando Grant adormecido na areia, cobrindo-o até o pescoço. O que quer que ele estivesse sonhando, havia um sorriso em seu rosto.

— Eu nunca vi esta foto — disse Rachel. — Certamente não me lembro.

O pai dela riu.

— Eu me lembro. — Você tinha talvez 3 ou 4 anos. Todos nós tínhamos ido passar o dia em Brighton e eu acordei de um delicioso cochilo cuspindo areia. — Ele bateu no rosto risonho de Rachel no porta-retratos. — Você achou aquela a coisa mais engraçada do mundo.

— É a única foto que consegui encontrar em que estamos nós quatro — explicou Everett.

— Geralmente você, eu ou Allison estávamos tirando uma foto dos outros dois com o bebê.

Rachel passou os dedos carinhosamente pelo porta-retratos.

— É perfeito, especialmente porque todo mundo parece tão feliz...

— E estávamos... — lembrou Grant.

— Então espero que você goste do seu — disse Everett, indicando o presente fechado de Grant.

O comandante rasgou o papel brilhante de Natal e descobriu que era um porta-retratos semelhante.

A foto em preto e branco era de dois meninos; evidentemente o pai e o tio dela. Eles tinham talvez 5 e 7 anos de idade. Ambos estavam com trajes de esquiar e jaquetas antiquadas; camadas de gelo brilhavam atrás deles.

— No topo do mundo — murmurou Grant.

— Você se lembra? — disse Everett.

— Estou surpreso que *você* se lembre.

— É uma das minhas primeiras lembranças.

John olhou para a fotografia de décadas.

— Explicações, por favor?

— O topo do mundo. É como chamamos o pico de Matterhorn — Grant explicou.

— Nosso primeiro Natal fora da Inglaterra — acrescentou Everett.

— Papai nos levou até onde era possível ir naqueles dias e nos fez posar em frente à geleira — lembrou Grant.

— Dá para ir bem mais alto agora. Eles têm um teleférico que sobe a montanha e um incrível palácio de gelo esculpido dentro da geleira lá em cima.

Grant acenou com a cabeça para a foto.

— Acho que nossa família enviou isso como cartão de Ano-Novo logo depois que tiramos a foto.

— Papai gostou tanto que, quando finalmente conseguiu juntar dinheiro, comprou um chalezinho em Zermatt mais abaixo — Everett complementou. — Ele acabou deixando o chalé para nós dois, mas nunca consegui fazer Austin ir para lá.

— Eu tenho essa questão com alturas — disse Grant a John.

— No entanto, não canso de dizer a ele que a casa está bem presa no chão.

— Ainda é preciso chegar lá em cima — lamentou Grant.

Rachel não tinha certeza, mas achou que os olhos do pai estavam úmidos.

— Mas esse presente significa muito; obrigado — Grant disse baixinho. — E quem sabe, talvez eu apareça lá um dia desses.

— Vou para lá na semana que vem. Agora que Rachel está de volta e vai ficar alguns dias, seria maravilhoso se passássemos o Ano-Novo juntos e comemorássemos sua recém-descoberta liberdade.

— Talvez a gente possa conversar sobre isso — disse Rachel. Ela se virou para o pai, que parecia perdido em pensamentos.

Ele fez uma pausa antes de responder.

— Acho que vamos ter que esperar para ver.

A noite ficou estranhamente silenciosa.

E Rachel percebeu que todos estavam se perguntando a mesma coisa. Será que já haveria uma oitava vítima lá fora, esperando por eles em algum lugar de Londres? E mais: será que haveria em breve uma nona ou décima vítima?

26

Era manhã de Natal.

Se alguém tivesse dito a John Frankel uma semana atrás, que ele iria passar o Natal hospedado num hotel elegante em Londres, rastreando um *serial killer*, ao mesmo tempo que se apaixonava perdidamente por uma inglesa, ele teria prendido a pessoa por embriaguês.

Mas, quando esfregou os olhos para dissipar o sono e viu Rachel sentada num sofá de veludo olhando pela janela, ele percebeu que aquela era a mais absoluta verdade.

Ele refletiu sobre a noite anterior.

O jantar na casa de Everett tinha sido alegre e festivo, mas a noite tomou um rumo sombrio quando a conversa se voltou para a aposentadoria iminente de Grant.

De repente, a mortalha da investigação pairou sobre eles e Frankel pôde senti-la enquanto acompanhava os Grant à missa da meia-noite em Saint John-at-Hampstead, a paróquia do bairro de Everett.

Frankel passou mais tempo lançando olhares de soslaio para Rachel do que ouvindo o sermão do pastor idoso, que parecia ter sido enterrado na nave décadas atrás. Frankel podia ver que Rachel estava passando por um momento difícil.

Ele sabia que o regresso ao lar tinha sido um misto de tristeza e alegria tanto para Rachel quanto para o pai dela, e que o relacionamento entre eles era praticamente inexistente desde a morte da mãe. Ficar ali sentada em Saint John ouvindo a missa naquela noite sagrada, sem a mãe ao lado, devia ter sido muito doloroso para ela, e tudo o que Frankel podia fazer era pegar a mão dela entre as suas de vez enquando. O calor da mão de Rachel apertando a dele tocava seu coração.

Naquela noite, ao retornar ao Covent Garden, o sexo havia sido apaixonado, mas também cheio de um desespero por parte de Rachel que fez Frankel só querer protegê-la ainda mais da dura realidade.

Agora, Frankel silenciosamente saiu da cama e vestiu um roupão. Ele cruzou a janela e Rachel se mexeu um pouco, claramente consciente da presença dele.

— Feliz Natal — ele disse suavemente.

Rachel se virou.

— Feliz Natal — ela respondeu com uma voz ainda mais suave.

Ele percebeu que ela estava chorando.

— Ei. Está tudo bem?

Frankel repreendeu a si mesmo. *Claro que não está tudo bem*. Que detetive ele era?

— É... você sabe... Natal — ela respondeu.

Ele se sentou ao lado e viu que ela estava segurando o porta-retratos prateado com a foto da família, que na época era feliz em Brighton, muitos anos antes.

Aquilo confirmou suas suspeitas: a viagem de volta a Londres devia ser para Rachel, emocionalmente, como atravessar um campo minado na ponta dos pés.

— Talvez voltar para casa não tenha sido uma boa ideia — ele arriscou dizer.

Ela balançou a cabeça, mas conseguiu sorrir.

— Na verdade, tem sido muito melhor do que eu pensava. O jantar ontem à noite, a roda-gigante, estar aqui com você... — Ela apontou para a janela. — Até conseguimos um Natal branco!

Frankel seguiu o olhar dela. As ruas de Covent Garden estavam sob um manto branco, cortesia de uma forte nevasca no meio da noite. A cidade parecia deslumbrante, mas aos olhos dele nada se comparava a Rachel.

— Mesmo assim, sei que deve ser difícil estar aqui nesta época do ano... em qualquer época do ano quando se trata desse assunto, sem...
— Ele parou e acenou para a foto.

— Isso com certeza.

Ele estendeu o braço e pegou a mão dela.

— Talvez você me diga que isso não é da minha conta, mas sei que ainda existe essa coisa entre você e seu pai, desde que sua mãe morreu. Mas eu também vejo o jeito como ele olha para você, como fala sobre você, e sei que, o que quer que seja, está deixando seu pai arrasado. E agora que ele está se aposentando, algo que com certeza ele não está pronto para fazer, acho que ficaria perdido sem você na vida dele.

— Acho que nunca ouvi ninguém dizer tantas palavras sem tomar fôlego.

— Rachel...

— Não estou evitando o assunto, John. Quero você na minha vida mais do que tudo. — Ela balançou a cabeça. — E não acho que isso não seja da sua conta. Nós nos conhecemos faz um pouco mais de uma semana, mas por algum motivo quero que você saiba de tudo. Até os detalhes sórdidos.

— Mas...

— Mas receio que, se eu contar, você possa sair correndo sem nem olhar para trás.

— Em primeiro lugar, se eu saísse correndo, desmaiaria antes mesmo de chegar na esquina. E, em segundo lugar, não consigo imaginar nada que você possa ter feito que me faria correr.

— Não é algo que eu tenha feito. — Ela balançou a cabeça novamente. — É alguma coisa que eu *deveria ter* feito.

— Apenas me conte o que aconteceu, Rachel.

— John...

— Você mesma disse. Quer que eu saiba tudo, não quer?

Ela delicadamente assentiu.

— Quero, mas...

— Assim como eu quero que você saiba tudo sobre mim. — Ele segurou a mão dela e apertou-a. — Para que isso aconteça, é preciso seguirmos nos dois sentidos. E quero que isso que existe entre nós dê certo, mais do que eu quis qualquer outra coisa na vida.

Lágrimas escorreram novamente pelo rosto dela. Frankel gentilmente as enxugou.

— Eu também — ela sussurrou.

— Então tire esse fardo do seu peito e deixe que eu a ajude a carregá-lo. Seja o que for, por favor, me conte.

Ele observou Rachel respirar fundo.

E em seguida escutou o que ela tinha a dizer.

Rachel se sentiu confusa e chocada durante todo o voo através do Atlântico.

Ela ainda estava tentando entender o telefonema que tinha recebido dos pais na noite anterior.

Câncer.

A palavra de seis letras mais feia do que qualquer palavrão conhecido pelo ser humano.

A mãe sempre fora a imagem da saúde, por isso a ideia de ela sofrer daquela terrível doença era impensável para Rachel. E tudo ficou ainda pior quando ela foi informada de que era uma forma agressiva de câncer nos pulmões.

Rachel insistiu em voltar direto para casa de Nova York, mas a mãe naturalmente tentou convencê-la a desistir.

— Não é necessário que você vire sua vida de cabeça para baixo, querida. Você tem trabalho a fazer e vai vir passar férias daqui a algumas semanas.

Rachel lembrou à mãe que ela era uma jornalista *freelancer*, portanto *não* tinha vínculos com nenhum jornal. Além do mais não havia lugar que ela quisesse mais estar agora do que perto da mãe. Especialmente com o pai indo para a Escócia, resolver um caso que ele poderia ter deixado o sargento Hawley cuidar... Mas a mãe tinha se recusado a permitir qualquer reviravolta na vida da filha e do marido.

— Certamente ainda estarei viva e ativa quando você voltar no final de semana — a mãe havia dito ao pai, enquanto os três estavam ao telefone.

Depois de trinta anos de casamento, Grant sabia que não deveria começar uma discussão que ele nunca iria vencer. Também tinha ajudado o fato de Rachel dizer que estaria em casa quando ele voltasse de Glasgow. Ela havia embarcado no primeiro voo do JFK na manhã seguinte, que pousaria logo após o anoitecer.

No momento em que pisou na casa da Maida Vale, Rachel soube que havia algo muito errado.

A porta da frente estava destrancada. Se havia uma regra que o pai insistia para que todos seguissem, depois de anos vendo atrocidades ocorrerem apenas por descuido das pessoas, era que ambas as portas da casa, a da frente e a dos fundos, deveriam permanecer trancadas o tempo todo.

O que ela notou depois foi a sala de estar na maior desordem; uma mesinha lateral encostada de qualquer jeito contra o sofá e cacos espalhados sobre a cornija da lareira. Rachel em breve encontrou o culpado: os restos de um unicórnio que ela mesma fizera no primário, jogado numa pequena lixeira próxima.

— Mãe? — ela chamou. Não houve resposta.

Então ela ouviu um choro vindo do corredor.

Rachel cruzou o corredor, chamando novamente. Não houve uma resposta direta, mas ela ouviu uma inspiração rápida vindo do escritório do pai. Rachel atravessou a porta e encontrou a mãe se levantando da escrivaninha onde estava sentada atrás de um *notebook*. Allison estava usando um roupão e parecia desarrumada, o cabelo normalmente bem penteado estava em desalinho e ela usava a ponta do roupão para secar os olhos.

Por causa do recente diagnóstico dos médicos, Rachel não ficou surpresa. Mesmo alguém tão forte quanto a mãe teria que ser sobre-humana para não se abalar com a notícia.

—Ah, querida, eu não me dei conta de que você já estava chegando...

— Mandei uma mensagem para você com as informações do voo antes de partir — Rachel disse enquanto atravessava o cômodo e abraçava a mãe.

— E eu nem cheguei a ver. Foi um d-dia agitado, como você pode imaginar — Allison disse, parecendo instável sobre os pés.

Rachel abraçou a mãe com mais força e a sentiu trêmula em seus braços.

— Ah mãe, eu sinto tanto...

Ela beijou Allison, que pegou a mão da filha.

— Shhh, shhh — a mãe a silenciou. — Todos nós vamos superar isso.

Isso era bem típico da mãe. Ela é quem tinha acabado de ser diagnosticada com um câncer agressivo nos pulmões e Rachel estava deixando que ela a confortasse!

Rachel começou a responder, mas notou sangue em sua mão — e não era dela.

— Mãe! Você está sangrando!

O sangue estava pingando do braço da mãe, onde havia um curativo que não estava dando conta de estancar o sangue.

Allison balançou a cabeça.

— Foi um acidente bobo. Quebrei aquele unicórnio que você fez e ficava na sala...

— Eu vi, em cima da lareira. — Preocupada, Rachel deu uma olhada mais de perto no machucado da mãe. — Temos que ir ao pronto-socorro.

— Bobagem. É só um corte feio.

— É um corte enorme e precisa ser examinado!

Seguiu-se um debate do tipo que Rachel nunca conseguia vencer e que acabou com Allison concordando em deixar Rachel remover a faixa, limpar o corte e fazer outro curativo.

Ela ajudou a mãe a arrumar a sala e depois, apesar de insistir em dizer que não estava com fome, Rachel deixou que a mãe esquentasse as sobras do almoço.

Sentaram-se na cozinha e conversaram por uma hora. Toda vez que Rachel tentava abordar o assunto que a fizera cruzar o oceano, Allison desviava a coversa, perguntando sobre o trabalho de Rachel, se havia alguém novo na vida dela ou o que poderiam fazer nas férias agora que a filha estava em casa.

O mais próximo que a mãe chegou de reconhecer o elefante que tomava conta de cada cômodo da casa de Maida Vale aconteceu quando ela repetiu o que havia dito ao telefone.

— Vamos ter muito tempo para discutir tudo isso mais tarde.

Por fim, Rachel tentou se convencer de que deveria se contentar em ter a companhia incondicional da mãe que ela tanto amava.

Mas horas depois de Rachel ter finalmente conseguido levar a mãe para a cama, ela ainda estava bem acordada na mesma cadeira da cozinha. Fosse a mudança de horário, o *jet lag* ou a grande preocupação com o diagnóstico despejado sobre a mãe por algum médico do centro de Londres, Rachel estava agitada demais para dormir.

E absolutamente certa de que a mãe não tinha lhe dito toda a verdade sobre o que havia acontecido na sala de estar mais cedo naquele dia. Ela não conseguia parar de pensar na porta destrancada, nos cacos espalhados pela cornija da lareira e no olhar assustado da mãe quando Rachel entrou no escritório.

Alguns minutos depois, ela estava digitando no *notebook*. Examinou o histórico de buscas e as últimas pesquisas quase a fizeram desmaiar.

Kit de provas de agressão sexual. Kit de estupro. Exame de agressão sexual. Definição de agressão sexual.

Rachel ouviu alguém começar a chorar e percebeu que era ela. Ela soluçava, sentada na cadeira do pai, completamente paralisada.

Seu primeiro instinto foi ligar e acordar o pai em Glasgow, mas não havia como ela fazer isso sem falar com a mãe primeiro. O pensamento seguinte foi invadir o quarto dos pais e confrontá-la, mas a mãe parecia exausta e à beira de um ataque de nervos, depois de manter tudo guardado dentro dela por tanto tempo.

Então Rachel não fez nada. Exceto esperar o Sol nascer.

Cerca de uma hora depois do amanhecer, a mãe entrou no escritório e encontrou Rachel ainda sentada à escrivaninha. Allison olhou para o relógio de pêndulo e depois pela janela, onde uma luz cinzenta invernal começava a atravessar as nuvens.

— Você acordou cedo — ela disse a Rachel.

— Na verdade, nem fui para a cama.

Allison balançou a cabeça.

— Eu detesto esses voos transatlânticos.

— Alguém atacou você, mãe?

Rachel viu a mãe enrijecer e sentiu o próprio coração se estilhaçar num milhão de pedaços.

— Me atacou? Do que está falando?

— Alguém invadiu esta casa e a atacou sexualmente na noite passada?

Antes de deixar a mãe tentar negar outra vez, Rachel abriu o *notebook*.

— Eu vi o seu histórico de pesquisa.

— Eu deveria ter aprendido a mexer nessa coisa direito — disse a mãe, indicando o computador. — Achei que tínhamos ensinado você a não bisbilhotar os assuntos particulares das outras pessoas.

— Isso é o que eu faço para ganhar a vida, mãe! — Raquel balançou a cabeça e se levantou. — Jesus, por que estou explicando isso a você? Mãe, por favor! Você foi estuprada?

A mãe foi até o sofá. Rachel pôde ver a mão dela tremendo ligeiramente quando se apoiou no braço do móvel para se sentar.

— Não chegou a esse ponto — murmurou Allison.

Não chegou a esse ponto? Rachel fez o possível para não gritar a plenos pulmões.

— De que diabos você está falando?!

— O que aconteceu, e não é o que você está imaginando, eu garanto a você que foi minha culpa também.

— Culpa sua?! Mas que merda é...

— Rachel!...

— Ok, ok, ok! — Rachel, que nunca tinha falado um palavrão na frente da mãe, tentou reprimir todas as emoções desconcertantes que a assaltavam. — Me explique como eu posso *não* me preocupar se volto para casa e encontro você sangrando e mentindo para mim quando pergunto o que aconteceu e depois descubro que você estava pesquisando na internet sobre agressão sexual!

— Você não tem que se preocupar porque isso não tem nada a ver com você — a mãe respondeu calmamente.

Rachel apontou para o corredor do lado de fora da porta.

— E quanto à pessoa que fez o que fez com você lá na sala?

— Que tem ela?

— Quem diabos é essa pessoa?! — Rachel sentiu sua fúria aumentar novamente. — É alguém que você conhece? Alguém que eu conheça?

— Não vou contar mais nada a você, Rachel. Acabou e pronto. E isso é tudo o que você precisa saber.

— Mas você estava sangrando....

— Como eu disse, as coisas ficaram um pouco fora de controle. Isso é tudo.

— Então por que você estava procurando todas aquelas coisas no computador?

— Considere a minha situação, Rachel. Acabei de ser diagnosticada com um câncer. Eu vou ser mais cutucada e furada pelos médicos do que jamais fui em toda a minha vida. Eu só queria saber se eles encontrariam algum tipo de machucado e eu precisaria explicar...

— Machucado? Achei que você tinha dito que não tinha sido estuprada!

— Eu disse que não fui, não disse? Preciso soletrar para você?

Rachel começou a responder, então parou. Considerando o total constrangimento e a vergonha que a mãe estava sentindo, além do olhar suplicante em seu rosto, Rachel começou a juntar as peças.

— Ele tentou, mas depois parou — Rachel percebeu.

A mãe assentiu levemente, então olhou para o braço enfaixado.

— Foi quando tropecei na mesinha e me cortei no seu unicórnio — disse Allison. — Ele percebeu que as coisas tinham saído do controle e foi embora instantes depois.

Rachel sentou-se num silêncio atordoado e olhou para a mãe.

Quanto esta pobre mulher ainda precisa suportar? Primeiro ela recebe uma sentença de morte e agora isso?

— O que você vai dizer ao papai?

Rachel viu a mãe empalidecer.

— Absolutamente nada. — Allison se sentou um pouco mais ereta, estendeu a mão e pegou a mão da filha. — E você também não pode dizer nada.

— Mãe...

Allison a deteve com um apelo no olhar que Rachel sabia que iria assombrá-la muito tempo depois que a mãe se fosse. Provavelmente pelo resto da vida.

— Você tem que me prometer, Rachel, que nunca vai falar uma palavra sobre isso ao seu pai. Isso simplesmente o mataria.

— Eu mantive essa promessa desde então — disse Rachel ao concluir a história. — E embora isso não tenha matado o meu pai, estou convencida de que, por não dizer nada a ele, isso acabou, em vez disso, matando a minha mãe.

Frankel segurou a mão de Rachel durante todo o relato. Ele não sabia de qual dos Grant ele sentia mais pena. Da mulher que tinha levado seu segredo para o túmulo, do marido que não tinha deixado de sofrer um único dia ou da garota por quem ele se apaixonara perdidamente.

Frankel percebeu que a resposta era todos os três.

— Sua mãe já havia recebido um diagnóstico de câncer terminal. Ela ia morrer de uma forma ou de outra.

— Eu sei disso — Rachel assentiu. — Mas aconteceu muito antes do necessário.

— Por que você acha isso?

— Ela começou a definhar pouco depois. Os médicos queriam inscrevê-la em todos aqueles experimentos e estudos de teste, mas minha mãe recusou qualquer tratamento, mesmo que eu ou meu pai suplicássemos para que ela os aceitasse. Ela apenas dizia que estava com muita dor e queria ficar em paz.

Rachel soltou a mão de Frankel e apontou para o próprio peito.

— Mas tenho certeza de que ela quis morrer mais rápido por medo de que meu pai descobrisse o que aconteceu aquele dia.

— Você não pode ter certeza.

— Mas eu tenho! Ela disse isso na única vez em que me atrevi a tocar no assunto. Eu estava sozinha com ela numa sala de exames e disse que não dizer a verdade ao meu pai estava literalmente fazendo que o câncer acabasse com ela muito mais rápido.

Rachel olhou pela janela, para a rua onde tinha começado a nevar novamente. Pelo olhar torturado dela, Frankel imaginou que estava revivendo aquele momento.

— Ela me fez prometer outra vez que não diria nada ao meu pai. Eu concordei com relutância, mas disse que aquilo não deveria impedi-la de dizer ao meu pai a verdade.

Rachel se voltou para ele.

— Ela abriu o sorriso mais triste que eu já vi e disse que era uma escolha com a qual ela tinha que conviver.

Rachel balançou a cabeça.

— Ela se foi alguns dias depois.

— Não é de admirar que haja toda essa tensão entre você e seu pai.

— Quando ela ainda estava viva, eu mal conseguia ficar no mesmo cômodo que ele. Eu ficava preocupada em dizer ou fazer algo que me levasse a quebrar a promessa. E, à medida que a coisa piorava, eu me vi passando mais tempo em Nova York até que, no final, fui impedida de voltar e até mesmo de vê-la — o que agora faz que eu me sinta muito mal comigo mesma.

— Ela não lhe deu muita escolha. — Frankel fez uma pausa. — E você não tem ideia de quem era o homem que fez aquilo com ela?

— Não — disse Rachel. — E agora tudo o que eu faço é me culpar porque sinto que, se eu tivesse contado ao meu pai, talvez ele pudesse ter dito algo que a convencesse a tentar algum tratamento para prolongar sua vida.

— Me parece que a sua mãe já tinha uma opinião formada sobre isso.

— Essa era Allison Grant em poucas palavras. Ela não costumava ser categórica, mas, quando se convencia de algo, não voltava atrás.

Frankel assentiu.

— E veja o que isso fez com você e seu pai.

— Pelo menos estamos nos falando — Rachel abriu um leve sorriso. — E eu provavelmente tenho que agradecer você por isso.

— Então talvez seja hora de contar a verdade a ele — sugeriu Frankel.

— E quebrar a última promessa que fiz a ela? Sem falar em correr o risco de ele me odiar para sempre porque eu não disse a verdade antes? — Ela balançou a cabeça com veemência. — Acho melhor não.

— Seu pai nunca conseguiria odiá-la, Rachel. Na verdade, eu tenho certeza de que você é a única coisa com a qual ele ainda se importa neste mundo.

— Mais uma razão para eu não correr esse risco, especialmente agora que as coisas estão muito melhores entre nós.

Frankel remoeu o assunto por um instante, depois só disse uma palavra.

— Teimosa.

— Tal mãe, tal filha.

Ele balançou a cabeça.

— Eu detesto ver você carregando esse fardo.

— Se ponha no meu lugar.

Frankel finalmente lhe ofereceu um sorriso.

— Eu ia me sentir baixinho e teimoso.

Ela devolveu um sorriso semelhante.

— Pode ser uma experiência interessante...

Ele a envolveu nos braços. Depois sussurrou em seu ouvido.

— Apenas me diga o que posso fazer por você, Rachel.

Ela ficou nos braços dele por um instante antes de finalmente sussurrar em seu ouvido:

— Apenas me abrace forte e continue me desejando Feliz Natal.

Então foi exatamente o que ele fez.

Eles acabaram dando um passeio pelo Hyde Park.

Embora a neve continuasse a cair, o clima parecia mais quente no parque, certamente mais do que nas ruas cobertas de neve que dominavam Manhattan naquela época do ano. Apesar de ser manhã de Natal, eles encontraram um carrinho vendendo chocolate quente. Sendo um chocólatra confesso, Frankel não teve dúvida.

Eles beberam o chocolate lado a lado, num bosque coberto por um manto branco, e chegaram até a fazer um pequeno boneco de neve. Mas, quando a neve começou a cair com um pouco mais de intensidade, decidiram voltar para o hotel.

Ao saírem do parque, avistaram uma pequena aglomeração na esquina de uma banca de jornal. O proprietário tinha uma pilha de jornais ao lado dele, que diminuía rapidamente.

Mesmo antes de ver a manchete, Frankel teve uma sensação nauseante na boca do estômago. Estava convencido de que, enquanto passeavam no parque, um ladrão em algum lugar de Londres tinha se tornado a oitava vítima do Assassino dos Mandamentos.

Por isso ele e Rachel ficaram chocados quando finalmente conseguiram pegar uma cópia do *Mail* nas mãos.

ESTOU NUMA MISSÃO EM NOME DE DEUS, gritava a manchete.

— É uma entrevista com o próprio Prior Silver — constatou Frankel –, que ele deu diretamente a Monte Ferguson.

27

ESTOU NUMA MISSÃO EM NOME DE DEUS
Palavras de Prior Silver a Monte Ferguson

Quando alguém se senta diante de Prior Silver, jura que está falando com um mecânico de carros como outro qualquer (profissão que esse homem de 45 anos exerce), não com o sujeito que planejou uma série de assaltos ocorridos há duas décadas no centro financeiro de Londres ou um dos serial killers mais notórios que já rondaram por dois continentes.

Depois de entrar em contato com este repórter, Silver expressou o desejo de discutir os múltiplos assassinatos, mas apenas com a garantia de que ninguém mais estaria presente e num local da escolha dele, não revelado à Scotland Yard ou a qualquer outro departamento da polícia londrina.

Amável, educado e de fala mansa, Silver poderia estar discorrendo sobre o funcionamento dos Alfa Romeos que ele costumava consertar, em vez de discutir a onda de assassinatos que recentemente aterrorizou Londres e Manhattan.

Ferguson: Vamos começar com o motivo que o levou a dar esta entrevista.

Silver: Achei que era hora de pôr tudo em pratos limpos.

Ferguson: Por quê? Fizeram acusações falsas contra você?

Silver: Falsas nem tanto, mas enganosas.

Ferguson: Você não nega que assassinou brutalmente oito pessoas, duas em Nova York e seis aqui na Grande Londres?

Silver: Eu tenho executado a obra do Senhor.

Ferguson: Como assim?

(Neste ponto, Prior Silver pegou uma Bíblia e leu uma passagem grifada.)

Silver: Ezequiel capítulo 18, versículos 21 e 22. "Se o ímpio se converter de todos os seus pecados cometidos e passar a obedecer aos meus decretos e praticar o que é justo e verdadeiro, com certeza viverá e não morrerá! Não se fará recordação de nenhuma das suas ofensas que cometeu. Por causa das atitudes corretas que passou a exercer, ele viverá."

Ferguson: Parece que você se sentiu levado a cometer esses crimes por causa de alguns arrependimentos.

Silver: Sim. Por crimes que cometi no passado.

Ferguson: Os assaltos a banco no Financial District há vinte anos?

Silver: Exatamente.

Ferguson: Mas não é para isso que serviu a prisão? Para se arrepender enquanto cumpria sua pena e, quem sabe, encontrar a salvação?

Silver: Esse foi apenas o primeiro passo. Jurei que, depois de ser solto, eu iria continuar meu compromisso com os decretos do Senhor e punir aqueles que não faziam o mesmo.

Ferguson: E quando diz "decretos", acho que você quer dizer os Dez Mandamentos, correto?

Silver: Isso mesmo.

Ferguson: E assim você se autointitulou juiz, júri e carrasco.

Silver: Eu estava apenas cumprindo a ordem do Senhor.

Ferguson: Matando pessoas a sangue frio.

Silver: Enviando-as para a eternidade, marcadas por seus delitos.

Ferguson: Marcadas? Marcadas como?
Silver: Com um numeral romano na testa até o Fim dos Dias.

— Tanto esforço para esconder isso de todo mundo... — disse Frankel.

— Mal dá para acreditar que conseguimos manter isso em segredo por tanto tempo — comentou Grant.

A confissão de Silver exposta no jornal, em preto e branco, era a última coisa que Grant esperaria encontrar no fim do seu dia de Natal.

Quando Rachel e Frankel chegaram à casa da Maida Vale para mostrar a ele a história, Grant já estava lendo a entrevista na internet pela enésima vez.

Seu celular e *e-mail* estavam explodindo de mensagens com a publicação da entrevista. Stebbins tinha sido um dos primeiros a entrar em contato com ele e não estava nem um pouco satisfeito, para dizer o mínimo.

— Não deve ter sido uma conversa muito agradável — comentou Rachel.

A história não só fazia os policiais da Yard parecerem "uns completos idiotas" (nas palavras de Stebbins), graças a Ferguson (aquela "pedra no sapato da polícia", nas palavras de Grant), que tinha lhes passado a perna, como o fato de Silver ainda estar apavorando os londrinos era algo completamente inaceitável.

— Pelo menos não precisamos mais adivinhar algumas coisas — disse Frankel, segurando o jornal. — Silver contou com detalhes a Ferguson sobre cada um dos assassinatos e tudo está de acordo com o que sabemos.

Na verdade, a história era um relato pavoroso dos assassinatos, desde o ataque a Lionel Frey, no banheiro do terceiro andar da Biblioteca Britânica, até o golpe à vida de Elizabeth Dozier e Jared Fleming, no quarto principal da mansão em Esher.

Pelo menos Ferguson tivera a ótima ideia de questionar Silver sobre o que Grant considerava o maior pecado do homem, aquele que assombraria o comandante pelo resto dos seus dias.

Ferguson: Mas o sargento Stanford Hawley não tinha cometido nenhum "delito".

Silver: Não que eu saiba.

Ferguson: No entanto, você não hesitou em tirar a vida dele também.

Silver: Se está me perguntando se me arrependo de ter tirado a vida dele, posso dizer sinceramente que não.

Ferguson: Mas você acabou de admitir que o homem não era culpado de nenhum delito.

Silver: Eu considerei a morte dele como um lamentável efeito colateral...

Ferguson: "Efeito colateral?".

Silver: De levar adiante a obra do Senhor. Eu não podia permitir que alguém como o sargento ficasse no caminho da minha missão em nome de Deus.

Grant sentia sua pressão sanguínea subir cada vez que ele chegava a essa parte da história.

— O que está bem claro é que Silver está cometendo esses assassinatos com uma interpretação do Antigo Testamento que se adapta às suas necessidades particulares.

— Em outras palavras, o homem está completamente fora de si — concluiu Frankel.

— Depende de como você olha para isso — rebateu Grant. — Releia a parte em que Ferguson lhe pergunta sobre o Sexto Mandamento.

Ferguson: Mas, cada vez que você tira uma vida, está violando um dos Mandamentos, o sexto. "Não matarás." Como explica isso?

Silver: Como citei em Ezequiel, todos os delitos anteriores serão perdoados por causa das ações corretas que um homem pratica depois que se converte de uma vida de pecado.

Ferguson: Um pecado perdoa o outro?

Silver: De acordo com a palavra do Senhor? Sem dúvida.

— Isso não faz sentido nenhum. Ele está apenas distorcendo as palavras para justificar suas ações insanas — resmungou Frankel. — E esse homem é *sem dúvida* pirado.

— Acho que tenho que concordar com meu pai quanto a isso — disse Rachel. — O que pode parecer loucura aos nossos olhos permitiu que Silver permanecesse fiel à sua missão.

— E está bem claro que ele ainda não terminou. — Grant rolou para baixo a tela do computador, até o final da entrevista.

Ferguson: Você diz que ainda tem uma missão a cumprir. Isso significa que tem em vista mais três vítimas?

Silver: Você vai entender se eu não responder a essa pergunta.

Ferguson: Achei que você queria, usando as suas próprias palavras, "pôr tudo em pratos limpos".

Silver: E eu pus até este ponto. Austin Grant saberá quando eu terminar.

Não tinha sido a única vez que Silver mencionara Grant pelo nome. No início da história, enquanto relatava os assaltos a banco, Silver tinha confirmado que Grant fora o responsável por colocá-lo atrás das grades. Sua declaração seguinte pode ter sido a mais assustadora de todas, pelo menos para aqueles que estavam lendo a entrevista no escritório de Grant no dia de Natal.

Silver: Espero que o comandante veja que as atitudes dele me levaram a buscar a salvação, permitindo que o Senhor me levasse a encontrar o caminho para agora corrigir as coisas.

— Ele está basicamente culpando você por tudo — apontou Frankel.

— Isso não me passou despercebido.

Mas essa não era a única coisa que incomodava Grant. Antes de mais nada, ele não conseguia imaginar por que Prior Silver havia concedido a entrevista ou por que havia corrido o risco de ser capturado pela Yard mesmo não havendo garantia nenhuma de que Ferguson cumpriria o acordo de não alertar as autoridades.

— Algo sobre essa entrevista me foge à compreensão — murmurou Grant.

— Por que diz isso? — perguntou Frankel.

— Cada movimento de Silver até este ponto foi calculado. Desde as vítimas que escolheu até as pistas que está deixando para nos provocar. — Ele olhou para Raquel. — Até as mensagens que ele mandou pelo celular do sargento Hawley parecem cronometradas com precisão.

— Exceto aquela que ele transmitiu quando estávamos do lado fora da igreja — Rachel se lembrou. — Depois que o seu elogio fúnebre aparentemente o deixou bem incomodado.

— Mesmo assim, pode-se dizer que ela chegou bem na hora. Esse Silver estava apenas querendo deixar bem claro para nós que ele ainda estava no controle. — Grant bateu o dedo na tela do computador. — Eu garanto que ele tem uma razão muito específica para dar essa entrevista agora. Lembre-se, ele nos disse que teríamos notícias dele logo depois do Natal.

— Mas hoje é Natal — disse Frankel.

— Pode-se interpretar que a zero hora e um minuto do dia 25 de dezembro já é "depois do Natal" — argumentou Grant. — Silver provavelmente planejou que a entrevista saísse na manhã do dia 26 de dezembro, cumprindo sua promessa. Ferguson e Michaels se precipitaram.

— Michaels? — perguntou Raquel.

— O editor de Monte Ferguson no *Mail*. Ele deve aparecer aqui a qualquer momento.

Grant só não estrangulou Randolph Michaels quando ele entrou pela porta porque o editor do jornal foi um dos primeiros a ligar para o homem da Scotland Yard depois da publicação da história.

Mas a palavra-chave aqui é *depois*. O editor quis explicar as razões que o levaram a esperar até depois da publicação para contar ao comandante sua versão da explosiva história de Ferguson.

Michaels tinha talvez a mesma idade de Grant, o cabelo já estava todo branco, provavelmente por causa dos muitos anos que passara tentando encontrar notícias que blogueiros e *trolls* da internet ainda não tinham publicado.

— Foi uma das condições que Ferguson impôs quando enviou a entrevista — explicou Michaels. — Ele exigiu que a história fosse publicada numa edição especial do jornal, antes de ir parar na internet.

— Por que você acha que ele fez essa exigência? — perguntou Grant.

— Você conhece o homem, comandante. Apesar de sabermos que a notícia sempre vem em primeiro lugar, acho que nós dois sabemos que Monte Ferguson quer que as pessoas vejam o nome dele logo abaixo da manchete.

— Presumo que a outra condição era não entrarem em contato comigo ou com qualquer outra pessoa da Yard de antemão?

— Não até que a história fosse publicada — respondeu Michaels.

— Você poderia ter lançado mão da sua autoridade e recusado — disse Frankel.

— Suponho que sim — concordou Michaels. — Mas, no final das contas, sou antes de mais nada um jornalista. Uma raça em extinção, mas ainda estou na ativa e não vou sentar num barril de pólvora como este. Além disso, se eu não tivesse aceitado as condições, não haveria garantia nenhuma de que Silver não teria vendido a entrevista para o *Mirror* ou para outro jornal.

— Ou que o próprio Monte Ferguson não teria deixado a entrevista vazar na internet — acrescentou Rachel.

— Eu não me surpreenderia com nada que Monte fizesse neste momento — disse o editor. — Jesus, o homem se encontrou com um *serial killer* sem contar a ninguém. Monte com certeza não iria sair dessa de mãos vazias.

— O filho da mãe tem sorte de ter saído dessa com vida. — Grant sacudiu a sua cabeça. — O que mais Ferguson disse quando ligou para você?

— Para ser sincero, não muito — respondeu Michaels. — Ele parecia assustado. Não posso dizer que o culpo. Pelo que sei, Silver estava na mesma sala que o assassino naquele momento.

Michaels fez uma pausa para enxugar uma gota de suor na cabeça.

— Foi um telefonema muito rápido — continuou ele. — Ele me disse o que tinha para dizer, o que ele queria, depois me enviou a história por *e-mail* enquanto eu ainda estava ao telefone, para ter certeza de que eu tinha entendido. Depois desligou.

— Tem certeza de que era Ferguson do outro lado da linha? — perguntou Grant.

— Acha que eu não reconheceria a voz de um homem com quem conversei quase diariamente nos últimos dez anos, comandante? Quem mais seria?

— Prior Silver, talvez?

— Não seria a primeira vez que um assassino tenta roubar as manchetes ou redirecionar o ciclo de notícias — acrescentou Frankel.

Michaels balançou a cabeça com veemência e se virou para Grant.

— Você já conversou o suficiente com Monte Ferguson para saber que a voz dele é marcante.

— Se com isso você quer dizer "irritante", sim, eu sei de fato. Onde ele está agora?

— Não faço a menor ideia — disse o editor. — Tentei falar com ele pelo menos umas dez vezes, passei onde ele mora, até mesmo no *pub* Chelsea, onde ele enche a cara quase toda noite, porque achei que podia ter ido lá comemorar. Mas ele não estava em nenhum lugar que pudesse ser encontrado.

— Provavelmente está se escondendo, porque sabe que o comandante pode prendê-lo por interferir numa investigação policial — supôs Frankel.

— Ele terá sorte se for só isso que eu fizer com ele — disse Grant.

Grant fez mais algumas perguntas a Michaels, mas não havia mais o que dizer. Ele insistiu que o editor entrasse em contato imediatamente assim que tivesse notícias de Monte Ferguson. Michaels prometeu fazer isso. O editor não cometeria o mesmo erro duas vezes e pediu desculpas por qualquer transtorno que pudesse ter causado.

O editor saiu da sala e Grant considerou o pedido de desculpas. A verdade era que a entrevista provavelmente não causaria muito estrago. Exceto por revelar ao público que o assassino estava deixando seu cartão de visita gravado na testa das vítimas, a história se resumia a um louco se gabando dos seus feitos horríveis.

Isso levou Grant a se perguntar mais uma vez por que Silver tinha chegado ao ponto de marcar uma entrevista com Ferguson. Era difícil acreditar que fosse apenas para compartilhar com o mundo sua jornada tresloucada rumo a salvação.

Grant acreditava que, depois que pusesse as mãos em Silver ou em Monte Ferguson, ele poderia finalmente obter a resposta a essa pergunta e a outras que o incomodavam.

Claro que isso significava que precisaria encontrá-los primeiro.

Com certeza não era daquele jeito que Grant tinha planejado passar o resto do feriado de Natal.

De volta à Yard, ele sabia que não tinha feito nada para cair nas graças dos colegas. Ele havia tirado policiais e detetives das suas famílias, de caixas desembrulhadas cheias de suéteres e cachecóis fofinhos, corais natalinos e qualquer outra coisa que acompanhasse o espírito de Natal.

Também não era bem o que ele havia imaginado para o final de mais de três décadas de trabalho na Yard. Imaginou que nesse momento ele apenas esvarizaria as gavetas da sua escrivaninha e, sem alarde, iniciaria a próxima etapa da sua vida.

Em vez disso, agora havia uma chance de que seu legado fosse deixar um *serial killer* solto nas ruas de Londres (e Nova York, não se podia esquecer), condenado a viver o resto da sua vida com a reputação de ser um fracasso total.

Pelo menos ele teria o consolo de Allison não estar por perto para ver.

Nesse momento ele percebeu que não ia ao cemitério desde o dia em que Hawley fora até lá para lhe informar que tinham dado cabo de um "blasfemo" chamado Street num beco de Piccadilly. Grant prometeu que iria ao cemitério no domingo, visitar Allison uma última vez antes de terminar seus dias na Yard. Talvez falar sobre o caso ao lado do túmulo da esposa pudesse lhe dar alguma perspectiva que ele ainda não houvesse considerado.

Grant tinha muito a dizer a ela desde a última vez que se sentara naquele banco de pedra.

Talvez ele conseguisse até convencer Rachel a ir com ele.

No final da noite de Natal, Grant estava se perguntando se de fato conseguiria cumprir o que tinha se proposto.

Porque, quando chegou a meia-noite e Grant mandou todos para casa (depois de se desculpar por arruinar o Natal dos policiais), ele se sentiu mais inútil do que nunca, desde que toda aquela confusão começara. Ainda não havia nem rastro de Prior Silver.

E agora Monte Ferguson também havia desaparecido da face da Terra.

Quando bateram na porta da frente, Grant se virou para olhar o relógio e viu que eram quase nove horas da manhã.

Ele imaginou que Rachel iria atender, mas se lembrou de que ela tinha ido passar a noite com Frankel no hotel, em Covent Garden.

Enquanto se levantava da cama, ele pensou que nunca teria imaginado que um dia Rachel se apaixonaria por alguém da profissão do pai, mas tinha que admitir que John Frankel estava provando ser o "bom homem" que a filha afirmou que ele era.

Pelo menos até agora. Ele tinha visto muitos relacionamentos darem errado em seus anos na Yard, por isso ainda achava melhor que ela tivesse cautela. Cautela, mas também esperança.

A segunda batida na porta foi mais forte.

— Estou indo! — Grant gritou enquanto atravessava o corredor.

Ele abriu e encontrou um entregador de pé ali, com uma prancheta na mão, trêmulo com o frio da manhã.

— Desculpe — Grant disse a ele. — Acabei dormindo demais.

— Passou bem o Natal, comandante? — perguntou o entregador com um brilho de reconhecimento nos olhos.

— Não exatamente — respondeu Grant.

O entregador franziu a testa, sem esperar obviamente uma resposta tão sincera. O homem acenou por cima do ombro para a van de entrega.

— A entrega é das grandes. Quer que eu coloque em algum lugar?

Grant viu um caixote de tamanho médio num carrinho ao lado da van.

— Acho que na sala de estar, se não se importa — disse Grant.

Alguns instantes depois, o homem depositou o caixote na sala e partiu com algumas notas de uma libra que Grant tirou da carteira.

Foi só quando ele deu uma olhada melhor na etiqueta que seus olhos sonolentos acordaram por completo. Não foi seu nome impresso na etiqueta nem o endereço que chamou sua atenção. Foi o nome para quem ele deveria ser devolvido caso não encontrassem o destinatário.

M. Ferguson/The Daily Mail/39092930

Grant presumiu que os números fossem algum tipo de conta que o jornal tinha com o serviço de entrega.

De maior interesse, e um pouco mais preocupante, foi pensar no que Monte Ferguson poderia ter lhe enviado pelo serviço de entrega noturna.

Grant pensou em ligar para Frankel e Rachel, mas sabia que não conseguiria ficar sentado ali, simplesmente olhando para o caixote, até eles chegarem.

Por isso Grant desceu até o porão.

Encontrou um pé de cabra que não usava há séculos e voltou a subir as escadas até a sala. Encaixou a ferramenta num dos cantos do caixote e levantou a tampa.

Prior Silver tinha cumprido a promessa de que Grant teria notícias dele logo após o Natal.

O homem que Grant, Frankel, a Scotland Yard e a polícia de Nova York estavam procurando em duas grandes cidades estava amontoado, como um saco de batatas, na parte inferior do caixote.

Prior Silver estava morto para o mundo.

Com um numeral romano *VIII* entalhado no centro da testa.

28

Suicídio.
Frankel ficou ao lado de Rachel e do pai dela na sala de estar, enquanto Jeffries, o legista que ele tinha conhecido em Esher, compartilhava com eles suas descobertas preliminares.

— Vamos fazer uma bateria de exames, mas tudo indica que Silver tirou a própria vida.

— Alguma ideia de quanto tempo faz que ele está morto?

— É apenas um palpite por enquanto — disse Jeffries. — Mas com base no *rigor mortis*, eu diria que ele morreu nas últimas 24 horas.

Frankel olhou ao redor da sala, onde havia policiais e técnicos por todo lado. Grant estava ao lado do caixote aberto, olhando dentro dele. Ele estava praticamente na mesma posição desde que Frankel tinha chegado com Rachel algumas horas antes.

Parece que está em choque. Não dá para culpá-lo... Imagine começar o dia com um cadáver embaixo da sua árvore de Natal...

Rachel estava no chuveiro quando Frankel atendeu ao telefonema de Grant. Quando ela saiu segurando uma grande toalha de banho enrolada no corpo, enquanto secava o cabelo com a outra mão, Frankel estava no mesmo estupor que Grant agora.

— Quem era? — Rachel tinha perguntado.

— Prior Silver está morto — ele simplesmente respondeu.

Ouvir a própria voz pronunciando as palavras em voz alta não tornou mais fácil acreditar naquilo.

E agora de pé ao lado do cadáver, Frankel ainda achava toda a cena surreal.

De repente percebeu que o que ele estava sentindo era decepção.

Afinal, havia algo mais frustrante do que ver a busca que os consumira por quase um mês terminando daquele jeito, sem que pudessem fazer uma única pergunta a Silver?

Parecia uma grande injustiça!

Mesmo na morte, Prior Silver ainda parecia estar em vantagem, assim como estivera desde o início da sua matança, não muito longe da Biblioteca Britânica, em Saint Pancras. A cada assassinato cuidadosamente encenado, ele só divulgava as informações precisas que desejava que as autoridades soubessem.

E isso incluía a sua própria morte.

— A hipótese de envenenamento ainda faz sentido? — perguntou Grant.

— Tudo aponta nessa direção — disse Jeffries. — Não vejo nenhum corte ou facada como nos outros cadáveres. Exceto pelas marcas na testa, é claro.

— Ele fez as marcas em si mesmo também?

— Parece que sim. — O legista apontou para a testa do morto. — É só ver a hesitação como foram feitas. O *V*, principalmente, por onde ele deve ter começado. Há também uma falta de simetria em comparação com as outras vítimas, o que indica que fez os cortes de forma invertida, sem conseguir ver o que estava fazendo. Como se...

Ele levantou um punho fechado até a própria testa e fez um movimento de entalhar.

— Você acha que ele fez isso antes ou depois de tomar o veneno? — perguntou Frankel.

— Se foi na forma líquida, provavelmente tomou antes de entrar na caixa, porque não localizamos nenhum frasco sobre ou perto do corpo. Se foi uma pílula ou comprimido, então ele pode ter tomado a qualquer momento. — O legista olhou para o caixote, depois continuou. — Mas considerando a faca que encontramos dentro da caixa e os respingos de sangue, eu diria que Silver entalhou as letras logo após entrar nele.

Jeffries elaborou sua teoria. As manchas de sangue na parede interna da caixa eram consistentes com a hipótese de que Silver tinha segurado na borda da caixa com uma mão enquanto se cortava com a outra. Posteriormente, um pouco do sangue secou na parede interna, enquanto o resto se acumulou no fundo da caixa, depois que Silver perdeu a consciência e acabou morrendo.

— Mas ele conseguiu se trancar lá dentro antes — apontou Frankel.

— Acho que pode ter fechado a caixa antes de perder a consciência. Foi bem simples, tendo em vista a estrutura do caixote.

Jeffries já havia identificado o contêiner como do tipo que podia ser fechado por dentro ou por fora. Isso significava que Silver havia optado por ficar preso lá dentro e ser entregue na porta de Grant.

Frankel observou Rachel estremecer.

— Que maneira mais brutal de morrer... — disse ela.

Ela não tinha se afastado muito de Frankel desde que haviam chegado e estava visivelmente abalada. Frankel sugeriu que ela não precisava ficar ali, mas Rachel foi categórica, insistindo em ficar. Ele queria desesperadamente abraçá-la e confortá-la, mas sabia que aquele não era o momento nem o lugar.

— Acho que, no final, ele decidiu reservar o pior castigo para si mesmo.

— Por que está imaginando isso? — ela perguntou.

— O Oitavo Mandamento. *"Não roubarás"* — citou Frankel. — Uma vez ladrão, sempre ladrão.

A sala ficou em silêncio enquanto Frankel se perguntava se Grant e Rachel estariam pensando a mesma coisa que ele. Eles tinham passado todo aquele tempo vasculhando listas à procura de um ladrão que pudesse ser a próxima vítima e a resposta estava embaixo do nariz deles o tempo todo.

Grant por fim falou.

— Nunca imaginei que ele pararia no oitavo assassinato.

— Talvez tenha pensado que poderíamos pegá-lo antes que pudesse terminar — disse Frankel.

— Ou talvez tenha planejado assim o tempo todo — rebateu Rachel.

— As duas hipóteses são possíveis — concordou Grant.

— Silver certamente cumpriu o que disse a Monte Ferguson — disse Frankel.

— Por que diz isso? — perguntou o comandante.

— Ele disse que você saberia quando ele terminasse. — Frankel olhou para a caixa uma última vez. — Eu diria que o homem cumpriu sua palavra.

Você não deveria fazer promessas que não pode cumprir, comandante.

Aquela frase praticamente saltou do celular que Frankel estava verificando.

Eles estavam de volta ao escritório de Grant e Frankel estava percorrendo as mensagens do celular encontrado num dos bolsos de Silver. Os peritos já tinham recolhido amostras da poeira e tirado as impressões digitais. Dois conjuntos de impressões digitais foram encontrados; ambos pertenciam a homens mortos.

Stanford Hawley e Prior Silver.

Traços do sangue do sargento também foram encontrados no invólucro e Frankel não pôde deixar de imaginar como aquilo havia chegado lá. Ele afastou as imagens perturbadoras e se concentrou nas mensagens de texto no celular que Silver havia roubado da vítima que não planejara matar.

Ele não só encontrou as conversas que o assassino teve com Rachel, mas outras posteriores, para um número diferente.

O número do celular de Monte Ferguson.

Frankel percebeu que Silver havia usado o telefone de Hawley para entrar em contato com Ferguson e fazer uma oferta que o jornalista do *Mail* claramente não pôde recusar.

Quero contar minha história. Interessado?

A conversa pelo celular começou logo após o funeral de Hawley. Graças a ela, a polícia rapidamente entendeu como surgiu a entrevista publicada no *Daily Mail*.

Ela mostrava as exigências de Silver, mencionadas na entrevista exclusiva de Ferguson. O jornalista deveria aparecer sozinho e estava proibido de entrar em contato com a Yard; caso contrário, a entrevista não aconteceria. O fim da conversa elucidava a razão por que Ferguson tinha concordado em se encontrar pessoalmente com um *serial killer:*

Ferguson: *Como eu sei que estarei seguro? Que você não vai me matar assim que eu cruzar a porta?*
Silver: *Porque você ainda não violou nenhum dos estatutos do Senhor.*
Ferguson: *Você quer dizer os Dez Mandamentos?*
Silver: *Sim. Violou algum deles?*
Ferguson: *Não.*
Silver: *Então você não tem nada a temer de mim.*

Aquilo tinha sido suficiente para Ferguson aceitar a oferta única de Silver.

O bate-papo pelo celular terminou com o horário do encontro entre os dois: seis horas da manhã seguinte, no dia de Natal. E Silver havia fornecido a Ferguson um endereço que descobriram ser um armazém abandonado no East End, que a polícia tinha acabado de verificar.

Não era só o local perfeito para um encontro clandestino (numa parte de Londres que ficava deserta na manhã de Natal), como também o endereço no qual o caixote havia sido retirado no dia 26, para ser entregue ao comandante da Scotland Yard.

O golpe derradeiro tinha sido o uso final do celular do sargento Hawley. O histórico de pesquisa levou ao *site* do serviço de entregas, acessado por volta das sete horas da noite de Natal.

Quando Grant ligou para o serviço de entregas, eles confirmaram o pedido pela internet para uma coleta na manhã seguinte. A informação tinha sido inserida digitalmente usando a conta do *Daily Mail* de Monte Ferguson. Eles presumiram que Silver havia conseguido que o jornalista lhe desse o nome do serviço de entregas e o número da conta. Não havia motivo para Ferguson suspeitar ou mesmo se importar com o que o assassino faria com essa informação. O repórter só queria dar o fora do armazém e enviar para o jornal a história que mudaria sua vida profissional.

— A menos que o próprio Ferguson tenha solicitado a entrega — sugeriu Grant.

— Por que ele faria isso? — perguntou Rachel.

— Teríamos que perguntar a ele — disse Frankel. — Mas precisaríamos encontrá-lo para saber.

Quase um dia inteiro tinha se passado desde que a história de Ferguson surpreendera Londres e o mundo, e eles não haviam recebido nenhuma notícia do jornalista.

Frankel se perguntou se Monte estaria esperando a entrevista coletiva que Stebbins havia marcado para dali a uma hora para dar as caras. Ele já podia imaginar Ferguson, um tanto presunçoso, colhendo os louros da glória por ter conseguido a única entrevista com Prior Silver e ser a última pessoa a vê-lo vivo.

Apenas mais uma ignomínia para jogar na cara dele e de Grant.

Enquanto Frankel pensava nisso e na coletiva de imprensa que aconteceria dali a alguns minutos, ele começou a ter os mesmos sentimentos que Grant sobre sua aposentadoria iminente, dali a apenas alguns dias.

Frankel mal podia esperar para que tudo aquilo acabasse.

Mas Monte Ferguson não apareceu.

Essa foi a primeira coisa que Frankel notou ao entrar na sala de conferência lotada. Michaels, o editor do *Daily Mail*, disse a ele e a Grant que ainda não tivera notícias de Ferguson desde o telefonema do dia anterior.

Stebbins começou confirmando a morte do Prior Silver e as circunstâncias em que ela havia acontecido. Uma comoção, com suspiros audíveis, percorreu a sala, quando ele revelou que o corpo havia sido entregue na casa de Grant. Frankel olhou para o comandante, espremido entre ele e Stebbins na frente da sala, e pôde sentir uma onda de constrangimento irradiando do pai de Rachel.

Stebbins deu lugar a Jeffries, que foi cauteloso em suas alegações, evitando revelar demais e dizendo apenas que o homem havia se suicidado ingerindo veneno, mas se recusou a dar mais detalhes antes de ter a chance de fazer mais exames, embora já tivesse informado Frankel e Grant de que encontrara vestígios de estricnina no organismo de Silver.

Quando um jornalista ansioso perguntou ao legista se Silver apresentava as mesmas marcas reveladoras na testa, como as relatadas por Monte Ferguson na famigerada entrevista, ele olhou para Stebbins, que lhe autorizou com um aceno de cabeça a responder à pergunta do jornalista.

— Encontramos o numeral romano VIII entalhado em sua testa — disse Jeffries.

Ouviu-se um burburinho na sala novamente. Stebbins deu um passo à frente e agradeceu ao legista, passando a ler em voz alta as descobertas "oficiais".

— Este caso está sendo considerado suicídio pela Scotland Yard. Prior Silver era o principal suspeito dos assassinatos. As marcas na testa são consistentes com as semelhantes encontradas nas sete vítimas anteriores. Também confirmamos que Silver estava em Nova York quando o quarto e o quinto assassinatos foram cometidos.

Frankel não pôde deixar de se maravilhar com a facilidade que o superior de Grant aproveitou a pergunta do repórter para anunciar a conclusão definitiva da Yard de que Prior Silver era o culpado pelos assassinatos. Isso também reafirmou o que Frankel já sabia: o homem não tinha paciência nem vontade de andar na corda bamba política.

Em seguida, Stebbins abriu espaço para as perguntas. Na meia hora seguinte, Frankel e Grant se viram acuados pelas críticas dos jornalistas, que os repreendiam pelo fato de Silver tê-los superado até no momento da morte. Vários jornalistas queriam saber o que Monte Ferguson tinha lhes contado sobre sua conversa com Prior Silver.

— Vamos informar vocês depois que conversarmos com ele — respondeu Frankel, da primeira vez que a pergunta foi feita.

Da segunda vez que o mesmo assunto veio à tona, Grant pegou o microfone.

— Se algum de vocês souber de Ferguson, deve entrar em contato conosco imediatamente para não correr o risco de ser acusado de impedir uma investigação em curso.

Frankel percebeu que Grant estava fazendo o máximo para manter a calma.

Um jornalista levantou a mão na parte de trás da sala.

— Quer dizer, então, que o caso não está encerrado?

Stebbins voltou a repetir sua afirmação de que eles não estavam mais à procura de um suspeito, só amarrando as pontas soltas.

— Detetive Frankel?

O detetive da polícia de Nova York estava mais uma vez admirando o jogo de cintura de Stebbins, quando percebeu que chamavam seu nome.

— Sim?

— Qual o papel do Departamento de Polícia de Nova York em tudo isso?

Frankel hesitou. O dia tinha sido tão tumultuado que ele não tivera nem tempo de enviar seu relatório para o tenente Harris em Manhattan e conversar sobre o caso. Mas ele sabia que seus colegas de Nova York ficariam empolgados ao saber que o Assassino dos Mandamentos não mais voltaria a ameaçar seu país.

— Estamos de acordo com as conclusões da Scotland Yard — disse Frankel.

— Isso significa que agora o senhor vai voltar para os Estados Unidos?

— Não imediatamente. Estou planejando ficar um pouco mais para cuidar de umas coisas.

Frankel não resistiu a olhar para Rachel, que lhe ofereceu um sorriso apreciativo. Não era a primeira vez que Frankel era lembrado da única coisa boa que entrara em sua vida desde que tinham encontrado um padre morto, empalado numa cruz, na Catedral de Saint Patrick.

Logo depois disso, Stebbins encerrou a coletiva de imprensa.

Na opinião de Frankel já estava mais do que na hora.

E pelo olhar no rosto de Austin Grant, o comandante da Scotland Yard tinha a mesma opinião.

— Nem mesmo uma bebida para comemorar? — perguntou Everett.

— Estou com cara de quem quer uma bebida? — respondeu Grant.

— Está com cara de quem está precisando de uma, na verdade — disse o irmão.

Grant parecia ainda mais sombrio do que na hora em que saíra da coletiva de imprensa. A expressão do comandante combinava com as nuvens carregadas do lado de fora, onde chovia torrencialmente.

Eles tinham acabado de voltar ao Wolseley, para um jantar tardio, mas dessa vez não estavam apenas Frankel e Rachel, mas também os irmãos Grant.

Nada tinha sido planejado.

Quando o trio voltara ao escritório de Grant, depois da tumultuada coletiva de imprensa, Everett estava esperando ali. Por ser quinta-feira, era a noite da partida de xadrez semanal dos irmãos e Frankel tinha ouvido o pedido de Grant, antes da coletiva, para que o professor de Oxford telefonasse para lembrá-lo.

Depois de acompanhar o processo pela televisão, Everett disse que não iria permitir que os três ficassem amuados e deprimidos quando deveriam estar ao ar livre, se não comemorando, pelo menos respirando ar fresco e soltando um suspiro de alívio coletivo pela coletiva ter acabado.

— Me deixe adivinhar. Você não vai sair do meu escritório até que a gente concorde? — perguntou Grant.

— Você sabe o que acontece quando não consigo o que quero — disse Everett.

Frankel não teve a chance de descobrir o que poderia ser, porque Grant jogou as mãos para cima, se rendendo, e disse ao irmão para que "apenas escolhesse um lugar e pronto".

No restaurante, nem Frankel nem Rachel seguiram Grant em seu exemplo de abstinência. Ambos pediram doses de uísque e concordaram que não chegavam nem aos pés das que Everett tinha preparado na véspera de Natal.

Quando os aperitivos chegaram, Everett quis saber tudo sobre a morte de Prior Silver, cravando Frankel e Rachel de perguntas, enquanto Grant permanecia mudo.

— Envenenamento por estricnina? — exclamou Everett. — Se inspirou em Agatha Christie...

— A hipótese é compatível com a linha do tempo do legista — explicou Frankel. — A ação do veneno foi lenta o suficiente para Silver ter tempo de ingerir, entalhar um oito na testa e depois expedir o corpo para Austin no dia seguinte.

— Usando a conta do serviço de entregas de Monte Ferguson. Um toque de inspiração para vocês — observou Everett.

O tópico da discussão passou naturalmente a ser o jornalista desaparecido, Ferguson.

— Para onde você acha que o homem pode ter ido? — perguntou Everett.

Grant falou pela primeira vez, desde que pedira uma salada assim que se sentaram.

— É isso que eu quero saber. Quando descobrir, tenho um bocado de perguntas.

— Tal como? — perguntou o irmão.

— O que ele estava pensando ao fazer uma jogada imprudente como essa, de se encontrar com um *serial killer* sozinho?

— Parece que estava disposto a qualquer coisa para conseguir uma história — disse Rachel.

— E qual a relação entre ele e aquele caixote? — perguntou Grant. — Acho difícil acreditar que Ferguson simplesmente entregaria o número da sua conta para Silver e sairia dali assobiando alegremente.

— Que outra possibilidade haveria? — perguntou Everett. — Ferguson enviou ele mesmo a caixa, enfiou o cadáver ali dentro e a mandou para você como um presente de Natal atrasado?

— Não sei bem o que pensar — Grant balançou a cabeça. — Só sei que não vou descansar enquanto não tiver algumas dessas respostas.

Everett deu um tapinha no ombro do irmão.

— Acho que você vai descansar muito a partir da próxima semana, meu velho, já que está às portas da aposentadoria.

— Não poderia chegar num momento mais oportuno.

— Isso significa que vai reconsiderar meu convite para passarmos o Ano-Novo nas montanhas?

— Neste momento só consigo pensar em ir para a cama, com a esperança de que, ao acordar, descubra que tudo não passou de um terrível pesadelo — respondeu Grant.

— Bem, nós dois não somos muito de festa, não é mesmo? — Everett brincou. Ele se virou para Rachel e Frankel. — Acham que vocês conseguem convencê-lo a mudar de ideia?

Frankel ergueu uma sobrancelha.

— Não sabia que eu tinha sido convidado.

— Claro que você foi — gargalhou Everett. — Que jovem não quer passar o Ano-Novo com sua garota do lado?

Frankel olhou para Rachel e pôde vê-la começando a corar. Verdade seja dita, Frankel achou que ele também podia estar um pouco corado.

— Pode ser divertido — disse Rachel. — Você não acha, pai?

A única resposta que ela obteve foi um *hmmmm* abafado.

— A gente entra em contato com você para falar sobre isso — Rachel disse ao tio.

Uma hora depois, quando estavam saindo do restaurante, Frankel notou que o humor de Grant só tinha piorado com o clima lá fora, que, embora parecesse impossível, parecia estar ainda pior, com uma chuva ainda mais forte. Como os irmãos Grant saindo à caça de táxis, Frankel ficou ao lado de Rachel perto da chapelaria do restaurante.

— Talvez seja melhor você ir para casa com seu pai esta noite — Frankel sugeriu.

— Já está tentando se livrar de mim, detetive?

— Isso nunca me passou pela cabeça, na verdade. — Frankel fez um gesto indicando a rua. — Acho que o comandante está com a cabeça cheia e você é a única pessoa no mundo que pode tentar ajudá-lo a pegar leve e não se martirizar tanto.

— Você não conhece meu pai tão bem quanto pensa. Esse humor em que ele está pode continuar por dias... Mas acho que é uma ideia adorável, ainda mais partindo de você. — Ela inclinou a cabeça para trás e lhe deu um selinho.

Frankel imediatamente começou a se arrepender da sua oferta altruísta, mas manteve sua palavra e disse que a veria logo cedo, pela manhã.

Raquel sorriu.

— Sou uma daquelas "coisas que você vai cuidar"?

— Com certeza!

Isso lhe rendeu outro beijo e mais uma pontada de arrependimento.

Depois de colocar pai e filha no primeiro táxi que o manobrista do restaurante conseguiu, Everett sugeriu que eles compartilhassem o outro, caso o funcionário encharcado do Wolseley conseguisse repetir seu feito.

— Convent Garden fica no caminho para Hampstead — enfatizou Everett.

Instantes depois, eles entraram num segundo táxi, que o manobrista só tinha conseguido porque saltara da calçada na frente do veículo, praticamente mergulhando no meio da rua empoçada.

Enquanto se acomodavam para o curto trajeto até o hotel de Frankel sob a tempestade, Everett olhou pela janela lateral.

Por fim ele falou.

— Estou preocupado com Austin.

— Seria mais normal o contrário: o irmão mais velho se preocupando com o mais novo.

— É muito para um homem perder num ano só. Primeiro, o amor da sua vida. Agora, a única carreira que já conheceu.

— A segunda foi escolha dele.

— Sim, mas não acho que ele esteja pronto para ficar com todo esse tempo ocioso.

Everett se virou e balançou a cabeça.

— Especialmente agora, com você levando Rachel para os Estados Unidos justo no momento em que Austin conseguiu tê-la de volta.

Frankel não sabia exatamente o que responder, então apenas deixou Everett continuar.

— Tenho certeza de que ela lhe contou um pouco sobre como as coisas foram entre eles nos últimos dois anos — disse Everett.

Frankel pensou em como Rachel abriu o coração para lhe contar a verdade sobre o que acontecera com a mãe. Ele sentiu o mesmo vazio no estômago.

— Contou um pouco, sim.

— Então você entende do que estou falando — disse Everett.

— Eu entendo que nós dois moramos em Nova York — respondeu Frankel. — Mas eu não tenho intenção nenhuma de "tirá-la do pai", se é isso que está insinuando.

— Pode ajudar se você disser isso a Austin em algum momento — sugeriu Everett.

Frankel nunca tinha visto o homem tão solene. Claramente, Everett Grant zelava muito pela sua família e queria mantê-la unida.

— Certamente vou tentar — respondeu Frankel em voz baixa.

Everett abriu um sorriso agradecido.

— Rachel realmente tem sorte de ter você.

Pelo resto do trajeto, Frankel observou a chuva torrencial, absorto em seus pensamentos.

Quando o táxi parou na entrada do hotel de Frankel, ele havia chegado a uma conclusão.

Se havia uma maneira de oferecer algum tipo de salvação tanto para Rachel quanto para o pai dela, John Frankel estava determinado a encontrá-la.

29

— Quantas vezes você vai ler essa coisa?

Grant ergueu os olhos da escrivaninha e viu que Rachel tinha entrado no escritório sem fazer barulho. Ela estava vestindo um moletom da universidade de Oxford e *legging* azul-royal, e segurava a porta aberta, com uma xícara de chá quente na outra mão.

— Até descobrir o que está me deixando com uma pulga atrás da orelha... — respondeu Grant.

Ele abaixou a cópia já gasta da entrevista de Ferguson com Prior Silver. Tinha repassado cada linha pelo menos umas dez vezes naquela manhã.

— Talvez o fato de ele ter saído e feito isso sem lhe dizer nada? Raquel perguntou.

— Isso é óbvio.

Ela colocou a xícara de chá num porta-copos com a imagem de uma obra de Degas. Os impressionistas eram os favoritos de Allison e ela colecionava porta-copos estampados com réplicas das obras desses pintores. ("Isso é o mais próximo que teremos de possuir uma obra dessas", ela costumava brincar.)

— Tudo está conveniente demais... Um fanático religioso promove uma matança que não vemos desde que Jack, o Estripador rondava Whitechapel e depois põe fim nela num piscar de olhos, com uma confissão e uma dose de estricnina? Não parece meio esquizofrênico?

— Para mim parece mais maníaco-depressivo. Você já falou com algum psiquiatra do sistema carcerário? Pode ser interessante ouvir a opinião de um profissional como esse.

— Fizemos isso quando você e Hawley desenterraram a ficha dele. O perfil psicológico do homem era praticamente nulo; não tinha nada que indicasse um gênio do crime vindo à tona agora.

— Enfiado numa cela durante vinte anos com apenas uma bíblia, seus pensamentos e um gosto por vingança? O homem não teve nada além de tempo para engendrar esses crimes.

— Suponho que sim — disse Grant.

— E eu suponho que você tenha tempo para o café da manhã... Grant abriu um sorriso.

— Ovos Benedict à la Grant?

— Eu não ousaria competir com o mestre. Mas caso não se lembre, faço ótimas panquecas.

— Vá na frente — disse Grant, levantando-se da escrivaninha.

Meia hora depois, o comandante afastou sua cadeira da mesa de cozinha com um suspiro satisfeito e um prato limpo e raspado.

— Não tinha percebido que estava com tanta fome.

— Você mal tocou no jantar ontem à noite.

A preocupação da filha fez que Grant abrisse um meio sorriso.

— Cheguei naquela etapa da vida em que pais e filhos trocam de papéis?

— Não mesmo. Mas ainda me preocupo com você de vez em quando.

Grant estendeu a mão até o outro lado da mesa para pegar o artigo de Ferguson mais uma vez e viu Rachel revirando os olhos.

— Talvez eu tenha uma perspectiva mais clara de estômago cheio.

— Sei muito bem que não adianta tentar impedir você de se torturar.

— E acredite quando digo que aprecio seu empenho.

Mas a obsessão do comandante pelo jornal ficou em segundo plano quando ele começou a observar Rachel circulando pela cozinha com a mesma desenvoltura de Allison ao longo de todos os anos de casamento. A melhora do relacionamento entre eles na última semana tinha feito Grant deixar de lado qualquer segredo que Rachel prometera à mãe guardar, até que ela estivesse pronta para contar.

— Por que você está sorrindo? — Rachel perguntou de repente.

— Eu estava pensando em como é bom ter você de volta aqui em casa.

— É bom estar aqui.

— Alguma ideia de quanto tempo você vai ficar? — ele perguntou, tentando não demonstrar o desespero que lhe causava a ideia de ela ir embora.

— Não tenho certeza. Com o fim da investigação, acho que John vai precisar voltar para Nova York, provavelmente logo após o *Réveillon*. — Ela se sentou na frente do pai. — Falando nisso, você pensou melhor no convite de Everett?

— Um lugar a 1.500 metros de altitude não é exatamente o que eu escolheria para começar a minha aposentadoria.

— Mas seria bom para todos nós se a família passasse o Ano-Novo reunida, não seria?

Grant não podia negar o entusiasmo que aquela ideia lhe provocava.

— Essa coisa entre você e o detetive Frankel está ficando sério, não é?

— Eu realmente gosto dele, papai.

— Eu também.

Ele viu os olhos dela se desviarem para o jornal dobrado.

— Sei que as coisas não saíram do jeito que você esperava — ela disse. — Mas algo bom resultou de tudo isso, não acha?

Ela estendeu o braço e pegou a mão do pai. Grant sentiu seu coração se aquecer à medida que um bolo se formava em sua garganta.

— Com certeza — ele conseguiu responder.

— Então você vai pensar na possibilidade de irmos todos juntos para a Suíça?

— Claro que vou!

Mas isso não significava que ele iria parar de pensar no que diabos podia ter acontecido a Monte Ferguson.

— Gostaria de ter mais notícias, mas não tenho — disse Randolph Michaels, sentado atrás da sua mesa no *Daily Mail*. — Não é a maneira ideal de um jornalista começar uma conversa, mas a vida é essa.

— Você não acha estranho não ouvir mais nem uma palavra do homem, desde que ele apresentou a maior história da sua carreira?

— Eu esperava que ele estivesse por aí se vangloriando, é verdade. É bem esquisito.

— Então, como você explica esse sumiço?

Michaels deu de ombros.

— Medo de ser acusado de obstruir uma investigação policial? É a única coisa que me ocorre.

Grant estava seguindo outra linha de raciocínio, mas ainda não estava pronto para contar sobre ela a Michaels e correr o risco de que ele pensasse na sua ideia como uma teoria da conspiração. No entanto, essa era a principal razão que o trazia ao jornal, em vez de iniciar sua última sexta-feira de trabalho na Yard.

— Eu mesmo gostaria de conhecer essa história a fundo — continuou Michaels. — A diretoria quer saber o que aconteceu com seu "astro das reportagens" e se o jornal vai ser responsabilizado pela Scotland Yard por alguma coisa.

— Você está cooperando com a polícia. Pode dizer a eles que não têm nada com que se preocupar.

— Há algo mais que eu possa fazer para ajudar?

— Será que posso dar uma olhada na mesa de Ferguson? Ver se encontro alguma pista de onde ele está? Claro que eu poderia voltar com um mandado de busca...

Michaels descartou a ideia.

— Quanto mais cedo colocarmos um ponto final nessa confusão, melhor para todos.

Momentos depois, Grant estava sentado no pequeno cubículo de Ferguson.

Descrever a mesa de Ferguson como o cenário de devastação que se via após a passagem de um tornado seria um eufemismo. Ele obviamente nunca tinha se dado o trabalho de arquivar um papel. Havia recortes, fotos e papeis espalhados por toda parte, sobre a escrivaninha, enfiados em gavetas e espremidos em cubos que serviam de prateleiras.

Cada um dos itens tinha a ver com os assassinatos dos Mandamentos.

Grant tinha se deparado com um registro vívido da sua própria investigação, espalhado da maneira mais desorganizada possível. Excertos do Antigo Testamento com versículos destacados com marcador fluorescente, fotos das cenas do crime, a maioria mostrando Austin Grant, e histórias de tabloides rivais sobre os assassinatos.

Grant achou particularmente interessante um item num quadro da cortiça que separava o espaço de Ferguson do cubículo de um jornalista esportivo, do outro lado de uma meia parede.

Uma lista impressa dos Dez Mandamentos, com uma linha vermelha sob os sete primeiros. Apenas os três últimos permaneciam sem marcação: *Não roubarás. Não darás falso testemunho. Não cobiçarás nada que seja do teu próximo.*

Isso fazia todo o sentido, pois Prior Silver ainda estava vivo quando Ferguson foi encontrá-lo no armazém do East End. E o repórter estava desaparecido desde então.

Grant levou um tempo organizando a bagunça, mas no final percebeu que tudo ali era notícia velha; não havia nada que o homem da Scotland Yard já não soubesse.

A constatação só serviu para Grant continuar remoendo os fatos, algo que Michaels sem querer intensificou quando apareceu no cubículo segundos depois.

— Ele estava bem obcecado, não acha?

— Para dizer o mínimo — respondeu Grant. Em seguida, ele apontou para os Dez Mandamentos no quadro de cortiça. — Você sabe quando ele colocou essa lista aí no quadro?

Michaels balançou a cabeça.

— Não tenho o hábito de checar as idiossincrasias dos meus repórteres. Mas não me lembro de ter visto isso aí antes de ele ir para Nova York, e ele foi no final de semana retrasado, certo?

— O padre foi assassinado numa noite de domingo. Ferguson chegou em Nova York depois disso.

— Não, ele, na verdade, já estava lá no domingo de manhã. Foi pura coincidência. Estou surpreso que Monte não tenha lhe contado.

Grant de repente se lembrou do repórter sendo evasivo ao se deparar com ele em Saint Patricks e ele se perguntando como Ferguson tinha chegado lá tão rápido. A pulga atrás da orelha voltou com força total.

— Não, ele de fato se esqueceu de mencionar isso — disse Grant.

A primeira vez que Grant encontrou Ferguson, depois do início do caso, foi quando ele estava deixando a Yard no sábado à noite, um dia antes da recomendação para fecharem todas as igrejas de Londres. Foi nesse dia que Ferguson o confrontou sobre os assassinatos e Grant prometeu ligar para ele depois do final de semana. Mas Grant acabou se esquecendo da promessa quando começou o pandemônio em Manhattan e teve que pegar um voo para lá na manhã de segunda-feira.

A vez seguinte que ele viu Ferguson foi em Saint Patrick, naquela terça-feira de manhã.

Certamente valia a pena pedir que Morrow fizesse uma busca rápida nas companhias aéreas para saber que dia Ferguson viajara. Quando chegou à Yard, eles já tinham feito isso.

Monte Ferguson tinha embarcado num avião em Heathrow no domingo de manhã, 15 de dezembro, e chegado antes do meio-dia nos Estados Unidos, menos de oito horas antes de o padre Adam Peters ser assassinado.

De acordo com Michaels, Ferguson tinha ido para Manhattan depois de receber uma mensagem urgente. Um parente havia sofrido um acidente e estava às portas da morte num hospital ao norte de Nova York. Ele tomou o primeiro avião para os Estados Unidos. E depois contou ao editor que alguém tinha feito a maior confusão porque, quando ele chegou, soube que nenhum acidente tinha ocorrido... A Divina Providência, porém, o colocara no lugar e no momento certos para acompanhar de perto o desenrolar dos fatos.

— Ele realmente disse "Divina Providência"?

— Algo assim — respondeu Michaels.

Interessante a escolha das palavras, pensou Grant enquanto se sentava atrás da sua escrivaninha e examinava os dados da companhia aérea. Ele se reclinou na cadeira e continuou a remoer o caso.

A explicação de Ferguson para sua viagem repentina era plausível? Talvez. Mas também poderia ter sido uma farsa completa.

Ferguson tinha sido a única pessoa fora da Yard a perceber uma ligação entre os três primeiros crimes. Ele estava prestes a topar com a verdade cada vez que cruzava com Grant. Seria possível que sua obsessão por derrotar o homem da Scotland Yard pudesse ter levado o repórter a desenterrar o caso de Prior Silver e colocá-lo como suspeito na série de assassinatos? Uma coisa era certa: onde quer que Monte Ferguson estivesse agora, ele tinha acabado de descobrir a história mais marcante da sua vida e deixado a reputação de Grant em frangalhos.

Grant, por fim, se entregou totalmente à questão que o atormentava desde o momento em que o caixote chegara à porta da sua casa.

Monte Ferguson seria louco o suficiente para matar oito estranhos, além de Stanford Hawley, e depois atribuir a culpa a Prior Silver, colocando um ponto final no caso com um aparente suicídio, se a recompensa fosse a fama mundial?

— Isso é um absurdo! — exclamou o comandante geral, Franklin Stebbins.

Grant havia considerado a possibilidade de contar tudo a Frankel primeiro, mas sabia que estaria se colocando numa posição arriscada se não apresentasse sua teoria primeiro ao seu superior. A carreira de Grant estava basicamente acabada; não havia razão para deixar Frankel em maus lençois também, quando Stebbins repudiasse sua teoria.

Assim como estava acontecendo naquele instante.

— É uma suposição que estou investigando — disse Grant.

— E a entrevista? Prior Silver confessou.

— Ferguson poderia ter inventado tudo. Ele envenena Silver, faz parecer um suicídio e depois publica a história.

— E as mensagens que os dois trocaram? — perguntou Stebbins, que parecia cada vez mais exasperado.

— Ferguson poderia ter fabricado isso também. Se ele matou Stanford Hawley, estava com os dois celulares e bastava mandar mensagens de um para o outro.

— Você está ouvindo o que está dizendo? — Stebbins balançou a cabeça em descrença. — Sei que o homem adora um sensacionalismo e já bateu de frente com você, mas não há nenhum registro de que um dia tenha infringido a lei. Por outro lado, você tem Prior Silver, um homem que pegou vinte anos de cadeia por assalto a banco, depois se tornou um fanático religioso na prisão, *confessou* todos os assassinatos e, em seguida, se *matou*!

— Eu entendo que você...

— Não, você precisa *me* entender — insistiu Stebbins. — A investigação está oficialmente encerrada. Temos o nosso assassino e uma confissão. Sei que nem você nem o detetive Frankel estão satisfeitos que a solução do caso tenha vindo literalmente embrulhada para presente e jogada na sua porta, mas falo, em nome da Yard e de milhões de Londrinos e nova-iorquinos, que estamos felizes em pôr um ponto final nisso tudo e ter de um *Réveillon feliz e em segurança*.

O comandante geral se levantou e sua raiva pareceu se dissipar, substituída por um olhar de compaixão e preocupação genuína.

— Sei que este não é o fim de caso que você tinha em mente, Austin. Mas não diminui toda a sua dedicação e o trabalho esplêndido que você fez por três décadas.

Stebbins pousou a mão no ombro de Grant.

— Está na hora de, ao contrário do que diz a música de John Cale, você entrar "nessa noite acolhedora com doçura"... Lamento que seja com alguns percalços que não tenha planejado. Mas você precisa saber que há muitas pessoas aqui que se espelham em você e querem lhe desejar o melhor.

Grant começou a se sentir constrangido.

— Nem precisa dizer...

— Mas é a verdade. Você saberá quando chegar no quarto andar, em alguns instantes...

— Como?

Agora era Stebbins que parecia constrangido.

— Uma festa de despedida, Austin, para a qual preciso levá-lo daqui a vinte minutos. Só peço que pareça surpreso e esqueça toda essa maluquice, ok?

Grant não sabia se sua aparência era de surpresa ou não. Como ele quase nunca estava em clima de festa e não costumava ter explosões espontâneas de alegria, parecer surpreso certamente não era um dos seus maiores talentos.

Mas isso não pareceu ter a mínima importância.

Com Prior Silver morto e o caso encerrado, a equipe da Yard estava pronta para qualquer tipo de comemoração, especialmente às portas do Ano-Novo.

Havia balões e garrafas de champanhe, bandejas de salgadinhos preparadas pelas funcionárias da copa (e que Grant não se arriscava a comer para não dar início a uma nova investigação de morte por envenenamento) e um grande bolo amarelo com 34 velas (uma para cada ano que ele trabalhara na Yard) e uma cobertura de chocolate com a inscrição: *Boa sorte, Comandante!*

Ele foi obrigado a suportar perto de uma centena de pessoas cantando "Ele é um bom camarada" em quatro tons diferentes e em seguida soprar as velinhas, que teimavam em acender novamente, o que a maioria achou hilário, mas só acrescentou mais uma frustração ao dia de Grant.

Depois de aceitar os votos de felicidades de mais colegas do que ele pensava ter, o comandante se acomodou numa mesa de canto com Rachel, Everett e Frankel, que tinham aparecido para a ocasião.

— Você poderia ter me contado sobre isso no café da manhã — disse Grant à filha.

— Eu jurei segredo.

Everett e Frankel também se declararam culpados e só então Grant tomou um gole de espumante e brindou com o três, as pessoas na sala que mais importavam para ele.

Depois de muita insistência, Grant balbuciou um discurso atropelado de agradecimento, expressando gratidão principalmente a Stebbins e àqueles reunidos em sua mesa e lamentando que Allison e seu confiável sargento Hawley não pudessem estar presentes.

Quando ele se sentou, Rachel deu uma leve cotovelada no pai.

— É uma festa, pai, você devia tentar se divertir.

Grant aproveitou a oportunidade para relatar como tinha sido seu dia e contar que Stebbins tinha praticamente lhe entregado o chapéu e uma carta de demissão a caminho da festa.

— Eu me pergunto se ainda vou receber minha pensão — pensou em voz alta.

— Não seja bobo, Austin. Olhe toda esta gente prestigiando seu trabalho! — disse Everett.

— Incrível como as pessoas aparecem quando sabem que vão servir comida e bebida de graça!

Everett indicou um prato de salgadinhos quase intacto.

— Vocês já tiveram a infelicidade de provar esses salgadinhos?

Frankel assentiu.

— Acho que o cozinheiro de vocês é o mesmo da polícia de Nova York: o *chef* francês Báte Entôpe.

A piada trouxe o primeiro indício de sorriso ao rosto de Grant.

— Goste ou não, eles estão todos aqui para homenagear você, pai — Rachel apontou.

— Mas sua teoria sobre Monte Ferguson merece um brinde — disse Everett, levantando o copo. — Pela originalidade, ao menos.

— Acho que ela parece um pouco ridícula quando exposta em voz alta.

Rachel terminou seu champanhe, depois levou a mão à cabeça.

— Está tudo bem com você? — perguntou Frankel.

— Isso é para eu aprender a não beber de estômago vazio — ela respondeu, um pouco tonta. Depois olhou ao redor da sala. — Alguém mais está a fim de uma xícara de café?

— Por que não vamos procurar uma cafeteira em algum lugar? — perguntou Everett. Ele ajudou Rachel a se levantar da cadeira. — Aguentem um pouco aí, rapazes, e conversem sobre qualquer coisa menos sobre o caso.

— Eu preferia que você tivesse me ligado para contar sobre a sua teoria antes de despejar tudo sobre Stebbins — confessou Frankel quando Rachel e Everett já estavam longe demais para ouvi-lo.

— Acho que eu tinha que tirar isso da cabeça e ouvir alguém me dizendo que eu estava biruta.

— Eu ficaria feliz em fazer isso por você.

— Mas eu teria contado a ele de qualquer jeito.

Frankel riu, depois notou Grant observando da mesa o irmão escoltar Rachel pela sala.

— É um relacionamento muito especial o que eles têm.

— Rachel e Everett sempre foram muito próximos. Até mesmo nestes últimos anos.

Frankel assentiu. Houve um momento de silêncio entre eles, enquanto uma música ambiente irradiava dos alto-falantes.

— Sei que tem sido difícil desde que a mãe dela morreu — Frankel finalmente disse. — Para vocês dois.

— Suponho que ela tenha lhe contado.

Frankel assentiu.

— Nós nos aproximamos muito em pouco tempo.

— Percebi.

Houve outro instante de silêncio e mais música ruim.

Frankel sorriu.

— Esta é a parte em que eu deveria dizer quais são as minhas intenções?

— Não sei, detetive. Quais são as suas intenções?

— Espero que possamos passar muito mais tempo juntos. Mas a última coisa que eu quero é que pense que estou tentando tirá-la de você.

— Por que eu pensaria isso? — perguntou Grant.

— Bem, nós dois moramos em Nova York...

— E agora que eu tenho muito tempo livre, sempre posso fazer uma visitinha.

— Tenho certeza de que Rachel adoraria.

— Se isso é verdade, acho que devo a você.

— Não sei se entendi direito.

— Não faz muito tempo, eu achava que ela não conseguia sequer olhar para mim.

— Acho que está exagerando — disse Frankel.

— Você não conviveu com ela nos últimos dois anos. As coisas ficaram bem tensas entre nós, para dizer o mínimo. Tenho certeza de que ela contou...

Frankel assentiu.

— É, um pouco.

Uma pontada de dor atravessou Grant ao perceber que, embora Rachel conhecesse Frankel havia pouco tempo, já sabia coisas sobre sua filha que nem ele sabia.

— E o que ela prometeu à mãe não me contar?

Frankel ergueu uma sobrancelha.

— Você sabe sobre aquele dia, então?

Que dia?

Grant levou um instante sombrio para se recompor. Depois deu a Frankel a resposta mais sincera em que pôde pensar.

— Sei o suficiente para lamentar não estar presente na ocasião.

— Você estava na Escócia. Não poderia estar em dois lugares ao mesmo tempo.

Escócia.

Grant balançou a cabeça, com dezenas de pensamentos colidindo na sua cabeça.

— Mesmo assim...

Frankel parecia cada vez mais desconfortável.

— Isso é entre vocês dois. Mas sei que Rachel realmente quer que as coisas voltem a ser como antes.

Grant notou Frankel olhando o vazio. O comandante saiu do seu devaneio ao ver o irmão e Rachel voltando com um bule de café e pedaços de bolo.

— Sobre o que vocês dois estavam conversando? — perguntou Rachel, enquanto colocava as sobremesas na frente de Frankel e do pai.

— Conversa de policial, o que mais poderia ser? — respondeu Frankel, abrindo um sorriso.

— Nós dois conversávamos sobre a Suíça — disse Everett ao retomar seu assento. — Estávamos pensando em ir na segunda-feira, assim teríamos um dia para descansar antes da festa de Ano-Novo. O que acham?

Naquele momento, Grant não estava pensando na Suíça.

Pela primeira vez em dias, ele nem estava se perguntando onde Monte Ferguson teria se enfiado.

Grant estava tentando lembrar quando estivera na Escócia pela última vez, na época em que Allison ainda estava viva.

E o que poderia ter acontecido na ausência dele aquele dia.

30

Sábado.

Rachel amassou outra folha de papel e a atirou no cesto de lixo do quarto, atrás da mesa. Cesta!

Ela estava sentada na poltrona, perto da janela do quarto de hotel onde Frankel estava hospedado, tentando começar a escrever seu artigo. A única coisa que conseguiu foi acertar cerca de metade de suas mais de vinte tentativas de fazer cesta, o que não era uma porcentagem ruim nem mesmo para um jogador de basquete, mas um exercício de pura futilidade para ela.

Como já tinha cumprido a promessa que fizera ao pai de não escrever sobre a história antes do encerramento do caso, ela passou algumas horas tentando encontrar um jeito de começar o artigo ou uma nova perspectiva dos Assassinatos dos Mandamentos. Mas nada parecia muito bom. Ou ela glorificava as terríveis realizações de Prior Silver ou desmoralizava o pai e Frankel por terem deixado Silver lhes passar a perna nos dois continentes e depois envergonhá-los ainda mais, se matando antes que pudessem prendê-lo.

Um clima sombrio pairava sobre ela e John desde que tinham deixado a festa de despedida do pai. Fosse por terem assistido Grant agradecendo com um sorriso amarelo centenas de votos de "boa aposentadoria" ou por sentirem o peso do estresse causado pela farra doentia de Silver, a última coisa que sentiam era vontade de celebrar. Eles tinham apenas pedido uma refeição no quarto e ido para a cama cedo, tão deprimidos que tudo o que puderam fazer foi se abraçar e cair num sono agitado.

Ela olhou para John, sentado na cama com seu iPad, estudando os intermináveis relatórios do caso. Mesmo com a luz do dia excepcionalmente ensolarado (embora frio) se infiltrando pela janela, Rachel podia dizer que John ainda estava preocupado, principalmente quando ele tirou os olhos da tela e lhe lançou um leve sorriso que desapareceu antes de chegar aos olhos.

De repente, o quarto lhe pareceu extremamente opressor.

— Você está tão empacado quanto eu? — ela perguntou, acenando para as bolas de papel amassados ao redor do cesto de lixo.

— Se isso significa digitar a mesma frase quatro vezes, a resposta é um sonoro sim.

— O que acha de sairmos um pouco?

— Outro sonoro sim?

— Ótima resposta.

Como John não visitava Londres desde suas férias de pura devassidão com os colegas de faculdade, Rachel sugeriu que fizessem o que quer que ele quisesse fazer na ocasião, mas as bebedeiras o tivessem impedido.

Fizeram um minitour pelos pontos da cidade associados aos Beatles, incluindo a parada obrigatória na faixa de pedestres da Abbey Road, onde alguns adolescentes tiravam fotos. John convenceu alguns deles a ajudar a formarem um quarteto, com Rachel seguindo na frente, no papel de Lennon, e Frankel na retaguarda, como Harrison. Depois disso, partiram para Savile Row, a rua de Londres famosa por vender ternos masculinos elegantes, e pararam na frente do edifício nº 3, a antiga casa da Apple Records onde o "Quarteto Fabuloso" tinha gravado a segunda metade de *Let It Be* no porão e depois feito um *show* de 45 minutos no telhado. John não conseguia superar o fato de que aquela tinha sido a última apresentação ao vivo da banda, interrompida pela polícia por causa do barulho.

— Se eu estivesse de serviço naquele dia, teria deixado que tocassem até o pôr do sol.

Mais tarde, Rachel o acompanhou até a Baker Street, onde ele ficou desapontado ao descobrir que o número 221B, o endereço que supostamente pertencera a Sherlock Holmes, não existia. Havia um hotel e um museu num endereço diferente (com a placa 221B na porta), que tinha sido mobiliado para recriar o apartamento de Holmes, onde ele morava e oferecia seus serviços de detetive consultor com o dr. John Watson. Rachel se divertiu ao ver John admirar cada objeto do apartamento como se estivesse diante do Santo Graal.

— Eu li todos os casos dele na infância — disse a ela. — É o principal motivo para eu querer me tornar policial.

— Você sabe que Sherlock Holmes era só um personagem e as histórias eram fictícias, não eram casos...

Ele se inclinou e acariciou a orelha dela com o nariz.

— Deixe um menino de 8 anos ter suas fantasias...

Ela lhe lançou um olhar fingidamente *sexy*.

— Aqui mesmo?

— Essa é a fantasia do menino de 13 anos — disse ele, acariciando a outra orelha. — Talvez possamos levar esse assunto a fundo mais tarde.

— Como quiser, detetive.

Foi um momento bem-vindo de leveza num dia em que os dois sentiam o coração oprimido.

Quando voltaram para o hotel, depois de uma refeição de peixe e batatas fritas num *pub* onde John jurou já ter se embebedado e uma peça de teatro em que se revezaram no cochilo, Rachel estava cada vez mais convencida de que havia algo errado.

Não que ela sentisse falta do sexo; John tinha cumprido sua promessa da Baker Street e aprofundado, investigado e levado *O Caso dos Amantes Apaixonados* a uma conclusão mais do que satisfatória, exatamente como seria de se esperar de um detetive consultor.

Mas algo havia mudado.

Ela estava mais do que nunca ansiosa para ir relaxar na Suíça.

Domingo.

Quando o pai chegou, Rachel já estava sentada há trinta minutos no banco de ferro fundido que ele tinha doado ao cemitério de Highgate. Mas ela não se importava de ter esperado todo aquele tempo ali sozinha; tinha sido uma oportunidade para prosseguir com uma conversa que ela ainda não concluíra com a mãe, pois era a primeira vez que visitava o cemitério desde o sepultamento no ano anterior. Rachel extravasou a enxurrada de sentimentos que assaltava a sua mente e o seu coração: o tempo tumultuado que passara longe do pai; o reencontro inesperado; o namoro com John, rápido como um furacão (ela até chegou a dizer em voz alta: "Eu acho que você ia gostar dele, mamãe") e, claro, o quanto ela sentia falta dela todos os dias.

— Desculpe, o tempo passou e eu nem vi — disse Grant enquanto se sentava no banco ao lado dela, com um buquê de rosas cor-de-rosa nas mãos.

— Ainda procurando Monte Ferguson?

— Sim. E outros fios soltos.

— Era para você estar se aposentando, pai. Lembra?

— É aquela história do cão velho que não consegue aprender truques novos.

Grant acenou para os dois buquês de flores sobre o túmulo: um era um buquê fresco de mais rosas cor-de-rosa, embrulhadas em celofane e fita da mesma cor; o outro, apenas caules, espinhos e pétalas murchas.

— Gentil da sua parte lembrar — o pai disse a ela.

— Como não? Eram as favoritas dela. O outro buquê, você que trouxe?

— Eu trago todo domingo. — Ele se abaixou para recolher as rosas mortas e substituí-las pelo novo arranjo. — Não deu para vir a semana passada. Como você deve se lembrar, estávamos todos um pouquinho preocupados.

Rachel pensou na semana anterior. Tanta coisa tinha acontecido que era quase impossível evitar que a sua cabeça girasse. Tinha sido a manhã em que eles tinham voltado a Londres e descoberto o corpo do sargento Hawley. Ela começou a tremer e não era porque estava sentada num cemitério ou o clima estivesse ruim.

— Com certeza me lembro — ela murmurou.

Ela fechou um pouco mais o casaco pesado que tivera a ótima ideia de trazer de Nova York. O pai colocou um braço carinhoso ao redor dos ombros dela.

— Talvez não devêssemos ter vindo.

— Não, estou feliz de estarmos aqui. Mesmo.

Ela sorriu e ele afrouxou o abraço. Ficaram em silêncio por alguns instantes.

— É realmente lindo este lugar — Rachel disse por fim.

— É onde ela queria ser enterrada. — Grant olhou da colina em direção a um prédio ao longe. — Insistiu que eu viesse e tomasse todas as providências. Eu ficava dizendo a ela que ainda não era hora, mas nada a fez mudar de ideia.

Quando ele se virou, ela pôde ver lágrimas nos olhos do pai.

— Isso era bem típico da sua mãe: cuidar de todos, menos dela mesma. — Grant levantou a mão e secou as lágrimas. — Nunca vou me esquecer do dia em que vim aqui fazer o que ela pediu. De repente tudo se tornou tão real... Acho que foi o dia mais triste da minha vida.

Rachel não conseguia se lembrar de outra ocasião em que o pai tinha falado tão abertamente sobre a sua dor. Ele sempre fora a rocha sólida, que mantinha tudo bem guardado dentro de si.

Ela sentiu um nó na garganta e pegou a mão do pai, que a apertou com gratidão.

— Estou muito feliz por ter voltado para casa, Rach.

— Eu também, pai.

— Talvez nas festas do ano que vem, possamos celebrá-las direito.

— Você pode ir para Nova York. Não vai ter que se preocupar mais com a Yard.

— Isso é muito bom.

Ele soltou a mão dela delicadamente e andou por ali, sob o peso do sobretudo.

— Mas, mais do que qualquer outra coisa, vou adorar deixar para trás o afastamento entre nós.

Ele se encolheu dentro do casaco, estremecendo com o frio repentino que ambos sentiram. Mas Rachel percebeu que não era a brisa que deixara o ambiente gelado, era a mudança no rumo da conversa.

— Pai, nós já falamos sobre isso...

— Ouça, Rachel.

O tom sombrio dele a deixou sem escolha. Afinal, ele era o pai dela.

— Eu sei que o que quer que você tenha prometido à sua mãe não me contar aconteceu quando eu estava na Escócia.

Escócia? A mente dela começou a dar voltas. *Como ele sabia? Será que era por causa de algo que ela tinha dito?*

— Tinha algo a ver com o unicórnio quebrado e o corte no braço, não é? — Grant balançou a cabeça. — Eu sabia que ela não estava me contando tudo quando disse que tinha sido apenas um acidente, mas tanta coisa estava acontecendo, o diagnóstico repentino de câncer e tudo mais, que eu simplesmente não toquei mais no assunto. Mas havia outra coisa, não havia?

E de repente ela se deu conta.

John.

Rachel sentiu lágrimas de raiva e tristeza enchendo seus olhos.

— Ele não deveria ter lhe contado nada!

— Ele não pretendia. John só estava tentando ajudar você — Grant justificou. — Ajudar a nós dois.

— Isso não dava a ele o direito de contar a você...

— Isso não importa agora! — Grant exclamou com veemência.

As palavras dele ecoaram pelo cemitério vazio. Rachel, confusa e ressentida, chorava abertamente. Quando o pai voltou a falar, havia uma súplica silenciosa, mas desesperada em sua voz.

— Apenas me conte o resto, Rachel — ele implorou. — Você me conhece, não vou sossegar enquanto não descobrir.

— Pai...

— Você é a única coisa que me resta neste mundo. A Yard acabou e não sei o que vou fazer com a minha vida depois disso. Mas se há uma coisa que as últimas duas semanas me ensinaram é que a minha vida não significa absolutamente nada sem você. Qualquer coisa que tenha prometido à sua mãe me esconder não pode ser pior do que isso.

— Você não pode ter certeza.

Ele apontou para o túmulo de Allison.

— O que eu *sei* é que, se sua mãe estivesse aqui conosco agora, vendo a muralha que esse segredo colocou entre nós, ela ia querer que você me contasse.

Rachel enxugou os olhos, olhou para o túmulo da mãe e depois de volta para o pai.

— Você sabe que estou certo — ele disse baixinho.

Rachel fechou os olhos, respirou fundo e por fim assentiu.

— Como você pôde fazer isso?!

— Eu não pretendia! — John balançou a cabeça em frustração. — Não disse praticamente nada!

— Disse o suficiente!

Era início da noite e eles estavam de pé de lados opostos da cama, no quarto do hotel Covent Garden. Rachel tinha passado a tarde mais sombria de que conseguia se lembrar, perambulando por Londres enquanto imaginava o que diria a John.

Ela tinha até mesmo entrado num *pub* para beber algo que a ajudasse a reunir coragem, mas a bebida só servira para alimentar sua raiva e sua tristeza. Alguns homens ofereceram para lhe pagar um drinque, que ela recusou de um jeito um pouco brusco.

Quando voltou para o hotel, sabia que John estaria no mesmo estado de espírito. Ele tinha lhe enviado mais de uma mensagem e ela não tinha respondido, guardando tudo para o momento em que estivesse diante dele.

E quando chegou, despejou tudo de uma só vez.

— Na verdade, seu pai foi quem tocou no assunto — ele justificou. — Me perguntou se você tinha falado alguma coisa sobre a promessa à sua mãe e eu presumi que ele soubesse mais do que estava deixando transparecer.

— Então, você simplesmente traiu o que eu lhe disse em confiança?!

— Tudo o que eu disse foi que aconteceu no dia em que ele estava na Escócia. Ele agiu como se já soubesse disso!

— O homem é um policial, John! E muito bom! Tudo de que ele precisa é de um osso para cavar até o centro da terra e descobrir onde o resto está enterrado.

John deu a volta na cama e Rachel instintivamente recuou em direção à janela.

— Mas eu não disse mais nada. Só disse que ele devia conversar com você sobre isso.

— Bem, ele certamente conversou!

Frankel cometeu o erro de se aproximar dela.

— Eu sinto muito, Rachel...

— Não!

Ela o empurrou. Não com violência, mas com força suficiente para ele ficar no meio do cômodo, com um ar desamparado.

— O que você quer que eu faça, Rachel?

— Eu não sei! — Ela balançou a cabeça. — O que eu não queria era *você* contando algo que eu disse em total confiança, a *única* pessoa para quem contei isso, e *justamente* para a pessoa que prometi à minha mãe que *nunca* contaria.

Ela respirou fundo e tentou se acalmar.

— Como seu pai reagiu?

— Como você acha que ele reagiu? Ficou arrasado! — Ela baixou os olhos. — Você tinha que ver o olhar no rosto dele quando contei. Era como se ele fosse Old Yeller, o pobre cão doente, e eu fosse o menino com uma arma, pronto para atirar nele. Só que eu não acabei com a infelicidade do meu pai; eu a causei.

— Isso não é justo com você e sabe disso.

— Bem, é assim que me sinto — ela murmurou. Rachel virou as costas e foi até a janela. — Eu sabia que algo estava errado desde que deixamos a festa do meu pai na Yard. Você deveria ter me dito que tinha contado a ele. Pelo menos eu estaria mais preparada...

— Acho que eu não sabia como lhe contar.

— Obviamente. — Ela olhou para a mais negra das noites de inverno.

— Ele tinha alguma ideia de quem era o homem que atacou sua mãe?

— Ele não tem nem noção. Mas agora que está aposentado e não tem nada para fazer, tenho certeza de que vai ficar obcecado com isso!

— Se houver algo que eu possa fazer para corrigir...

Rachel se virou e lançou a John um olhar que o paralisou. Ele imediatamente voltou atrás.

— Acho que foi assim que chegamos a isso... — John murmurou. — Não tenho ideia do que fazer.

— Nem eu. Só sei que primeiro tenho que conseguir confiar na pessoa com quem tenho um relacionamento.

De repente, ela achou impossível olhar para ele e baixou os olhos.

— Raquel, espere aí. Do que você está falando...?

Quando ela olhou para cima, havia uma súplica em seus olhos.

— Preciso de um tempo, John.

— Mas pensei que existia algo especial entre nós dois.

— Eu também achei — Rachel disse. — E ainda acho. Só estou confusa! Tudo aconteceu tão rápido!

— Rachel, por favor, não faça isso...

— Pense, John. Duas semanas atrás, nós nem conhecíamos! E agora estamos o quê? Vivendo juntos? Um casal que não se larga mais?

— As circunstâncias foram extraordinárias, tem razão — disse John.

— Mas ainda *está* sendo extraordinário! Diferente de tudo o que eu já experimentei na minha vida.

— Eu digo o mesmo. Mas, se é realmente para dar certo, o tempo vai dizer. Nós dois estaremos de volta a Nova York em breve.

Ele a encarou como se não compreendesse totalmente.

— Então, você está dizendo que eu devo voltar para casa?

— Talvez seja melhor...

As palavras dela mal foram um sussurro. Mas o olhar no rosto dele causou uma dor profunda em seu peito. Nas últimas duas horas, ela tinha conseguido ferir os dois homens com quem mais se importava na vida e só precisara de poucas palavras para fazer isso.

Rachel começou a juntar suas coisas numa mochila.

— Se é isso mesmo que você quer — Frankel disse por fim.

Ela se virou para ele.

— Você não entendeu, John? Eu não sei ainda o que eu quero.

— E para onde você vai?

— Realmente não sei. — Ela terminou de fazer as malas. — Se eu disser que vou para um tal lugar agora, daqui a uma hora provavelmente vou estar em outro. — Ela jogou a mochila por cima do ombro. — Aqui é o único lugar em que não posso ficar.

Ela deu um beijinho triste na bochecha dele e depois desceu num passo rápido até a porta do hotel, antes de começar a chorar.

Parada em frente à porta, Rachel se perguntou se estaria cometendo um erro indo até lá. Ela bateu de qualquer maneira.

— Seu pai achou que você poderia vir bater na minha porta.

O sorriso caloroso e compreensivo de Everett pelo menos aliviou um pouco o fardo que Rachel carregava quando deixou o tio envolvê-la num abraço.

— Ele ligou para você?

— A caminho de casa, depois de sair do cemitério. Ele estava preocupado com a maneira como você saiu correndo de lá.

— Eu? E ele? Ele contou o que aconteceu?

— Cada palavra — respondeu Everett, conduzindo-a para dentro. — Você sabe que seu pai não esconde nada de mim.

— Como ele estava?

— Vamos apenas dizer que ele já teve dias melhores. Mas primeiro vamos colocar algo no seu estômago. — Ele a levou para a cozinha.

— Perdoe se eu parecer indelicado, mas você cheira um pouco como alguém que acabou de sair de um bar apinhado de marinheiros bêbados.

— Não eram tantos assim, só dois — disse ela, forçando um sorriso.

— Menos mau.

— Talvez eu possa tomar um banho primeiro...

Everett disse que a casa dele era dela e que um banho era uma excelente ideia. Meia hora depois, ele já observava Rachel comendo seu cereal e um bolinho amanteigado com geleia, as únicas coisas que ela conseguia pensar em engolir num dia que parecia não acabar nunca.

Depois de conversarem sobre o segredo de Allison e a reação do pai, Rachel ficou feliz por Everett não se estender muito nos dois assuntos. Mas ele ficou chocado com a revelação.

— Mal pude acreditar no que estava ouvindo — ele contou a ela. — Seu pai realmente teve que repetir algumas vezes para que eu pudesse entender de fato.

— Mamãe nunca lhe deu nenhuma dica do que podia estar acontecendo na época?

— Céus! Não, menina. Se ela não pretendia contar ao seu pai, posso garantir que para mim nunca diria nada.

— Eu simplesmente não consigo imaginar quem poderia ter feito uma coisa dessas.

— Se alguém vai descobrir, será seu pai.

— Tenho certeza de que era disso que minha mãe tinha medo.

Everett levou Rachel, exausta, para o quarto de hóspedes, onde ela costumava dormir na adolescência quando decidia não escalar a treliça de Maida Vale.

— Tente dormir um pouco. As coisas sempre parecem melhores à luz do dia.

Mas ainda era o fim de um dia bem ruim para Rachel e ela acabou chorando até dormir pela primeira vez desde a noite em que a mãe tinha contado o que havia acontecido na sala enquanto seu pai estava na Escócia.

Segunda-feira.

A manhã não trouxe a clareza que o tio esperava.

Tudo começou com algumas ligações de John, que ela não atendeu.

Ela por fim atendeu na terceira vez, só para ouvir o tom de voz solitário e desamparado dele, dizendo que não voltaria para Nova York até o dia seguinte, caso ela mudasse de ideia sobre passarem o *Réveillon* juntos. Ela delicadamente reiterou que precisava de um tempo, mas prometeu que conversariam quando estivessem em Nova York.

Ela ligou para a casa de Maida Vale, querendo saber como o pai estava, mas acabou encontrando-o na Yard, ainda tentando descobrir algo sobre o paradeiro de Ferguson e tentando amarrar os tais "fios soltos". Rachel não se surpreenderia se descobrisse que ele estava vasculhando os registros policiais (enquanto ainda tinha acesso a eles) para encontrar as listas de agressores e vítimas de agressão sexual na época em que a mãe havia afugentado seu agressor.

Everett concordava com a suspeita da sobrinha sobre as buscas do pai.

— Eu não esperaria menos. Ele mencionou se vai se juntar a nós amanhã?

— Disse que eu é que sabia — respondeu Rachel. — Vai fazer o que eu quiser.

— Tenho certeza de que vocês dois vão se entender.

Rachel olhou pela janela do voo da Swiss Air com destino a Genebra. Ela podia ver apenas o topo dos Alpes a algumas centenas de quilômetros de distância. Apertou um botão e se recostou para tirar um cochilo em sua poltrona do corredor.

Ela tinha decidido naquela manhã com Everett aceitar o convite de passar o *Réveillon* em Zermatt. A ideia de ficar em Londres parecia uma receita para o desastre.

Quanto a descobrir o que ela queria, não fazia a menor ideia.

31

Terça-feira.

Véspera de Ano-Novo. Seu último dia na Scotland Yard.

Não era apenas o fim de uma carreira de trinta e quatro anos, mas o último dia do ano mais tumultuado de que ele conseguia se lembrar. Grant nem estava pensando no que o ano seguinte poderia lhe reservar; ele nem tinha conseguido se livrar ainda das agruras do que estava acabando.

Depois da festa de despedida, Stebbins tinha dito a ele que não havia razão para Grant trabalhar até os últimos dias. O caso dos Assassinatos dos Mandamentos estava encerrado e ninguém na Yard se oporia caso ele decidisse já dar início à sua nova vida.

— O que vão fazer se você não aparecer? — Stebbins perguntou com um sorriso. — Vão lhe dar uma suspensão?

Em princípio, Grant pensou em aceitar a oferta, mas havia ainda a questão inacabada de Ferguson. Fazia quase uma semana que ele tinha visto o repórter no funeral de Hawley, por isso tinha marchado diligentemente para a Yard no dia anterior e continuado a fazer perguntas no *Daily Mail* sobre o desaparecimento do jornalista.

Grant havia praticamente descartado a teoria de que Ferguson era o verdadeiro Assassino dos Mandamentos e incriminado Prior Silver. Mas não completamente. Havia algo sobre aquilo que parecia tão certo, mas ao mesmo tempo tão errado...

Onde quer que estivesse a verdade, era inegável que Monte Ferguson tinha desaparecido da face da Terra. Grant começou a se perguntar se algo teria acontecido ao homem.

Talvez ele estivesse morto numa vala em alguma estrada secundária da Grã-Bretanha, depois de encher a cara, em comemoração ao seu golpe, e perder o controle do carro. Se fosse esse o caso, pensou Grant, já tinha ido tarde; o filho da mãe tinha merecido.

Mas agora Grant estava preocupado com outra coisa.

A revelação de Rachel sobre o segredo que ela havia prometido não contar a ele tinha feito Grant entrar em parafuso.

Agressão sexual. Pelo amor de Deus! Em que tipo de mundo eles viviam? Por que Allison simplesmente não contara a ele?

Esse nunca deveria ter sido um fardo para ela e Rachel carregarem sozinhas.

Se Grant soubesse, poderia ter feito algo a respeito. Teria utilizado todos os recursos da Yard para encontrar o monstro. Teria caçado o sujeito e o feito pagar por atacar uma mulher enferma e indefesa.

Austin Grant tinha certeza de que teria estrangulado o culpado assim que o visse. E era isso que Allison queria desesperadamente evitar: Grant querendo fazer justiça com as próprias mãos, de uma forma que abalaria a vida da família por muito tempo, mesmo depois que ela já tivesse partido.

E foi por isso que Grant voltou a Yard em seus últimos dias de trabalho, para tentar encontrar o agressor de Allison, enquanto ele ainda tinha acesso ao enorme banco de dados que compilara ao longo dos anos.

"Enorme" ainda era um eufemismo. "Gigantesco" era um termo mais preciso.

Sem nenhuma informação que não fosse a data de dois anos atrás, a tarefa era praticamente impossível — especialmente com o pouco tempo que lhe restava. Ele não iria pedir mais nada a Stebbins, principalmente porque não poderia revelar a verdadeira razão de estar ali. Grant sabia que era inútil mentir e dizer que precisava continuar procurando Ferguson; aquele caso estava morto e enterrado no que dizia respeito a Stebbins e a Yard.

Quando Rachel tinha ligado no dia anterior, Grant disse que ainda estava atrás do repórter desaparecido, mas suspeitava que ela soubesse que o pai não desistiria de investigar os acontecimentos na casa de Maida Vale.

Mas Rachel não tocou no assunto. Nem Grant.

Mais segredos entre eles.

Sobretudo, Grant desejava passar a véspera do Ano-Novo com ela em Zermatt, mesmo que o lugar estivesse a mais de mil metros do nível do mar.

Ele com certeza encontraria Rachel lá, mas apenas se ela pedisse a ele.

A última coisa que ela dissera ao telefone foi que queria ir para a Suíça com Everett, arejar sua cabeça confusa. Grant sabia que era melhor dar espaço a ela. Mas ele estava determinado a não deixar que se afastassem novamente.

Por enquanto, Grant iria se dedicar à tarefa hercúlea de vasculhar os bancos de dados da Yard enquanto ainda podia.

Assim que Frankel terminou de fazer as malas, ele parou e olhou em volta do quarto do Covent Garden Hotel.

Não pôde deixar de pensar nos momentos felizes que tinha passado ali com Rachel. Apesar da maneira infeliz como sua última noite havia terminado, ele nunca mais esqueceria os momentos que vivera ali naquela semana. E ansiava por recuperar aquela perfeição quando ambos estivessem de volta a Manhattan.

Na época do seu casamento com Julia, ele tinha se casado com a polícia de Nova York também, o que muitas vezes afetava o relacionamento entre os dois. Por isso não ficou surpreso quando Julia encontrou consolo nos braços de outro homem. Rachel era a primeira mulher que ele levava a sério desde a separação. Ele tinha feito um esforço consciente para estar totalmente presente, mas a última coisa que queria era sufocá-la.

Ele não pensou duas vezes em dar a Rachel o tempo de que ela precisava. Mas esperava que, quando voltasse para os Estados Unidos, ela tivesse chegado à mesma conclusão que ele.

Que deveriam passar o resto da vida juntos.

Era verdade que tinham se conhecido há menos de duas semanas, mas ali no quarto do hotel sem ela, Frankel se sentia mais perdido e sozinho do que nunca. Percebendo que tudo o que ele podia fazer era voltar para casa e torcer para que o melhor acontecesse, Frankel partiu.

Estava quase no corredor quando percebeu que tinha esquecido a coisa mais importante. Ele se lançou sobre a porta (pois tinha deixado a chave sobre a cômoda para a camareira) e por pouco a impediu de se fechar.

Foi até a parede onde tinha pendurado o *single* de 45 rotações do *Palisades Park* emoldurado e o tirou dali. Isso o fez se lembrar da hora que tinham passado admirando a cidade nevada de cima da roda-gigante e, em seguida, da descida nos braços de Rachel, sob a neve caindo suavemente.

Ele enfiou o vinil na mochila e consultou o relógio. Seu voo só sairia dali a algumas horas. Tinha tempo para fazer uma parada antes de ir para Heathrow.

Rachel colocou um dos brincos da London Eye, depois parou para se olhar no espelhinho em cima da penteadeira.

Ela viu uma mulher que não tinha dormido muito e não estava muito feliz.

Não tivera uma noite tranquila desde a sombria festa de despedida do pai. E estava começando a pensar que poderia ter cometido um erro ao correr para Zermatt. Adorava a companhia do tio, quanto a isso não tinha dúvida. Desde que conseguia se lembrar, ele é quem a fazia rir, a pessoa em quem mais ela podia confiar. Mas, em sua ânsia de fugir, ela também deixara para trás dois homens muito bons que, se pressionados, diriam que estavam esperando Rachel voltar a si.

E isso parecia estar começando a acontecer naquele dia.

O último dia de um ano horrível. O dia em que as pessoas costumavam fazer resoluções para o ano seguinte e o dia em que Rachel tinha se dado conta de que já fizera a primeira: não deixar aqueles dois homens muito bons saírem da vida dela.

Ela só esperava que não fosse tarde demais.

Ouviu uma batida na porta.

— Entre — gritou.

O reflexo de Everett apareceu no espelho quando ele entrou no confortável quarto de hóspedes com uma xícara de café fumegante na mão.

— Achei que você talvez precisasse disso.

Rachel se virou e aceitou a dose de cafeína.

— Você, meu tio, é uma dádiva de Deus.

— Dormiu bem?

— Na verdade, só fiquei rolando na cama.

— Demora um tempo para a gente se acostumar com a altitude.

— Pode ser. Mas não acho que seja esse o motivo. — Ela contou ao tio o que estava se passando na cabeça dela.

— Isso definitivamente me manteria acordado à noite toda — concordou Everett.

Ela tomou um gole do café.

— Era bem o que eu precisava.

— Há um café da manhã completo esperando na cozinha, se estiver interessada.

— Muito interessada, na verdade.

— Encontre-me lá quando estiver pronta.

Ela assentiu, depois se virou para o espelho e colocou o outro brinco.

— O detetive Frankel tem bom gosto — disse Everett.

— São elegantes, não são?

— Eu não estava falando apenas dos brincos — disse ele com uma piscadela.

Rachel achou graça do comentário e disse que estaria na cozinha num instante.

Minutos depois, ela encontrou Everett colocando dois pratos numa mesa posta com capricho. Cada um deles tinha uma omelete com legumes, tiras crocantes de bacon, batatas fatiadas e muito queijo.

— Caramba! — exclamou Raquel.

Everett puxou uma cadeira para ela se sentar e comentou:

— Eu estava pensando sobre o que você disse. Talvez devêssemos pegar um avião de volta para Londres hoje.

Rachel balançou a cabeça.

— Não seja bobo. Tenho certeza de que John já está prestes a partir para Nova York e papai provavelmente se acorrentou à sua mesa na Yard em seu último dia. Estou realmente ansiosa para fazer a grande excursão por Zermatt.

— Não é tão grande assim, mas seria um prazer. Simplesmente odeio ver você assim.

— Vou ficar bem — Rachel o assegurou. — Só estou um pouquinho triste.

— Bem, vamos ver se podemos remediar isso. — Ele indicou o prato dela sobre a mesa.

Rachel pegou o garfo e se deliciou com a omelete.

Depois abriu um sorriso genuíno para o tio.

— Este foi um ótimo começo!

A lista parecia não ter fim.

Grant se recostou na cadeira e esfregou os olhos.

Ao longo dos anos, ele passou a ter a mesma reação cada vez que precisava consultar os arquivos da Yard sobre os criminosos e predadores sexuais conhecidos: ficava totalmente boquiaberto. Os números eram surpreendentes e aqueles eram apenas os casos relatados. Ele sabia que a contagem real era pelo menos duas vezes maior, talvez três, visto que a violência doméstica e a agressão sexual eram o tipo de queixa que muitas pessoas tinham receio de apresentar.

Essa era uma parte do trabalho do qual ele não sentiria falta na Yard.

Desnecessário dizer que ele não tinha feito nenhum progresso em sua tentativa de descobrir quem poderia ter atacado Allison.

E foi salvo de ter que mergulhar novamente na análise da lista por uma batida na porta.

Grant olhou para a frente e viu Frankel entrando no escritório.

— John! — disse Grant com uma surpresa genuína. — Achei que já estivesse a caminho de Nova York.

— Estou a caminho do aeroporto. Quis dar uma paradinha aqui para lhe desejar feliz Ano-Novo antes de partir.

Grant se levantou da cadeira e deu a volta na mesa para apertar a mão do detetive da polícia de Nova York.

— Eu fico muito grato. Desejo o mesmo a você, John.

— Também queria dizer que foi um prazer e uma verdadeira honra trabalhar com você nas últimas semanas.

— Eu digo o mesmo. Gostaria que o caso tivesse terminado de outra forma, mas pelo menos acabou.

— Quer dizer que você desistiu de procurar Monte Ferguson?

— Stebbins me apresentou um argumento bem persuasivo para que eu parasse. E... — Grant olhou para o relógio de parede e viu que já passava das 8h30 da manhã. — Em menos de dezesseis horas, não vou mais trabalhar aqui, portanto a busca por Ferguson vai estar a cargo de outra pessoa. Se alguém ainda estiver interessado em encontrá-lo.

— Se eu estivesse no seu lugar, me sentiria da mesma maneira.

Eles trocaram algumas gentilezas, depois Frankel disse que precisava ir. Foi quando Grant trouxe à tona o que pairava sobre ambos desde que Frankel entrara no escritório.

— Você não mencionou Rachel.

Grant reparou que Frankel parecia um pouco pálido.

— Achei que você preferia assim.

— Não há ninguém de quem eu queira mais falar do que a minha filha.

— Não a conheço há muito tempo, mas sinto o mesmo.

Grant assentiu. Ele sabia mais do que nunca que a avaliação que Rachel fizera de John Frankel estava correta. Ele era um bom homem.

— Eu sinto que posso ter ficado entre vocês dois — Grant finalmente disse. — Só quero que saiba que essa nunca foi a minha intenção.

— Nunca pensei que fosse — respondeu Frankel. — Na verdade, sinto como se *eu* tivesse atrapalhado a relação de vocês.

— Eu sei que você estava apenas tentando ajudar.

— E veja no que deu! — Frankel abriu um sorriso triste.

O futuro ex-comandante da Scotland Yard assentiu novamente.

— Rachel é uma garota inteligente, John. Ela vai refletir e voltar a procurá-lo. Só que pode demorar um pouco.

— Estou disposto a esperar — disse Frankel.

Foi a vez de Grant sorrir.

— Lembra outro dia, naquela maldita festa que tive de suportar, quando lhe perguntei quais eram as suas intenções?

— Lembro.

— Bem, o que você acabou de dizer é tudo o que um pai deseja ouvir.

— Só espero que não seja tarde demais.

— Tenho certeza que não, John. Observei vocês dois juntos nesses últimos dias.

— Tenho certeza que sim.

— E nunca vi Rachel olhar para ninguém do jeito como olha para você.

— Obrigado por isso — disse Frankel. — O que quer que aconteça, Austin, espero que entre em contato comigo quando for a Nova York visitá-la.

— Não tenha dúvida. — Eles apertaram as mãos novamente. — Bom voo para você, John. Tenho certeza de que eu vou vê-lo em breve.

Frankel podia dizer que as palavras de Grant o tinham deixado cheio de esperança quando deixou o escritório e se dirigiu para Heathrow. O próprio Grant se sentiu entusiasmado com a ideia.

Em seguida ele voltou para suas malditas listas.

Uma hora depois, quando o celular tocou, ficou satisfeito ao ver que era Everett.

— Como estão indo por aí? — Grant perguntou.

— Estou só presenteando Rachel com um passeio de dez xelins por Zermatt — respondeu o irmão.

— Garota de sorte.

— A cidade cresceu desde a última vez que você esteve aqui. Quantos anos você tinha? Sete?

— Eu tinha a mesma idade que naquela foto que você me deu de Natal — disse Grant. — Como ela está?

— É por isso que eu telefonei.

Grant sentiu aquele frio na barriga que qualquer pessoa sente quando recebe uma ligação sobre os filhos (não importa a idade), mas depois ele se lembrou de que o irmão tinha acabado de dizer que estavam passeando pela cidade suíça.

Mas ele foi incapaz de esconder o alarme na voz.

— Está tudo bem?

— Sim, sim, claro, desculpe — disse Everett, obviamente sentindo a preocupação do irmão. — Não quis dar a entender que não.

— Graças a Deus.

— Ela está apenas infeliz.

Grant não sabia dizer se se sentia bem ou mal ao ouvir aquilo.

— O que eu posso fazer?

— Eu estava pensando que você poderia dar um pulo aqui e se juntar a nós como planejamos.

— Acha mesmo?

— Acho que seria uma ótima surpresa para ela — sugeriu Everett.

— Tive a nítida impressão de que Rachel precisava de um tempo sozinha.

— Ela está comigo, Austin, portanto não está sozinha.

— Tem razão.

— E ela me disse no café da manhã que se arrependeu de ter fugido para cá, deixando você e Frankel para trás.

— Ele acabou de sair do meu escritório, uma hora atrás, para pegar um voo para Nova York. Provavelmente não está no avião ainda. Talvez a gente consiga falar com ele e fazê-lo mudar de ideia.

— Não sei se é prudente sobrecarregarmos a pobre garota — disse Everett. — Além disso, não seria maravilhoso se ficássemos nós três juntos? Só nós da família, celebrando o *Réveillon*?

— É uma boa ideia, mas...

— O que o impede de vir, Austin? Sua filha precisa do pai. Venha para cá e fique aqui com ela. Acerte as coisas entre vocês dois. Então talvez a gente consiga fazer Rachel ver o detetive de outra forma.

Grant olhou para o relógio.

— Já são dez horas da manhã. Não sei se consigo chegar a tempo.

— São três horas até Genebra, num voo sem escalas saindo de Heathrow. Você chega às cinco e meia e vai estar aqui por volta das oito. Bem a tempo de tomar uns drinques, saborear um bom jantar e ainda cantar "Adeus Ano Velho, Feliz Ano-Novo...".

— Você já tem tudo planejado?

— Ninguém vai se importar se você der uma sumida no seu último dia na Yard. Apenas corra para casa, coloque na mala o necessário e venha para cá.

— Você acha mesmo que é uma boa ideia?

— É a nossa Rachel, Austin. Você precisa de outro motivo?

Grant ficou tentado a mencionar que a casa de Everett ficava a 1.500 metros acima do nível do mar, mas não estava com disposição para ouvir as provocações do irmão. Além do mais, quantas vezes Everett tinha repetido que a casa tinha sido construída no chão?

Quando Grant se deu conta, já tinha prometido ao irmão que iria.

— Fantástico! Rachel vai ficar radiante! — disse Everett.

— Espero que fique mesmo.

32

Heathrow estava uma loucura.
Frankel saiu do táxi no terminal da British Airways e deu de cara com filas quilométricas e passageiros impacientes. Parecia que pessoas do mundo todo estavam voando de um lado para o outro, tentando chegar a alguma festa antes de o relógio dar meia-noite.

Mas ele não estava com pressa de voltar a Nova York. Não tinha intenção nenhuma de se juntar a dois milhões de foliões na Times Square, para assistir balões serem soltos no ar e depois passar horas tentando sair da maior lata de sardinha do mundo.

Ele não estava interessado em saber onde estaria quando o próximo ano começasse. Se não fosse numa cidade suíça na base do Matterhorn, onde o objeto do seu desejo estava, ele poderia muito bem passar o *Réveillon* espremido num assento de avião sobre o Atlântico.

E esse era o destino para o qual ele parecia condenado. Depois de passar pela fila interminável da alfândega e chegar ao seu portão, descobriu que seu voo iria atrasar quatro horas por causa de problemas técnicos em Chicago.

Ele se sentou numa cadeira ao lado de dois gêmeos de 8 anos, um menino e uma menina de cabelos ruivos, totalmente imersos num *videogame* e numa revista de passatempos, respectivamente, enquanto os pais consultavam alternadamente o relógio e o quadro de chegadas e partidas.

Frankel tomou um gole da água mineral que havia comprado num quiosque e abriu seu *notebook*. Sua primeira tentação foi se conectar ao *wi-fi* do aeroporto e ler as centenas de *e-mails* que ignorava desde sua chegada ao Reino Unido, imaginando que assim ele não veria o tempo passar.

De repente, outro pensamento lhe ocorreu. Ele pegou na bagagem de mão o DVD de *E o Vento Levou* que Everett lhe dera. Depois verificou quanto tempo durava o filme: três horas e quarenta e um minutos. Ou, três horas e cinquenta e quatro minutos, incluindo a abertura, o intervalo, o *entr'acte* (que diabos era aquilo?) e os créditos finais.

Certamente era melhor assistir ao filme do que responder *e-mails* que ele não tinha pressa nenhuma de responder. Colocou o DVD na unidade de disco, conectou os fones de ouvido e apertou o *play*. Depois se acomodou melhor na cadeira para ver o que Scarlett O'Hara e Rhett Butler tinham de tão especial. Ele tinha 8 anos talvez quando o pai o arrastou para um cinema retrô de Jersey e o obrigou a ver o tal filme. Mas ele só lembrava de que o filme era super longo e Clark Gable dizia que não dava a mínima para ninguém.

Grant levou cinco minutos para fazer as malas ao voltar para casa. Por causa da sua antipatia por grandes altitudes, ele não era fã de esportes de inverno, por isso não se preocupou em incluir na bagagem roupas para esquiar. Contentou-se com um suéter que Allison lhe dera cinco anos antes, no Natal, e o sobretudo que usava sempre.

Passou mais tempo procurando a maldita chave da casa de Everett.

Logo antes de desligarem, o irmão perguntou se Grant poderia dar uma passadinha na casa de Hampstead. Everett e Rachel estavam com tanta pressa de pegar o voo no dia anterior que o irmão havia se esquecido de levar as botas de esquiar.

— Elas são feitas sob medida e não, não dá para eu descer a montanha de tênis... — justificou o irmão.

Grant não conseguia entender como alguém podia gostar de deslizar pela encosta de uma montanha num esqui, mas não ia discutir com Everett. Era mais fácil encontrar a chave, entrar na casa, pegar as malditas botas e seguir para Heathrow.

O irmão explicou onde encontrá-las no porão e disse que, aproveitando que Grant estava lá, ele poderia pegar a garrafa de '96 Dom Perignon que estava na geladeira lá embaixo, pois ele a guardava para uma ocasião especial.

— Está falando sério? — Grant havia perguntado.

— Tem uma classificação de noventa e sete pontos, e vale uma pequena fortuna. Se eu não abri-la para celebrar o *Réveillon* e a sua aposentadoria, quando vou fazer isso?

Outra batalha que não valia a pena travar.

Ele passou dez minutos revirando a cozinha atrás da chave que Everett lhe dera muito tempo antes, até que se lembrou de que ela estava na primeira gaveta da escrivaninha. Grant suspirou, abriu a gaveta e encontrou a chave, depois pegou a mala e o casaco.

O que não fazemos pela família...

Ele trancou a casa de Maida Vale, pegou um táxi e subiu a colina até a casa do irmão, em Hampstead.

Frankel pausou o DVD e esfregou os olhos.

O filme certamente levava um tempo para engrenar. Já tinha se passado uma hora e nada de importante tinha acontecido. Mas não era um filme sobre a guerra civil? Onde estavam todas as cenas de batalha? E todos aqueles corpos estendidos até o horizonte, como na foto da contracapa do DVD?

Em vez disso, só havia cenas de Scarlett suspirando por Ashley Wilkes, o homem com quem a prima Melanie iria se casar. Um pouco de drama épico tudo bem. Mas aquilo estava lhe dando uma dor de cabeça épica. Ele vasculhou sua mala de mão, pegou dois comprimidos de Tylenol e tomou-os com água, depois se virou e viu a gêmea olhando para ele.

— Você está doente? — ela perguntou.

— Não. Só com um pouco de dor de cabeça.

— Se você estivesse doente, minha mãe me faria usar uma máscara. E eu odeio usar máscara.

— Entendo. — Ele acenou para a revista no colo dela. — O que você está fazendo?

— Passatempos.

Ele viu que ela estava usando uma caneta vermelha para desenhar linhas entre uma série de pontos que se transformavam em vários animais.

— Ligue os pontos. Eu costumava fazer isso quando tinha a sua idade. Esse é o seu favorito?

— Eu gosto mais dos escondidos.

— Escondidos?

Ela encontrou um desenho em preto e branco de um jardim rural inglês. No topo da página, estavam as palavras "Encontre os Números e as Letras Ocultas".

— Viu como parece um jardim? É cheio de letras e números, na verdade.

Os olhos dela de repente se arregalaram.

— Olha só, achei um K!

Assim como a garotinha dissera, embutida nas espirais da casca de uma árvore havia uma letra K. A garota circulou a letra em vermelho com alegria.

— E eu acho que há um sete de cabeça para baixo bem ao lado dele — Frankel apontou.

— Isso mesmo! — Ela circulou o número também. — Você é bom nisso.

— Sorte de principiante.

Os dois caçaram os dígitos e as 26 letras do alfabeto. A maioria era fácil de encontrar, especialmente os números, mas Frankel se conteve e deixou a garotinha (cujo nome era Claire e o irmão, cujos olhos nunca se desviavam do *videogame*, era Jack) localizar a maioria, dando a ela uma dica de vez em quando.

Algumas letras — o T e o X em particular — provaram ser as mais difíceis.

— Isso porque eles podem parecer outra coisa — disse Clara.

Ambas as letras estavam escondidas no gramado do "jardim", parecendo mais rabiscos do que letras do alfabeto.

Por fim, os pais de Claire disseram que eles precisavam ir comer alguma coisa. Conseguiram arrancar Jack do *videogame* e Claire agradeceu a Frankel pela ajuda no passatempo.

— O prazer foi todo meu — ele disse, observando a família se afastar pelo terminal.

Tinha sido uma boa distração, mas, quanto mais eles buscavam números e letras, mais Frankel sentia que estava deixando alguma coisa passar despercebida. Só não conseguia perceber o quê. Quanto mais ele pensava naquilo, mais a ideia lhe escapava. Provavelmente descobriria quando já estivesse a trinta e cinco mil pés de altura e não poderia fazer mais nada a respeito.

Ele pegou o *notebook* novamente e soltou um suspiro. Esperava que a batalha começasse em breve e Scarlett parasse de choramingar. Mas duvidava muito.

Grant entrou na casa de Everett e foi direto para a cozinha. Ao abrir a porta ao lado da despensa, ligou o interruptor.

A lâmpada iluminou uma escada de madeira que levava a um porão com metade do tamanho da casa.

O cômodo não valeria um episódio do programa "Acumuladores", que Grant costumava ver na televisão, mas havia muita tralha ali dentro. Pilhas e mais pilhas de livros e o mesmo tanto de documentos e papéis que Everett guardava há anos.

Grant localizou as botas de esquiar com facilidade num canto. Everett tinha sido muito específico sobre onde encontrá-las. Depois ele atravessou o porão e foi até a grande geladeira vertical encostada na parede.

Grant sabia que o irmão a usava para manter Chardonnays gelados e vinhos espumantes, além das prateleiras de tintos acima, que compunham a versão de Everett de uma adega.

Grant abriu a porta da geladeira para pegar a garrafa de Dom.

No minuto em que voltou à cozinha e seu celular voltou a ter sinal, ele começou a digitar. Everett atendeu depois de apenas um toque.

— Você não tem que pegar um avião às três horas?

— Onde está Raquel? — Grant perguntou num tom exigente.

— No outro cômodo. Acabamos de voltar do nosso passeio — respondeu calmamente o irmão. — Acho que você não conseguiu encontrar a garrafa.

— Você sabe muito bem que eu não ia encontrar.

— Mas você encontrou Monte Ferguson — disse Everett.

Olhando para ele de dentro da geladeira vazia, com um talho na garganta e o numeral romano IX entalhado na testa.

Justo quando pensava que aquele ano hediondo não poderia ficar pior, Grant se viu diante do fato mais medonho de todos.

Meu irmão é o Assassino dos Mandamentos!

Everett o conduzira pelo cabresto desde o início.

Começando pela biblioteca, no final do corredor, durante um jogo de xadrez, onde Everett conectou os três primeiros assassinatos que *ele* cometera, até enfiar o repórter do *Daily Mail* na geladeira do porão, no andar de abaixo.

— Por que Ferguson? — perguntou Grant.

Embora incontáveis perguntas dessem voltas no seu cérebro, essa foi a primeira que lhe ocorreu.

— *Não darás falso testemunho* — respondeu Everett, citando o Nono Mandamento. — Não se deve inventar histórias sobre outras pessoas.

— A entrevista com Prior Silver? — percebeu Grant. — Mas nem foi ele que escreveu. Foi você!

— Já era hora de você finalmente se tocar — Everett provocou. — Ele pode não ter redigido, mas disse ao editor para publicá-la.

Grant se lembrou de Michaels dizendo o quanto Ferguson parecia assustado ao telefone.

— Porque você deve tê-lo forçado a fazer isso.

— Talvez eu tivesse uma faca encostada na garganta dele no momento, mas ele não se negou. Devo admitir que você estava chegando perto quando pensou que era Ferguson quem estava tramando tudo e tinha simulado o suicídio de Silver.

— Ideia certa, lunático errado.

Everett soltou uma risadinha. O fato de o irmão não negar provocou um arrepio em Grant.

— Você tem uma lógica bem distorcida — disse Grant a Everett. — Roqueiros decadentes, padres apenas fazendo seu trabalho...

— Meios para atingir um fim.

— A vítima número dez? — perguntou Grant.

— Um X marca o local, como se diz.

— Se importa de me dizer quem?

Everett apenas riu novamente.

— Você vai perder o avião se continuarmos com isso — disse ele. — E se está pensando em chamar a polícia suíça quando estiver a caminho daqui, eu reconsideraria essa decisão. Principalmente se quiser ver Raquel novamente. Seria uma pena se não a visse mais, considerando que ela ficaria muito feliz em vê-lo.

Grant sentiu o corpo inteiro gelar.

— Você não ousaria fazer mal a ela, Everett.

— Eu tenho o hábito de improvisar quando necessário. Basta perguntar ao sargento Hawley.

— Encoste uma mão nela e eu mesmo corto a sua garganta.

— Como eu disse antes, não faça promessas que não pode cumprir, comandante.

Houve um clique e a voz de Everett desapareceu.

Grant gritou de angústia a plenos pulmões.

Rachel tinha achado o passeio pelas ruas pitorescas de Zermatt revigorante. Ela agora concordava com a opinião do tio: sua decisão de manter Frankel e o pai em sua vida tinha dado mais esperança ao Ano-Novo que despontava no horizonte.

Depois de pendurar o casaco no armário do quarto de hóspedes e trocar de moletom, ela entrou na sala assim que o tio desligou o celular.

— Quem era?

— Seu pai, na verdade.

— Ele está bem?

— Muito bem.

Mas Rachel podia ver o olhar travesso nos olhos do tio.

— O que foi?

— O que foi o quê?

— O que você não está me dizendo? — perguntou Raquel.

— Era para ser uma surpresa, mas você vai descobrir em breve. — Everett fez um gesto grandioso. — Seu pai está vindo passar o *Réveillon* conosco.

— Mesmo?

— Liguei e convidei. Eu não estava errado em fazer isso, estava?

Rachel abriu os braços e deu um grande abraço em Everett.

— Você é o melhor tio do mundo!

— Que exagero... — disse ele. — Mas precisamos preparar o sótão.

— O sótão?

O tio apontou para o teto.

— O quarto no sótão. É onde nós dois ficávamos quando éramos crianças. Acho que pode fazê-lo se sentir mais em casa.

— Parece uma ótima ideia — disse Rachel. — Como posso ajudar?

Frankel havia pausado o filme novamente e estava comprando outra garrafa de água mineral num quiosque próximo quando seu celular tocou.

Ele rapidamente o tirou do bolso, esperando que pudesse ser Rachel.

Uma olhada no identificador de chamadas revelou que não era, mas ele atendeu imediatamente.

— Austin?

— Arrisquei para ver se pegava você antes que seu avião partisse — disse Grant.

— O voo atrasou algumas horas — disse Frankel. — Aconteceu alguma coisa?

Ele teve que se sentar ao ouvir a notícia chocante de Grant, porque não tinha certeza se suas pernas conseguiriam sustentá-lo sob o peso do que o comandante estava dizendo.

Everett Grant era o sujeito que eles estavam procurando aquele tempo todo.

Por mais insano que isso parecesse, havia certas coisas que Frankel percebeu que eram inegáveis e já estava se recriminando por isso. Começando pelo fato de Everett ter alertado o irmão sobre a ligação dos assassinatos com o Antigo Testamento.

— Você vai para Zermatt comigo? — Grant perguntou.

— Você ainda pergunta?

Eles estavam indo atrás de Rachel.

Ele podia ouvir Grant orientando o taxista sobre a maneira mais rápida de chegar a Heathrow.

— Devo estar aí em quarenta minutos — disse Grant depois de dar a ele as informações sobre o voo da Swiss Air.

— Vou pegar minha passagem e o encontro no portão de embarque.

— Obrigado, John.

— Não tem nada que agradecer — respondeu Frankel. — Everett lhe deu uma pista sobre quem ele está perseguindo agora?

— Nada específico — disse Grant. — Tudo o que ele disse foi "Um X marca o local".

Um X marca o local, pensou Frankel.

Algo sobre isso.

Um X marca o local.

— John? Você ainda está aí?

Mas Frankel mal o ouvia. Ele estava lembrando do passatempo que ele tinha ajudado Claire a fazer uma hora antes e naquilo que o incomodava.

Letras e números ocultos.

— John...?

E de repente ele entendeu. *Ah, droga.*

— Eu já ligo de volta, Austin. Cinco minutos.

Antes que Grant pudesse protestar, Frankel desligou e voltou para o seu *notebook*.

Rachel subiu os degraus até o sótão, os braços carregados com um novo conjunto de lençóis, cobertores e travesseiros.

Ela estendeu a mão, girou a maçaneta e deu um passo para dentro do cômodo que havia sido reformado muitos anos antes, quando o pai e o tio eram apenas garotinhos.

Estava muito escuro, pois as persianas das janelas estavam abaixadas.

Ela acendeu o interruptor e o sotão foi iluminado por um brilho suave.

Com um sobressalto, Rachel deixou cair a roupa de cama no chão.

E começou a chorar.

Angustiado, Austin Grant estava no banco de trás do táxi, pensando em ligar outra vez para o detetive quando recebeu uma mensagem dele.

Grant abriu a mensagem e descobriu que Frankel havia lhe enviado uma foto que ele não olhava havia pelo menos uma semana. Desde que a tinham encontrado num carro roubado em Far Rockaway.

Era a foto de jornal em que Grant tinha sido riscado com um marcador preto várias e várias vezes.

Grant ainda estava olhando para ela quando o celular tocou novamente.

— Você recebeu o que enviei? — perguntou Frankel no momento em que Grant respondeu.

— Sim. Mas não tenho certeza do que você queria que eu visse.

— São as marcações, Austin. Quando você olha pela primeira vez a foto, parece que um maluco simplesmente perdeu a cabeça e rabiscou tudo com raiva.

— Odeio dizer isso, mas acho que você acabou de descrever meu irmão.

— Mas não são apenas rabiscos. São Xs.

Xs.

Como o algarismo romano que representa o número dez, Grant percebeu de repente.

— E se você se der ao trabalho de contá-los — continuou Frankel. — Vai ver que há dez deles. O grande em cima e mais nove embaixo.

Grant deu uma olhada mais de perto e contou rapidamente. Frankel estava certo.

— *Você* é a próxima vítima, Austin. Tinha tudo a ver com você desde o princípio.

Grant pensou no Décimo Mandamento e o repetiu em voz alta.

— *Não cobiçarás nada do que é do teu próximo.* Por que ele me acusa disso?

— Acho que vamos ter que perguntar a ele quando chegarmos lá.

―――――∞―――――

O sótão estava cheio de fotos da mãe dela.

Dezenas delas. Em todas as idades, desde a época em que Allison era quase uma adolescente, até o ano em que ela faleceu.

O sótão era como um santuário.

Rachel entrou no cômodo, incapaz de falar, enxugando os olhos.

Ela notou algo brilhando sobre a mesinha de cabeceira ao lado da cama.

Era um pedaço de vidro que parecia dolorosamente familiar.

Rachel cruzou o sótão e o pegou. Sentiu que iria desmaiar ali mesmo.

Era a cabeça de um unicórnio de vidro. Aquele que ela tinha feito para a mãe quando estava na escola primária.

O mesmo unicórnio que tinha sido quebrado na sala de estar da casa de Maida Vale alguns anos antes.

— Ela era para ser minha.

Rachel se virou e encontrou Everett parado na porta. Ele segurava uma caixa de madeira nas mãos e tinha uma expressão vazia nos olhos.

— F-foi você?

Ela mal conseguiu dizer as palavras antes de começar a chorar novamente.

— Ela deveria ser minha e seu pai a tirou de mim.

Então o monstro, que ela conhecera a vida toda como seu amado tio, fechou a porta e começou a andar na direção dela.

DECÁLOGO

O Topo do Mundo

I

Everett Grant desligou o celular. Não podia acreditar no que o irmão acabara de lhe contar. Como podia ser possível?

Câncer?

Allison tinha câncer nos pulmões e, segundo os médicos, era inoperável.

Austin deu a notícia com naturalidade, como se estivesse repetindo estatísticas de crimes. Everett presumiu que aquela era sua maneira de lidar com o choque; apegar-se à verdade fria e dura e não deixar que os outros vissem o quanto ela o afetava.

Não importava. Everett estava devastado pelos dois.

Ele era apaixonado por Allison havia mais de trinta anos, desde que ele a conhecera numa biblioteca de Oxford, levara-a para casa para conhecer seus pais, e o irmão a havia roubado dele bem debaixo do seu nariz.

Não era assim que Austin via as coisas. Durante anos, ele acreditou na história de que Everett e Allison não tinham nada sério, eram apenas amigos. E logo depois que ela ligou para ele em Londres, convidando-o para tomar um drinque, eles não podiam negar que sentiram atração um pelo outro.

Uma mentira descarada da parte do irmão mais velho.

Enquanto Everett estava se formando professor e garantindo um salário todo mês, Austin envolvia Allison num romance relâmpago. Na época em que ele foi para Londres com um trabalho na universidade e boas intenções, Austin e Allison já estavam noivos, e Everett nem teve a chance de pedi-la em casamento.

Ele estava convencido de que Austin sabia muito bem dos sentimentos dele e propositalmente tinha flertado com Allison, consciente de que podia estar despedaçando os sonhos do irmão. Ele tinha certeza de que Austin havia traçado um plano meticuloso para conquistar o coração dela e se vingar de Everett por superá-lo tantas vezes ao longo da infância e da adolescência.

Everett passou a odiar o irmão desde aquela época.

Mas ele ainda era apaixonado por Allison e percebeu que era melhor tê-la em sua vida como cunhada do que não tê-la de modo algum. Ele sabia que, se um dia expressasse suas crenças sobre o namoro e os motivos de Austin, Allison ficaria ao lado do marido. Ela era uma mulher leal e amorosa, uma das muitas razões que levou Everett a continuar a adorá-la.

Por isso ele continuou sendo um cunhado obediente e o tio favorito quando Rachel nasceu, esperando que Allison um dia percebesse que Everett era um homem melhor para ela e deixasse de amar Austin. Nesse dia ele estaria ali para consolá-la.

Ao longo dos anos, ele até se divertia imaginando algum tipo de tragédia se abatendo sobre a vida do irmão e criava cenários onde ele dava uma mãozinha para o destino. Mas Everett não conseguia pôr em prática nenhum desses planos cruéis, porque não conseguia suportar a ideia de causar sofrimento a Allison. Ele a amava demais.

Em resultado, ele apenas esperou, imaginando que Austin morreria primeiro, ou em decorrência dos perigos da sua profissão ou do estresse causado pelo dia a dia atribulado. Mesmo que isso tivesse acontecido na aposentadoria de Austin, Everett teria ficado com ela pelo tempo que lhe restasse.

Agora, com o diagnóstico devastador da sua amada, isso seria negado a ele também.

Depois de dar a notícia, Austin disse que precisava ir para a Escócia dar andamento a uma investigação. Foi então que Everett percebeu que precisava ver Allison.

Olhando em retrospectiva, ele percebia que não tinha aparecido na casa de Maida Vale com a intenção de abrir seu coração. Mas, inconscientemente, devia saber que faria isso, pois não havia dito ao irmão que iria visitar Allison em sua ausência.

Sentaram-se os dois no sofá da sala, onde Allison serviu chá e biscoitos. Ele lamentou a horrível reviravolta nos acontecimentos, dizendo o que se costuma dizer nessas situações: "A vida pode ser injusta, mas vamos encontrar uma maneira de superar isso". A cunhada pegou na mão dele e disse que não havia esperanças no caso dela, mas sabia que, com o tempo, todos ficariam bem. Isso fez Everett desmoronar.

De repente, a mulher que ele amava com todo seu coração partido tinha começado a confortá-lo! E três décadas de sentimentos represados simplesmente transbordaram.

Everett disse a ela que sempre a amara, que ele faria qualquer coisa por Allison, que era com *ele* que ela deveria ter vivido durante todos aqueles anos e que ainda havia tempo.

Allison soltou a mão dele.

— Você não sabe o que está dizendo, Everett.

— Mas eu sei! — Ele colocou os braços em volta dela e começou a implorar com toda a sua alma desorientada. — Me deixe cuidar de você, me deixe ajudá-la a passar por tudo isso.

Lágrimas se formaram nos olhos dela.

— Isso é impossível, Everett...

Mas ele continuou a puxá-la para ele.

— Por favor, Allison...

Ele se aproximou para beijá-la, mas ela virou a cabeça.

— Everett, não. Não faça isso...

Ela começou a se debater para se desvencilhar dos braços dele, mas Everett não a soltava. Ele não podia. Não quando, depois de todo aquele tempo, a abraçava tão forte.

— Eu te amo tanto, Allison.

Ele a beijou no pescoço. Na bochecha. Começou a arrancar as roupas dela, incapaz de se conter.

— Não! — ela gritou. E o empurrou para longe dela.

Everett estendeu a mão para agarrá-la novamente. Mas Allison recuou e bateu na mesinha ao lado do sofá, caindo com estardalhaço.

Everett, atordoado, olhou para baixo e viu Allison no chão, toda encolhida.

E havia sangue. Vindo de um corte feio no braço dela, causado por uma estatueta de unicórnio que se despedaçara com a queda de Allison.

Voltando à realidade brutal, Everett se abaixou para ajudá-la.

— Allison, eu sinto muito...

Ela fez um gesto para ele se afastar, o sangue pingando no chão.

— Eu vou ficar bem.

Ele lhe ofereceu a mão.

— Me deixe ajudá-la a se levantar. Por favor.

Ela balançou a cabeça.

— Eu posso fazer isso sozinha.

Sem saber o que fazer, Everett começou a recolher os cacos de vidro.

— Deixe tudo como está, Everett. Por favor.

Ele olhou para ela, no chão.

— O que posso fazer? Por favor, apenas me diga.

Ela se sentou e usou lenço de papel para estancar o sangue.

— Você precisa ir embora. Rachel está chegando de Londres e vai aparecer a qualquer momento. Não quero que ela me veja assim.

— Allison, eu não sei o que dizer...

— Você tem que ir embora. Por favor.

O olhar desesperado nos olhos dela não lhe deixou escolha.

Everett sabia que ele sempre faria o que ela pedisse. Ele foi embora.

Foi só quando chegou em casa que ele descobriu a cabeça de unicórnio num dos seus bolsos e percebeu que devia tê-la colocado ali enquanto recolhia os cacos.

Ele se sentou e olhou para o fragmento da estatueta em sua mão.

E entendeu que as coisas nunca mais seriam as mesmas entre ele e Allison.

Ele pôde sentir o que restava do seu coração se partindo.

Nos dias que se seguiram, Everett continuou esperando que o irmão ou Rachel fossem confrontá-lo pelo que ele tinha feito. Mas nenhum deles nunca disse uma palavra.

Aos poucos percebeu que Allison nunca havia contado a eles.

Ela confirmou alguns meses depois uma pequena reunião para comemorar o aniversário de Austin. Everett recusara a maioria dos convites desde então, mas sabia que não havia desculpas para não aparecer naquela ocasião em particular.

Ele acabou à sós na cozinha com Allison por alguns instantes, enquanto ela preparava o bolo. Parecia muito mais frágil, mas estava otimista como sempre, embora Everett soubesse que a temida doença a devastava por dentro.

— Nunca contei nada a ninguém — ela disse.

— Imaginei — disse Everett. — Só não sei se entendi por quê.

— Você e Austin são irmãos — explicou Allison. — Precisam cuidar um do outro depois que eu me for.

Ela pediu a ele para ajudá-la com o bolo, e essa foi a última vez que eles tocaram no assunto.

Ela partiu um mês depois.

II

Everett estava no sótão da casa de Zermatt, analisando o unicórnio quebrado na mão.

Você e Austin são irmãos. Precisam cuidar um do outro.

O irmão tinha sido o homem mais sortudo da Terra. Tudo porque ele tinha tirado de Everett o que um dia fora dele.

Não cobiçarás nada que seja do teu próximo.

Ele olhou ao redor do cômodo, para as fotos da sua amada.

Não cobiçarás a mulher do teu próximo.

Ele definitivamente ia cuidar do irmão. Assim como tinha cuidado dos outros nove violadores dos decretos do Senhor.

Os olhos dele se voltaram para o chão, onde Rachel jazia imóvel.

Everett abriu a caixa de madeira que havia colocado sobre a cama. Estendeu o braço e escolheu uma de suas facas abençoadas. Ele a ergueu e olhou para o objeto por muito tempo, pensando em como iria usá-lo novamente muito em breve.

Só que não ainda.

Ele devolveu a faca à caixa e pegou a que estava ao lado.

Havia trabalho a ser feito antes de concluir o mandamento de Austin Grant.

III

— Everett chegou ao JFK no sábado, dia 14, e voltou para Heathrow na sexta-feira seguinte, dia 20 — disse Grant, lendo a mensagem enviada pela Yard.

— Como você explicou a eles por que estava pedindo o itinerário de voo do seu irmão?

Frankel tinha acabado de pegar o acesso para a autoestrada suíça A1 e começado a seguir para o leste, logo após o Sol se pôr atrás das montanhas, a oeste.

— Disse a Morrow que era por causa dos impostos de final de ano — respondeu Grant.

O guru da tecnologia não pareceu muito interessado. Como todos os outros em Yard, Morrow provavelmente tinha algum lugar para ir no *Réveillon*. Grant não podia culpá-lo. Qualquer coisa era melhor do que cruzar a Suíça para encontrar um *serial killer* lunático, que por acaso era seu irmão caçula.

A mulher entediada atrás do balcão da Hertz tinha dito que levaria cerca de três horas para chegarem a Zermatt. Frankel tinha saltado atrás do volante, dizendo que estava acotumado a dirigir em Nova York e iria levá-los até lá mais rápido.

— Ele chegou a tempo de matar o padre — refletiu Frankel, feliz por ter uma estrada livre à sua frente e poder afundar o pé no acelerador. — E depois ele passa a semana se informando sobre Timothy Leeds, disfarçado de repórter britânico...

— ... para que pensássemos que fosse Monte Ferguson — acrescentou Grant.

— Rouba um carro, atrai Leeds para Far Rockaway, dá um fim nele no antigo hospital e deixa para você aquele "bilhetinho de amor" no Sonata.

— E nós caímos como patos — resmungou Grant.

— E aqueles telefonemas que você estava recebendo dele em Nova York?

— Ele obviamente os fez enquanto estava em algum lugar de Manhattan. Quando eu ligava para o número fixo em Londres, a ligação era encaminhada para o celular. Ele poderia até estar hospedado no mesmo maldito hotel que eu! — Grant balançou a cabeça em descrença. — Como pude ser tão cego?

— Por que você suspeitaria dele? É seu irmão!

— Não o irmão que conheci durante toda a minha vida.

— Quantos psicopatas você já encontrou em que os parentes mais próximos não tinham a menor ideia de quem eles realmente eram? A vida é assim...

— Ele devia estar rindo pelas nossas costas o tempo todo — lamentou Grant. — Especialmente de mim, que ainda o mantinha a par de todos os dias sobre os assassinatos que *ele próprio* estava cometendo.

Frankel mudou de pista, mantendo uma velocidade constante de 120 quilômetros por hora.

— E aquele truque inteligente que ele fez mandando mensagens para Rachel enquanto estava bem ao nosso lado?

Grant pensou e se lembrou da mensagem, a mesma ameaça que Everett tinha repetido ao telefone algumas horas antes.

Não faça promessas que não pode cumprir, comandante.

De repente, Grant se lembrou de que o irmão não tirava as mãos dos bolsos do casaco, como se tentasse ostensivamente se proteger do frio.

Bastardo arrogante!

Grant e Frankel tinham passado a maior parte do voo discutindo se deveriam ou não pedir reforços à Yard ou à polícia suíça, apesar das exigências de Everett para que não fizessem isso.

Depois de analisar todos os prós e contras, eles continuavam voltando à mesma conclusão. Grant faria exatamente o que irmão tinha pedido, porque Raquel estava com ele.

Além disso, Monte Ferguson já estava morto em Hampstead. Esperar mais vinte e quatro horas para que a Yard encontrasse seu corpo não faria mal a ninguém — especialmente ao ex-repórter do *Mail*.

Uma coisa que nenhum dos dois policiais a caminho de Zermatt podia responder era o motivo que levara Grant a se tornar o último alvo da matança dos Mandamentos de Everett. O comandante não conseguia pensar em nada que pertencesse a Everett e que ele tivesse desejado, quanto mais cobiçado.

Mas Everett obviamente estava cultivando havia algum tempo a fúria assassina que até o momento já fizera dez vítimas (nove marcadas e o sargento Hawley).

Enquanto eles circulavam a margem norte do lago Genebra e entravam na A9, diretamente para Zermatt, Grant percebeu que a resposta deveria estar no chalé que ele nunca tinha visitado. Caso contrário, por que Everett os arrastaria para lá?

Ele disse isso a Frankel, que não discordou. O comandante perguntou ao detetive se ele poderia pisar um pouco mais fundo no acelerador.

— Não vejo por que não — respondeu Frankel, enquanto testava os limites do velocímetro. — Vamos ver quem vai tentar deter uma dupla de policiais.

IV

Percorreram os duzentos e trinta e oito quilômetros em pouco mais de duas horas, sem que nenhum guarda tentasse detê-los, e Frankel cumpriu sua palavra, superando a estimativa da atendente da Hertz em quase uma hora.

Ele estacionou a alguns quarteirões do endereço em Zermatt, certificou-se de que sua arma estivesse no coldre e saiu do carro. Grant já tinha saído também e passado para o lado do motorista.

Mesmo que ele tivesse atendido a exigência de Everett de não avisar a polícia suíça, eles corriam o risco de que a presença de Frankel sobressaltasse o assassino e colocasse Rachel em perigo, antes que qualquer um dos dois tivesse a chance de cruzar a porta. Concluíram que Grant deveria estacionar em frente ao chalé e se aproximar sozinho.

Enquanto isso, Frankel ficaria escondido em algum lugar de onde tivesse total visão da casa e esperaria até que Grant entrasse. Se Everett desse a Frankel a oportunidade de lhe dar um tiro certeiro sem ferir Rachel, Grant concordara que o detetive deveria primeiro atirar para imobilizar o irmão e fazer as perguntas depois.

Recomendaram um ao outro que tivessem cuidado e seguiram caminhos separados.

Alguns minutos depois, Frankel já tinha caminhado pela vizinhança tranquila de Zermatt, cujos moradores estavam aconchegados dentro de casa, se preparando para abrir suas garrafas de espumante ou celebrando em outro lugar. Ele encontrou um SUV BMW preto estacionado em frente ao chalé de Everett, que poderia lhe oferecer a cobertura de que ele precisava.

Frankel observou Grant dobrar a esquina no carro alugado e sair pelo lado do motorista. Percebeu que o homem da Scotland Yard tinha acabado de dar um profundo suspiro, pois a temperatura enregelante condensava o ar da sua respiração.

Enquanto Grant andava até a casa, Frankel sacou a arma e ficou de tocaia atrás do SUV, pronto para atirar.

Ele viu Grant bater na porta e esperar pelo que pareceu uma eternidade. Nada aconteceu. Grant bateu novamente e o resultado foi o mesmo. Vinte segundos depois, Frankel observou Grant tentar girar a maçaneta e abrir a porta destrancada.

Ele se sentiu impotente ao ver o comandante entrar no chalé do irmão.

Desta vez, a espera foi de dez minutos excruciantes.

De repente, as luzes do primeiro andar começaram a acender e apagar, três vezes sucessivas. Houve uma pausa e o padrão se repetiu. Era o sinal que tinham combinado se Grant estivesse lá dentro, mas não tivesse encontrado Everett.

Frankel atravessou a rua, com a arma apontada para a casa, e entrou pela porta da frente.

Ele baixou a arma quando viu Grant sentado na escada. Frankel poderia estar enganado, mas parecia que Austin Grant tinha envelhecido duas décadas nos dez minutos em que tinham se separado.

— E Everett?

— Não está aqui — Grant confirmou num sussurro.

O homem parece à beira de um ataque cardíaco.

Frankel imaginou o pior. Ele mal conseguiu fazer a pergunta.

— É Rachel?

Grant balançou a cabeça e apontou para as escadas atrás dele.

Frankel subiu os degraus de dois em dois. Ele podia ouvir os passos de Grant atrás dele.

No topo da escada havia uma porta aberta da qual irradiava um brilho lúgubre.

Frankel atravessou-a e se viu dentro de um sótão que tinha sido convertido num aposento pitoresco. Estava iluminado por pelo menos duas dúzias de velas.

E tomado por dezenas de fotos de Allison Grant, que ele reconheceu pelas fotos que vira sobre a escrivaninha do comandante na Yard e na casa de Maida Vale.

— Eu e Allison — disse Grant, aparecendo atrás dele. — Essa é a razão de tudo isso.

Em várias fotos (as de Allison e Grant especificamente), o rosto do comandante tinha sido riscado com o conhecido marcador preto.

— Você está em exatamente dez fotos — contou Frankel. — E, em todas, ele riscou seu rosto com um X gigante.

Nesse momento, o detetive notou o que havia acima da macabra galeria de fotos.

Ele tinha ficado tão chocado com a descoberta do santuário à luz de velas, em homenagem à falecida esposa de Grant, que não tinha reparado na mensagem escrita na parede acima dela.

— Que diabos significa isso? — perguntou Frankel.

— É para onde ele levou Rachel — disse Grant.

As quatro palavras tinham sido rabiscadas com a mesma tinta preta: TOPO DO MUNDO

— É para onde ele quer que eu vá agora.

V

Frio como gelo.

Foi o primeiro pensamento que passou pelo cérebro confuso de Rachel quando ela acordou.

Era como se ela estivesse no meio de um caleidoscópio, cercada por magentas suaves, vermelhos acetinados, azuis foscos e verdes-maçã rodopiantes.

Quando seus olhos começaram a se desanuviar, ela percebeu que os tons multicoloridos vinham de uma casa de bonecas translúcida, feita toda de gelo. Ela se sobressaía da parede de uma geleira coberta de neve, que fazia parte de uma caverna de gelo aparentemente sem fim.

Só faltava ali a Rainha da Neve.

Rachel achou que estava perdendo a sanidade quando se viu sentada numa trilha estreita iluminada por uma luz azul, entre paredes de gelo, enquanto pensamentos de princesas de contos de fadas e salões de gelo majestosos dançavam em sua cabeça. E de repente ela percebeu onde estava.

No palácio de gelo no topo da montanha de Matterhorn.

O mesmo que Everett mencionara no jantar da véspera de Natal.

Everett.

Rachel estremeceu quando os últimos momentos no sótão lhe voltaram à memória.

Seu tio era o Assassino dos Mandamentos.

Ela se lembrou do momento em que entrou no sótão reformado e se viu cercada por todas aquelas fotos da mãe. Foi naquele instante que o tio apareceu.

Ela começou a recuar até tropeçar na cama. Quando tentou se levantar, Everett lhe disse para ela ficar onde estava.

— Você precisa me ouvir, Rachel. Você precisa entender.

Paralisada de medo, Rachel ficou na beirada da cama. Ao tentar compreender o que Everett dizia a ela, tudo aquilo lhe pareceu pura loucura.

Que ele sempre amou a mãe dela, que Allison deveria ter se casado com ele, não com Austin. Que o pai tinha arruinado a vida dele, roubando Allison, e agora precisava ser punido por violar o mais sagrado dos Mandamentos.

"*Não cobiçarás a mulher do teu próximo.*"

O tio, dominado pelo ciúme e pelo ódio que lhe fizera perder a razão, repetiu o Décimo Mandamento várias vezes.

Quando disse a ela a verdade sobre o que tinha acontecido na sala de estar da casa de Maida Vale, Rachel teve vontade de morrer ali mesmo.

Everett era o homem que a mãe se recusara a delatar, aquele que Allison fez Rachel jurar que nunca denunciaria ao pai.

Não era nenhuma supresa. Ele teria estrangulado Everett.

Rachel começou a chorar alto e foi nesse momento que Everett tirou a seringa com a agulha hipodérmica da caixa de madeira e a espetou na sobrinha.

Ela não se lembrava de mais nada depois disso.

Havia acordado no banco do passageiro do carro, ao lado do tio, que segurava uma faca a centímetros de distância.

— Se você quiser ver seu pai outra vez, vai fazer exatamente o que eu disser — Everett disse a ela.

Ele mencionou "uma festa" e mandou que sorrisse para "o homem simpático ao lado dos bondinhos". O que não fazia muito sentido, já que ela estava tremendo e ainda lutava contra os efeitos da droga que ele tinha lhe dado. E o mais importante: ele a avisou de que a faca pontiaguda que ele usara mais de uma vez naquele mês nunca estaria longe da garganta dela.

Logo depois disso, Everett a levou até uma estação de esqui, onde havia uma placa com a inscrição *Glacier Paradise*. Rachel se lembrava de um senhor gentil esperando por eles ao lado de alguns teleféricos e que trocara algumas palavras com Everett em voz baixa.

Minutos depois, ela e o tio estavam dentro de um dos bondinhos do teleférico, subindo a encosta da majestosa montanha de Matterhorn. As luzes cintilantes de Zermatt estavam começando a se afastar quando Everett usou a agulha hipodérmica novamente.

A única coisa que ela se lembrava era de cair no chão do palácio de gelo.

— Vejo que acordou.

Ela virou a cabeça e viu Everett atravessando a caverna de gelo na direção dela. Rachel tentou rastejar para longe, mas foi bloqueada pela casa de boneca transparente.

— Se eu quisesse machucá-la, Rachel, não acha que eu já teria feito isso?

Rachel mal conseguiu encontrar a voz.

— Foi isso que você disse a todas aquelas pessoas que matou?

Ele balançou a cabeça.

— Com elas não houve muito tempo pra conversa.

Rachel achou que provavelmente era verdade. E que era melhor manter o tio falando.

— E Prior Silver? Você certamente falou com ele.

— Prior Silver? Prior Silver era um tolo.

Everett soltou uma risadinha. Não era um som agradável.

— Um tolo, mas necessário.

VI

Tinha demorado um bom tempo para Everett encontrar a pessoa perfeita. Mas, quando a busca meticulosa por fim desenterrou Prior Silver, o homem se tornou literalmente uma dádiva divina.

Alguém para assumir a culpa pelos atos de vingança que Everett tinha meticulosamente planejado contra aqueles que violavam os mandamentos do Senhor.

Tudo tinha começado no dia em que teria sido o aniversário de Allison ("Nem disso seu pai se tocou", ele disse a Rachel), com Lionel Frey, seu colega pagão que ousara se curvar a outros deuses, e terminaria com Austin sendo punido no Topo do Mundo, no seu último dia de comando na Yard, por cometer a pior transgressão de todas.

E Silver atendia a todos os critérios que Everett impusera.

Um homem marcado pelo fanatismo religioso. Alguém que cometera crimes do passado. Um homem buscando desesperadamente o arrependimento no caminho para a salvação. E o mais importante, alguém que tinha contas a acertar com o comandante Austin Grant.

Na realidade, Everett não tinha exigido muito da sua escolha.

Ele só precisava que Prior Silver estivesse nos lugares certos nas horas erradas. Isso significou Londres nos três primeiros assassinatos, Nova York nos dois seguintes e depois de volta ao Reino Unido, até Everett decidir que era hora de despachar Prior de vez, como um mártir confessando crimes que não cometeu.

Em seguida, Everett elaborou um cenário para fazer o homem ir e voltar dos Estados Unidos. Houve alguns contratempos ao longo do caminho, mas Everett tinha adquirido prática em encontrar soluções alternativas quando necessário.

Era só perguntar ao sargento Stanford Hawley.

Everett aos poucos foi se aproximando de Prior por meio de uma série de *e-mails* aparentemente aleatórios, que ele assinava como Diácono Jeremiah, fundador da Igreja das Almas Arrependidas, uma organização inventada por Everett. Ele construiu um *site* para a igreja e o colocou no ar pouco antes de entrar em contato pela primeira vez com Prior Silver.

Em poucos dias, o Diácono fisgou o mais novo membro (e, sem o conhecimento de Prior, *o único*) da Igreja das Almas Arrependidas. Foi realmente muito simples; tudo o que Everett fez foi alimentar a obsessão religiosa da alma renascida, que ansiava desesperadamente pela salvação.

Em bate-papos por aplicativos de mensagens (com Everett usando celulares descartáveis), o Diácono foi cativando Prior com uma mistura equilibrada de escrituras e sermões de arrependimento, até que o ex-presidiário estivesse preparado para fazer qualquer coisa que o Diácono Jeremiah lhe pedisse.

Por isso, quando Jeremiah disse a Silver que ele havia sido escolhido a dedo para dar seu testemunho na primeira conferência anual da Igreja das Almas Arrependidas, em Nova York, na segunda quinzena de dezembro (com passagem aérea de ida e volta e acomodações incluídas), Prior não pensou duas vezes.

Everett manteve seu *site* no ar, incluindo um calendário fictício de eventos, providenciou para que a passagem de Prior estivesse pronta quando o homem chegasse em Heathrow e garantiu que Silver chegasse a Nova York naquele sábado, um dia antes de o padre Adam Peters ser despachado para o céu na Catedral de Saint Patrick.

Essa parte tinha transcorrido sem um único contratempo.

As coisas ficaram um pouco mais complicadas na manhã de segunda-feira, quando o Diácono Jeremiah recebeu uma mensagem frenética do Prior Silver sobre a conferência ter sido cancelada. Claro, Everett estava preparado para isso, pois ele mesmo tinha enviado um alerta para o telefone de Prior, avisando sobre o cancelamento e remarcando o evento para maio.

Foi nessa ocasião que Everett foi ao Hotel Penn e encontrou pela primeira vez pessoalmente seu discípulo Prior Silver, sob o disfarce de Diácono Jeremiah.

Prior, confuso e perturbado, ficou grato por conhecer o seu mentor, que passou uma hora convencendo-o a aproveitar a chance de estar em Nova York na época mais sagrada do ano.

Everett informou a Prior que havia o suficiente nos cofres da Igreja para pagar pelo tempo dele. Prior pegou os mil dólares das mãos de Everett num piscar de olhos. Everett achou aquilo divertido e revelador — o arrependimento parecia ter passado longe.

Uma vez ladrão, sempre ladrão.

Prior Silver acabaria pagando o preço por violar o Oitavo Mandamento. Só não era o momento de isso acontecer ainda.

Everett precisava que ele ficasse na cidade até o final da semana, quando ele iria dar cabo de Timothy Alan Leeds. Depois disso, Prior poderia retornar às Ilhas Britânicas.

Com o bolso cheio, Prior Silver concordou alegremente em ficar.

Ele pegou a pilha de panfletos e as pequenas cruzes de madeira que carregava desde que saíra da prisão e disse a Jeremiah que ficaria feliz em poder continuar sua obra em nome do Senhor.

Everett perguntou se Prior lhe daria alguns panfletos e cruzes para entregar por conta própria. Everett jogou os panfletos numa lata de lixo, pouco depois de deixar o Hotel Penn. Mas ficou com as cruzes.

Uma delas acabou chegando à parede de uma sala de um hospital condenado em Far Rockaway. Outra acabou acima da cama do Hotel Penn, depois que Everett convenceu uma governanta de que havia esquecido algo em seu quarto, quando tinha saído um pouco mais cedo.

Everett ficou preocupado quando Rachel e o sargento Hawley descobriam a ligação entre Prior Silver e Austin mais rápido do que ele esperava. Mas, de volta a Londres, Everett teve sorte quando Prior viu policiais cercando seu apartamento no leste de Londres e entrou em contato com Jeremias, o único homem em quem confiava.

O Diácono Jeremiah havia aplacado os temores de Silver, dizendo que qualquer coisa de que a Yard o acusasse seria um equívoco. Ele até providenciou para que Prior se hospedasse, com um nome fictício, num hotel afastado perto de Wimbledon, aconselhando-o a não sair de lá até que a situação se acalmasse.

Quando o nome de Prior Silver finalmente foi divulgado à mídia, Everett percebeu que era o fim da linha para o único discípulo do Diácono Jeremiah.

Silver telefonou em pânico, ao perceber que estava sendo acusado de uma série de assassinatos que não tinha cometido. Ele até acusou Jeremiah de estar por trás de tudo.

Everett convenceu Prior a deixá-lo explicar e o homem concordou em encontrá-lo num armazém no leste de Londres. Foi ali que Everett revelou suas verdadeiras intenções. Disse a Prior que ele tinha sido um tolo e que chegara a hora de ser castigado por violar tantas vezes o Oitavo Mandamento do Senhor, anos antes.

A essa altura, Everett já tinha misturado ao café de Prior uma boa dose de estricnina.

Enfiou o cadáver num caixote, entrou em contato com Monte Ferguson e o usou para conseguir que uma "entrevista" fosse publicada no *Daily Mail*. Tudo o que restava fazer era providenciar para que o caixote fosse entregue na casa do irmão e o repórter, escondido na geladeira.

A Scotland Yard e o mundo receberam o Assassino dos Mandamentos e uma confissão embrulhados de presente, como um presente de Natal atrasado.

E a única pessoa que sabia a verdade?

O homem contra quem Everett tinha, desde o início, jurado vingança.

VII

Grant não sabia por quanto tempo conseguiria ficar de olhos fechados.

— Só não olhe para baixo — Frankel pediu.

É mais fácil falar do que fazer.

Grant já estava enjoado com as descobertas feitas no sótão da casa de Zermatt. Enquanto subia com o detetive a encosta da Matterhorn num teleférico, ele podia sentir seu medo de altura revirando ainda mais o seu estômago (embora tivessem acabado de iniciar a subida até o topo).

— Estou tentando não olhar.

Ele por fim conseguiu abrir os olhos e se concentrar no que Frankel dizia.

— Esta não é bem a festa que eu esperava quando ele nos convidou para vir à Suíça.

— Mas tenho certeza de que é a que ele sempre planejou — rebateu Grant.

Uma festa.

Foi assim que o operador do teleférico se referiu ao passeio quando chegaram, vinte minutos antes, no sopé da Matterhorn.

— Mas ele só deixou o nome de um convidado — disse o homem, que se chamava McCreery, ao verificar sua lista. — Um de vocês é Austin Grant?

Grant havia se identificado com seu distintivo da Scotland Yard, que continuaria sendo legítimo por mais algumas horas. Depois apresentou o detetive da polícia de Nova York, John Frankel.

— O que você quer dizer exatamente com "convidado"? — Grant perguntou.

McCreery, parecendo de repente extremamente nervoso, explicou. Um homem tinha pagado uma quantia significativa em dinheiro (vinte mil euros, precisamente) para alocar o Glacier Palace, no topo da Matterhorn, com a intenção de fazer uma festa de *Réveillon* particular. Não era um pedido normal, mas o grupo de empresas que administrava várias atrações da montanha mais visitada dos Alpes Suíços não desperdiçava inesperados golpes de sorte como esse e não tinha feito muitas perguntas.

McCreery achou estranho que a lista de convidados se resumisse a três pessoas. Mas seguindo o credo suíço tácito de que "o dinheiro fala mais alto", o idoso disse a si mesmo que não era ele quem fazia as regras e tratou de se preocupar apenas com a sua própria vida.

Depois de se certificarem de que o senhor que alocara o Glacier Palace também tinha o sobrenome Grant, eles perguntaram se havia uma jovem com ele. McCreery assentiu, mas disse que ela não parecia bem. O homem tinha dito que ela estava apenas sofrendo do mal das alturas e depois deu a ele o nome do comandante.

Pelo menos Rachel ainda está viva, pensou Grant.

Grant mandou McCreery ligar para as autoridades suíças e pedir que esperassem até que ele e Frankel descessem a montanha.

— Fiz algo errado? — perguntou McCreery, preocupado.

— Você não. — Frankel balançou a cabeça. — Mas não posso dizer o mesmo do homem lá em cima.

Em seguida, eles entraram no teleférico e começaram a subida de quarenta e cinco minutos até o Glaciar Palace.

— Por que será que ele escolheu este lugar? — perguntou Frankel, recuperando a atenção de Grant.

— Estive pensando sobre isso — respondeu Grant.

Seu estômago embrulhou novamente e ele tentou se distrair se lembrando da única vez em que tinha subido aquela montanha. A viagem mencionada no jantar da véspera de Natal: a primeira viagem dos irmãos ao exterior, partindo de Liverpool, quando Everett e ele eram garotos.

Austin não conseguia se lembrar de um dia em que tivesse sentido mais frio e parecia que demorariam um ano para chegar ao topo. Os meninos tinham se divertido nas cavernas da geleira, depois parado para tirar uma foto em família. Convenceram os pais a deixar que passeassem livremente nos arredores da caverna, onde encontraram um platô coberto de neve, com uma visão que se estendia até o horizonte.

— É o topo do mundo! — Austin gritou.

— O topo do mundo! — repetiu Everett, que adorava imitar tudo o que o irmão mais velho dizia e fazia.

Depois os dois irmãos resolveram fazer um boneco de neve.

Juntaram a neve até formar duas grandes bolas e as colocaram uma em cima da outra, dando forma ao "Sr. Gelado". Austin tinha encontrado galhos espetados na neve e pedras que poderiam usar para fazer os olhos, o nariz e a boca. Ele tinha acabado de fazer o rosto do Sr. Gelado quando sentiu um puxão na manga do casaco.

Everett estava ali com um gorro de lã na mão.

— O Sr. Gelado precisa de um gorro — disse o irmãozinho.

— Onde você encontrou isso?

— No chão.

Assim que Austin colocou o gorro na cabeça do Sr. Frosty, uma garotinha veio correndo atrás deles, na companhia da mãe.

— Olha, o meu gorro! — a garotinha gritou, apontando. — Eles roubaram meu gorro!

— Não, não roubamos! — gritou Everett. — Eu achei!

O que se seguiu foi o tipo de discussão estridente que apenas duas crianças podem ter, a garota acusando-os de terem roubado seu gorro, enquanto Everett negava tê-lo tomado de propósito. O pai de Austin e Everett por fim apareceu. Quando a mãe da menina explicou a situação, o pai se voltou para o filho mais novo e perguntou se ele havia pegado o gorro da menina.

Everett negou mais uma vez.

O pai em seguida se voltou para Austin.

— Seu irmão pegou o gorro dessa menininha de propósito?

Austin olhou do pai para Everett. O irmão mais novo olhava para ele com um misto de adoração, como se o irmão mais velho fosse seu herói, e um apelo nos olhos.

— Pode ser — Austin respondeu. — Eu não sei. Eu estava fazendo o rosto do Sr. Gelado.

O pai assentiu, depois tirou o gorro do boneco de neve e devolveu à menininha e sua mãe.

No momento em que os três Grants ficaram sozinhos, o pai deu um tapa no rosto de Everett e o repreendeu no tom mais severo que Austin já tinha ouvido.

— É pecado roubar, Everett! Você não sabe que o Senhor castiga os pecadores?

Mais de cinco décadas depois, sentado no teleférico de Matterhorn, Grant se lembrou do trajeto montanha abaixo naquele dia.

Everett tinha choramingado o tempo todo. E não trocara uma única palavra com o irmão mais velho até pouco antes de chegarem ao sopé da montanha.

— Você sempre consegue o que quer. Eu nunca consigo.

— Eu não queria o gorro — Austin disse a ele.

Everett balançou a cabeça, com lágrimas nos olhos.

— Eu quis dizer que você quer que todos gostem mais de você.

Everett não falou com ele por quase uma semana, depois disso.

— Essa é a lembrança que eu tenho — disse Grant, depois de terminar a história. — Você me perguntou por que estamos aqui? Isso é tudo em que consigo pensar.

Frankel olhou para o pico da Matterhorn estendendo-se em direção ao céu, mais acima.

— Parece que aquele dia deixou uma marca profunda no seu irmão.

Grant não tinha percebido o quanto aquilo era verdade até se lembrar da história e contá-la a Frankel.

— O pai de vocês parece ter sido um homem bem religioso.

— Ele às vezes fazia suas ameaças de fogo e enxofre, mas nada disso realmente me afetou.

— Parece que não se pode dizer o mesmo de Everett — observou Frankel.

— Aparentemente não.

Eles fizeram o resto do percurso em silêncio, com Grant tendo uma visão mais clara e mais dolorosa do que os aguardava lá em cima.

VIII

O brilho fez Frankel se lembrar das máquinas de raspadinha que ele costumava ver todo verão, quando passeava com o pai pelo calçadão de Atlantic City.

Todas as cores do arco-íris pareciam dançar na frente deles, como aquelas raspadinhas de gelo aromatizado, enquanto ele e Grant percorriam a trilha iluminada de azul nas profundezas da geleira, logo abaixo do pico da Matterhorn.

Depois de fazerem uma curva, apesar das terríveis circunstâncias que os levaram até lá, Frankel e Grant fitaram maravilhados o Glacier Palace.

Primorosas esculturas de gelo, em cores vibrantes e variadas, enchiam a caverna. Casas, animais, carros e flores pareciam ter sido esculpidos em pedras preciosas, não no gelo da imensa geleira. Aquela era um genuíno país das maravilhas invernal.

— Isso aqui já existia quando vocês vieram com seus pais? — perguntou Frankel.

Grant balançou a cabeça, negando.

— Tenho certeza de que eu me lembraria.

Eles voltaram a avançar pela trilha até que Grant parou na frente de uma parede de gelo com um padrão irregular que a fazia se destacar das outras.

— Eu me lembro disso.

— Também não é a primeira vez que vejo isso, mas sei que nunca estive aqui.

— Estava na fotografia que Everett me deu na véspera de Natal. Foi aqui que a tiramos.

— Claro! — comentou Frankel. De repente, ele percebeu outra coisa. — Ah, droga!

— O que foi?

— Aqueles presentes que ele nos deu — disse Frankel.

— O que tem eles?

— Ele estava nos contando o que estava fazendo... Se exibindo na nossa cara, mais uma vez.

Frankel apontou para a parede.

— Como a história que você me contou agora, mostrando que tudo começou neste lugar. Everett estava nos dizendo que vocês iam acabar voltando aqui.

Ele se virou para Grant.

— E aquele DVD e o livro que ele me deu.

— *E o Vento Levou* — disse Grant.

— A trama principal é sobre Scarlett O'Hara ansiando pelo homem com o qual a prima acabou se casando.

Grant encarou Frankel boquiaberto.

— Caramba...

— Tenho certeza de que a foto que ele deu a Rachel também significava alguma coisa — acrescentou o policial de Nova York. — Só não sei dizer o quê.

Frankel podia ver Grant pensando na foto tirada havia muito tempo, numa praia de Brighton. Os olhos do comandante se arregalaram de repente.

— A família que ele queria, mas não pôde ter — disse Grant. — Eu morto e enterrado na terra, deixando Rachel, Allison e ele formando uma família feliz.

— Muito bem, detetives!

Grant girou nos calcanhares ao ouvir a voz de Everett atrás deles.

Frankel enfiou a mão no casaco para pegar a arma, mas dois sons o detiveram.

A primeira foi Rachel gritando a plenos pulmões.

— John!

E o segundo foi o disparo de um tiro de espingarda.

Frankel desabou no chão e sua pistola escorregou pelo chão gelado antes mesmo de ele perceber o que tinha acontecido.

Tinha sido alvejado entre o ombro e o peito.

Grant se virou para ajudá-lo, mas a voz de Everett ecoou pela geleira.

— Fique bem onde está, Austin.

Deitado no chão, Frankel mal conseguia virar a cabeça, com a dor excruciante. Ele viu Everett parado no meio da trilha, com uma espingarda apontada para o peito do irmão.

Rachel apareceu de repente. Ela correu e caiu de joelhos ao lado dele.

— John!...

Ela tentou estancar o sangue da ferida com a mão, mas ele se contraiu de dor.

— Eu tentei avisá-lo — ela disse a ele.

— Está tudo bem — murmurou Frankel. — *Você* está bem?...

Rachel assentiu, lágrimas escorrendo pelo rosto.

— Estou — ela sussurrou.

Frankel observou enquanto ela se voltava para o tio.

— Você tem que ajudá-lo — ela implorou. — Tem que fazer alguma coisa!

Mas os olhos de Everett e a espingarda de caça estavam voltados para Grant.

— Eu disse para você vir sozinho.

— Você, mais do que ninguém, não devia estar dizendo às pessoas o que fazer — murmurou Grant.

Rachel se voltou para Frankel, os olhos cheios de preocupação.

Essa ferida deve estar bem ruim, pensou Frankel. *Eu com certeza me sinto muito mal.*

— Agora chega — rugiu Everett, de pé ao lado dele.

Ele acenou com a espiganda para o irmão.

— Afaste-a dele! — exigiu.

Rachel se aproximou ainda mais do detetive caído.

Frankel fez um gesto com a cabeça para ela.

— Faça o que ele diz, Rachel.

Ela se negou, recusando-se a se levantar.

— Você precisa, meu bem — Frankel implorou. — Por favor.

De repente, Grant estava atrás dela. Frankel podia ver que o homem da Scotland Yard não tinha escolha a não ser ajudar a filha a se levantar, pois Everett mantinha a espingarda apontada para ambos.

Com a dor latejante, Frankel se sentiu mais impotente do que nunca quando Everett agarrou Rachel com uma mão, enquanto cutucava as costas de Grant com a arma.

— Vamos. — Everett de um passo atrás dele. — Você sabe para onde.

Enquanto ele levava pai e filha, Frankel sentiu um aperto no peito.

E nesse instante viu os lábios de Rachel se entreabrindo:

— Eu te amo — ela murmurrou, sem emitir nenhum som.

Frankel fez todo o possível para não se retrair de dor ao responder baixinho.

— Também te amo.

Frankel continuou com os olhos fixos nos três até desaparecerem numa curva. Segundos depois, sua visão escureceu e ele perdeu os sentidos.

IX

A neve era um manto branco sem fim, intocado por qualquer alma humana. Se houvesse uma cratera à vista ou se a própria lua cheia não estivesse brilhando num céu coalhado de estrelas, podia-se pensar que estavam na superfície lunar.

Tudo isso passava despercebido por Rachel, enquanto ela era arrastada para fora da caverna gelada pelo maníaco que até recentemente chamava de tio. Tudo o que ela podia ouvir eram seus próprios gritos.

Seus soluços e uma sucessão de epítetos raivosos que variavam de "seu demente!" a "assassino!" eram os únicos sons em centenas de quilômetros.

Até que Everett a atirou na neve com um grito.

— Chega! Já basta!

O tio apontou a espingarda de caça para ela e deslizou o dedo até o gatilho. Rachel estremeceu. E viu que a mão de Everett tremia também.

— Everett! Não! Você não quer fazer isso!

Everett desviou os olhos para o irmão, atrás dele.

A arma não se moveu um centímetro.

— Me dê uma razão para eu não fazer.

— Porque não é ela que você quer. — Grant ergueu as mãos no ar. — Sou eu.

Ele deu um passo à frente, mas parou quando Everett virou a espingarda na direção dele.

— Sempre fui o alvo que você queria.

— Você demorou bastante para se dar conta disso — zombou Everett. — O grande detetive da Scotland Yard ludibriado a cada passo.

— Você pode fazer o que quiser comigo. Mas Rachel não tem nada a ver com isso.

— Você ainda não entendeu, Austin? Não está se perguntando por que fui para Nova York, no final das contas?

— Não me interessa.

— Fui levar Rachel de volta para casa.

O quê? Rachel olhou para o tio, incrédula.

— Eu precisava de alguém para fazê-lo sentir a dor do que é perder tudo num instante. — Everett se inclinou para mais perto dela. — E essa pessoa é você, Rachel.

Ele acenou com a espingarda para Grant.

— A carreira do seu pai está arruinada. E agora, esta noite, ele vai morrer.

Assim como seu precioso detetive Frankel lá atrás.

Rachel soltou um gemido e ficou de pé.

— Nãooooooo!

Everett acertou a espingarda de caça no estômago dela. Rachel dobrou o corpo de dor. Depois ele arremessou a arma para longe e ela sumiu no meio da neve.

Grant ameaçou se aproximar do irmão.

Mas parou quando Everett puxou uma faca e agarrou Rachel pelo pescoço.

— Não ouse! — rosnou Everett. Ele puxou Rachel para mais perto e agitou a faca na frente do rosto dela. — Agora vê por que eu preciso dela, Austin?

Grant levantou as mãos.

— Você não precisa dela. Só precisa de mim. — Ele apontou para o próprio peito. — Pegue a mim.

— Alguém precisa sofrer pelo resto da vida. Como eu sofri todos esses anos. — Everett balançou a cabeça freneticamente. — Alguém tem que sofrer pelo que você me fez!

— Você está se referindo a Allison? — perguntou Grant.

— Claro que estou me referindo a Allison! — gritou Everett. — Ela devia ser minha!

— Você se iludiu todos esses anos, Everett. Allison nunca amou você.

— Mentira!

— Eu não a tirei de você. Não importa o que esse seu cérebro desequilibrado está lhe dizendo.

— Mentira!

Austin se aproximou mais de Everett.

— Se alguém é culpado do último mandamento, é você, *irmão*. Você é que cobiçava a mulher do próximo. Não eu.

— Isso não é verdade! — gritou Everett.

Rachel de repente entendeu o que o pai estava fazendo. Ele estava provocando Everett, tentando deixá-lo nervoso. Assim como provocara o assassino em seu discurso no funeral de Hawley.

E talvez ela pudesse ajudá-lo.

— Então por que você atacou minha mãe, Everett? — ela perguntou.

Raiva e um sentimento de traição que ela nunca vira surgiram nos olhos do pai.

— Você? — o pai gritou. — Foi você quem fez aquilo com ela?

Everett afastou a faca da garganta de Rachel e começou a acená-la para o irmão mais velho.

— Não! Eu disse a Rachel que não foi isso que aconteceu...

O pai saltou em cima do irmão.

Rachel foi empurrada e caiu no chão. Ela de repente se viu longe dos dois homens, que rolaram na neve, atracados numa luta insana.

Everett por fim soltou um rugido e ergueu a faca. Sem hesitar, ele atacou o irmão com a lâmina afiada.

Rachel gritou.

— Nãooooooo!

Um tiro perfurou o ar frio da noite e ecoou pelas montanhas alpinas como um canhão estrondoso.

Everett olhou para baixo e viu um buraco aberto em seu peito.

Ele largou a faca e comprimiu a ferida escancarada. O sangue jorrou.

Os lábios de Everett estremeceram e a vida começou a se esvair dos seus olhos. Ele morreu ali mesmo.

Grant, atordoado, baixou lentamente o corpo morto de Everett na neve e chamou pela filha.

— Rachel, você está bem?

— Sim — ela respondeu. — E você?

O pai assentiu.

De repente, eles ouviram um gemido ao longe e ambos se viraram, bem a tempo de ver John cair de joelhos na neve imaculada, o sangue ainda pingando da ferida aberta.

O detetive soltou um suspiro de alívio, o revólver recém-disparado caiu dos seus dedos frouxos e ele desmaiou.

X

Eles estavam na metade do caminho de volta, na face sul da Matterhorn, quando Grant desviou os olhos do celular e olhou através do estreito corredor do teleférico, para a filha e Frankel ainda inconsciente, apoiado contra ela. A ferida não sangrava mais; Grant e Rachel tinham coberto o local com todas as peças de roupa que podiam dispensar sem congelar até a morte.

— Os médicos lá embaixo disseram que fizemos tudo certo com ele.

— É um milagre ele estar vivo — disse ela.

— O verdadeiro milagre foi John desmaiar na caverna e rolar até aquele pedaço irregular da geleira.

— Aquele da foto, não é? A foto que Everett lhe deu de presente.

Grant assentiu. Como ele tinha contado a Frankel no trajeto montanha acima, o fervor religioso do pai não tinha afetado tanto a vida dele. Mas havia momentos na vida em que Grant não podia negar que alguém, em algum lugar, salvava a vida de certas pessoas.

Prova disso? O gelo tinha estancado o sangue da ferida por tempo suficiente para manter Frankel vivo e o frio congelante acabou por acordá-lo novamente. Isso o manteve consciente apenas pelo período necessário para que ele saísse aos tropeços da caverna e acertasse um tiro no peito de Everett, salvando a mulher que ele amava e o pai dela de ter o numeral romano X entalhado na testa.

— Devo dizer que não planejei passar a véspera do Ano-Novo estancando ferimentos à bala — disse Rachel.

A espingarda tinha sido outra das excentricidades do tio.

Rachel tinha ficado surpresa ao ver Everett levar a arma para a montanha com eles. O tio explicou que, se ela ou Grant tivessem feito a gentileza de visitá-lo em Zermatt um dia, saberiam que ali as pessoas também caçavam, além de esquiar.

— É melhor estar preparado — Everett tinha dito.

— Muitas coisas aconteceram esta noite que eu nunca poderia ter imaginado — concordou Grant.

Rachel conseguiu abrir um sorriso.

— Bela festa de aposentadoria, hein, pai?

— Acredite ou não, eu prefiro aquele que tive na Yard.

Rachel disse que estava feliz por tudo ter acabado, por fim.

— Para mim, talvez — disse Grant. — Mas você ainda tem seu artigo para escrever.

— Ah. Verdade.

— Uma hora você consegue pôr tudo no papel.

— Espero — disse ela. — Acho que já tenho pelo menos o título.

— Qual?

— Bem, na verdade, foi você quem me inspirou.

— Não me diga...

— Foi algo que você disse lá em cima: *O Último Mandamento*. Soa bem?

Grant parou para pensar.

Ele se lembrou daquele momento final lá em cima, no topo do mundo.

Rachel tinha corrido para socorrer Frankel, deixando Grant sozinho com o irmão morto.

Grant olhou para o irmão mais novo. Não seria fácil se lembrar de Everett daquele jeito.

Foi então que notou sua mão coberta com o sangue do irmão.

Grant respirou fundo.

E traçou um X na testa do irmão com o sangue do próprio Everett.

Grant sabia que a nevasca iminente apagaria a marca muito antes de a polícia suíça chegar e tirar o corpo da montanha.

Mas Grant sempre se lembraria dessa cena. Parecia apropriada.

Agora, ele se virou para olhar o rosto da filha.

— Acho o título perfeito.

Antes que ela pudesse responder, Frankel soltou um gemido e seus olhos se abriram.

— Olá — disse Raquel.

— Olá — murmurou Frankel.

— Bem-vindo de volta — disse Grant.

Frankel se virou e gemeu novamente.

— Quietinho — pediu Rachel.

Mas Frankel continuou a olhar para Grant.

— Everett?

Grant balançou a cabeça.

— Melhor assim — disse Frankel.

Então os olhos do detetive se desanuviaram, com a constatação do que havia ocorrido no topo da montanha.

— Eu sinto muito — disse ele a Grant.

— Obrigado, John. Estou realmente agradecido.

Frankel recostou-se em Rachel e começou a fechar os olhos. Mas nesse instante ele viu a paisagem na janela.

— Olhem para isso...

Rachel e Grant seguiram seu olhar. Os fogos de artifício formavam arcos e explodiam sobre as luzes tremeluzentes de Zermatt, lá embaixo.

— Feliz Ano-Novo — disse Rachel, dando um beijo suave na bochecha do detetive ferido.

— Feliz Ano-Novo — murmurou Frankel, retribuindo delicadamente o beijo.

Depois Rachel se inclinou na direção do corredor. Deu um beijo no pai e arrematou com um abraço que nenhum dos dois queria que acabasse.

— Feliz Ano-Novo, papai — ela sussurrou no ouvido dele.

— Feliz Ano-Novo para você também, Rach — ele sussurrou de volta.

Um instante depois, ela estava aninhada ao lado de Frankel, enquanto todos assistiam aos fogos de artifício anunciando o novo ano.

Nesse momento Grant viu um sorriso cruzar o rosto da filha, que se virou para ele.

— O que foi? — perguntou.

— Você sabe o que isso significa, não é?

Grant assentiu.

Estou aposentado.

E ele não tinha ideia de que diabos ia fazer com tanto tempo livre.

Mas, naquele momento, percebeu que aquilo não tinha importância. Ele tinha tudo o que mais queria, ali mesmo, ao seu lado.

AGRADECIMENTOS

Preciso começar estes agradecimentos com Otto Penzler, cuja paixão e incrível orientação deu vida a este livro, como tudo o que ele faz na Mysterious Press. Muitas luas atrás, eu costumava frequentar a Mysterious Bookshop, na Fifty-Sixth Street, onde eu subia a escada em espiral até o segundo andar e encontrava Otto debruçado sobre sua última antologia. Mesmo estando sempre ocupado, ele ainda tinha tempo para discutir comigo o último romance de mistério, e eu ficava feliz em sair da loja com mais algumas pepitas de sabedoria que me proporcionavam muitas horas de leitura prazerosa. Perdemos contato e ficamos décadas sem nos ver, e por isso foi maravilhoso reencontrá-lo de maneira tão gratificante. Como Otto me disse pouco tempo atrás: "Eis o (re)começo de uma bela amizade".

Muito obrigado à minha equipe aqui na Califórnia: Robb Rothman, Vanessa Livingston e Amy Schiffman. Amigos primeiro, representantes depois, o apoio de vocês enquanto eu escrevia este livro foi muito apreciado.

Obrigado a Benee Knauer, pois sua ajuda com este romance foi incalculável. Você nunca perdeu a fé desde o momento em que discutimos este livro pela primeira vez, e sei que vê-lo se concretizar lhe deu o mesmo sentimento de orgulho e satisfação que deu a mim.

Um agradecimento que já está muito atrasado vai para meu amigo Dan Pyne. Você me fez um escritor melhor desde o dia em que nos conhecemos e continuou a me inspirar ao longo de todos esses anos.

Meu muito obrigado a Cindy McCreery, por estar ao meu lado a cada passo do caminho ao longo de todo o processo. Seja lecionando ao meu lado ou tentando conquistar Hollywood comigo, ter alguém que nos apoie e com quem sempre podemos contar faz toda a diferença.

Sou grato aos meus primeiros leitores (Sibyl Jackson, Rodney Perlman, David Reinfeld, Connie Tavel e Tom Werner) por suas opiniões e seu estímulo. Richard Michaelis, sua ajuda com os termos britânicos provou ser inestimável. E Bruce Blakely, obrigado pelas dicas sobre usar geladeiras em vez de *freezers*.

E, acima de tudo, meu amor eterno a Holly. Tudo começa e termina com você.

Sua crença absoluta em mim é o que me faz seguir em frente.